A SONG FOR A NEW DAY
新しい時代への歌
サラ・ピンスカー
村山美雪 訳
JN047971
竹書房文庫

新しい時代への歌

音楽を生演奏するすべての人と、耳を傾けるすべての人に
そして、わたしの曲すべての源であるズーに

主な登場人物

ルース……………………………〈スーパーストリーム〉のボーカル兼ギター
ローズマリー・ローズ…………スーパーウォリーの社員
ジョニ……………………………〈ザ・コーヒー・ケーキ・シチュエーション〉のチェロ奏者
シルヴァ…………………………ベーシスト。〈ピーチ〉の音響技術者
アラン・ランドル………………〈パテント・メディシン〉のボーカル

第一部

1

ルース
百七十二通りの方法

わたしの知るかぎり、ホテルの部屋をぶち壊す方法は百七十二通りあった。どれもツアーに出てからのこの八カ月にバンのなかで考えついたものだ。わたしはゲームのように思いめぐらせていた。たとえば、六十一通りめは家具をぜんぶひっくり返し、八十三通りめでは野良猫の群れを駆けまわらせ、九十二通りめはすべての抽斗をビールで満たし、九十三通りめにはビー玉で埋めつくし、百十四通りめでは、床に石鹸の泡だらけのプラスチック板を敷いて滑り台にしてしまうとか。

わたしのいないあいだに、バンドのメンバーたちが百七十三通りめを思いつき、しかも初めて実行に移してみたらしい。褒めているのではない。

ジェマがいれば、これを見てどうしただろう？　廊下から呆然と見ている場合ではなく、ホテルの従業員が通りかかる前に、わたしはともかく部屋に入ってドアを閉め、念のためボタンを押して〝起こさないで〟の表示を点灯させておいた。「ちょっと、あなたたち、せっかくいいホテルなのに。なんてことしてくれたの？」

「ペンキを見つけてな」ヒューイットの呼気は蒸留所のごみ箱の匂いがした。入口のそばに立っていたわたしのほうへのんびり歩いてきた。

「さらりと言ってくれるじゃない」

鞄（かばん）や楽器はすべてドアの脇のクローゼットに押し込んである。部屋がまるごと、けばけばしい蛍光ピンクに塗りたくられていた。当然ながら今朝わたしが出かけていくときにはそんな色ではなかった。壁ばかりか、ベッドの頭板、その脇のテーブル、鏡台付きの箪笥も同じ色に塗られている。絨毯（じゅうたん）にも操り人形（マペット）をぼろぼろに擦り切れるまで使ってペンキ塗りをした際に撥（は）ね飛んだらしい跡が散っていた。これだけペンキが塗られていても、ヒューイットの口臭のほうが上回っている。

「テレビまで？」わたしは訊（き）いた。「正気？」

テレビの画面も外枠も。ぽたぽた滴るピンク色のペンキの薄い膜の向こう側から、ケーブル局のニュース番組が自動走行車専用の幹線道路の開通を伝えていた。わたしたちのバンではそこを迂回（うかい）しなければならない。

ＪＤは奥のベッドにもたれかかって、カラメル色の液体が入ったグラスを手にしていた。ピンク色の靴を履いて。ベッドカバーの上もマペット殺害現場の様相を呈（てい）している。

「一枚くらい、洒落（しゃれ）た壁があったほうがいいかと思ってさ」グラスを持つ手で頭板の後ろの壁を示した。

エイプリルはドラムスティックを手にテーブルに腰かけ、音の鳴らない何かを空中で叩き(たた)まくっている。「きょうはどうだった?」悪びれもせず問いかけてきた。

「ちょっと待ってて」わたしはいったん廊下に出て、エイプリルと泊まっている部屋のキーカードを探りだした。こちらの部屋は誰の姿もなく静かで、なによりほっとしたのはピンク色ではないことだった。ソフトケースに入ったギターを部屋の隅に立てかけて、知らぬ間に溜めていた息を吐きだしてから、ベッドに上がって頭板に背を寄りかからせて、ジェマに電話をかけた。

「ここにわたしたちだけで放っておくつもりじゃないよね」電話が繋がるなり口走った。

「いつ戻って来る?」

ジェマが大きく息を吐いた。「あら、ルース。兄は大丈夫、お気遣いありがとう。銃弾はどの臓器にも当たらずに貫通してた」

「よかった! お兄さんが無事でほっとした。そのことをまず尋ねなくて、ごめんなさい。だけど、すぐに戻って来られそう?」

「いいえ、そうもいかなくて。どうかした? 何か必要なものでも?」

「ツアー・マネージャー。あなたがわたしのもとに置いていった、大きな子供たちの子守係。いちばん若いわたしに監督させる代わりに、音楽に集中させてほしい。でも、もういい。電話すべきじゃなかった。煩わせてごめんなさい。お兄さんが早く快復するよう祈ってる」

電話を切った。ほんの二、三週間くらい、マネージャーなしでもなんとかツアーを乗り切らなくてはいけない。自分たちだけでもうまくやれているバンドはいくらでもあるけれど、それはおそらく共通の目的意識を持った本物のバンドだからだろう。自分の場合には、レコード会社がツアーでバックバンドを務める、いわゆるプロたちを雇うまでソロで活動してきた。

ノックをしてヒューイットにドアを開けてもらった。冷蔵庫にはジンとテキーラの大きな瓶が並べて押し込まれていた。小さな庫内に手を入れると指先にピンク色のペンキがべっとりと付いた。この指紋により、わたしも共謀者と見なされる。テキーラを取りだして、瓶から直接、大きくひと口飲んだ。渋味の強い安物のアルコール。どうりでキンキンに冷やしていたわけだ。窓の下にある肘掛け椅子はペンキを塗られていなかったので、ほかのところにはいっさい触れないようにして、テキーラを手にそこへ向かった。

「でね、エイプリル」いまさっき問われたかのように口を開いた。「訊かれたから言うけど、今朝は五時にわたしの一日が始まって、テレビのモーニングショーをふたつ梯子した。そのあと、ラジオ番組に出た。それから、放送局の駐車場で、レーベルとどうしてまだ新しいTシャツが届かないのか電話で揉めて二時間も話した。で、地元の音楽のポッドキャスト番組で二曲アコースティックで歌って、どこでも売ってるブリトーで食事をすませてここに帰ってきたら、あなたたちがわたしよりはるかに創造性を発揮してたってわけ。あすの晩のライブの宣伝に無駄な時間を使うくらいなら、あなたたちの模様替えを手伝ってたほうがよかったのかな？」

　全員がじろりと抗議の目を向けた。エイプリルまでもが気まずそうなそぶりすら見せなかった。わたしが好きに首を切れる立場にあるのは四人とも承知のうえだけれど、そんなことをするはずもない。ステージではすばらしくうまくやれているのだから。

　いつまでも冷淡な態度でいるのは性に合わない。「それで、どこでペンキを手に入れたの？」

　エイプリルがにっこりした。「お酒を売ってる最寄りの店を探してたんだ。そしたら幹線道路を走って横切らなくちゃならなくて、しかも六車線もあったから、ちょっとうんざりしちゃって。だから帰りは、ほかにもっと渡りやすいところ、たとえば横断歩道でもないか探してたら、改装中のスーパーウォリーの保育所を通りかかって、ちょうど誰もいなかったってわけ。でも、換気中らしくてドアは開いてた」

　わたしは思わず唸（うな）り声を洩（も）らし、テキーラをもうひと飲みした。「保育所から盗んだの？」

「スーパーウォリーの保育所だ」ＪＤが言う。「おれたちの仕業だとばれることはないから安心してくれ。ともかく、それからまたスーパーウォリーの店舗に行って、本来は買わなくてよかったものに金（かね）を使ってきたんだから、それで帳消しだろ」

いやな予感がしながらも尋ねた。「ほかには何を買った？」

「いよいよ見せ場か」ヒューイットが照明のスイッチを切った。

部屋がかえって明るく色めいた。ピンク色のテレビとベッドの頭板裏の壁は、暗闇でしか見えない異質な緑色の夜光塗料が塗られていた。バスルームの表側の壁にわたしたちのバンドのロゴ、火花を散らす大砲が浮かびあがった。エイプリルのドラムスティックまで輝いていた。まさか自分たちの持ち物にまで塗りつけたってわけ。

「誰かチェシャ猫でも連れてきて。にたつき顔にパンチでも食らわせなきゃやってられない」

すぐそばでＪＤの声がした。「だから言ったろ、ほんとは壁一枚にお絵描きするつもりだったんだが、計画を変更した」

あとで後悔する言葉を口にしないよう、わたしは酒瓶に唇を付けた。それから椅子で少しうたた寝してしまい、照明がついて、はっと目を開けた。エイプリルは部屋に戻ったのか、消えていた。ＪＤはベッドで寝ていて、バスルームからヒューイットの鼻歌が聞こえてきた。思った以上にいつの間にかまどろんでいたらしい。

立ち上がるとテキーラの酔いがまわってふらついた。ここにはいないツアー・マネージャーのジェマに成り代わろうとした。ジェマがショッピングモールで昼食中に撃たれた兄のもとへ駆けつけてから三週間になる。レコード会社はマネージャーなしでツアーを続けさせるのを渋ったが、わたしが大丈夫だと押し切ったのだった。ジェマのせいではないのだから、電話するべきではなかった。きょう、この場にジェマがいたとして、わたしがミュージシャンの仕事に専念できるようにプロモーションの段どりを整えてくれたにしろ、やはり一緒に忙しく出かけていたはずで、取り残されたバンドに創造力を発揮させることになったのはきっと変わらなかった。叱りつけるジェマが近くにいれば、ここまでの無茶をするのはみな二の足を踏んだかもしれないが。

　ジェマならなんと言っただろう？　ジェマになったつもりで、不機嫌に言った。「ホテルから損害費用を請求されたら、あなたたちの報酬から差し引くから。ほんの一日、放っておかれたからって子守なんて必要ないでしょう。アーティストはわたし。ここで無茶を許されるのが誰かと言えば、わたしのほう。まったく、プロに徹してよね」

　聞こえていたとしても、誰からも返事はなかった。大人の対応をしつづけるのにも限度がある。新たなツアー・マネージャーをよこさないのも、わたしがバンで宣伝活動に出かけているあいだ、ほかのメンバーが郊外のホテルに丸一日取り残されていることも、バンドのレーベル、つまりレコード会社が対処しなければいけない問題だ。バンドのメンバーたちが絆を結び、自分だけが除け者になっているという妬みも懸命に胸に封じ込めるしかなかった。

　メンバーが買ったテキーラを握りしめて隣の部屋へ向かった。エイプリルが奥のベッドでこちらに背を向けて横たわっていたが、寝ているふりをしているのがなんとなく感じとれた。

すぐにベッドに寝転びたくても、化粧を洗い落とさないと肌が荒れてしまうし、自分の身体（からだ）から、きょう会ったポッドキャスターがフィルターなしで吸っていた煙草（たばこ）の匂いがした。煙の染み込んだ服を隅へ蹴りやり、シャワーを浴びにバスルームに入る。目を閉じて、お湯に打たれた。そのまま髪をシャンプーで洗いはじめた。

　そのとき聞こえてきた音がなんなのか、すぐにはわからなかった。学校の始業ベルのような音だけれど、鳴りつづけている。わたしのぼんやりした頭が火災警報器の音だと気づくまでにさらに数秒かかった。

「ちょっと」エイプリルがシャワー越しにも届く大きな声を発した。「なんなの、これ？」

　わたしはシャワーを止めて、びしょ濡れのまま、煙の染みついた服をしぶしぶまた手にした。下着は捨てておいて、ブラを脇に挟んだ。靴下は履かずにブーツに足を突っ込んだ。「火災警報。お隣の野蛮人どもの仕業だったら、残りのツアーはデュオでまわりましょ」

　バックパックはベッドの足もとに置きっぱなしだった。財布、スマートフォン、バンのキー、ラップトップ、ツアーの旅程表がそこにすべて入れてある。煙臭いブラも入れてからバックパックを背負い、ギターケースは右肩に掛けた。ほんとうに火災が発生したのだとすれば、どうしても持ちださなければいけないものはこれだけだ。

　エイプリルも連れて廊下に出ると、鳴り響くベルに加えて警告灯も点滅していた。階段の踊り場で隣室のふたりと鉢合（はちあ）わせした。ＪＤはボクサーショーツだけを身に着けて刺青（いれずみ）入りの上半身は裸で、ギグバッグを手にしていた。ヒューイットはホテルに備え付けのペンキまみれのバスローブを羽織り、ギターは持ちだしてきていなかった。ふたりの顔つきからして、どちらも警報器を鳴らした犯人ではなさそうだ。階段で一緒になったほかの人々も急いではいたがパニックにはなっていなかった。みなＪＤとヒューイットとは距離を取っている。

ぞろぞろと階段をおりてホテル脇の駐車場へ出ていった。すでにアスファルトの上に寄り集まっていた人々は建物を見上げていた。賢明にも自分の車のなかで待機している人々もいる。舗道に出たとたん寒風が吹きつけて、湿った服がわたしの肌に張りついた。

「バンに入ろう」ＪＤが言った。「大事なシンガーを石鹸まみれの頭でうろつかせて、風邪を引かれてはまずい」

「パンツ一枚のベーシストがよく言う」

ＪＤは肩をすくめて返したものの、腕と脚には鳥肌が立っていた。

一時間前になるべく明るい場所に停めたバンのところへ、ＪＤとエイプリルとともに人々の脇をすり抜けて向かった――あれからたった一時間しか経ってないなんて。バックパックからキーを探りだして、次々に車に乗り込んだ。

「ヒューイットはどこ？」わたしは尋ねて、エンジンをかけて暖房を入れた。もっと暖かい服を詰めてあるスーツケースはまだホテルの部屋のなかだ。

「どうなってるのか様子を見にいった」ＪＤが答えた。

「つまり、あなたたちじゃなかったわけ？」

「よしてくれ。おれたちがそんな無茶をすると思うか？」

「一時間前には、ホテルの部屋のペンキ塗りなんて無茶な技を見せてくれたよね？」

「それとこれとはべつだ。誰にも迷惑をかけちゃいない。おれはこんなことはしない」

　チェックアウトしたあとには部屋の清掃係に迷惑をかけるし、わたしとレコード会社との関係にもひびが入りかねないことをしてくれたのだと言い返したいところだけれど、ＪＤの言いぶんは汲(く)みとれた。暇な時間を持て余して、とんでもない悪ふざけに及びはしても、眠っている子供たちをうろたえさせるような危険は冒さない。階段から誰かが転げ落ちかねないようないたずらも。そのことは信じられた。一緒に演奏しはじめてまだ八カ月でも、それくらいはもうわかる。

　後部座席のドアが開き、ヒューイットが三列目に滑り込んできた。「火事じゃない。爆破予告だそうだ」

　ＪＤが眉根を寄せた。「ここを離れたほうがいいってことか」

「無理」わたしはＪＤをちらりと見て言った。「荷物はほとんどまだ部屋に置いてある。それに、爆破予告だとすれば、階段であなたたちはもうすでにみなさんに変な目で見られてたんだから、ここを離れたらよけいに怪(あや)しまれる」

　ＪＤは納得しなかった。「爆破予告を受けたのなら、ホテルは建物から人々を遠ざけるべきじゃないのか？　それとも、ロボットか犬か何かで確かめさせてんのか？」

ヒューイットがうなずいた。「爆発物処理班を待ってるらしい」

「爆弾の匂いを嗅ぐ犬なんているんだ？」エイプリルが訊いた。「犬が嗅ぎ分けられるのはドラッグくらいのものかと思ってた」

「爆弾探知犬はいるさ」ＪＤが言う。「爆弾を嗅ぎ分ける蜂も鼠もいるが、活躍の場は戦闘地域で、ホテルじゃない」

わたしはふと気づいた。「待って。消防車はどこ？　警察は？　サイレンは聞こえたような気がしたけど、どこにも見当たらない」

ヒューイットが肩をすくめた。「忙しい晩なんだろ」

しばし全員ただ外を見つめた。駐車場に立っている宿泊客たちは車のキーを持ってこようとは思いつかなかったのだろう。子供を抱き寄せてさすってやっている親たちもいる。わたしは車の窓ガラスに頭をもたせかけて目を閉じた。ほかのふたりも同じようにしていたが、ＪＤだけは車体が揺れるほど片足をコツコツとドア枠に打ちつけていた。

「やめてくれない？」エイプリルがジュースの空き缶をＪＤに投げつけた。「ちょっとでも眠っとかないと」

それでは何も変わりようがない。わたしはＪＤの脇を突いた。「ベースを持って」

ＪＤが片方の眉を吊り上げた。「はあ？」

「ベースだってば。来て」

わたしは後部座席にまわって、十五のときにベビーシッターをして中古のギターを初めて手に入れたときに一緒に買った練習用の小さなアンプを取りだした。音質がいいとは言えないけれど、いまやろうとしていることにはじゅうぶんだ。駐車場にはまだ五十人くらいが車のキーや財布を持たずに出てきて逃げ場もなく、寒さと恐ろしさに震えて佇(たたず)んでいた。ここから離れられないのなら、自分たちにできるのはせめて少しのあいだでも気を紛らわせてもらうことくらいだ。

ＪＤが駐車場の入口脇にあるコンクリートの台座にコンセントを見つけて、アンプを通してギターに繋いだ。宿泊客のうちふたりが、ホテルではなくこちらのほうに向きを変えた。

「何を演奏する？」ＪＤが訊いた。

「あなたが選んで」わたしは答えた。「楽しくなる曲を。歌詞が聞きとれなくても楽しんでもらえるのがいい。『もうすぐ帰る』なんてどう？」

ＪＤは答えなかったが、頭のベースラインを弾きだした。わたしもそれにギターのパートを合わせ、張り上げはしない程度の大きな声で歌いだした。エイプリルがついて来ていたのには気づかず、二小節目を歌いだしてＪＤのベースに擦れたビートが加わったので振り向くと、後ろでピザの箱をエイプリルが打ち鳴らしていた。

親たちが子供を連れて近づいてきた。気をそらさせるものを見つけてほっとしているのがなんとなく伝わってきて、さらに続々と人が集まりだした。誰も止めに来ないところをみると、ホテルもこの気晴らしを歓迎しているのかもしれない。午前二時の路上コンサートを取り締まるはずの警察もまだ到着していない。

いまや人だかりができていた。『血とダイヤモンド』が始まると、まだ十代の子が声を上げた。「ママ、〈スーパーストリーム〉のメンバーたちだ！　有名なんだよ！」そんなふうに得意げになれる言葉を聞くのも最近ではもうめずらしいことではないのに、いまだに慣れない。みんなが自分の曲を知っているなんて、とても信じられなかった。

ヒューイットはバスローブをどこかに脱ぎ捨ててきたらしい。弁償させられないようにあとで拾って来させなければとわたしは考えてから、ペンキだらけだったのを思いだした。どのみち買い取らなければいけないだろう。ヒューイットはバンドのトレーナーにキルトを腰に巻いた姿で、前に出てきて踊りだした。これで少なくとも、いま演奏しているバンド名は宿泊客に伝わった。わたしがもうちょっと売り込み上手なら――そういうことに気恥ずかしさを感じなければ――あすの晩の〈ピーチ〉でのライブについて紹介できたのだけれど。

八曲を演奏し終えたところで、疲れきった顔のホテルの支配人がやって来た。逆さまに付けた名札にはエフラム・ドーキンズと記されていて、髪は片側がぺたんこになっている。寝起きだったのだろう。

「すみませんが」支配人が言った。

「わかってます、心配しないで、もうやめるので」わたしはなだめるように片手を上げた。

「いえ、そうではなくて。つまり、やめていただくことにはなるのですが、演奏が問題ということではないんです。むしろ、みなさんを楽しませてくださってありがたい。ただ——警察が来ないんですよ。夜明けまで」

わたしはギターの弦を手で押さえた。「いたずらだったんですか？　部屋に戻れるの？」

「いえ、爆破予告があったので、警察に安全を確認してもらうまではお客様に入っていただくわけにはいかないのですが、警察が来ないことにはどうにも埒が明かないのです」支配人は首の後ろを揉んだ。「当ホテルの規則ですので」

つい先ほどまで子供と一緒に身体を揺らしていた女性が支配人のほうを向いた。「ちょっと、それならわたしたちは部屋に戻って眠れもしないし、キーも持ちだせないってこと？　いったいどうしろと？」

ドーキンズは首を振った。「そう言われましても。私は警察から言われたとおりにお伝えしたまでで」

「そう。だったら、同じ系列のべつのホテルで休ませてもらえない？」

「そうしていただきたいところなのですが……」ドーキンズは口ごもり、救い主を探すように見まわしてから言葉を継いだ。救世主はいなかった。「そうしていただきたいところなのですが、この地域のホテルはどこも同じ脅しを受けているのです」

「系列のホテルがぜんぶ？」

「いえ、すべてのホテルがです」

「そんな脅しならかえって信用できないんじゃない？」

ドーキンズは肩をすくめた。「警察はすべてに実際に仕掛けられている可能性も考えているようです。あるいはどれがほんとうでどれがほんとうではないのか区別がつかないのか」

わたしは辟易した人々の顔を見まわした。一分前までは、みな楽しそうに身体を揺らしていた。それがまた午前二時にふさわしい風情に逆戻りだ。

「ばかげている」ずり落ちかけた白いブリーフ姿の男性がアタッシェケースを胸の前でかかえて言った。「行かずにすむものなら、もう出張などこりごりだ。この一カ月で、三カ所の空港で避難させられ、レストランでも一度、店内待機を強いられた」

老婦人が口を開いた。「しっかりと安全を確かめてほしいわ。誰かをよこしてもらわないと。パトカーでも、消防署長でも、犬でも。誰でもいいから。優先順位を決めるトリアージとか何かするべきでしょう」

ドーキンズはまた肩をすくめた。

「それなら聞いて」わたしは提案した。「なるべく危険を少なくするというのはどう？　せめて一度に一人ずつでも、キーや財布を取りに行くのは？」

「そうしていただきたいところなのですが、ほんとうに爆弾があったらどうするんです？

ひとりでもホテルに入ったときに爆発してしまったら？　このなかの誰かが仕掛けていないとも言いきれない。なかに戻ることは認められません」

　数分前まで最善の努力を尽くしていた人々が、にわかに互いを殺人犯であるかのような目で見はじめた。小さな男の子が泣きだした。「ともかく」眠った幼児を肩に担いでいる父親が口を開いた。「休めるところを用意してくれ」

　エイプリルが縁石から立ち上がった。「ねえ、思いついたんだけど。場所があればいいんでしょ？」

　エイプリルは大勢の前で話すことに慣れていない。ホテルの宿泊客たちからいっせいに目を向けられると、ピザの箱を盾のように持ち上げた。「この先に、鍵が掛かっていないスーパーウォリーの保育所がある」指さした。「正面側のプレールームは塗り直してる途中だけど、ペンキの匂いはそんなにきつくないし、奥にマットを敷いたお昼寝部屋もあった。道路を渡らなくちゃいけないけど、こんな時間なら車も多くはないでしょ？　歩いてもたいしてかからない」

　エイプリルとヒューイットがそこへ人々を先導し、ドーキンズは誰も不法侵入で逮捕されずにすむよう地元警察に電話を入れた。わたしはＪＤとがらんとしたホテルの駐車場に取り残された。

　ＪＤがため息をついた。「もう少しだけ演奏しないか？」

「いいかも」

歌うのは喉を気遣って一時間前に切り上げたものの、午前四時にエイプリルとヒューイットが戻って来るまではＪＤと演奏を続けていた。

「ふたりとも疲れないのか？」ヒューイットが問いかけて草地にへたり込んだ。

わたしは片手を差しだした。「指のたこの上にたこができてる。それでもまだ目が覚めない。夢見てるみたいで」

「それならそろそろ起きてくれるとありがたい。こんなのどうかしてるだろ」

アドレナリンにまかせて弾きつづけていたけれど、誰もいなくなると急に疲労感に襲われた。アンプのプラグを抜いて、重い身体を引きずるようにしてバンのなかに戻った。手脚を伸ばせなくても、とりあえずは横になれる真ん中のパン屑まみれのベンチシートを確保した。

「それで、どうする？」ＪＤが運転席から問いかけた。

前列のベンチシートからエイプリルが答えた。「あんたは飲みすぎで運転はまだ無理。みんなそうだろうけど」

「わかってる」ヒューイットがジンの瓶を持ち上げて飲んだ。「もうたぽたぽだ」

「いずれにしても」わたしは言った。「どこにも行けない。あす、もうきょうだけど、ここでライブがあるんだから、どこかに車を走らせるだけ無駄でしょう」

「隣町で睡眠をとる手もあるぞ」

ヒューイットが首を振った。「この町のすべてのホテルから客が避難させられたのなら、警報が鳴って車のキーを持って出ていた人々はみんな、一時間後には隣町のホテルに着いて寝てるだろ。どっち側の隣町でもな」

「バンでの夜明かしなら」わたしは目を閉じた。「ニューヨークで最初に見つけた住まいよりはまだまし。こっちのほうが広いくらい」

「わお」エイプリルが言った。「身の上話をしてくれちゃったわけ？　人並みに過去があったんだ」

わたしは目を閉じたままだったので、舌を突きだしたのをエイプリルが見ていたのか確かめられなかった。「どういうこと？」

「自分のことをぺらぺらしゃべってくれる人じゃないでしょ。八カ月もバンに一緒に乗って、あなたについてわたしたちはほとんどなんにも知らない」

「わざわざ話すようなことはないから」

「だから、あなたについて知ってるふたつのことから——これで三つになったわけだけど——わたしたちで勝手に話を作り上げちゃってる。知ってるのは、あなたが高校生のときに独学でギターを弾けるようになったことと、なんと路上で歌っててレコード会社との契約を勝ちとったってこと。それだけ。今回でもうちょっとだけわかったけど、あとはわたしたちが想像で補(おぎな)ってる。あなたは狼人間(おおかみにんげん)の両親から生まれたんだけど、その遺伝子を受け継がなかったんだって」

ほかのふたりも調子を合わせて、それぞれ口を挟んできた。「飼ってた牛と魔法のギターを物々交換した」「横断歩道(クロスウォーク)で魂を売り渡して演奏力を手に入れた」「バンドで歌うチャンスをものにするために裕福な暮らしをなげうった」「南極大陸出身だから、運転中に故郷を懐かしんでエアコンを強くする」

どれも冗談とはいえ、その裏の本心がわたしにはなんとなく透けて見えた。もっと打ち解けてくれと。だけど何を話せと？　頭の固い両親と六人のきょうだいには同性愛者だなんて言えずに、十五歳で逃げだしたと打ち明けたところで何が変わる？　当時はまだそんな言葉すら知らなくて、それでも言葉にできないことを口に出すのが安全ではないことだけはわかってた。その少し前に、わたし、チャヴェイ・リア・カナーは露店市をぶらついていて初めてエレキギターの音を聴いた。その演奏者を見て、まさにあれはわたしだと思った。道路地図を持たない旅人。それからはこれがほんとうの自分だと思えるようになるために、できるだけのことをしてきた。何カ月もかけて計画を練り、ブルックリンから、親族でただひとり既定の道をはずれたおばのワシントン・ハイツにあるアパートメントへ向かった。そのとき初めて地下鉄に乗った道のりは、あれから移動したどの距離よりも、わたしにとっては長かった。そのおばの存在は地元のコミュニティを出た人々を助ける団体の人から聞いて知っていただけだったけれど、わたしもまた同じようにもう家族から消し去られている。そんな話をバンで八カ月一緒に旅して来ただけの人たちにちゃんと説明できるとは思えない。もしかしたらいつか、冗談で笑い飛ばされはしないと信用できるようになったときに、話せる日が来るかもしれないけれど。

「あなたたちの考えた物語のほうが、真実よりよほど刺激的だということだけは間違いない。さっきも言ったけど、話すほどのことは何もないから」

「いいんだってば」エイプリルが続ける。「刺激的じゃないからって、聞きたくないとはかぎらないじゃない」

それほど不服そうに言われる筋合いはないと思ったので、わたしは空気を変えようとした。「だけど、どうして牛を飼ってたのがわかったんだろう？　ボッシーの話をした憶えはないけど」

「わかるさ！」ＪＤが皮肉まじりの得意げな声をあげた。「牛は必ずいるものだ」

しんと静まり返り、わたしがまた新たな事実を言い添えるのを待っているのが感じられたけれど口をつぐんだので、沈黙が長引いているうちにＪＤの息遣いが変わり、エイプリルも寝息を立てはじめた。

「なあ」まどろみかけていたところにヒューイットが低い声で言った。「ルース、まだ起きてるか？」

「一応は。どうかした？」

「感動したのと呆れたのの比率は？」

「なんのこと？」わたしは訊き返した。

「ホテルの部屋」

「感動が一〇パーセント」

「たった一〇パー？　頼むぜ。相当いけてたはずだ」

ヒューイットからわたしの笑みは見えない。「まあね。五〇パーセントにしとく。独創性のポイントを上乗せした。夜光塗料はなかなかだった」

そのあともまだ誰か起きていたのかは、わたしが起きていられなかったのでわからない。

2

ローズマリー
ここにも幸せなスーパーウォリーの従業員

聞け。
学べ。
繋げ。
目指すは、スピードと効率。
粘れ！　あきらめるな！
価値ある人にも替えはいる。

職場として設えた部屋の一角の壁に貼らされている六枚の標語ポスターのうちでも、ローズマリーは最後のものがどれより好きになれなかった。会社は三カ月毎に新たな標語を掲示方法の指示書き付きで送ってくる。ローズマリーは忠実に掲示して、職場環境を毎日律儀(りちぎ)に撮影しては本社へ送信している。ローズマリーの朝の職場風景は〝ここにも幸せなスーパーウォリーの従業員〟というキャプション入りで会社のウェブサイトにも一度だけ掲載された。

　ローズマリーは幸せな従業員ではない。哀しくもなければ不満があるわけでもなく、ただ淡々と働いているだけのことだ。毎朝目覚めて、両親と朝食をとり、自分の部屋へ戻る。そこにある子供の頃から使っている机をスーパーウォリー事業者サービスセンターのデスクに設えていた。職場の外、つまり会社のカメラに映らないところには、〈ザ・アイリス・ブランチズ・バンド〉と〈ブレイン・イン・ア・ジャー〉と〈ワイルアウェイ〉のポスターが貼ってある。どれもスーパーウォリーから従業員割引を利用して購入したものだが、職場環境に取り入れることは認められていない。ローズマリーにとっては自分がスーパーウォリーに従属しているわけではないことを思いださせてくれるものでもある。従業員に価値はあっても替えはいるのなら、雇い主にも替わりはいるはずだ。あくまで理屈のうえではだけれど。ローズマリーはこれまでほかの仕事をしたことはなかった。

　八時二十九分、七年生のときに学校から支給され、いまもベッド脇の充電器に置いてある古びたスーパーウォリーのフーディ・ベーシックの音楽プレーヤーを切り、仕事用のフーディのヘッドホンを付けて、マイクを調節した。

〝ようこそ、ローズマリー！　実りある一日を！〟目の前に閃いた文字を払いのける。

　まず八時三十分から三十五分のあいだに必ず、事業者のふりをした品質管理部門の抜き打ち検査員から問い合わせが入る。先方はけっして正体を明かしはしないけれどローズマリーにはわかっていた。

八時三十二分に呼び出し音が鳴った。規定どおり二度目の音を待って応答した。視界の片隅に迅速な対応を称えるメッセージが表示され、心の安定をもたらすとされる仄暗い青色の仕切り壁に囲まれ、整頓された木製の小さな机のある部屋がフードスペースに展開した。

「おはようございます。こちらは事業者サービス係です。ローズマリーが承ります」

「おはよう」灰色の髭をたくわえたシーク教徒の男性のアバターが、向かいの仮想椅子に現れた。「問題を解決する手助けを得られないかと思ってね」

実際に対面しているわけではないので、顧客の性別や文化的背景を考慮しても意味がない。

「もちろん承ります、ジェレミー、どのようなご相談でしょう？」

男性はこわばり、ぴたりと動きをとめた。「せめて知らないふりをしてもらえないかな？　録音されていて、互いの評価に関わるのだから」

ローズマリーは吐息を洩らした。「すみません。そうですよね。定式どおりに……きょうはどのようなご相談でしょうか？　スーパーウォリー・ファミリーの一員である大切な事業者様ですので、迅速かつ効率的な解決方法をお探しいたします」

「ありがとう。うちの注文処理用インターフェースが誤作動を起こしている。そちらのトゥーソンの倉庫に補充すべきものが確認できない」

「かしこまりました、大切なお客様。事業者ＩＤ番号をお伺いしましたら、解決できるものと存じます」

本日の事業者を装ったジェレミーのアバターは、本日の偽りの事業者ＩＤ番号を伝えて、偽りの問題が解決されるのをじっと坐って待っている。それもなんのことはない問題で、どうせならもう少し難度の高いものを依頼してほしいと言いたいところをローズマリーはこらえた。そんな願いはまた次に、きょうの勤務時間が終わるまでに叶うことを祈るしかない。そうでなければ仕事への意欲が湧かない。

実際には自宅に設えた職場にいるジェレミーの姿をローズマリーは想像した――前に一度、どこに住んでいるのか話してくれたことがあったはずだ。仕切り壁の色はほぼ間違いなく同じにしても、その外側のカメラに映らないところには、きっと好みのポスターが貼ってあるのだろう。この男性もまだ実家暮らしなのではないかと思ったのはこれが初めてではなかった。自分と同じ二十四歳くらいに思えるけれど、三十か四十だったとしてもふしぎはない。

品質管理部門の抜き打ち検査員は毎日姿を変えられるので、アバターからでは手掛かりが得られない。そのほかの従業員たちのアバターはみな、経験と若い情熱がほどよく嚙み合う年頃だと会社がかつて導きだした三十三歳に設定されている。これまで朝いちばんにジェレミーが連絡してきたときにローズマリーが知り得た情報と言えば、名前と、Ｖで始まる地名の場所に住んでいることくらいだ。たぶん、ヴァージニア州だろう。それともヴァーモント州だろうか。そうした通信上の情報が必ずしも事実とはかぎらないが、それだけでもほかの従業員の誰より知っていることの多い相手だ。あとの人々は業務評価表の競争相手として従業員の長い名簿のなかにある名前としてしか知らない。

ローズマリーは七十二秒かかって今朝の問題を解決し、またも〝迅速に対応できましたね！〟と効率的な仕事を褒めるメッセージが表示された。ジェレミーが消えると、いったんフーディを視界開放（クリアヴュー）にして机を直し、検査員ではない最初の顧客を待った。たいして待たずにすんだ。八時四十七分、また呼び出し音が鳴り、ローズマリーは笑顔をこしらえて応答した。

「おはようございます。こちらは事業者サービス係です。ローズマリーが承ります。どのようなご相談でしょうか？」〝よくできました！　お客様にはあなたの笑顔が届いていますよ！〟と視界の隅に文字が流れた。獲得したボーナスポイントを脇へ払った。

「今朝、大変な問題が発生した」先に声が聞こえ、長身の若い韓国人らしき男性のアバターがヴァーチャルの木製の机の傍らに現れた。表情から緊張も伝えられる精巧な高性能のアバターだ。

「迅速かつ効率的に解決策をお探しします。事業者ＩＤ番号をお伺いできますか？」そうした言葉はローズマリーのアバターの口から発せられる。社則により、写真のように実物そっくりのアバターだが、三十三歳の年齢設定のため、髪と化粧はよりきちんと落ち着きを持たせてある。制服の着用が定められているものの、実際に化粧をするかどうかについて触れられていないのは救いだ。〝最良の仕事をするには最適な装い〟と掲げられているが、組織に溶け込むには大勢に倣うのにかぎることをローズマリーは心得ていた。

聞き覚えのない事業者IDがすらすらと伝えられた。ローズマリーはそれを入力し、即座に表示された企業名に逸る思いを押し隠した。「事業者名をご照会させてください」

「ステージ・ホロ・ライブか、ステージ・ホロ。子会社登録になっているか、独立法人になっているのかはわからない」

「独立法人になっております」ローズマリーは伝えた。

スーパーウォリーで働いて六年になるが、ステージ・ホロ・ライブ（SHL）からの問い合わせを受けたことはこれまでに一度もない。スーパーウォリーの事業者であることすら知らなかった。事業者であるのは考えてみれば当然のことだった。そうでなければ、ステージ・ホロのプロジェクターや専用のフーディをどこで買えるというのだろう？　ほかに誰がSHLのショーで売られる物品の受け渡しをすると？　さらに言えば、音楽だけでなく、スポーツ・ホロやテレビ・ホロといったサービスを家庭や全国のフーディにストリーミング配信するのにも、ほかにどこの通信網を使えるというのだろう？

いずれにしても、ステージ・ホロはもうほとんどの家庭で利用されている。ローズマリーの家にはリビングルームでテレビや映画を観るためのステージ・ホロの基本的なセットすらなく、当然ながら追加の定期利用サービスや没入型ライブ体験は望みようもなかった。いちばん大きな理由は費用の捻出で、そもそも両親が機械化反対主義者だという事情もある。ローズマリーがまだ必要なのだと強く抵抗しなければ、学校から支給された旧式のフーディ・ベーシックすらとうに捨てられていただろう。そんなものではたいしたことはできないのだけれど、持っていれば完全に取り残されているわけではないふりをしていられる。

「どのようなご相談ですか？」問いかけて、次回はもっとすばやく対応できるように事業者番号を胸のうちで暗唱した。憶えやすい回文配列になっていた。

「今夜大きなショーが予定されている。そのサイトで当日売りのチケットを購入しようとすると、チケット販売は終了しましたと出てしまう。きのうまではちゃんと作動していたんだ」

つまり、スーパーウォリーはＳＨＬの登録サイトも運営している。理に適っていた。そうでなければ、すでにもうステージ・ホロを廃業に追い込む競合がほかに現れていただろう。

「修正作業に取りかかります」ローズマリーはまずプログラムのコードを思い浮かべた。実際に調べる前に該当するものを仮に当てはめてみたほうが解きやすい。目を開けて、そこに表示されたものを見て、問題を発見した。キーをいくつか叩くだけで修正できた。たやすい作業とは思われないようにわざと長めに時間を取った。なんだ、その程度のことなら自分でも処理できたかもしれないなどという誤解を顧客に与えないために。

「完了です」ローズマリーは伝えた。「もう正常に作動しています。通信を切る前に、そちら側でテストなさいますか？」

「そうしよう。ちょっと待っててくれ」アバターがいったん静止し、少しして、目に見えてほっとした表情になってまた動きだした。「よし。直ってる」

ローズマリーは時計表示に目をくれた。いますぐ通信を切れば、効率的に解決したボーナスポイントがさらに加算されるが、なんとなく気にかかった。「さしでがましいようですが、このような現象は初めてではないのでは？」

「ああ、じつはそうなんだ。この一カ月でもう二度問い合わせをしている。どうしてそう思ったんだ？」

「今回は特定のショーについて修正を行ないましたが、お客様のサイトそのものの日付のプログラミングに不具合があるのではないかと。そうだとすれば、また問題が発生するおそれがあります」

「なるほど。そうだとしたら、きみがそれを解決できるのか？」

「ご要望であれば、できます」

「もちろん頼む。そのために連絡したのだから」

「ですが、お客様は特定の問題についてお問い合わせくださいましたので、その点のみを修正いたしました。私（わたくし）どもは目下の問題を〝迅速に効率よく〟修正しております。その問題は解決されましたが、さらに効率的な解決策を講じれば、一週間以内にまたご連絡いただくような問題は生じ得ないかと」

「すばらしい。ぜひやってくれ」

ローズマリーは思わず本物の笑みをこぼした。新たな修正作業は五十八秒で終了し、適正とされる待機時間は取らなかった。「ステージ・ホロ・ライブのために、お手伝いできることはほかにございますか？」

「いや、だが聞いてくれ。きみはとても手早かったし、問題に隠された問題を修正する提案をしてくれて助かった。今夜のショーの招待コードをお贈りしてもいいだろうか？」

「申し訳ありません。事業者様からの贈答品は受けとれないのです。社則に反しますので」

おかげで、自宅でまともに使えるフーディは趣味での使用を禁じられているこの仕事用しかないことを言わずにすんだ。十三歳で学校が仮想化されたときに支給された初期の機器では、音楽を聴いたり友人と遊んだりするだけならまだじゅうぶん使えても、古すぎてＳＨＬの技術には対応できない。

「了解。まあ、仕方ない。きみを面倒に巻き込みたくはないしな。でも、従業員のＩＤ番号を伺えないだろうか？　あるいは直通の連絡先を教えてもらえないかな？　きみはぼくの救世主だ。また連絡したいし、きみの上司にもお礼を伝えたい」

何も支障はないと判断した。ローズマリーはすでに何人かの事業者に直通の連絡先を教えている。だから会社のＩＤ番号を伝えた。

「ありがとう、ローズマリー。よい一日を」

「あなたも。ご贔屓（ひいき）にしてくださって感謝します」

通信は切れた。ローズマリーは報奨履歴を開いた。効率的に問題を解決した場合のボーナスポイントは逃した——適正時間を二分超過していたからだ——が、贈答品を断わったぶんのポイントが付加された。昇給認定基準まであと百五十七ポイント。達成されたら、たとえ両親を怒らせても、ＳＨＬと互換性のあるフーディを購入しよう。

残りの勤務時間は、ほとんどが簡単な修正作業と、もう少し手間のかかる依頼を二件解決して過ごした。より複雑な問題を処理するには不向きな機器しかなくても、ローズマリーは手間のかかるもののほうが嬉（うれ）しかった。同じ業務に就いている従業員でも、遂行ポイントより対応時間でポイントをもらおうと、厄介な依頼は上手にかわす策を取っている人々もいるはずだ。たまにほかの事業者サービス係の対応が不満だったという顧客の依頼を受けることもある。同僚とは誰とも面識がないので、システム内の対応履歴から推測することしかできないけれど。

両親の言うとおりなら、そんなことをしていてはいつか昇給の機会を棒に振る。会社は毎月送られてくる標語ポスターに迅速かつ効率的に問題を解決するといったことをあれこれ掲げてはいても、結局のところ、どんな問題でも処理するローズマリーのような便利な人員をそこに置いておくはずだと言うのだ。昼食は手っ取り早くヨーグルトですませた。ローズマリーはできるかぎりすばやく問題を解決しているが、すんなりとは解決できないこともある。

夕方にフーディをはずそうとしたとき、またメッセージの着信音が鳴った。いらだちを覚えた。終業時刻の二分前だろうと受信するのが義務ではあるけれど、事前承認を受けなければ時間外手当ては得られないし、無視すれば減点となる。

メッセージ着信箱をタップして、時間超過勤務を選択した。ステージ・ホロ・ライブから、技術的な不具合がないことをスーパーウォリー側からも確認してもらうため、今夜のショーを訪問してほしいとのあらたまった要請が届いていた。そのコードにアクセスしさえすれば、ショーを訪問できる。ローズマリーはもう一度読み直し、正式な依頼であるのを確認した。

「ありがたいお申し出なのですが、わたしの機器はＳＨＬに対応していないのです。開始時刻までに借りられれば伺いますが、まず無理でしょう」と返信した。「今回のご要請にお応えできず、申し訳ありません」

ローズマリーのメッセージは、ステージ・ホロ・ライブからその要請を送信した、名前もわからない人物に返信された。制服から私服に着替えた。勤務時間外まで監視されているわけではないけれど、絶対にされていないとも断言できない。

自室兼職場からキッチンまで歩くあいだに現実世界へ戻る。一日じゅうフーディを装着しているとたまに、どこにも人間は実在せず、声とメッセージとコード配列とアバターのみがあふれているところで生きているような気がしてくる。存在するのはデータやソフトやお金を利用するために助けを求めてくる面々だけで。ローズマリーは暖かいキッチンに足を踏み入れると、血のかよった生身の人間がいて、その誰もが自分に何かを求めているわけではないことをあらためて実感する。

「手伝うことはある？」尋ねて、ドア枠に片腕をつき、もう片方の腕も伸ばした。

母はそばのカウンターに松葉杖(まつばづえ)を立てかけて、スープ用のニンジンを刻んでいた。きょうは義足を装着していなかった。「残りの野菜を準備してくれるなら、わたしは鶏肉(とりにく)にかかるわ」

ローズマリーは差しだされたキッチンナイフを手にして、ニンジンをひとかけら口に入れ、すぐに吐きだした。スーパーウォリーがドローンで配送した美しいニンジンは家庭菜園で育てた不格好で芯まで赤いシャントネほど甘くはなく、そちらはもう何カ月も前にすべて収穫を終えていた。母がちらりとこちらを見て、無駄にはせずに味気ないニンジンのかけらをつまんだ。

「ねえ、母さん、この近所でステージ・ホロ・ライブの機器を持ってる人を知らない？　一時間以内に借してくれそうな人」

「どうして？」

「無料でコンサートに行けることになったから。面白そうだし」

「それはコンサートに行くとは言わないわ。いいこと、危険な坂道なのよ。機器は安いし、そのショーを観るのにはたいしてお金もかからないんでしょうけど、いったんなかに入ったら、どんどん払わされてしまう。承認させてお金を送金させるのなんて簡単なのだから。あなたもお金を次々に払わされる仕組みに――」

　母の顔を見るまでもなく、声から眉間の皺が聞きとれた。「ええ、わかってる。だけど、今回はただだから、この機会にちゃんと経験してみたくて。一度だけ。超過勤務手当も出るし」

　そのひと言がいくらか利いた。「仕事だとは思わなかった。ティナ・シモンズはどう？　あの会社の遊び場で暮らしてるような子でしょう」

　ローズマリーは尋ねてみようという気にもなれなかった。もう何年もティナを避けていることに母は気づいていない。近隣の人々のなかにほかに誰かいないか必死に考えてみたけれど、気安く頼める相手はまるで思い浮かばなかった。考えるほどに、近所で探そうということ自体がそもそも難問だと思い知らされた。母の言うとおり、ティナもローズマリー以外のほかの人々と同じように、ほとんどずっとフーディが与えてくれるフードスペースのなかで過ごしている。だいたいみんな朝目覚めてフーディを着装し、寝るときにはずすのだから、それを借りられるのかというのが、第二の問題だ。とうてい借りられる見込みはない。

　ローズマリーは残りのニンジンを切ってから、セロリとタマネギに移った。テーブルに夕食の用意をしていたところに玄関扉の警報音のような呼び鈴が鳴った。母が手を洗い、ジーンズのポケットから携帯電話を取りだして防犯カメラ画像を確かめた。「ドローンの荷物配送よ。心当たりはある？」

ローズマリーは首を横に振った。「見てくる」

玄関扉を開錠した。届けられたのは、小さくて軽い荷物だ。個人のＩＤ番号ではなく、ローズマリーの会社のＩＤ番号宛てだった。なかには、正真正銘のフーディ商標の付いた、まっさらな最上級モデルが付属品一式とともに入っていた。最新式の軽さに驚いて両手の上で転がした。みな着装しっぱなしにしているわけだ。

梱包票の通信欄にはこう記されていた。〝今夜のコンサート開催へのご尽力に感謝します〟ローズマリーは自分の部屋に駆け戻り、仕事用のフーディがまだ通信可能か確かめた。大丈夫。

どれだけ興奮しているかまでは送信されないことにほっとしながら、返信した。「お手伝いが可能となりました」

3

ルース〈ピーチ〉

朝陽(あさひ)があまりに早くわたしの瞼(まぶた)をこじ開けた。助手席でヒューイットがピンク色のバスローブにくるまり、Ｔシャツを顔にかけて寝ていた。ＪＤはハンドルに突っ伏してうたた寝している。わたしの後ろの最後列に陣取ったエイプリルはすでに目を覚ましていた。「よかった、起きるの待ってたんだから。これを誰かに見せたくて」

タブレットを手渡してきた。わたしはまだ煙臭い袖で眠い目を擦り、その悪臭にうっと怯(ひる)んだ。タブレットに視線を落とす。目を上げた。「ぜんぶのホテル？」

「ぜんぶのホテル」

「街じゅうの？」

「この州じゅうの」

わたしはまた目を閉じた。「それで爆弾は見つからなかったの？」

「ええ。いまのところは。爆弾処理班はまだ半分もまわれてない」

「つまり、ぜんぶまわるつもりってこと？　いたずらかどうかを確かめようにも、誰もなんにも見つかってないんだよね？」

「その記事を読むの、読まないの？」

「読まなくていい」わたしはタブレットを返した。「いらいらするから。とんでもない悪ふざけでしょ。いまは眠りたい。みんな寝ておかないと。起きたら、今夜のライブの準備をしなきゃいけないんだから」


わたしはまだ寝ていたヒューイットをバンに残し、エイプリルとＪＤとホテル近くのダイナーで日給の一部を費やして朝食をとった。店内は疲れきった人々で混雑していて、駐車場で目にした面々もそこに含まれていた。わたしは薄くて酸味の強いコーヒーになんとか飲めるくらいいまで砂糖を入れた。

お昼のラジオ番組に出演することになっているのに、いまだホテルの部屋に立ち入りを許されていないし、昨日会ったポッドキャスターの灰皿並みに身体が匂う。ダイナーのトイレでペーパータオルを使ってできるだけ汚れを拭きとって、髪に固まってこびりついているシャンプーもこそげ落としたものの、服はどうしようもなかった。

「ラジオだろ、ルース」テーブルに戻るとＪＤが言った。「匂ったって、誰に見えるわけじゃなし」

ＪＤはわたしが投げつけた黄色い人工甘味料の包みをかわした。

安売りで地元の商店をつぶしたあげく、支払いを自動化してレジ係を解雇するやり方がわたしには腹立たしくて、スーパーウォリーでは極力買い物をしないのだけれど、状況を考えれば最良の選択肢だと認めざるをえなかった。駐車場を抜けて清潔なジーンズとタンクトップを買いに走り、ヒューイットも目覚めたら同じようにしてくれることを祈った。ただし、買いに行けばとはあえて言わない。前にヒューイットがレスリングの吊りパン姿で現れたときにも、ライブのために着替えてと言いたかったのをどうにかこらえた。

どうしてレスリングウェアを持ってるわけ？　みなそれぞれに憶測をめぐらせながらも、本人に直接尋ねはしなかった。調子に乗せてしまうので、無関心を装うのにかぎる。きょうはヒューイットがみんなを驚かせるようなものを取りだす鞄もないわけだけれど、わたしがバスローブの代わりを買うようにと求めれば、上下繋ぎの肌着にうさちゃんスリッパで登場しかねない。

三人でバンに戻ると、ヒューイットはどこからかジーンズを見つけだし、さらに前夜すでに掘りだしていたバンドのロゴ入りトレーナーをまた着ていたので、わたしは胸をなでおろした。いずれにしてもギターを持ちだせないのでは、ラジオ局でもおとなしく坐っていてもらうしかないのだが、その身支度の心がけだけでもありがたかった。

今回のラジオ番組もいつもと変わらなかった。仮設トイレくらいの狭苦しい空間にギター、ベース、プラスチックのごみ箱をひっくり返した急ごしらえのドラムが詰め込まれていた。こうして互いに目を合わせないようにしていると毎回、ラジオ局のスタジオでギターのネックの角度を調整するという歌詞が含まれている〈ディサピアー・フィア〉の古い曲を思いだしてしまう。

「『血とダイヤモンド』は実体験から?」演奏後にラジオ番組のDJが尋ねた。

「いいえ」肯定か否定で答えられる訊き方をされたら、当然こうなる。もっと話を広げたいのなら、それなりの訊き方というものがある。「この曲を作ったきっかけは?」と尋ねられれば、もっとほかの答え方をしていただろう。案の定、エイプリルとJDがしたり顔で目を合わせたので、昨夜も指摘されたように、わたしはまた個人的なことを訊かれて、はぐらかしてしまったということらしい。話すのを拒んではいない。話さなければいけない理由がわからないだけで。

DJが自分の過ちに気づいて、わたしのほうに申し訳なさそうに肩をすくめ、話を先へ進めた。今夜のライブ、このツアーの概要、アルバム、今回ヒットした曲について尋ねられて答え、ホテルへの脅迫事件についてもなるべくなごやかに笑い話として語った。幸運な数人のリスナーにライブのチケットが贈られた。そのチケットを手に入れるためにほんとうに電話をかけてくる人々がいることに驚かされたのは、これが初めてではない。DJから差しだされたタブレットで、SNSでも同様の反響があるのを見せてもらった。

人々に望まれていることにまだどうしても慣れない。七カ月をかけて各地をまわり、これまで夜のライブを二十二回行なって、うち十七回でチケットが完売かほぼ完売となった。それも突如、潮目が変わったからだ。ちょうどいい時期にちょうどいいところで、スーパー・ストリームでミュージックビデオが流されたとたん、オープニング・アクトからメインの出演者へと躍りでた。『血とダイヤモンド』はわたしの最高傑作ではない。プロモーションをして、車で各地をまわり、まずい食事をとり、薄汚れたクラブのトイレを化粧部屋に使って、ステージに立つ時間まで待つのが日常になったところまではたやすく信じられたけれど、人々が聴いてくれているという事実はまだわたしの理解を超えていた。

わたしのいらだちが焦燥に変わる寸前の午後二時に、ようやくホテルの部屋に戻ることが許された。エイプリルはすでにヒューイットがギターを新たに買うか借りられる地元の店をネットで検索しはじめていたし、わたしはステージに立つための服と化粧品をまたスーパーウォリーの店に頼らざるをえなくなることをなるべく考えないようにしていたところだった。ピンク色に塗られた部屋についてはホテルから何も言われず、爆弾処理班がわたしたちの部屋には立ち入らなかったのか、探しているもの以外は関知しないよう指示されていたのかのどちらかとしか考えようがなかった。当然だろう。宿泊者が追いだされているホテルの客室をわざわざ歩きまわりたがる人など誰もいない。

「また何かあったら困るから、ぜんぶ持ちだしといたほうがいいかも」エイプリルがベッドに倒れ込んで目を閉じた。ひと晩泊まるだけでも、衣類は鞄から出して鏡台付き簞笥に入れたり、クローゼットに掛けたりしておくのがエイプリルの習慣だ。そうしておけば、あまり放浪者みたいな気分にならずにすむのだと言う。

「立てつづけに起こるようなことじゃない。そうでしょ?」わたしはライブで身に着けるものをぐちゃぐちゃの鞄のなかから探った。選択肢はたいしてない。いつもはコインランドリーの利用日に決めている月曜日を今夜のライブの宣伝まわりに費やし、そのあいだ残りのバンドメンバーは部屋の改装に励んでいた。それでもきょうを洗濯日にあてられたはずなのに、ホテルから締めだされるとは思ってもみなかった。

エイプリルが静かな寝息を立てはじめ、わたしも急に眠気に誘われた。スマートフォンの目覚ましをセットして目を閉じた。それから二秒と経っていないのではないかと思うほどすぐに目覚まし音に起こされた。エイプリルは髪を乾かしていた。昨夜ほとんど寝られなかったのは同じなのに、目覚ましもかけずにどうして起きられたのかふしぎでならない。わたしもあとに続いて、ようやく邪魔されずに至福のシャワーを浴びた。

荷物をすべて持って出るかについては悩みに悩み、やめようと決め、でもやはり持っていったほうがいいかもしれないと思い直し、それからまたやめることにした。きのうのきょうで、またあんなばかげたいたずらをする人がいる可能性がどれだけあるだろう? 今夜の演奏に必要なものだけをバックパックに詰め、大きな旅行鞄のほうはこれ見よがしに部屋に残した。

駐車場であとのふたりと合流した。ヒューイットにツアーの旅程表を渡し、バンのGPSに会場の住所を入れて目的地までのルートを表示させた。ツアーに出て初めの数日はわたしが紙の旅程表を手放さないのをメンバーたちは笑っていたが、ある日の午後にみんなのスマートフォンすら繋がらなくなり、わたしの旅程表のおかげで道に迷わずにすんだ。そのとき地図帳を買おうと立ち寄ったコンビニエンスストアでは「もうだいぶ前から置いていませんね」と店員に言われた。以来、誰も小冊子を持ちだしても茶化さなくなったし、わたしは地図の余白に何かと書き留めるのを楽しんでいる。子供時代をひとつの地域内でずっと過ごしたせいで、なんでも教えてくれる地図が大好きになった。

ブティックやレストランが建ち並ぶ洒落た小規模の商業地区を抜け、大通りから脇道に入った。

「バンを停めて」わたしはすでにドアを開きかけていた。「停めて、ここで、停めて」

ヒューイットがブレーキを踏み込み、わたしは車から飛び降りた。目的地の〈ピーチ〉の正面入口には古めかしい屋根状の庇看板（ひさしかんばん）が付いていた。そこにわたしの名が掲げられている。〝今夜の出演：ルース・キャノン〟いままで黒板やポスターに記された自分の名は見てきたけれど、正面玄関に掲げられたのは初めてのことだ。

一年前、わたしの運命が動きはじめたとき、音楽を生業にするにあたって成し遂げたいことをリストにした。正確にはふたつのリストだ。自分で成しうるものと、自分だけではどうにもならないもの。ひとつ目のリストのほうには〝もっとうまくリードギターを弾けるようになる〟といったことを書き連ねた。もうひとつのほうには、もっと絵空事のようなもの、メインの出演者として演奏したいクラブ名や劇場名、同じステージに立ちたい人々などを記した。〝正面玄関に自分の名が掲げられる〟なんてことは想像もしなかった。次にまた日記を開く機会があれば真っ先に書いて、棒線で消す喜びを味わおう。

「いかしてない？」誰にともなく問いかけて、スマホを取りだし、カメラのシャッターを押した。

バンの後ろの車がクラクションを鳴らし、わたしはバンドメンバーに手を振った。「なかで会いましょ」

ツアーの旅定表はヒューイットに渡してあるので、そこに書かれた注意書きで荷物の搬入口が建物の裏側になっているのもわかっているはずだ。これであと数分は自分の名を眺めて楽しめる。

道の向こう側をジャーマンシェパードを連れた女性が公園のほうへ歩いていく。

わたしは掲げられた看板を指さした。「これ、わたしの名前！」

女性はにっこり笑って親指を立てて祝福してくれた。

かつては映画館だったような風情の劇場だ。レコード会社の宣伝部から届けられたポスターが古めかしいチケット売り場の脇に華やかな電球に縁どられて掲示されている。三カ所の扉がどれも施錠されていて開かず、四カ所目の扉からようやくバー・カウンターも設えた丸天井の円形のロビーに足を踏み入れた。背中に巨大な桃(ピーチ)が描かれた黒いTシャツを着た男性がビール用の冷蔵庫を補充していた。わたしに気づいて顔を向けた。

「きょうの出演バンドです」尋ねられる前にわたしは口を開いた。「荷物の搬入口は開いてますよね？」

男性がうなずきを返し、わたしは劇場のなかへ入っていった。

この町では事前の宣伝活動の予定がみっちり組まれていたことに納得がいった。これまで演奏してきたのはほとんどが中規模のロック向きのクラブだったが、ここは座席もバルコニー席もすべてが揃(そろ)った正真正銘の劇場だ。劇場でわたしたちが主役の出演者になる。わたしが。たしかに火曜日ではあるけれど、大きな一歩だ。

わたしは通路を進んだ。劇場内の照明はついていて、細部までよく見えた。アール・デコ調の壁付き燭台(しょくだい)、彫刻の施された舞台前面のアーチ。エイプリルが、本人とほぼ同じ高さで二倍は重みのあるドラムのハードウェアが入った巨大なバッグを舞台袖から引きずり上げようとしていた。必ず最後に積まれて最初に降ろされるものだ。その後ろから男性ふたりがドラム用の台座やシンバルバッグ、バスドラムを運んできた。総出で手伝わなければ間に合わないのだが、当のドラマーのエイプリルはいつも誇りとばかりに大きなバッグだけは自分で持ち運ぶ。

わたしはバンへ戻った。最初にジェマから積み降ろしを手伝う必要はないと言われていた。

「あなたが演じるべきは歌姫。そのために契約してるんだから」

もう慣れてもいい頃なのかもしれないが、たとえ一時雇いのバックバンドでも、それでは一緒に演奏する仲間とのあいだに気持ちの悪い隔たりが生まれてしまう気がした。わたしも仲間に溶け込みたくても、そうさせてくれない状況が重なり合っていた。単独でのプロモーション、バンドメンバーたちのペンキ塗り大冒険、あまり自分のことは話す気になれないわたしの性分。そうだとしたら、自分が使うものや、メンバーの荷物運びを手伝うくらいしかできることはない。

ジェマが去ってから、わたしも手伝うのが当たり前のこととしてみんなに受け入れられるようになったのが嬉しいので、べつに無理をしているわけでもない。〝あそこに掲げられているのはわたしの名前〟だと得意になることはあっても、いまはまだ歌姫を演じるとはどういうことなのかよくわからない。

機材をすべて運び入れて、設置に取りかかった。エイプリルがドラムセットを組み立てたところに〈ピーチ〉のTシャツを着たまたべつの従業員がステージにやって来た。ドラムマイクやマイクスタンドを奥まったところから引っ張りだしてきて設置の調整を始めた。

「こんにちは、わたしはルース」男性がひと息ついたところで声をかけた。まず肝心なのは、音響の良し悪しに関わる人々には必ず感じよく接することだ。

「エリック・シルヴァだ。シルヴァと呼んでくれ。きょうは期待している。この数週間、きみたちの曲もここでずっと流していた。とても気に入ったよ」

気に入ってもらえたのなら心強い。音響担当者の対応でライブの出来をだいたい占うことができる。好みのジャンルではないとか、ひよっこの歌手は信用できないといった理由で歓迎されていない場合には、名乗ろうともしてくれない。わたしが名乗って挨拶をしても、唸り声を洩らすかうなずく程度、さらにひどければ黙々と仕事を続けるだけの人もいた。そうした人たちは訊きたいことはすべてＪＤかヒューイットに問いかけ、わたしとエイプリルには見下したように話し、まったく口を利いてくれないことすらある。だからわたしはちょっとしたテスト代わりに最初の挨拶をするようになった。

ブースにいる誰かが様々な照明の色合いや位置取りのテストを繰り返していて、多彩な光が投げかけられて、時折まぶしさで目がくらんだ。シルヴァがわたしたちの配置したバンドセットをめぐり歩いてマイクを配線し、モニター・スピーカーの角度を調整した。機材構成やモニターの設置位置の要望について何も尋ねようとしない。わたしたちが持ち込んだ機材について熟知しているのはあきらかで、ここはわたしの知るなかでも百分の一の確率でしかめぐり合えない好条件のライブ会場だと確信した。ステージで自分たちが求めるものや好みのすべてに応えられる人物に出会えたときには、ライブはうまくいくと自信を持てる。

サウンドチェックも順調に進んだ。今回のツアーでまわった会場のなかでも最高品質の音響システムが配備されていて、シルヴァはわたしたちがまさに望む演奏環境を整えてくれた。大聖堂のなかのように音が温かに満ちる。ここが人で埋まれば、さらによい響きになるだろう。すべての調整を終えたシルヴァに、わたしがこの週末に書いた新曲を演奏してみる時間を数分もらえないか尋ねてみた。

「好きにやってくれ」シルヴァが言った。「開場まで二時間あるし、楽屋で夕食をとれるように手配してある。必要なものがあれば、ぼくのところに来てくれ」

このツアーに出て初めのうちは生活のリズムがうまくつかめずに、制作できない時期があった。ライブが終わると次の町へバンで移動し、深夜にホテルにチェックインして、数時間寝ただけでプロモーションの予定をこなさなければならなかった。わたしがジェマに連れられて朝の番組に出演しているあいだに、ほかのバンドメンバーは何時間か多く寝ていられる。わたしは疲れ果てて、カフェイン頼みでライブをこなし、ろくに食べられなくなってしまった。

三週間後、ジェマに改善を求め、予定を組み直した。できるだけライブをした町に宿泊するようにして、夜の睡眠時間を確保できるようになった。朝起きて、可能ならホテルのジムへ行ってから、車で移動し、サウンドチェックを済ませ、演奏し、眠る。朝の八時から六時間もラジオ番組の出演に時間を取られたらそうはいかないけれど、宣伝部の人々が朝から昼の番組へとある程度は予定を切り替えてくれたので、ほかのメンバーとも出演できるようになった。

　先週の土曜日、サウンドチェックとライブが始まるまでのあいだに、わたしはこのツアーに入って初めて曲を書く時間が取れた。バンでの移動中にアイデアは徐々に育まれていた。路上を走る振動に刺激されるのか、自分でハンドルを握っているときに思いつくことが多い。

　今回のきっかけは運転中にふと目にした落書きだった。来訪者を歓迎する看板に示された町名、町長の名前、人口の下に、〝そんなこと考えるなよ〟と走り書きされていた。そんなことってどんなこと？　わたしは胸のうちでそう問いかけて、そこから息苦しさと恐れについてちょっと痛烈に掘り下げてみたら曲が生まれた。日曜日の朝にはバンのなかで書き上げたものをみんなに渡し、その日のサウンドチェックの最中になかなかいいアレンジもできた。

　二日経って演奏してみると、目新しさでぼかされていた荒さがわかり、日曜日に試したときよりどことなく物足りなく聴こえた。これまでツアーを続けるあいだに、どうしてほしいかをバンドメンバーにほとんどためらわず伝えられるようになっていた。当初はしっくりきていないという思いを言いだしづらかった。

「ちゃんと言って」エイプリルが察してわたしにそう言った。「わたしたちはあなたが満足する音を出すためにここにいるんだから」

「でも、みんなもっと経験があるわけだし。すばらしいミュージシャンだから。わたしが間違ってるかもしれないでしょう？」

「あなたの曲だよね？　わたしたちには提案はできても、決定権はあなたにある。結局のところ、みんないい音楽にしたいわけ、そうでしょ？　あなたが満足のいくものが、わたしたちにとっても、いい音楽になる」

そうしてこの数カ月でうまく伝えられるようになった。誰かが音をはずしていたり、ドラムのフィルインがちょっと煩わしく感じたりするときにも平気で指摘できるほどに。

「JD、あなたとエイプリルは二小節目まで入るのを待ってもらえない？」わたしは今回そう求めた。「出だしにひと息つく間（ま）がほしい」

そのアレンジでまたやり直してみた。あるコードを平行短調に変えて、さらに捻りを加えた。そうするとこの曲に合った暗い感じがうまく出せた。

「いい感じ」四度目の演奏を終えて、わたしは納得して言った。歌詞はもうひとつだけれど、レコーディングまでに詰めればいい。

「助かったぜ」ヒューイットが洩らした。「自分の腕に食いつきかねないくらい腹が減った」

「あんたが朝食を抜いたのは、わたしたちのせいじゃないんだけど」エイプリルが指摘した。

「よかったんじゃない、ルース」

わたしはにっこり笑い返した。「今夜の曲順表（セットリスト）に組み入れるのはどうかな？」

「しくじらずにやれそうだときみが思うなら」ＪＤがベースをアンプに立てかけて、スタンバイスイッチに触れた。

「わたしはもうちょっと弾いてていい？」マイクに向かって問いかけた。

「どうぞ。前座のバンドはまだ来てない」シルヴァの声がモニター越しに返ってきた。「まだここに待機していたほうがいいかな？」

「いいえ、もう大丈夫。音響はすべて完璧」

ほかの三人が夕食をとりにいってから、わたしはさらに数分そこにいた。どうしてもやらなければいけないことがあったわけではなく、この美しいステージをひとりで少し楽しみたかった。劇場内の照明がまたついて、誰もいないたくさんの座席、二本の長い通路、上階の優美なバルコニー席が見渡せた。路上で弾いていたカバー曲を歌い、自分の声がどれほど豊かに力強く響き、ギターの迫力が増すのかに感じ入った。いちばん遠い片隅にまで、液体や気体のように劇場全体に音が満ちて広がる。わたしのいるべき場所だ。

携帯電話が低い唸りを立てて、見るとエイプリルからメッセージが入っていた。〝楽屋を見に来て〟

足を踏み入れるなり、エイプリルがわざわざメッセージを入れてきたわけがわかった。今回のツアーでわたしたちが押し込められたどの会場の楽屋よりも広い。ソファは使い古されているとはいえ、ステージ裏でたびたび遭遇する害虫は棲(す)んでいそうにない。片隅には映画スターの魅力をいかにも引き立ててくれそうな鏡台がある。四方の壁にはバンドのステッカーや白黒の八×十（エイト・バイ・テン）インチフィルム写真が新しいのも古いのも入り混じって貼られていた。

「まるで迫力に欠ける」ヒューイットがジョニー・キャッシュのサイン入り写真を指さした。おどけた顔をしている。彼の恐ろしげではない姿は、どんな場面でも場所でもわたしもこれまで目にしたことがなかった。自信に満ちあふれた、一流中の一流のリード・ギタリスト。

「あれはトイレ？　専用のが付いてるの？」わたしは訊いた。ほとんどのクラブでは楽屋は相部屋どころか、ほかの三バンドと共有といった感じなので、着替えるのは公衆トイレというのが定番だ。それもたいがい個室はふたつで片方は排水管が詰まっていて、もう片方も流れが悪く、トイレットペーパーもなければ、壁は落書きで埋め尽くされ、化粧をするのもひび割れた鏡で、手袋なしで触れても安全そうなところは見つからない。こちらのトイレは悠々と着替えられるほど広くはないにしても、輝くほどにきれいに磨かれていた。

「何か食べとこう」エイプリルはたまにジェマに成り代わってマネージャーらしいことをしようとするときがある。といっても、ホテルの部屋をピンク色に塗るのをやめておこうという考えには至らないわけだけれど、今回はおかげでわたしも夕食を逃さずにすんだ。

用意されているものを眺めた。わたしたちに必要なものはすべて揃っていた。バンドの要望はおかまいなしにピザとＭ＆Ｍのチョコレートを置いておくか、夕食代を渡されるだけのところも多い。わたしは夕食代を支給されるのでもかまわなかった。ついでに地元のレストランを見つけられるし、新たな街を少しは観光できる。

加えて今夜は、脇机にたぶんわたしを気遣って電気湯沸かしと喉によさそうなお茶、蜂蜜とレモンが用意されていた。喉をいたわるお茶は腐った甘草のような味がするのをみな承知しているので、ほかのメンバーはそれ以外のお茶やコーヒーを飲む。野菜とホムス、冷製肉、チーズも歌手以外のメンバー用だ。わたしは皿に食べたいものを選び取り、ティーバッグを湯に浸して、濃くするために欠けのある受け皿をかぶせて、ソファに腰をおろして食べはじめた。

「チケットは完売」エイプリルが言った。「そこで照明係と話した。劇場としては万々歳」

「すごいじゃない」

「うまくすれば、レーベルが残りのツアーではぜんぶこんな劇場を取ってくれたりして。こういうのに慣れちゃうよね。ホテルの部屋を塗ったことで首にならなきゃだけど」

それがわたしへの精いっぱいの謝罪の言葉なのだろう。

ドアの外で誰かが慌ただしい鋭いノックをした。

「そんなにうまく――」話しだしたところでシルヴァが入ってきて、会話を途切らせた。慌てているように見える。

シルヴァがわたしたちのほうに自分のスマートフォンの画面を向けた。「見たか？」

このクラブに来てから誰もニュース・サイトは開いていなかった。

「またホテルで何かあったのか?」ＪＤが訊いた。

シルヴァは首を振った。言葉を継ごうとしない。

「なに、これ」いっせいにエイプリルのほうを向いた。タブレットを手にしたエイプリルは蒼ざめていた。

その画面をわたしたちのほうに見せた。

4
ローズマリー『クラッシュ』

　ローズマリーは駐車場に現れた。

〈ブルーム・バー〉の外観は「ようこそ」と言っているようにも「失せろ」と叫んでいるようにも受けとれる妙な佇まいだった。玄関扉の両脇、縦長の暗い窓の下にある花壇には、白や黄色の小ぶりのキク科の花が咲き誇っている。外壁は黄色の漆喰で、Bloomの真ん中のふたつの〝o〟は微笑んでいるような花で表示されている。親しみを感じさせるのはそこだけだ。

　駐車場には『〈パテント・メディシン〉今　SHLに登場！』と掲げられ、玄関脇にあるホワイトボードにも、こちらは抜け字なしで同じ表示がある。仮想空間ではどうしてわざわざ抜け字のある看板を掛けるのだろうとローズマリーにはふしぎだった。より本物らしく見せるためなのだろう。それを言うなら、駐車場も本来なら不要なものだ。お金のある人々が、ガソリンで走るスポーツカーや、一角獣に牽かせたカボチャ、そのほかにも高性能のフードスペースでしか利用できない贅沢品を見せびらかすだけのためにある。ローズマリーがこれほど先進的なフードスペースに入ったのは初めてだったが。

ふたつの扉のあいだにある椅子に男性のアバターがひとり腰かけていた。身長はゆうに三メートルは超えていて、生身の人間ならありえない。いや、アバターではなく、プログラムされた仕事をこなしている〝ボット〟だ。セキュリティ・チェック、チケット確認、それともその両方の役割を兼ねているのか見きわめられなかった。ボットの脇の壁にスキャナーが閃いた。

「ショーとバー、どちらのご利用で？」ボットが退屈そうな調子で尋ねた。

「ショー？」

ボットはやはりそうかというようにうなずいた。当然ではないだろうか。どんな人々がショーを観もしないで仮想バーに立ち寄るだけのためにお金を払うのか想像がつかない。とはいえ、駐車場には一頭の竜が繋がれていた。あらゆる奇妙な特典にお金を払う人々がいる。

ボットが返事を待っているような様子でこちらを見ている。「事前購入されていないのなら三十ドル」ボットが言った。おそらく一度同じことを言われて聞き逃したのだろう。

「コードがあるんですが。無料入場の？」問いかけるように語尾が上がってしまったのはきっと緊張のせいだ。

「ＳＨＬの仕事で来たんです」ローズマリーはきちんと伝えようとした。

「こちらにコードを」

ローズマリーは手にしていたバッグを開いて招待コードを表示し、スキャナーにかざした。ボットが手ぶりで通るよう案内した。「右側のドアへ」

左側のドアはショーではなくバーの常連客の入口なのだろう。きっとそのバーはショーが行なわれないときにも、定期利用会員（サブスクリプション）のためにＳＨＬの仮想空間のなかに常設されているのに違いない。

屋内に入ると天井がローズマリーの頭から三十センチもないくらいまで低くなり、通路は狭く暗かった。三メートルほど歩くとまた椅子に坐っている人物と出くわした。今度は小柄なブロンドの女性だ。

「ＩＤ」女性が言った。アバターなのか、それともまたボット？

ローズマリーはまたもバッグを探り、ほかのアプリふたつとスクリーンショット・カメラを開いて、どうにかこうにかデジタルＩＤを表示させた。「ごめんなさい、新しいフーディで」

女性は無表情だった。「バッグ」

ここの人々はみな単語でしか話さないのだろうか。ローズマリーはバッグを開いて、女性が中身を確認するのを待った。「財布（ウォレット）とカメラとワークステーション。何を持って入っていいのかわからなかったから、いいのよね？」

女性がずいぶんといぶかしげな目を向けたので、ボットではなくアバターなのだとローズマリーは察した。

「ごめんなさい」ローズマリーは言い添えた。「しゃべりすぎちゃって。ここに来るのは初めてで。ＳＨＬのショーを観るのも。変に見えたのかなと思って」

女性がバッグの中身の確認を終えて返した。入場前にこんなセキュリティ・チェックをする必要があるとは思えないので、これも本物の会場らしく感じさせるための工夫なのだろう。それともヴァーチャル・バーにヴァーチャル銃を持ち込ませないようにするためなのだろうか。

ローズマリーが通りすぎようとすると女性が口を開いた。「カメラアプリを使えるのは最初の二分だけ。最初の二分はべつのフォーマットを使うから、バンドを入れて写真を撮って、ここにいることを発信できる。そのあとは、邪魔をしてはだめ。撮影もうまくできなくなるし。それでも続けようとすれば、初心者だとばれる。それと、ドラッグやセックスが目当てでないなら、トイレに行くのもやめといたほうがいい」

ローズマリーは感謝の笑みを返した。「ありがとう！」どうしてホログラムの写真を撮りたがる人がいるのか、それに仮想空間のクラブにトイレがある理由もわからないけれど、せっかくの忠告はしっかり胸に留めた。と同時にさっそく引くドアを押してしまい、ひやりとさせられた。

百一番の入場口を入ると、薄暗くて広さがよくわからなかった。限りなく大きく感じられる。外観を目にしていても、内側の空間はそれとはまるでべつものだった。これがＳＨＬの世界だ。

ＳＨＬの仮想空間。暗さに目が慣れてきた。いままで体験したことのないような広さだけれど、何か趣向や様式が凝らされているふうでもなく、よけいにがらんとして見えた。だがじっくりとよく見ていくと、最初に思ったようなただの黒い箱ではなかった。何層にもなっていて、それぞれの質感も違う。黒壁が黒く塗られたところ、黒壁が黒く塗られてさらに黒いテープが貼られたところ、黒壁にステッカーがいくつも重ね貼りされているところ、リンクが埋め込まれているところもある。頭上高くには鉄筋の筋交い(すじかい)や、高く組まれた照明器具の設置台、足もとには擦れて汚れたコンクリートの床も出現していた。

壁の〈ブルーム・バー〉のロゴを見ていると、ここは前時代(ビフォー)に実在した複数の会場を融合させたもので、特定の会場を再現したものではないとの説明文が流れた。これまでの出演バンドを探したり、今後の日程表を閲覧したりもできるようになっている。ローズマリーは瞬きをして視界を移した。

最初に目に入った人物はライオンのような風貌で、いつの間にまた猫のアバターが流行り(はやり)だしていたのだろうとローズマリーはぎょっとした。自分が高校生の頃に比較的裕福な人々のあいだで人気を博していたアバターだが、卒業後はスーパーウォリーの社則で禁じられているので、自然と見かけなくなっていた。あらためて目をやると、その男性のアバターは金色の髪を大きな光輪のように逆立てている。人気の髪型なのかと眺め渡してみたものの、ほかに似たような頭は見当たらなかった。

　会場の長い側面にはバーのスツールがずらりと連なり、そのすべてが客で埋まっていた。ローズマリーは何を選べばいいのか見定めようとスツールに腰かけた人々を観察した。これまでバーに行ったのは二十一歳の誕生日の一度だけで、学生時代の友人たちがお酒を飲むための会を開いてくれた。密閉式の瓶に入った本物のカクテルがしっかりと梱包されてドローンで玄関先に届けられた。そのときに訪れたヴァーチャル・バーは古めかしく再現されたいわゆるアイリッシュ・バーと呼ばれるもので、旧式のフーディのせいで通信状況も悪く、なおさら味気なく退屈だった。また試そうとは思わなかったし、ゲームでもなんでも、ともかく友人たちとおしゃべりしながら何かできるようなところのほうが楽しい。友人のドナによれば、あのバーには歴史があり、そこが売り物のようなものなのだそうだ。いちばん印象に残っているのは、瓶で届けられたウォッカ入りバジル・レモネードだ。

　ここのバーでは、人々はグラスワイン、瓶ビール、タンブラー入りのカクテルを頼んでいるようだ。男性がひとり去ったので、ローズマリーは空いたスツールを入れ替わりで確保した。バー・カウンターに肘をついても手は触れないように気をつけた。仮想空間とはいえ、べたついているように見える。席に着くなり、メニューが瞬いて、様々な飲み物、合法ドラッグが実物とヴァーチャルの両方の価格とともに表示された。やっと気づいてくれたバーテンダーに、ローズマリーはバーチビアを注文した。

「リアル、ヴァーチャル？」

一応仕事で来ているのだし、そもそもドローンで自宅に届けてもらうには一時間かかる。

「ヴァーチャルで」

「お支払いは仮想通貨、スーパーウォリー・クレジットで？」

「スーパーウォリーで！」そこにも選択肢があるとは考えてもみなかった。よかった。これで飲み物代は自分の買い物用アカウントから引き落とされる。バーテンダーから小型端末を手渡され、ローズマリーはアカウント番号を入力した。バーテンダーは唸り声のようなものを洩らして背を向け、飲み物を用意しはじめた。グラスで氷をすくったところまではまだしも、すでに開いている瓶から注がれるらしい。ほんとうに飲むわけではないのだからとローズマリーは自分に言い聞かせた。病原菌が付いていたとしてもそれもヴァーチャルだ。

「スーパーウォリーを使うと、チップを渡しようがないでしょ。仮想通貨でしか受けとれないから」右側から小声で忠告された。振り向くと、地毛がふんわり盛り上がっている黒人女性がスマートフォンを持ち上げて振ってみせた。「二杯目を頼むか、またここに来るつもりがあるなら、カウンターに一、二ドル置いてあげるといいわ。チップをくれなかった客はしっかり憶えてるから」

チップが要るなんてローズマリーは考えていなかった。

「ありがとう」小声で礼を言い、財布（ウォレット）を取りだした。また女性のほうを向くと、そのアバターの顔が水疱病（ポックス）の痕（あと）だらけなのに気づいて内心で怯んだ。アバターを実物そっくりにしているスーパーウォリーでも、これほどポックス痕だらけの顔は見たことがなかった。そこまで写しとれるものなのかも考えたことはなかったけれど、猫の頭を付けたい人がいるのだから、望めばもちろんポックス痕だらけにもできるのだろう。ローズマリーは思わず自分のポックス痕がいちばんくっきり残っているお腹に手をあてた。

凝視するつもりはなかったものの、いまや女性もこちらを見ていて、ローズマリーは何か言わずにはいられなかった。「出演バンドのファンなんですか？」

「出演者は誰でもかまわない。昔よく出入りしてたクラブが懐かしくてここに来るの。あなたは？」

ローズマリーは肩をすくめた。「きょうのバンドの曲が好きなんですけど、観るのは初めて。というか、バンドを見ること自体が初めてで」

アバターがぱっと表情を輝かせた。「それなら、もっと近くで観たらいいわ」

「近くで？」

「わたしの言うことを信じて」女性は会場内の中央のほうを指さした。ステージ周りを人々が緩く取り囲んでいる。「これが初めて観るショーだとしたら、わたしならあそこに行く」

バーテンダーが赤いプラスチックのカップに入った飲み物を手渡した。ローズマリーは彼がチップに目を留めたのを確かめてから、よく見える立ち位置を探しに向かった。それぞれに角度を付けたスピーカーに囲まれた何もない空間の上方で、プロジェクターが――厳密に言えばプロジェクターで映されているプロジェクターなのだけれど――円を描くように動いている。ということは、あの真ん中にバンドのホログラムが現れるのだろう。人が多く集まっているのは見えやすい場所だからに違いないとローズマリーは当たりをつけて、その一群の後方に立つことにした。

物心がついた頃からこれほどひとつの場所に人々が集まっているのは、フードスペースのなかですら見たことがなかった。学校のどのクラスより、いままで参加したどのパーティより大勢の人々がいるが、じつを言えば、少人数のほうがローズマリーには気楽だった。ここは無限大の空間なのか、同じバーを同時にいくつも出現させているのか、あるいは上書きできるようプログラムされているのかもしれない。確かめればいいことだとしても、べつに知りたいとは思わなかった。仮想空間とはいえ、自分がいるのと同じところにほかの誰かも立っていると考えただけでぞっとする。

ひそひそと、こうした場には欠かせないざわめきが響いていた。会話の断片が聞こえてくる。これまで観たバンド、観たいバンド、見逃したバンドのことを話している。その人々が実際にいる場所の天候についても。ローズマリーは観客の服装、つまりこのような場でみな自分のアバターにどんなものを着せているのかと注意深く眺めた。自分は仕事用のアバターに制服のポロシャツとスラックスを着せて来た。仕事として来ていることを考えると、もっとくだけた服装にしていいのか判断がつかなかった。もちろん、現実でもいまは制服を身に着けている。観客の大多数がきょうの出演バンド〈パテント・メディシン〉か、ＳＨＬのほかのバンドのＴシャツを着ている。全身に羽根をまとった男性がひとり、さらにはぴったりとした革のパンツに、たしか両親と同時代の著名人の顔をかぶっている人もいた。またこのような機会を得られたときのために、そうした情報も頭に残した。最新式のフーディを返せとは言われなかったとしても、サブスクリプションの料金を払う余裕はないのだから、そんな望みは叶いそうにもないけれど。

頭上の薄暗い照明がさらに絞られた。歓声があがった。みな誰に向かって声をあげているのだろう？　バンドに聞こえるわけでもないのに。ローズマリーはためらいながらも、ともに声をあげた。人々に合わせたほうがいいように思えたからだ。こんなことをするのは生まれて初めてだった。すると心地よく胸に響いた。現実の世界で声をあげているみたいに。昔はこんなふうにきっと大きな会場全体が歓声に包まれたのだろうと想像した。

頭上の装置が低い唸りを立てはじめた。見上げるとまぶしい光を返された。目を戻すと、先ほどまで何もなかったはずの空間に舞台装置が出現していた。真ん中にドラムセット、ほかには大きなアンプが二台にマイクスタンドが三つ。ギターも何本も立てかけられている。ステージ脇から誰かが手を伸ばし、一本のギターのネックが叩き折られた。手を伸ばした男性はたちまち消えた。仮想空間侵害には罰則が定められている。

　照明が揺らめき、それからすぐにバンドメンバーが楽器を手にして出現した。なんだかぶきみな演出だ。ほとんど間をおかずに音を奏でだしたので、もとのがらんとしたステージは録画だったのだろう。何もないところから音楽が奏でられている。三人の声と二本のギターの音。十秒遅れでドラムの音も加わった。

　ローズマリーは五歳のときに一度だけ、前時代(ビフォー)に、寂れた遊園地の波のプールで遊んだことがあった。父の手につかまって水の流れに乗って進んだ。空気で膨らませたボートでのんびり波に揺られる人たちも大勢いて、混み合ったプールではたいして動きようがなかった。そんなプールの底にローズマリーは銅貨か銀貨らしき光るものを目にして、あと少しで届きそうだったので父の手を放し、それをつかみとろうとした。そのとき初めて波にさらわれ、浅いところまで押し返されてしまった。慌てて水面に顔を出して水を吐きだし、怖かったけれど、ふしぎと気分は浮き立っていた。

　ここでの音楽もあのときの波のように打ち寄せてきて、ローズマリーは息を呑(の)んだ。これまで耳にしたことのない大きな音が身体じゅうに染み渡った。音が奏でられるたびに満たされる。やめないでと胸のうちで叫んだ。ずっと続けて。

曲が変わり、今度はどの曲なのかすぐにわかった。先ほどここに入る前に聴き直していたうちの一曲だけれど、少し変えられていた。録音されていたほうのイントロはもっと抑えられていた。特別に耳に残るわけではなくても、なかなかいいなとは思っていた。音楽がこんなに自分のなかに入ってくるものだとは思わなかった。

ローズマリーはさらに前へ人々のあいだに割り入っていった。あちこちから放たれていたカメラのフラッシュが消えた。会場の入口前で手荷物の確認をしていた女性は最初の二分のみ撮影が許されていると言っていたが、ローズマリーはバンドから目を離せないうちに、スクリーンショットを撮る間も逃した。といっても、何を撮るというのだろう？　本物ではない顔と、べつのどこかで奏でられている金属質な音色。それなのに、お腹に磁石があるみたいにステージのほうへ引き寄せられていく。

あの女性が言っていたように、二分後には一瞬の揺らめきのあと、ホログラムの画質が変わった。ローズマリーは前にいる人々のほうに自分のアバターを押しだしていき、知らない人々に大人になってからこれまででいちばん接近した。フーディが警告の振動を立てても、ほかの人々は気づいていないのか、気にしていないらしかった。前のふたりのあいだに大きな隙間が生まれ、ローズマリーは規定違反にならないことを祈りつつ、そこに割り込んだ。目の前の空間が広がり、最良の立ち位置へ行き着く道筋が見えた。

気がついたときには最前列の右寄りで、ホログラムの褐色の肌が濃すぎて紫がかったスキンヘッドのすらりとした女性のベーシストを見上げていた。その女性は、ジーンズに袖なしのTシャツを着て二頭筋を見せつけていて、裸足だった。左足の親指に痣があるところがまた本物じみている。ローズマリーは触れてみたい気持ちをこらえた。ああ、どうして、まるで見込みもない相手にたやすく恋に落ちてしまうのだろう。

ローズマリーはさほど詳しいとは言えないものの、昔から音楽が好きだった。誰かに勧められれば耳を傾け、楽しめたアーティストの曲やポスターを買っていたが、みずから探そうとまでしたことはない。どんなものがクールで、どんなものがそうではないのか判断がつかない。きょうの夕方にフーディが届いたときにも、この『クラッシュ』という曲を聴いて、いいなとは思っていた。でもいまは、まったく違う曲に聴こえる。これまでコードを読み解いて不具合を直したときよりも満足感を得られたことはなかったのだけれど、いまは自分がまさにそのコードで、上書きされたかのような気分だった。

『クラッシュ』が終わった。ローズマリーは身体のどこかが失われたようにすら思えた。拍手をしようと飲み物を足もとに置くと、たちまち消えてしまった。男性のリードボーカルがマイクスタンドのところに戻った。目の上に手をかざし、いかにもほんとうに見えているかのように観客を眺め渡した。すぐ前にいた観客たちは自分たちのほうも見てもらおうと声をあげた。

「みんなに会えて嬉しいよ。〈ブルーム・バー〉に来られてよかった」〈ブルーム・バー〉と言ったときには、そこだけ差し替えたのか、ボーカルの口もとがちらついた。額にかかった髪を払いのけた。「ではまたこれから何曲か聴いてくれ、いいかい？」

女性のベーシストが初めて目を開けた。たぶん実際にいる場所のほうで何か気になることがあったのだろう。視線を下げて、首を振り、それからローズマリーのほうをまっすぐ見て、ウインクした。ローズマリーがこれまで目にしたなかでいちばんぐっとくるウインクだった。ほんとうは自分に向けられたものでないことはわかっていても、ウインクされたことには変わらない。一歩踏みだし、はっと、それを見ているのは自分のアバターで、相手もどこか——百マイルか千マイルか三千マイルも離れているかもしれない倉庫かどこかに立っている人のアバターなのだと思い起こした。誰かがほかの誰かにウインクしただけのことだ。

ローズマリーはまたボーカルのほうに目を戻した。その頭上で何かがちらついている。そこにあるリンクに合わせてみると、表示方法や補助機能が選べるメニュー画面が出た。字幕、翻訳字幕、振動増幅、視覚解説のタグ。どれもいまのところ必要ないけれど、そのような機能があるとわかっただけで気分が上がった。

次の曲は低く響くベースの音で始まった。ベーシストはまた目を閉じていて、ローズマリーは気持ちを鎮めようとあとずさった。ステージをじっくり眺めた。この位置からなら、ベーシストの足もとにあるセットリストの曲名も読みとれたが、『クラッシュ』のあとはどれも知らない曲だった。ドラマーのホログラムの顔に汗が流れ、それをホログラムの前腕がぬぐった。

　サブスクリプションの料金を払えればいったいどんな特典があるのか、たとえばこうしたショーもいつでも好きなときに観られるのだろうか？　このバンドを保存して、ひとり占めして楽しめる？　ほかのショーにも行ける？　一度きりではなく、毎晩でもこんなことができたらとローズマリーは想像した。スポーツ・ホロやテレビ・ホロも、これくらいリアルなのだとしたら、両親に許してもらえないと言うたび友人たちが憐れむような態度をとっていたのもわかる気がした。これほどのものをずっと体験しそこなっていたなんて。

「こういう場でのアンコールはむずかしいよな」リードボーカルが十二曲を終えて言った。「だからいまのが最後の曲だったってことにしないか。それでぼくたちはステージを去り、みんなが足を踏み鳴らして歓声をあげてくれたから、ぼくたちがまた出てきたんだと思ってくれ。もう一曲やったらほんとうにおしまいにする。聴いてくれてありがとう」

　行かないで、とローズマリーは言いたかった。演奏を続けて。知らない曲でもかまわない。音楽に自分の内側の何かを掻き立てられていた。

　ほんとうに最後の曲が、スプラッシュ・シンバルを長々と響かせつつ、ギターが同じフレーズを四度も掻き鳴らしてついに終わった。それもまたローズマリーにとっていままで聴いたことのない曲の締めくくり方だった。リハーサルをしたのだろうが、それにしてはどことなく荒っぽく、予定外に勢いまかせとなりそうな危うさも孕んでいた。三度目に同じフレーズが繰り返されたときには、バンドメンバーが互いに笑みを交わし、ベーシストがドラマーを見て、きれいな眉の片方を上げた。残響が虚空を漂うなか、ボーカルが最後の一礼をして、バンドの姿は消え去った。魔法のようにぱっといなくなり、彼らがいままでいた場所には、ステージ・ホロ・ライブの立体ロゴが浮かんでいる。

それからアナウンスが流れた。「〈パテント・メディシン〉の商品はスーパーウォリーとステージ・ホロ・ライブのほか、こちらでも販売しています。お買い上げいただいてすぐに着用できますし、実物のご自宅への配送も承っております」

先ほどまで聴いていた音楽と比べると無機質な録音された曲が会場に流れはじめた。照明がついた。暗かったときよりもだいぶ狭く感じられるが、これもまた演出なのかもしれない。天井が低くさがって、壁も近くなり、足跡の付いた床に散らばっていたプラスチックのカップがあっという間に取り払われた。

観客の大部分がすでに出口へ向かったかその場から消えたが、何人かはまだグッズを買うためなのかぼんやり立ちつくしていたり、バーにとどまったりしていた。目の前のカップルがさっそくTシャツを着替えた。その気持ちもローズマリーには理解できた。演奏に胸を打たれたら、その思いを記憶にとどめるためにバンドのグッズを買うのもひとつの方法だ。Tシャツでは足りない。やはり、できればライブ録音が欲しい。手に入らないのなら、またあのバンドに会える方法を探さないと。

フーディをはずせばここから消えてしまうが、ローズマリーはぎりぎりまで楽しみたかった。会場を出てもまだ耳に音が反響していた。綿毛にくるまれているかのようにすべての音がくぐもっている。映像を切ったあともしばらくフーディを着装したまま、静けさのなかに閉じこもっていた。いま持ちだしてきた感覚を失いたくない。

もう一度メッセージの着信を確かめたらステージ・ホロ・ライブから採用の誘いが来てはいないかと、ローズマリーは夢想した。そしてドローンでショーの記念品が届いていたならと。Tシャツ、それにたぶん部屋の壁に新たに加えられるポスター、さらには無料でSHLのサブスク会員になれる特典とか。そのうちのどれかひとつでもかまわない。それほど欲ばりではないから。

仕事用のフーディのメッセージの着信音が鳴り、一応は仕事で観に行ったのだったと、いまさらながら気づかされた。

〝ご尽力に感謝します〟とメッセージが入っていた。

何もしなかったけれど、仕事で行ったのは間違いない。上司に不当な超過勤務を申請したとは思われないように、返信には言葉を選ばなければいけない。そこでローズマリーはこう返した。〝お役に立てて光栄です。ステージ・ホロ・ライブのシステムを実際に体験して、仕事に必要な知識をさらに深めることができました。今後も何かお役に立てることがありましたら、ぜひお知らせください〟

仕事用の機器をはずして、代わりに擦り切れた旧式のフーディを着装した。また『クラッシュ』を再生して流し、ベッドに仰向(あおむ)けに倒れ、目を閉じた。やはりショーの音とは比べものにならない。

5
ルース
最後のパワーコード

野球スタジアムというより、その残骸だ。ホームベースの後ろのスタンド席があるべきところに無残に空いた穴から煙が上がっていた。

「人はいなかったの？」ここに状況を詳しく知る人などいるはずもないのに、わたしは問いかけていた。壁に掛かった時計を見やった。午後六時。「まだ満席にはなってなかったはずだよね」

「西海岸だ」シルヴァが言った。「レギュラーシーズン最初のデー・ゲームで七回に入ったところ。スタンドは満席だった」

「なに、これ」エイプリルが先ほどと同じ言葉を繰り返した。

おおよその犠牲者数が画面に表示されても、わたしの脳はそれを呑み込めなかった。

「何があったのかわかってるのか？」ヒューイットが訊いた。

「爆弾」わたしは画面を指さした。

「それだけじゃない」シルヴァが言う。「ほかにも、三カ所のスタジアム、二カ所の空港、それにコンサート・アリーナ、大会議場、数えきれないほどのショッピングモールに今夜の爆破予告があった。国じゅうにだ。何分か前に大統領が、できるかぎり公共の場に出ることは控えて今夜は自宅待機するようにと声明を出した」

「これまでなら、いつもどおり仕事をして、テロリストに屈しない姿勢を見せろと言ってなかった？」わたしの声はふだんより一オクターブ上擦った。破壊現場がさらに大写しにされた。瓦礫（がれき）、煙、片方だけの子供の靴。わたしは目をそむけた。

「脅威が過ぎ去ったときにはそう言う」JDが首を振った。「事後に」

その言葉の意味が汲みとれなかった。「だけどここは脅迫されてなかったんだよね？　演奏できるんでしょう？」

シルヴァが肩をすくめた。「本部からはまだ誰も何も言ってこない」

わたしはサウンドチェックの前に消音設定していたスマートフォンを取りだした。十数通のメッセージと不在着信が入っていて、ほとんどがレコード会社からだった。そのレーベルの担当者からはメールも一通あり、電話に出るようにと書かれていた。

手にしているスマホが振動した。レーベルのマーゴからのショート・メッセージだ。〝今夜のライブは中止。読んだら返信を〟

今度はシルヴァのスマホの着信音が鳴った。画面に視線を落としてから、わたしのほうに目を上げた。「制作会社が演奏するのかどうかを知りたがってる。きみたちしだいだそうだ」

わたしはもう一度時計に目をくれた。「開場が七時なら、みんなもうきっとこっちに向かってる」

「返金するか、ほかのライブに振り替えるかだな。ニュースを目にしていれば、もう引き返しているかもしれないし」

わたしはお茶を置いていたところに歩いていった。蓋代わりにしていた受け皿の裏側が汗をかいていて、持ち上げると水滴が垂れた。お茶を口に含むといつも以上に苦かった。蜂蜜を入れてかき混ぜるのを忘れていた。蜂蜜を少し加えて、まるでほんとうはスプーンにしがみついていたいのにしぶしぶといったふうに溶けだしていくさまを眺めた。

ジェマがここにいれば決断を委ねていた。レコード会社の社員なのだから、きっと会社の指示に従うと言ったのだろうが。わたしたちが仕事を果たそうとしていると思っているからこそ、中止だとわざわざ書いてよこしたのだろう。天候や体調がどうあれ、こちらにどのような不都合があったとしても、無理を押してやり遂げるのが当たり前だと考えているからだ。それなのに取りやめろと伝えてきたからには、相当に事態を深刻に受け止めているのだろう。レコード会社は保険をかけている。シルヴァが言ったように、劇場は返金か、日程変更か、ほかのライブにチケットを振り替えることになる。またここで、もう少し重苦しくない晩に、よりたくさんの人に聴いてもらう機会もきっと得られる。もっと安心して聴いてもらえる日に。今夜ライブを決行しても、誰もやって来ない可能性もあるし、巨大ながらんとした劇場で十人程度の観客に気まずい思いをさせてしまうだけになるかもしれない。

でもその十人は、音楽でそんなニュースは吹き飛ばし、今夜だからこそ気持ちを奮い立たせるためにライブを求めているかもしれない。そう考えるほうが理に適っている。「自宅待機するように」と命じられることに反発し、誰から脅されようが屈しはしないところを示したい人々もいるはずだ。その機会を与えることができるのに、わたしたちが勝手に取り上げていいの？　何が正しいかなんて、たぶん誰にもわからない。

「おれを見るなよ」わたしが顔を向けるとヒューイットが言った。「きみがボスだ」

エイプリルとＪＤもかぶりを振るしぐさで、決定権はわたしにあると伝えた。納得のいく説明なんてできない。頭に浮かぶのは、瓦礫のなかにある片方のみの子供の靴だけ。あれを見て、わたしに何ができる？　犠牲者数を見て涙は流せないけれど、ひとりになればあの片方だけの靴を思いだして泣くだろう。ほかに何もできず、何も考えられなくても、あの靴にわたしは打ちのめされる。

ライブをしたいけれど、ほかのメンバーに無理強いはしたくない。「みんな、思ってることを言って。いままではなんでも言い合ってきたんだから」

ＪＤが壁のポスターを見つめた。「家族のもとに帰りたいスタッフがいるなら、引き留める権利がおれたちにあるのか？　脅迫が本物なら、その人たちを危険に晒すことになるんだよな？　やめようぜ」

「彼らなら、まず間違いなく残るだろう」シルヴァが言った。「それにきょう一日ここにいたぼくからすれば、大きな危険があるとは思えない」

「わたしたちはすぐに入れたけど」エイプリルが指摘した。

「ほかには誰も入れてない」

「スタッフをここに残らせて誰も来なかったら、あんたが上司から大目玉を食らうんじゃないか？　誰も飲み物を買わなかったらどうする？」ヒューイットはバーテンダーをしていたことがある。

シルヴァは頭を掻いた。「どうにかなるさ。だいたい、ライブが行なわれても、国の要請どおりに自宅待機した人々にはやはり払い戻しをするのかという問題もある。こういった事情なんだから、例外的な措置になるだろう。ここにいるほうがむしろ安全かもしれないしな」

「それは意見？　わたしたちは演奏したほうがいいってこと？」シルヴァの考えを汲みとろうとしたけれどあきらめた。「まだあなたのことはよく知らないから」

「意見じゃない。すまない。きみたちが決めることだ」

わたしはまたべつの方向から考えてみた。「来場者がそれほど詰めかけるわけではないとしても、ライブを開催するにはどれくらいのスタッフが必要？　怖がっている人たちは家に帰しても、できる?」

シルヴァは少し考えた。「警備を緩めるわけにはいかない。それ以外では、チケット売り場にひとり、バーテンダーがひとりでもいける。きみたちが照明とモニターの位置を固定でもかまわないと言うのなら、ほとんどのスタッフは家に帰せる」

「つまり、あなたは残ってくれるってこと?」

「ぼくはここにいる。残るとも。それに、もうその方向にきみたちの気持ちが傾いているようだから言わせてもらえば、やって来ていらだってる人々に中止の申し開きをするより、ライブを開くほうが初めからいいと思っていた」

「わかった。やりましょう。わたしは演奏したい」そう口に出してみると、なおさら気持ちが固まった。この決断で正しかったのかを確かめるためにバンドメンバーを見まわした。エイプリルが親指を立てて同意を示した。ヒューイットはにやりと笑った。

シルヴァがベルトに掛けていたトランシーバーを手に取り、スタッフにロビーに集合するよう指示した。わたしは消音設定にした自分の静かなスマホを見やった。マーゴからまた同じメッセージ、それに不在着信がさらにふたつ。電源を切った。お茶をもうひと口飲んだ。まだ苦味は強いものの、蜂蜜のおかげでなんとか飲めた。

JDに腕をつかまれた。「なあ、ルース、ちょっと話せるか?」

「もちろん。あ、ふたりでってこと?」このバンドではふだんプライバシーは考慮されない。

何カ月も前にそういうものだとみな割り切っていた。ほかのふたりはソファに腰を落ち着けて動くそぶりはない。わたしはトイレのほうに手招きした。「わたしの事務所へどうぞ」

ふたりでくつろげる広さはない。ＪＤが便座の蓋を閉めて、その上に坐り、わたしはシンクに寄りかかった。

「おれも同じ船に乗っていられるものならそうしたい」ＪＤは前置きなしに言った。「でも、無理かもしれない」

「どういうこと？　どうしてさっき言わなかったの？」

「全員が賛成するとは思わなかったんだ。悪者にはなりたくなかった」

「誰も悪者になんてしない。意見を求めても誰からも得られなかった」

「おれは言った。賛同してくれる人がいると思ったんだ。演奏するのは安全ではないし、おれはここにいたくない。家族がいる」

「誰にでも家族はいる」

「ああ、でも、おれの場合はほんとうに家族を愛してる。また会いたい」

わたしはまたも勝手に作り上げられた生い立ちをもとにした皮肉は聞き流した。「きっと誰も何もしない。わたしたちは有名じゃないし。たいして名の知れてない劇場を押さえられた町をまわって演奏してるだけ」

「そうは言っても、昨夜は宿泊していたホテルに爆破予告があった」

「国じゅうに爆破予告があったのに、爆弾は発見されてない」

「そしてきょう、実際に爆破された。たしかきみは演奏したくなければ、無理強いはしたくないと言ってなかったか」

「それは十分前のことで、そのあとみんな賛成した」

JDは肩をすくめた。「おれには無理だ。悪いな。演奏できない」

「ベースなしじゃ、ライブはできない」

「ほんとうにすまない、ルース。おれはホテルに帰って、バンで寝るか、お望みなら完全に抜けて家に帰る」

JDを説得する言葉は何も思いつかなかった。トイレを出ると、ヒューイットとエイプリルがこちらを見ていたので、わたしは首を振った。だけどどうしてJDはわたしにだけ話したのだろう？　一分後には全員にわかることなのに。どうせいつまでも便座の蓋に坐ってはいられない。そんなに怯えているのなら、なおさらに。

わたしはやはり演奏はしないことになったと伝えるために、シルヴァのところへ向かった。ロビーではひとりの女性がわたしたちのグッズを荷解き（にほど）していた。わたしたちも少しは持ってきていたが、ジェマが戻ってしまったので、大部分——配送中になぜか消えてしまった新しいTシャツ以外のすべて——はレコード会社が会場に発送し、地元のファンを雇って売り場で販売させていた。

「どうも、ルースです」

「アライア・パークです」アライアは箱の側面に数字を書き留め、顔を上げて笑みを浮かべた。わたしより年上の三十代半ばくらいで、真っ黒な髪が顔を縁どるように切り揃えられている。垂れた髪の房を片方の耳にかけながら言った。「わたしより背が高いのかと思ってた」

「ビデオはローアングルで撮ってたから。よくそう言われる。シルヴァから話はもう聞いてる？　今夜はここに来て大丈夫だったの？」わたしは尋ねた。ＪＤが下した決断を受け入れ、もうほとんどあきらめがついていた。

「当たり前じゃない。何週間もずっと待ってたんだから。あなたの音楽が大好き」

「怖くはない？」

アライアは唇を嚙んだ。「少しは怖いけど、怖いことならほかにもある。車で帰るときに対向車線のトラック運転手が居眠りをしてて中央分離帯を越えてくるとか、道を渡ってるときに一時停止しない車が突っ込んでくるとか、犬を散歩させててわたしが蛇を踏んづけたらとか、公衆トイレで恐ろしいウイルスに感染しないかとか。どれも今夜ここが誰かに攻撃されるよりも確率が高そうでしょ」

わたしはアライアのためにポスターにサインをした。「勇気あるアライアへ」ポスターを渡すときにアライアの手がわたしの手をかすめた。

わたしは音響ブースへの狭い階段を上がった。

シルヴァが、読んでいたペーパーバックに栞を挟み、その上で腕を組んだ。

「よりよい未来？」わたしは尋ねて、表紙の宇宙船を指さした。

「異なる未来、かな。スタッフはバーテンダーのひとり以外、全員残りたいそうだ。そんなにいなくてもいいんだが、本人たちが希望しているのに今夜の賃金を失わせたくないしな」

「それなら、みんなをがっかりさせちゃうね。うちのベーシストが抜けるって」

「そうなのか？　すっかり演奏する気になってるのかと思っていた」

「わたしもそうだったんだけど、あなたが部屋を出ていってから懸念を伝えてきた」

「そうか」

「ごめんなさい」

「こっちこそだ。まいったな」

「またスタッフに話してもらわないと」わたしは踵を返した。

「まだ選択肢がないわけでもない」シルヴァが言った。

「どんな？」

シルヴァが半笑いを浮かべた。「ぼくがベースを弾く」

わたしの顔からたやすく疑念を読みとれたのだろう。「できるさ」とシルヴァは続けた。

「音響を担当するようになってからより、ベースを弾いていた時期のほうが断然長い。それにきみの曲は、悪い意味ではなく、とてもわかりやすい。この一週間、きみの曲をここでかけていたから、録音されているものについては聴き慣れてるし、キーと変更点のカンペをくれたら、そのとおりにやれるとも」

「それで誰が音響を？」

「照明担当が両方できる。彼女はかなりの腕前だ」

わたしはあらためてシルヴァを見やった。真剣に申し出てくれている。「誰も来てもらえないかもしれないんだから、失うものは何もない。ようこそ、バンド仲間に、ってことかな」

シルヴァが笑った。「そう言ってくれるだろうと思ったんだ」

二千人のチケット入手者のうち、どれくらいの人々が実際に来てくれるのかを待った。前座の地元のバンドは現れず、その日わたしたちが出演したラジオ番組のＤＪでライブの司会も務めてくれることになっていた男性も来なかった。

わたしは舞台袖の幕の陰から、入場してくる人々を見ていた。どのような気持ちでやって来たのか、表情から読みとろうとした。着席式の劇場なので、遠くて顔がよく見えない人々もいたが、しぐさにじゅうぶん感情が表れていた。気の重さ、疲れ、警戒心。前のほうにいるカップルはやたら大げさに笑い、ふざけあっていて、無理をしているのがわかる。あとの人々は無口で、いつものライブよりはるかに静かだ。たいがい晩の公演の前には録音された音楽が流されているものだが、こんな晩に何をかけろというのだろう？　何を選んでも、明るすぎたり、暗すぎたり、激しすぎたり、不謹慎になってしまう。三千マイル離れた瓦礫のなかに片方だけの子供の靴が転がっている光景にふさわしい曲なんてあるはずもない。

照明が絞られたので、どのくらいの観客がいるのかわからなくなったが、暗がりの気配からまだ入ってくる人がいくらかいるのが感じとれた。自分がそちら側の立場なら、危険を冒して人の集まる場に来る決断ができただろうか。

それでも、わたしはまた忘れていたことを思い起こした。選択肢なんてもともとなかったことに気づかされてはいつも自分自身に呆れる。バンドメンバーにすらうまく伝えられなかったものの、音楽はわたしにとって選択するものじゃない。音楽を奏でるのは、怪物すらものともしない炎。歌っているわたしはどんなものにも揺るがない。

かたや観客には選ぶ自由がある。それなのにここにやって来た。スマートフォンに目をやり、犠牲者の数を低い声で読み上げ、情報交換をして、首を振りつつも、そこにいる。きっとわたしのギターに安心させてほしいと望んでもいるはずだ。

背後にエイプリルがやって来た。

「気に入ってもらえるかな」わたしはつぶやいた。

「気に入ってくれてるんでしょ。そうじゃなきゃ、来ない」エイプリルがささやき返した。

ヒューイットが険しい顔で舞台袖から現れた。「航空機はすべて欠航だ。学校はあす休校になる」

「そんな」わたしはつぶやいた。

ヒューイットが自分のギターをわたしのほうに振ってみせた。「もう一度きみのと両方を向こうでチューニングしてくる。準備ができたら、きみが出ていって、演奏を始める。それでちょっとのあいだだけでも、外で起こってることをみんなに忘れてもらおうじゃないか」

わたしはもう一度、幕の陰から観客席を覗いて、うなずいた。まだこの場で口にするべき言葉は見つからない。『ブロック体』の始まりの四小節をギターで弾くよりふさわしい言葉なんてない。

ヒューイットがもう一度わたしのギターをチューニングしてから、自分のギターも調整した。バンドメンバーはそれぞれの位置につき、ＪＤの場所には音響技術者のシルヴァが立った。場内は異様な静けさだ。ふつうなら歓声があがり、拍手が起こる。わたしは怯んだ。ほんとうならここで紹介してくれる誰かがいた。何か言われて登場する。観客がどんなものを求めているのか思いつかなかった。

バンドメンバーがこちらを見ている。わたしがどうにもできずにいるのを見て待っていた。そのときニュースで流れた犠牲者の数がふと頭に浮かんだ。名前があっても、わたしには見ず知らずの大勢の人々が波のごとく押し寄せてきた。野球のデー・ゲームを観戦に出かけて帰れなかった人たち。今夜演奏するのかしないのかを揉めているあいだ、あの画像はわたしの頭から締めだされていた。この人々も同じだったのではないだろうか。予定どおり今夜のライブを聴きにこの会場に来るまでの車のなかで、きっとただ茫然とさせられていたはず。ここに来てまでそんな気持ちのままでいさせるつもり？

わたしはステージに踏みだした。暗かったけれど、行くべき場所はスポットライトに照らされていた。

「あんたが決めたことだよ、ルース」エイプリルが小声で言った。わたしはその前を通りすぎて、自分のギターとスポットライトが待ち受ける場所へ進んだ。目の上に手をかざし、空席の目立つ観客席にちらほら坐っている人々を眺め渡した。みな静かに待っている。わたしを。

マイクの前に立った。「前に来て。前のほうに空いてる席がいっぱいあるから」さらに言い添えた。「お願い」

誰も動かなかった。少しして、奥のほうの席からひとり立ち上がり、その女性の椅子が軋る音を立てて閉じた。静けさのなかで女性が踏みだすたび足音が響き、三列目まで来ると新たな座席を選んで腰かけた。ひと呼吸おいて、その女性の行動で許しを得られたとでもいうように、ほかの人々も動きだした。人々が席を移っているあいだに、わたしはギターのストラップを身体に掛けた。

衣擦れや椅子の軋む物音が鎮まると、エイプリルがカウントをとった。わたしはディストーションペダルを踏み、ギターを弾きだした。Aコードから始まる四小節でしっかりと足場を築き、全員でそこに骨を入れ、筋肉をつけて、血を注ぎ込んで立ち上げていく。ギターを弾いている感触があまりに心地よく、ボーカルが入るところを逃しかけた。

歌いだして、はっきりと気づかされた。観客は喪に服するためにここにいるわけじゃない。哀しみつつも歌を聴くためにやって来た。せめても自分たちにできるのはそれを聴かせることだ。

曲目は慎重に選んだ。『時限爆弾』も『この世の終わり』も取りやめた。できるだけ明るい曲調のものを弾きつづけた。アップテンポだけれど暗い『血とダイヤモンド』だけは何があっても望まれているのでべつにして。結局のところ、何を演奏しても同じだった。シルヴァはJDが何カ月も担っていた役割を見事にこなし、エイプリルとはもうずっと一緒にやっているかのように息が合っていた。新曲『そんなこと考えるなよ』は散々な出来だったけれど、サウンドチェックのときに加えた変更を忘れたのはヒューイットだ。あっという間に終わりに近づいていた。打ちのめされながらも、自分たちがそこにいて、観客もそこにいるのだと互いに感じられていれば、それでじゅうぶんだった。

思いもよらず熱烈な歓声が沸き起こった。わたしはタオルで首をぬぐい、バンドのほうを向いた。「ひとりで弾いていい？」

「きみのショーだ」ヒューイットが応じた。

「ありがとう――あなたのアコギを借りていい？」

ヒューイットがギターを手渡した。わたしは自分のギターをスタンドに戻した。

「もう少し明るくしてもらえる？」マイクに向かって頼んだ。

それで初めて観客がはっきり見えた。二千人収容の会場で五十人くらいが前列のほうの座席に集結していた。

「だいたいつかめて歌いたくなったら、遠慮しないで」静かな会場に自分の声がとても大きく響いて聴こえた。この曲のカバーはもう何年も歌ってなかったけれど、こんな晩にこそふさわしいとすぐに頭に浮かんだ。何人かが声を合わせ、そのうちさらに大勢の声が加わった。その曲が終わると、わたしは軽く頭をさげて、ステージから飛び降りた。

「これでおしまい」わたしは告げた。照明が完全についていて、また音楽は消えた。ヒューイットがギターを引き取りにきてくれた。

「続けて」ヒューイットが言った。「片づけはやっておく」

さらに三十分、わたしは来てくれた人々とおしゃべりをした。Tシャツが数枚売れて、レコードにサインもしたけれど、ほとんどの時間は歩きまわって話していた。誰もがおぞましい外の世界になかなか戻る気になれなかった。

「ライブをしてくれてありがとう。今夜はひとりで家にじっとしていたくなかった」ひとりの女性が言った。

「ここまで一時間かけて車を運転してきた」べつの観客が言った。「ほんとうに来てよかった」

みんながいつも以上にわたしの曲を、この瞬間を求めていた。わたしはできるかぎりその求めに応じたかった。次々にここへ来たそれぞれの思いを語り、やがて夜闇へと出ていった。

スタジアムの爆破では、千三百二十三人が死亡した。わたしたちがステージに立っているあいだに、すでに閉店していたショッピングモールで新たな爆破があり、さらに五人の清掃員が犠牲となった。

二年後、あるジャーナリストがわたしたちのライブが最後の大規模なコンサートだったとの取材記事を書いた。大規模なとは、言葉の定義をだいぶ拡大して使われていたが、あの晩を最後にスタジアムもアリーナもコンサートホールも灯(あか)りを消したのだから、劇場規模だったということを伝えたかったのなら的を射ている。

その記者が知るはずもないことだし、わたしもあえて指摘しなかったが、同じ日の明け方前にホテルの駐車場で演奏した〝ダンスパーティ〟も含めれば、わたしたちは最後の二公演をしたことになるのではないかと思っている。どちらかの演奏を思いだすたび、もうひとつのほうも思いださずにはいられない。暗闇のなかで音楽を奏でて、暗闇に屈せずに音楽を奏でた。自宅に隠れている代わりに訪れることを選んだ人々のために演奏することを決断した。きっとこれから何年先までも憶えていてくれるだろう。

あのあと、すべてが一変した。

あの晩、観客たちがそれぞれ帰路につき、アライアが売れ残ったバンドのグッズを数えて箱詰めし、ペンを渡すだけにしてはまただいぶ長くわたしの手に触れてから、劇場内の暗いバルコニー席でふたりきりのひと時を過ごした。ヒューイットが階段下からわたしを呼んだけれど、ふたりでくすくす笑いながらじっと身をひそめてやり過ごした。わたしの勇気をかいかぶっているアライアと互いに身を寄せ合った。彼女はわたしを求めてくれたし、わたしも何分かでも感情の赴くままにさせてくれる誰かを求めていた。彼女があそこに来ようと決めたときに期待していたことでもあったのかもしれない。ふたりに言葉はいらなかった。

ＪＤはどうやってホテルに戻ったのかわからないが、ヒューイットと泊まっていた部屋から荷物はすべて消えていた。〝起こさないで〟の表示は点灯していて、ピンク色に塗られた部屋をどうするかがわたしたちに残された課題だった。

「わたしがＪＤのベッドに移れば、あなたひとりで部屋を使えるけど？」エイプリルがピンク色に塗られた冷蔵庫のなかに手を伸ばしながら訊いた。

「大丈夫」わたしは答えた。「でも、少しだけひとりにさせて」

「ご自由に、ボス」

わたしは蛍光塗料缶をひっつかんでピンク色の部屋を出た。エイプリルと使っている部屋に戻ると、ギターを隅に立てかけて、鞄に入れている携帯用の裁縫セットから針を取りだした。鏡台付き箪笥を横にずらし、針を缶に残っている塗料に浸けた。

誰にも気づかれそうにないところに、わたしはまだどんな旋律に乗せるかも決めていない歌詞を書きつけた。ライブ会場からホテルに戻る静かなバンのなかで、まだとりとめのない中途半端な歌詞が浮かんでいた。そのまま支離滅裂な断片となり、完成にはほど遠く、捨ておかれる場合もある。試しに演奏してみて退け、改めてやってみてもやはりやめにして、まだ熟していないけどいつかはできると言いながら。今回は粘り強く、一文字ずつ、しっかりと組み立てていった。

エイプリルが部屋にさりげなく入ってきたときには箪笥は元の位置に戻していた。わたしは電気を消した部屋でギターを手に、箪笥の裏側で発光している小さな文字に耳を傾け、どんな調べに乗りたがっているのか語りかけてくるのを待った。これまでにホテルの部屋を破壊するには百七十三通りの方法があるのはわかっていた。じわじわと少しだけ壊すのが百七十四通りめだ。小さな言葉、小さな恐れ、小さな希望をたぶんずっと見つからないところに刻み記すこと。

6
ローズマリー
出世のチャンス

スーパーウォリーを辞めることなどローズマリーは考えたこともなかったので、ステージ・ホロ・ライブの求人情報を調べはじめたのは好奇心でとしか言いようがなかった。まず目を留めたのは〝アップロード管理者〟の仕事で、契約者たちにサービスを利用する際に不具合が出ていないか自宅からオンラインで確認する。スーパーウォリーで六年の実務経験があり、そこにはなんといっても当のＳＨＬのコンサートが開かれる直前にシステムの欠陥（バグ）を修正した実績も含まれる。

たった一度コンサート会場に入った体験をもうずっとＳＨＬを愛用しているかのように誇張してよいものか悩んだけれど、先方には調べる方法はいくらでもあるはずだった。住所から相互参照すれば、契約者ではないどころか、ＳＨＬを利用可能なフーディすら持っていない事実が判明する。アカウントの引き落とし履歴から、一度のコンサートで一杯のドリンクを飲んだだけなのもわかる。そこでローズマリーは一度しか利用していないことには触れずに、〈パテント・メディシン〉のコンサートがどれほどすばらしかったかということだけを記した。

最後にもう一度だけ職種一覧を見直して、〝アーティスト発掘者〟という職種もあることに気づいた。賃金は変わらないが、出張ありとなっている。泊まりがけの移動が必要とは、どんな仕事なのだろう？　配管工、建設作業員、鍛冶職人は地域内を移動するが、毎晩帰宅できる。こちらの職種は経験不問で、意欲があり、音楽が好きで、社交的で、出張を厭わないことだけが条件とされていた。意欲はあるし、音楽も好きで、社交的かどうかは事業者サービス係の実績で評価してもらえるだろう。出張については経験がないものの、旅してみたい気持ちはある。ローズマリーは必要な箇所にチェックを入れ、両方の職種に応募した。

技能審査と心理テストはごく簡単なものだった。そのあとでちょっと変わった実地試験があった。情報はいっさいなしで動画が次々に流され、それぞれの演者について見送るか、採用したいかを判断していく。ぜんぶで五つあった。

ローズマリーは音楽業界について知識がないので、システムの不具合のコードを解くときの要領でその問題に取り組んだ。まずは耳に残る音楽と視覚映像の理想的な組み合わせを思い描き、〈パテント・メディシン〉のショーをお手本に、五つの実例についてそぐわない点を見つける。とはいえ、音楽はコードではないし、ミュージシャンたちを画面上の罫線内にぴたりと嵌め込めるわけでもないので、完璧な解答は導きだせなかった。それでも、ひと組は活気に欠けていたし、もうひと組は何がしたいのかがもうひとつわかりづらかったので見送り、五つのうちひと組のバンドを〝契約〟に値すると評価した。仕事用の機器を使うのは危険だし、私用の旧式のものでは通信障害が起きそうなので、まだ返却するようにとの連絡がないSHLのフーディを使って自宅で遠隔面接を受けた。

意外にも、アップロード管理者ではなく、アーティスト発掘者として採用したいとの連絡が届いた。ローズマリーはいったんメッセージを閉じてから開き直し、読み違いではないことを確かめた。「類いまれな適任者」と書かれている。自分の応募シートを呼びだして、できもしないことは記していないと確かめられても、決断は早計に思えた。能力を大げさに誇張して書いたわけでもなかった。意欲が伝わったのか、現在の勤勉な仕事ぶりが評価されたのかもしれない。それとも、よけいな知識がないほうがかえって使いやすいと思われたのだろうか。

スーパーウォリーを辞めるのがさらなる悩みどころだった。そもそも、どのような手続きを踏めばいいのか見当もつかない。〝価値ある人にも替えはいる〟というポスターは配布されていても、会社と関係を断つための方法はいっさい示されていない。それも計算ずくなのだろうけれど。仕方なく、ローズマリーはきょうもジェレミーからの朝いちばんの抜き打ち検査を待った。

「どうしたっていうんだ？」ジェレミーが尋ねた。きょうはナイジェリアのイボ族に扮し、現代風にあしらった民族衣装をまとっている。スーパーウォリーのアバターは感情がはっきりわかるほど精巧ではないが、驚きはじゅうぶんに示されていた。

「辞めるつもり。そのためにはどうすればいいかと思って」

「どうして辞めるんだ？　六年も勤務してきたのに。きみは優秀だ」

「もっとよさそうな仕事を見つけたから。たぶん。とにかく、まったく違う仕事」

「ローズマリー、誰も辞めない。もっといい仕事なんてないんだ」

「わたしのような人々には、ということ？」高校生のときから言われつづけてきたことだ。より高度な仕事に必要な資格を取得するオンライン講義を受けられる金銭的余裕はなく、両親の収入審査により貸付も認められなかった。高校時代はひたすらスーパーウォリーの顧客サービス係になるための勉強をして過ごした。この会社を去るなど考えられないことだった。

「ぼくたちのような人々にとっては」

「わたしは違う。辞める。スーパーウォリーを辞める」そう口に出すことでローズマリーは気持ちを奮い立たせた。自分のためだけでなく、ジェレミーのためにも。

ジェレミーはため息をついた。「きみがいなくなるのは寂しい。頼りにしていたんだ」

そして謎に包まれた人材管理部へ直接連絡する方法を教えてくれた。ローズマリーは適度な白髪混じりのブロンドで適度な配慮を感じさせる白人女性のアバターと、ジェレミーに伝えたときとほとんど一言一句たがわない会話を繰り返した。替えがいないと誰も心配しているわけではない。ほかに仕事があるとはほんとうに信じてはいないのがひしひしと伝わってきた。気遣いはありがたく受けとめた。おかげで自分の恐怖心を気高いものに昇華することができた。

自分は何をしようとしているのか。安定した本物の仕事に就いて、順調に実績を積んできた。それなのに稲光に撃たれて、頭がどうかしてしまったみたいに、ほかにもやれることがあると思い込んで、その仕事を手放そうとしている。

「スーパーウォリーは安定企業だ。その新しい会社が倒産したらどうするんだ？ そのときはどこで働くというんだ？」父に切りだすとそう返された。頭のなかで渦巻いていた問いがまるで洩れ出てしまっているかのように、それらをことごとく父から問われた。

父はいま風車の基底部を修理中で、ローズマリーはそばでそのパネルを持っていた。ふたりとも冬用の厚い作業手袋をしていて、そのせいで細かな調整がむずかしく時間がかかっていた。「新しい会社というわけじゃない。もう何年も続いてて、アメリカの家庭の八〇パーセントに導入されてる」満足のいく受け答えができた。自分の決断に自信が湧いた。

「スーパーウォリーもコンサート事業に進出したらどうするんだ？ すでにもっと多くの家庭に導入されている」

「わたしたち、いいえ、彼らにその気があれば、とっくに進出してたはず。きっと事業提携みたいな形で、もうスーパーウォリーに配信を担ってもらってるんでしょう」

「それならどうして、おまえがわざわざその会社に出向かなきゃならんのか、もう一度説明してくれ」

　ローズマリーは今回本社に行くだけでなく、新たな仕事には出張が必要となることを父にまだ明かしていなかった。ほんの一歩ずつ、だ。「研修プログラムを受けるから。どうやってあんな魔法を起こせるのか見せてもらわないと、間違いが起こったときに修正できないじゃない」

「魔法が間違うのか？」

「喩(たと)えがよくなかったけど、わたしの言いたいことはわかるでしょ。それに、べつの場所に行くなんてわくわくしない？」父が傷ついたような顔をしたので、ローズマリーは慌ててなだめようとして続けた。「これまでどこかに行きたいと思ってたわけじゃないけど、六年間も同じ仕事をしてきたんだもの。気分を変えてみたいと思うのは自然なことじゃない？」

　父は冬になると生やす髭を掻いた。「おまえには安全でいてもらいたいのが私の願いだ」

「幸せもでしょ？」

「もちろんだが、まずは安全だ」

「もう自分の身はちゃんと守れる年齢だから。お父さんだって、わたしの歳頃には両親から千マイルも離れた町で暮らしてたんだよね」

「あの頃とは時代が違うし……」

そこから先の話はもうローズマリーが暗記してしまうほど何度も聞かされていた。『あの頃とは時代が違うし、そもそも違う国になってしまった。いま最も大事なことは互いを気遣いながら、なるべく安全な場所で、できるかぎり自給自足で暮らすことだ』」ローズマリーは息をついた。「お父さん、それはもうずっと聞かされてきた。おかげでこれまですばらしい環境で育てられてきたわけだけど、毎日フードスペースに入り浸るのはだめで、そのうえ、どこかへ行くのもだめだというのなら、わたしは永遠にスーパーウォリーに捕らわれの身になってしまう。危険なことをしようとしてるわけじゃない。ここ以外にどんな世界があるのか知りたいだけ」

父が両手を差しだし、ふたりでパネルを元の位置に据え付けた。父と話しているとますます、どうしても試してみなければという思いが強まった。

7

ルース
このままではいられない

ペンシルヴェニアのホテルでも爆弾が爆発する前に発見された。ミシシッピではひとりの男がバスターミナルを銃撃し、そのなかに立てこもった。わたしたちが翌朝起きて目にしたのはそうしたニュースだった。無作為の単独犯なのかは捜査中で、たまたま多発したのかは誰にもまだわからず、政府もまた自宅で待機するよう不穏な警告を発表した。何かわかっていることがあったとしても、おおやけにするつもりはないらしい。

「ツアーはおしまい」レーベルのマーゴが電話をかけてきて繰り返した。「どこの会場も閉じてる。家に帰って」

家。わたしに帰る家はない。クイーンズに借りていた部屋は留守のあいだ、一年前からある男性に又貸ししていた。突然戻ったとしても、わたしのベッドは空けてくれるはずだけれど、とりたてて愛着のある家具もないし、日用品は持ちだしてきた。

ひっそり身を寄せられそうな町に住む友人たち数人にメッセージを送ると、自分がいまクイーンズで提供しているのと似たような条件の申し出がひとつ返ってきた。ボルティモアのアーティストが住んでいた共同住宅の一室を家具付きで又貸ししてくれるという。その部屋の住人もツアーに出ているミュージシャンで、現在はヨーロッパを長期でまわっていた。

〝ヨーロッパでツアーをするのはどう？〟わたしはマーゴにメッセージを入れた。

〝手配に何カ月もかかる。ビザやら楽器の調達やら。検討させて〟と返信が来た。

エイプリルとヒューイットはそれぞれニューヨークとロサンゼルスへ帰る便を予約しようとしたが、航空機は欠航していた。結局ヒューイットは出張に来ていてやはり西海岸を目指す女性ふたりとレンタカーに同乗し、エイプリルは午前一時に出る長距離バスの乗車券を一席ぶんだけ確保した。

バンは音楽をかけていても静かでがらんとしていた。次のライブも滞在先も、目指すべき先の予定からすっかり解き放たれてしまうと、どんよりと気の沈む道のりだ。すごすごと逃げ帰る身でありながら、目指すべき家もない。少しばかりの荷物を新たな寝床に運んで、借りていたバンを別れぎわに名残惜しく軽く撫(な)でてから返却し、ほかの町の誰かの家の部屋にあるベッドで、いつまでなのかもわからない時を過ごすしかない定めを受け入れた。

ひとりで何をすればいいのか思い浮かばなかった。毎日、昼頃に起きる。ニュース・サイトで夜間外出禁止令が解除されていないかを確認してベッドを離れる。まだ解除されていない。あちこちで道義に反すると抗議の声があがっているが、さほど強硬なものではなかった。いまなお頻発している襲撃事件と無秩序に続いている脅迫にみなすっかり怖気づいていた。

　わたしは着替えもせず、パジャマのズボンに着古したTシャツ姿のまま階段をおりていった。ルームメートは四人で、彫刻家、看護師、映像制作者、ショークラブのパフォーマー。映像制作者のジャスプリートは日中に教師をしているが、わたしを含めてあとの四人の生活時間は不規則だ。出くわすのはたいがい共同キッチンで、誰かがコーヒーを淹れたり、朝食を食べていたり、昼食をとったりしているときに顔を合わせた。

「そろそろ日常生活を取り戻したいよな」誰かが言った。「日常生活を忘れてしまう前に」

「新たな日常を見つけないと」べつの誰かが言った。もう全員の名前くらいは憶えたけれど、誰がどれを言っていても変わらなかった。同じ会話を幾度となく繰り返している。

　そして誰かが改善されている点――学校は再開したしなど――を挙げ、みな気分が上向いてきたふりをする。わたしは深皿にシリアルをたっぷり入れて、すっと上階へ戻っていった。一緒にいるのがいやというのではないけれど、求めていることでもないからだ。

　午後には一度マーゴに電話を入れる。「きょうは何か知らせはある？」

　何かあれば連絡すると言われているので、毎日電話をかけるまでもなかった。マーゴも困惑しているだろう。わたしはツアーの再開の知らせを待っていた。アライアと〈ピーチ〉のスタッフ、ほかにもこれまでに演奏した会場のことを思い返す。みな時間給で働いていた。

あのようなクラブがこのまま開かなければ、来月の必要な支払いに困る人々がどれだけいるだろう？　クラブ、劇場、映画館、スタジアム、ショッピングモール。時間給労働者にとっては、ほんの一日の休みでも痛い。そのことはわたしも身に染みて知っている。

これまでやることがない時期はほとんどなかった。マンハッタンの北側にあるおばの家のソファに自分の意志で寝床を移してから、頭が追いついていかないくらい新たに知ることばかりの高校生活となった。ジーンズ、ギター、音楽、女の子たち、華やかな街をわたしはそれまでまったく知らなかった。卒業すると、出演できるところを探し、演奏して、売り込みをかけるのが毎日の仕事で、家賃を払うためにまたべつの仕事もした。路上で歌いだすとほどなくツアーとプロモーションで多忙になった。残りの時間は曲を書いて、レコーディングし、リハーサルをすることに費やした。休暇など未知の領域だ。

いざ曲を書こうとしてもうまくいかなかった。ホテルの壁に書きつけた曲もどこかに雲隠れしてしまっていた。歌詞は目を閉じれば頭のなかでまだ輝いていても、それを乗せるのにふさわしい旋律が浮かばない。ベッドに寝転んで何もせず、何を考えるでもなく、ギターを爪弾(つまび)くわけでもなく、ただぼんやり午後をやり過ごす。

エイプリルが電話で一度、わたしがマーゴにしているのと同じ質問を投げかけてきた。わたしはマーゴと同じ返事をした。

「ぐうたらしてるわけか」エイプリルはキッチン・カウンターを手で叩いて拍子を取ってい

る。

すでに見られたあとだけれど、わたしはカメラ機能をオフにした。「あなたはどうしてそうならないの？　ちなみにいまどこ？」

「家」エイプリルはあっけらかんと答えた。「ニューヨークはいつものニューヨーク」

わたしは気分が上がった。「クラブが開いてるってこと？」

「いいえ。クラブも美術館もまだ閉まってて、観光客もあまり見かけないけど、それもまあいいもんよ。家賃を払えるくらいはスタジオでの仕事が入ってる。外で演奏できないから、みんな録音してんのね。あんたは何してる？　冴(さ)えない顔だけど。最後に髪を洗ったのはいつ？」

わたしは思いだせなかった。「たいしてやることがなくて。みんな家のなかにいるから、曲はオンラインでよく売れてる。スーパー・ストリームの印税はまあまあかな。生活費は賄(まかな)えてる」

「明るい兆しじゃない。よければこっちに来ればいいのに」

その誘いに応じるまでに一カ月考えた。学校が再開し、そのほかの場所も商店や映画館などがちらほら開きはじめた。するとまた爆破予告が始まった。期間を短縮しての開催が検討されていたメジャーリーグも取りやめとなった。美術館は一日だけ開いて、また閉館した。

「ここが紛争地帯なら、それでもみんな仕事に行くんだけどな」紛争地帯を知るシリア人の彫刻家のルームメートが言った。「ここの人々は自分たちが安全なところにいると思い込んでいたいから、その幻想が打ち砕かれても受け入れようとしない」

わたしはうなずいて、また自分の部屋に引きこもってマーゴに電話をかけた。「演奏する場所はあるはずだよね」

「ルース、ツアーを組めるほどはない」マーゴはそう返した。「辛抱して。そろそろ夏フェスについて決まるはず。どれも中止になれば、改めて小さなクラブでも探してみるから」

わたしはエイプリルに電話した。「待ってるのは地獄。ニューヨークで開いてるクラブはひとつどころじゃないって言ってたよね？」

「それは先月の話。いまは目立たないようにたまにライブをやってるところがある程度」

エイプリルはいくつかの場所を挙げた。そのうちのひとつが、十代のときに演奏したことのある壁穴みたいな店だった。わたしはそこに電話をかけて、別名で宣伝もいっさいせずに歌わせてほしいと話をつけた。夜間は店を閉めるよう要請されているのだから、注意を引くことはできない。

わたしは長距離バスでニューヨークへ向かった。みなさぞ警戒して行動しているのかと思いきや、社会契約はいまだいかなる人々にも順守されているとでもいうように、列に並んでいるうちからおしゃべりしていた。誰もが窓側の席をめがけて乗車する。わたしがギターを窓側に立てかけて並びの通路側の席に腰をおろすと、数人にいらだたしそうに睨(にら)まれたので、もう一枚の乗車券を振って見せた。「相棒のぶんもちゃんと払ってある」

　街並みはいくらか人が少ないとはいえ、ツアーに出たときと変わらないように見えた。午後六時にミッドタウンでバスから降ろされ、八時まで時間があったので、会場のバーまで四十ブロックを歩くことにして、途中の道端で売られていたホットドッグとプレッツェルを買って食べた。ニューヨークの街は変わっていないように見えたけれどやはり空いていた。なつかしくもあり、そうではないところもある。

　十八歳のときに演奏していた街角、ギターを手にしてさえいれば見咎めずに通してくれた幾つものクラブ、片隅でお腹を空かせて坐っていたわたしを見つけて、サウンドチェックの合間にフライドポテトを分け与え、前座を務めさせてもくれたバンドの人々は懐かしい。

　前と違うのは、それでもやはり〝ここはニューヨークだ〟と言わんばかりのせっかちな人の動きとはちぐはぐな、いつもよりあきらかに空いている街並み。慌ただしさのなかにもニューヨークですら恐れている気配が見え隠れしていた。

　両親はこの変貌ぶりに少しでも気づいているのだろうかとわたしは思いめぐらせた。両親ときょうだいはみな橋の向こうのブルックリンに暮らしている。ニューヨークのほかのところとは壁で隔てられているかのような別天地なので、外の世界が閉じられても影響を受けづらい独自の理想の社会構造が築かれていて、ほかの大陸であるかのように変わらない暮らしをしていてもふしぎはなかった。だいぶ前にニューヨークでライブをするときに家族を招待しようと、兄妹（きょうだい）たちのひとりに連絡を入れたのだけれど、来てくれるとは思っていなかったし、実際に誰も現れなかった。

〈キャリーバック〉に着くと、すでにエイプリルが来ていて、ウイスキーかブランデーを湯で割って甘くしたホットトディーを飲んでいた。よく知らない人々と何カ月も暮らしたあとだけに自然と抱きしめかけて、やはり思いとどまった。エイプリルは想像していた以上に疲れているように見えた。

「ここでは一緒に演奏できなくてがっかり。ドラムは不可なんて決まりはばかげてる」

エイプリルが肩をすくめた。「心配しないで。フルバンドでやるには狭すぎる」

「そうだった」

「あなたが前にここに出てたのは忘れてた。アンプは変わってないんだけど、つまみの半分は壊れちゃってて、ひどい音でさ。もうちょっとましなのを借りといたから」

「あなたって最高」わたしは言った。「飲み物は奢（おご）らせて」

「このぶんはもう払っちゃったけど、もう一杯買ってくれるなら」エイプリルは空（から）になったマグを持ち上げた。

わたしはエイプリルにお代わりと自分用のカーサ・ドラゴネスのテキーラを注文して代金を払った。厚いカーテンの内側の部屋へ入っていき、エイプリルも小ぶりのロードケースを引きずるようにしてついてきた。記憶にあるよりも小さなライブ会場だ。いちばん奥の壁に据え付けられた棚の下に背もたれのないスツールが六つ並べられ、残りの空間には肩を寄せ合っても気にならない人々ならば十五人から二十人くらいは立っていられる。小型の音響装置が床から高くなっているステージ部分にまで食い込んでいて、ギターを手にふたり立てる程度の広さしかない。たしかにドラムセットを置けるはずもなかった。「ボンゴなら叩けそうだけど」

「冗談でしょ」エイプリルが言い返した。「どっちみち、今夜は調子が悪いんだ。あんたひとりで楽しんでもらったほうがいい」

「それで飲んで暖まってたわけか。二日酔い？」

「そんなことないはずなんだけど。どうしてかな」エイプリルは備え付けのアンプを脇に押しやって、小ぶりのケースをステージに持ち上げた。ここのアンプはグリル布が検死現場の死体袋か何かみたいに真ん中で破れ、なかの対のスピーカーが剝きだしになっていた。高音域調整（トレブル）、音量、さらにエフェクターのオーバードライブのつまみも取れてしまっていて、調整用のペンチが上に置いてある。

「痛っ」わたしはつまみがあったはずのところをまわそうとした。「よくここまで寂れたもんね」

「でしょ？　こっちのがずっとましだから。友達のニコが作ったやつ。狭いところにぴったり」

わたしはエイプリルが運んできたケースの留め金をはずして、上蓋を開いてアンプを引きだした。

「わお。すてきじゃない」アール・デコ調のすっきりとして洒落たキャビネットだ。ブランド名は見当たらないけれど、後ろの小さな真鍮（しんちゅう）のプレートには〝ニコ・レクトリクス、ブルックリン〟と入っている。わたしはサージプロテクターにアンプを接続して、ギターをアンプに繋いだ。エイプリルに背を向けて調節を繰り返し、少し弾いてみた。クランチがやけにきれいに響くので、適度に調整してから音量を五に上げた。

「すごくいい」わたしは言った。エイプリルは少しくたびれた様子で壁に寄りかかっている。

「売る気はないかな？」

エイプリルは首を振った。「特別なものみたい。あんたなら、もし壊しちゃってもちゃんと弁償してもらえるからって言っといた。ほんとうのことだけど、壊さないでね」

わたしはさらに少し弾いてから、腕時計を見た。八時。「開場は何時？　音響係が来てもいい頃だよね？」

「きみがそのぶんを払ってくれればだ、お嬢さん」誰かがカーテンをめくって入ってきた。「そもそもきみも稼げると思ってきたんじゃないといいが」

フィルターなしの煙草で嗄（しゃが）れたような、老けた四十代なのか若い六十代にも思える男の声だった。男は修繕テープだらけの使い込んだギターケースをステージに立てかけた。あれでなかの楽器をどれだけ保護できるのだろうか。

わたしは作り笑いを浮かべた。「お坊ちゃま、お金目当てなら、ここに来てない。だけど、音響係については教えてくれてありがと。問題ない。今夜の出演者？」

男がうなずいた。当てこすりに気づいているのかも読みとれない。「店主がそろそろ予定表を持ってきてくれるだろ。ご希望なら、二十ドルできみの音響調整をやってやろう」

「どうかおかまいなく。ご希望なら、五十ドルであなたの調整係をしてあげるけど」わたしは笑みを添えた。

エイプリルが笑いをこらえ、それから咳をした。男がわたしをじっと見つめ、そのあとはそしらぬふりを決め込んで準備にかかり、わたしは早くもこの男の言うことには耳を貸すべきではないと結論づけた。手を借りられれば助かるとしても、こういった手合いのことは心得ているので頼みはしない。この手の嫌みなやつを相手にせざるをえなかったのはもうずいぶん前の話だ。ほとほとうんざりさせられていた。

バーテンダーが一枚の紙を手に慌てた様子でカーテンをめくって入ってきた。「ちょっと聞いてくれ、ショーンが具合が悪くて来られない。この予定でやってくれと言ってたが、出演順が気に入らなければ、変えてもらってかまわない。まかせるよ」

もうひとりの出演者の男が近づいてきて予定表を奪いとった。

「演奏したくてここに来たんでしょ」エイプリルがささやいた。「せっかくの夜をあいつに台無しにさせちゃだめ」

エイプリルの言うとおりだ。すでにこの男に気分を害されている。ばかげた世の中の空気を撥(は)ね飛ばしたい同じ思いのミュージシャンたちの一夜になれば、それに越したことはなかったけれど、このままではそうならないし、ここに来たのはそのためでもない。演奏したかったからだ。ひとりでも観客に来てもらいたいと心から願っていた。エイプリルのためならまだしも、この男はそのなかには含まれない。

「レディ・ファーストだそうだ」男がその紙を掲げてみせた。それぞれ四十分ずつ、わたしが先で男があと、開始は九時半。互いに名乗りもしていなかったことに気がついた。紙に記された男の名前はタナー・ワトキス。

「モリー・ファウラー?」男が目を細く狭めて読んだ。「聞き覚えがないな。ほかにはどこで演奏してる?」

店主の提案で自分で決めたはずの偽名をわたしは忘れていた。肩をすくめた。「これが初めてのライブ。あなたの前座だとでも思って」

ワトキスはいぶかしげな目を向けたが、わたしはできるだけ屈託のない純真な顔を取り繕った。

ともあれ、この男の頭を悩ませることで観客が来るのかを思い煩わずにすんだ。自力で音響調整に掛かった。バックパックから自分用のマイクを出して、このクラブの使い古された

SM58と取り替えた。上下逆になるのが気にならなければ、これでステージからミキサーのフェーダーを調整できるし、それでわたしはかまわなかった。ワトキスは部屋の中央で黙って眺めている。エイプリルは壁ぎわのスツールに坐り、飲み物を顔に近づけて湯気を吸い込んでいた。いつもならエイプリルに調整がとれているか訊いているところだったが、ワトキスに口を挟む隙を与えたくないので、自分の判断を信じることにした。納得がいくと、ギターをアンプに立てかけて、エイプリルの隣に腰を落ち着けた。

「あれで大丈夫かな？」わたしは訊いた。

エイプリルが目を開けた。「聴いてたって言ったら嘘になっちゃう。ごめん、ルース。なんかほんとに調子悪くて」

「気にしないで。そんなに調子悪いのに、帰らなくて大丈夫？」

「ええ。あんたの演奏が終わるまではこうやって壁に寄りかかってるから」

演奏する曲目を書き終えたところに四人の観客が入ってきて、わたしはほっとした。たったひとりでもいいから現れますようにという祈りは通じた。モリー・ファウラーは実在しないのだから、わたしを目当てに来てくれたのではない。だとすれば、タナー・ワトキスのファンなのか、新たな音楽を求めて来たのかのどちらかだ。ワトキスも同じような視線を投げかけていたので、後者なのだろうとわたしは見てとった。これでもう、それならなおさらいい。

九時半までにさらに五人がぶらりと入ってきた。これでもう、ここならじゅうぶん盛況に感じられる。わたしは小さなステージに上がり、もう一度チューニングをしてから、小型のアンプのスイッチを入れ、マイクの前に立った。少人数の観客はまだおしゃべりを続けている。

シャワー室程度のステージから十一人の観客をざっと見渡すと、ふっと気が高ぶった。その緊張を振り払った。どうかしてる。何千人もの前でも平然と演奏してきたのに。たった十一人を前にして、どうしてこんなふうになるんだろう？　まったく自分を知らない人々に聴かせようとしているからだ。ずいぶん久しぶりのこととはいえ、初めての経験というわけではない。

「こんばんは、わたし――」偽名を思いだせず、言葉に詰まった。といっても、どうでもいいことだ。「――何曲か聴いてください。来てくれて、ありがとう」

スーパー・ストリームで売れている曲はきょう演奏する曲目から外していた。おしゃべりしながら聴こうと思っている人々を黙らせるために、一曲目は急き立てるようにテンポの速い『失って見つけて』で攻め込んだ。うまくいった。この狭い空間で誰にも気詰まりを感じさせないように目を合わせるのはほんの一瞬ずつにして、でも否応なしに歌に引き込もうとした。

スピーカーが甲高い音を響かせ、わたしがかけようとしている魔法を掻き消した。間奏で音響装置のほうをちらりと見ると、わたしが調整しておいたイコライザーの設定をワトキスがいじっていた。睨みつけても、ワトキスは顔を上げようともしない。よくいがちな手出しせずにはいられないミュージシャンだ。納得がいかないとばかりにじっとつまみを見つめて、いじっている。

　わたしはその曲を終えて、そちらに向きを変えた。睨むだけでは埒が明かなかった。

「ちょっと、ミキサーから離れないと、ギターでその頭をぶち割るから」

　観客の何人かが笑いを洩らした。少なくともその人たちはわたしに非がないことをわかってくれている。もとの音調に戻ると、わたしはマイクのほうに向き直った。笑顔で。まだ一曲もやっていなかったかのように。「こんばんは、何曲か聴いてください。来てくれて、ありがとう」また笑いが起きた。観客はわたしの側についてくれた。

　そのあとは順調に演奏を進めた。観客は新たなものを聴きたいからなのか、あるいはきっと少しのあいだでも日常が戻ったような気分になりたいから、ここに来ている。

　わたしは、この繋がりからしか得られない活力を求めてここにいる。歌、演奏、この瞬間がぶつかりあってしか生じ得ないもの。わたしがつかもうと手を伸ばし、それに応えて差しだされるもの。九曲を演奏するあいだに、この恐ろしい数カ月が遠のいていった。外の世界で起きていることは何もかも、その九曲が振り払ってくれた。どうしてもツアーに出なければと思っていたけれど、あちこちに演奏しに行けないのが問題なのではなかった。広くても狭くても、どのような空間でも、わたしが求めているものは得られる。

終わらせたくなかった。あと一時間は歌いつづけられるけれど、ここはわたしだけの空間ではない。最後の曲を歌い終えて、満場の拍手をもらってステージを降りた。少し余韻を味わってもらってから、ギターとマイクとアンプを片づけるためにステージに戻った。あの男に機材を貸す必要はない。

「よかったぜ、お嬢ちゃん」ワトキスが言った。「こんな世の中になってなきゃ、成功してたのにな」

「それでちゃらにしてあげる」ワトキスはまだ何か言いたげだったが、わたしは背を向けた。ふたりの観客が近づいてきた。「リリースされてる曲はある？」先に来た女性が尋ねた。タンクトップから鍛えられた肩が露わになっている。わたしもこういう肩にあこがれているのだけれど、そのために鍛えたり泳いだりしようとまではなかなか踏みだせない。

「スーパー・ストリームで聴けるのはある？」先ほどの女性の友人が問いかけた。

ないと答えかけて、偽名を使ったのはここに大勢が押しかけないようにするためだったのだと思い返した。ライブは終わったのだから、打ち明けても問題はない。「あるけど、違う名義なんだ」

名前を告げてもみんなぼんやりとしていたが、ひとりの男性が目を大きく開いた。「えっ、ほんとかよ。あの曲を歌ってたよな。知ってる」

男性は『血とダイヤモンド』のサビの部分を口ずさみ、ほかの人々も気づいてうなずいた。

「こんなところで何してるんだ？」その人の友人らしい縁の厚い眼鏡をかけた男性が訊いた。

「開いてるところがないんだもん」わたしの返答を待たずに誰かが言った。

「ほかの人たちみたいにステージ・ホロで演奏すればいい」

わたしは眼鏡の男性を見やった。「ステージ・空洞って？」

「新しい企業だ。友達がそこで働きだした。すでにもう飛ぶ鳥を落とす勢いだ」

わたしは調べてみようと頭に入れた。

「ともかく、ここに来てくれて嬉しいよ」わたしを知っていた男性が高らかに言った。「今夜誰が出演するのかも知らずに来たんだけど、きみでよかった」

「一杯奢らせてくれない？」麗しい肩の持ち主の女性が問いかけた。

誘ってるのか、それともただの気さくな心遣い？　女性はわたしの腕に手をかけた。そのしぐさの意味を正しく裏づけようとする力強さがあった。誘いかけているのは間違いない。

「喜んでと言いたいところなんだけど、連れがいるから――」エイプリルのほうに頭を傾けた。「――家に送ってあげないと」

女性はエイプリルのほうを見て、わたしの腕に触れていた手を引き戻した。「あら、ほんと。調子があんまりよくなさそう。また次の機会に」

タナー・ワトキスの演奏が始まり、わたしに話しかけてきた人々もまたステージのほうに戻った。わたしはひそかにワトキスが下手くそならいいのにと思っていたのだが、あいにく、なかなかの出来だった。自分のギター、ギブソンのハミングバードをアンプに通さず音響システムに繋いでいる。安定したフィンガー・ピッキングで、ざらついた歌声にも魅力がある。憶えやすい曲ではないけれど、うまく聴かせている。

わたしの演奏も聴いてもらったのだから、最後まで聴くのが礼儀だろう。とはいえ、こうしているあいだにもエイプリルはさらにつらそうになっていた。わたしはワトキスに背を向けた。

「送ってく」エイプリルに声をかけた。

エイプリルが目を開けた。「ああ、うん」

断ろうとすらしないのだから声をかけてよかった。儲けは期待できないので支払いを待つ必要もない。わたしはギターケースとバックパックを右肩に掛けた。アンプのロードケースにはありがたいことにキャスターと折りたたみ式の把手が付いていた。

「歩ける？」わたしは訊いた。

エイプリルがうなずいた。スツールから滑り降りた様子からするとほんとうに歩けるのかあやしかったが、どうにか踏みだした。わたしはすぐに手助けできるように後ろから付き添った。エイプリルが壁に手をつきながら歩きだした。

まだ十一時で、天候にも恵まれている。クラブを出たときには先に呼んでおいたタクシーが到着していた。エイプリルは後部座席に滑り込んだものの、そこから動けずにいる。わたしは荷物をトランクに積み込んでから、車の反対側にまわった。「病院に行かなくて大丈夫？」

エイプリルは首を振った。「病院はだめ。医療保険が失効してて。ばかだよね。大丈夫。寝ればよくなるから」

わたしはエイプリルの額に手をあてた。「すごい熱」

「たぶん風邪。大丈夫だってば」

エイプリルの両手が動かないのは大丈夫ではないしるしだった。今夜を振り返っても、その両手が拍子を打っているところはまるで思いだせない。

ふたりとも押し黙ったままタクシーはハーレムに到着した。わたしはエレベーターのない三階の部屋まで荷物を運び、エイプリルが階段を上がるのを手伝うために戻った。自力で四段上がったところで力尽きていた。衣類に埋もれたベッドにエイプリルを横たわらせ、食器の乾燥ラックからグラスを取って、水を注いだ。洗面台にあるどれが誰のものなのかわかりようもないので、解熱剤のタイレノールと小売店ブランドの風邪薬をつかんで、本人に選んでもらうことにした。ほかに何をしてあげられるのかわからない。どこで寝ればいいのかも。玄関口からカーテンで仕切られているリビングルームはどう見ても誰かの寝室に使われているようだ。わたしはクローゼットを開いて寝袋を探りだし、エイプリルの部屋の床に広げた。

エイプリルは呻き(うめ)きながら寝返りを打ち、疲れきっているようなのに眠れないらしい。何もできない自分が歯がゆかった。医者に診せたほうがいいのに、連れて行けない。仕方なくバスルームとキッチンの流しとドアノブをすべて清潔に掃除して、石鹼とお湯で手をごしごし洗い、やっとうつらうつら寝ていた午前四時頃、エイプリルのルームメートのひとりが帰ってきた。わたしは説明しておこうと起き上がったが、そちらの部屋へ行く前にさっさとドアを閉じられてしまい、ノックをしても返答はなかった。わたしは寝袋に戻った。

「帰って」夜が明けてまもなくエイプリルがか細い声で言った。「大丈夫だから」

「それは無理。病院に行くか、ルームメートの誰かに看病すると約束させないかぎり、あなたを放っては帰れない」

「頼めるはずない。ろくでもない連中なんだから」

「せめて診療所に行ってみない？　費用も知れてるし。手持ちがないならわたしが払う」思わず口走ってから、言うべきではなかったことだと気づいた。

「帰って、ルース。よくならなかったら診療所に行くから。約束する」

わたしは一線を踏み越えてしまった。純粋な友人関係ではない。友人である前に、わたしはエイプリルの雇い主で、バンド仲間だ。これ以上のことをわたしが手助けするのはエイプリルの自尊心が許さないだろう。わたしはネットで長距離バスの乗車券の予約を早い時間に変更した。

「ゆっくり休んで。演奏できるところとすてきなアンプを手配しといてくれてありがとう。

それにひと晩泊めてもらって……」わたしの声は消え入った。

エイプリルが片肘をついて上体を起こした。「アンプ？　ここに持って帰ってきたんだよね？」

わたしが部屋の片隅を指さすと、エイプリルはまた身を横たえた。「ありがと」

「ほんとにほかにできることはない？」

エイプリルは追い払うように手を振った。わたしはルームメートの誰かにこの状態を伝えておきたかったけれど、誰も見当たらず、エイプリルに言わせればろくでもない連中なので、あきらめるしかなかった。わたしはそこをあとにした。

地下鉄の駅へ行く途中でコーヒーとサワー種のベーグルを買い、通勤者で混雑する時間帯だと気づいて後悔した。あらゆるところが閉じているというのに、ニューヨークではいまだ大勢が同じ時間帯に通勤することを強いられている。わたしはギターを肩から降ろして身体の前にかかえ、もう片方の肘は手すり棒に引っかけて、コーヒーが顔に撥ねないよう持っていなければならなかった。ほかの乗客を眺めるのは気晴らしになるものの、寝そこねた晩のあとでは眠気に襲われていつもよりは楽しめない。思い過ごしかもしれないが、誰もがやつれて気落ちしているように見える。電車を降りたときにはコーヒーが冷めきっていたので、最初に通りかかったごみ箱に捨てた。

朝に発つボルティモア行きのバスは往路ほど混んでいなかった。座席に置かれたギターに目くじらを立てる人はいないし、誰もが窓ぎわの席に坐れた。わたしはマンハッタンを眺めたくて二階席を選んだ。ニュージャージーから目にするニューヨークはいつも威風堂々として見えたものだ。マンハッタン島の南端が見えなくなると、考えないようにしていたことに向き合わざるをえなかった。

これからどうする？　自分を奮い立たせようと期待して演奏しに来たけれど、たった一度のライブで得られた高揚感はたちまち消え失せた。所詮（しょせん）いっときの気晴らしにしかならなかった。本物のもっと長続きするものがほしくても、その願いを叶えられる方法が思い浮かばない。

昨夜の演奏後に眼鏡の男性が話していた新しいサイトはどんなものなのだろう？　ともかく調べて新たなプラットフォームを得ることを考えるのは暇つぶしになるし、時間を有意義に使っている気分になれる。あの男性はたしかスーパー・ホロウと言っていた。それとも、ステージ・ホロウだった？　わたしは携帯電話で検索し、見つけた。ステージ・ホロ。ぱっと見て惹かれる名称ではなかった。

バスが急ブレーキをかけ、わたしは前の座席の背に手をついて、片腕で傍らのギターを押さえた。前方にたくさんのブレーキランプが見えた。こんな朝早くに街から出ていく道路の光景にしてはどこか妙な気がした。

ステージ・ホロのサイトに目を戻す。料金を払うと専用の機器で独自に提供しているショーを観られるらしい。〝車駐めも、酔い止めも、必要なし。ライブみたいだけど、もっといい〟この宣伝文句は見直したほうがいいし、アーティストの登録先のリンクも張られていないようだ。なんとなくいい加減に感じられた。

バスはまだ動かなかった。わたしは立ち上がってフロントガラスの向こうを覗いた。ほかの人々も同じようにしている。

「どうして動かないのかわかります？」先ほどからずっと見ているらしい乗客に尋ねた。

「いや。救急車が少し先の反対車線に来てる。こちら側に来ようとしてるんだが、路肩が狭すぎるんじゃないか」

わたしは座席に戻って待った。さらに二十分が過ぎた。バスがゆっくりと動きだし、ガードレールから車を引きだそうとしているレッカー車の脇をようやく抜けだした。そこを通過すると何事もなかったかのように州間高速道路は空いていた。

トーマス・エジソン国立歴史公園の休憩所まではどうにかたどり着いた。ニューヨークからボルティモアまでの直行バスのはずが、スピーカーがパチパチと音を鳴らし、運転手が告げた。「体調の悪いお客様を降車させるため、しばらく停車します。速やかに発車しますので、そのままお待ちください」

ドアはわたしの座席とは反対側にあるので、首を伸ばさなければ見えなかった。救急車がすでに到着していて、乗車する列に並んでいたときには見た覚えのない乗客がふたりの救急隊員に支えられてバスを降りていく。それまでに一階席から気になるような物音は聞こえなかった。何か揉めごとが起きたのなら、二階席まで響いていただろう。

わたしは時間を確かめた。もう午前十一時。エイプリルにメッセージを送信して起こしてしまったとしても、さほど後ろめたくならずにすむ時間だ。

〝どんな具合？〟わたしはそう送った。返事はない。

バスがまた動きだし、その後は平穏に進んだ。わたしはさらに二度エイプリルにメッセージを送り、きっと眠れるようになったのだと解釈して、打ち切った。返信をもらえないかぎり、ほかに連絡をつける手立てはない。

バスを降りると、よけいに気が沈むばかりの住まいへ重い足どりで向かった。たった一回のライブはツアーではない。一日を乗り切る発奮剤にすらならない。いまだ家とは感じられない現在の住まいにしぶしぶ入っていった。ツアーで泊まるホテルの部屋も家とは感じられないにしても、そこを訪れて得られるものがあった。恋しいのは、そんな旅と演奏と音楽だ。

リビングルームには誰もいなかった。キッチンにも。見たことのない猫が鳴いて出迎えてくれたけれど、撫でようとギターケースを肩から降ろしてかがむと、すばやくすり抜けられてしまった。部屋に戻り、ギターを壁に立てかけて、ベッドに寝転び、前日までとまったく同じことを繰り返した。たった一回ライブをしても何も変わらず、なおもどうすればいいのかわからなかった。

8

ローズマリー
小さな箱

農場用トラックは段階的廃止の措置がとられて以降、幹線道路の走行を禁じられていたので、ローズマリーはステージ・ホロ・ライブの新入社員研修を受けに行くため、単独乗車の自動走行タクシーを手配しなければならなかった。初めての体験だ。快適なベンチシートをひとり占めして、両手を膝の上においておきさえすれば、前に誰がそこに坐って触れたのかといったことを気にする必要もない。触れるのは自分のスマートフォンとドアハンドルだけで、両親の時代のテレビ番組に出てくるような煩わしく話しかけてくる運転手もいない。

農場用トラックを運転しなくてもいいのは嬉しかった。自分でトラックを運転するときにはひたすら道の前方を見つめ、かかりの悪いエンジンの唸りに耳を澄まし、その轟音に邪魔されて音楽を聴くどころではなかった。ローズマリーのトラック、ラトルバンはこの新しいなめらかな自動走行車専用道路の走行を認められていないので、でこぼこした郡道を運転しなくてはいけない。こんなふうに窓ガラスから心おきなく外を眺められるのは、ジョリーの町に閉じこもっていたこの十数年には叶わなかったことだ。幹線道路から見えるものはそう多くないけれど、ちらほら目に入ってきた。ショッピングセンターから拘置所になったところは、さらにスーパーウォリーの配送センターになっている。陥没した屋根から枯れたオークの枝が突きでている納屋、遊園地の廃墟に残るジェットコースターの骨組みだけの滑走路。時代に取り残されたモーテル、映画を観るために見ず知らずの人々が寄り集まって訪れていた映画館。どれもローズマリーの年齢でも、なんとなく記憶にあるがはっきりとは思いだせない過去の亡霊たちだ。いまとは違う、両親の時代。

そこに自分が生きる時代が上書きされている。静かに走るタクシーのなかでは、〈ワイルアウェイ〉の文句なしのサウンドトラックも聴いていられる。最新型のフーディで地図を起動させておくと、アスファルトの上に色付きの道が出現し、周辺のおもな建造物が通りかかるたびに表示された。〈パテント・メディシン〉の最新曲とナイトライツ・ブランドのバーチビアの広告が、積雲のなかに浮かんでいる。北へ渡る鳥の群れが、バード・ゴーグル・アプリにタグ付けされた。ぐるりと広く壁に囲まれた住宅地にはローズマリーの両親よりも裕福で都会を逃れてきた人々の家が建ち並び、反対にもっと倹しい人々のトレーラーハウスの一群といったものも見える。

ローズマリーは両親が自分のために築いた、ささやかでも安全な住まいに不満があるわけではなかった。オンラインでの付き合いとはいえ友人たちもいる。つねにやることがあるので退屈にもならないけれど、仕事についてはまたべつで、だからこそ期待していた。もしフーディや、家や、ジョリーの町の外の世界を見る機会が与えられるのなら、どうしても試してみたい。また自分の部屋に舞い戻ることになっても、試す価値はある。

自動走行タクシーが幹線道路を出て、何度も道を折れて幅三メートルはある防犯ゲートの前にたどり着くと、ローズマリーは胃が絞られるように緊張した。〝無許可車両の通行不可〟だけでなく〝無許可者の訪問不可〟と掲示されていた。退屈そうな白人の警備員がゲート前で視界開放（クリアヴュー）にしたフーディでローズマリーのIDを読み取った。「あなたは承認されています」一瞬おいて警備員が言った。「ただし車両の記載がありません。車の手配は可能ですが、歩いていただければ手間は省けます」

「歩きます」面倒をかける必要はない。ローズマリーがトランクから鞄を出して離れると、自動走行タクシーは次の客のもとへゆっくりと走りだした。もう引き返せない。

ローズマリーは道案内をしてほしかったが、面倒な相手だとは思われたくなかった。そもそも、一本の幅広い並木道しか見当たらない。母から借りた年代物のスーツケースはキャスターのひとつがひび割れていて、引きずって歩くと右に傾いた。家の辺りでは芽吹くにはまだ早い時期だけれど、ここではもう木々が名前のわからないピンクと白のふわふわの大きな花を付けていた。地面にまで花びらが落ちていて、きれいな絨毯が歓迎してくれているようにも感じられるが、おかげでスーツケースがよけいに引きずりにくいので、きっと雨が降ったばかりなのに違いない。

十分ほど歩くと巨大な建物が目の前に現れた。地元の町にあった高校の廃墟より、ジョリーとベルギカスの中間にあるスーパーウォリーの配送センターよりも大きい。巨人用かと思うようなドアとふつうのドアがあったので、ローズマリーはふつうの大きさのドアを選んだ。

受付にいた自分と同じ年頃の男性に笑顔で迎えられ、ローズマリーはひと目で特性が見てとれないことに衝撃を受けた。オンラインでなら、アバターの人種は一目瞭然で、わかりづらい場合でも確かめられる。品質管理部門の抜き打ち検査員でないかぎり、たとえ一分でもアバターを本人と異なる人種にすれば横領と見なされる。ローズマリーは受付の男性の人種をまるで見分けられなかった。男性という判断ですら間違っているかもしれない。どうしてそんなことが気になるのか、気にすべきことなのかもわからなかった。たぶん、自分の祖先がありきたりのように思えて、遠い祖先に遡(さかのぼ)ってでもどこからやって来たのかを思いめぐらせるのが好きだからなのかもしれない。互いにどのような人物なのかをはっきりと示し合うのが日常の世界に慣れきっているからだろうか。そんなことをあれこれ考えているうちに、受付の男性が口を開いた。「ローズマリー、ようこそステージ・ホロの仲間に」テキサスの訛(なま)りだった。

ステージ・ホロ・ライブにもスーパーウォリーと同じようにくぐり抜けなければならない人材管理部門があり、おそらくはステージに立つ本物の人材と区別するために人事統括部という名称になっていた。ローズマリーは宿舎の部屋に荷物を置くと、給与の受け取りと雇用契約に必要な事務手続きをすべて行なった。それから社則を説明されるものと待ちかまえていたのだが、そのそぶりはなかった。標語ポスターを掲示する必要もないし、職場での規定も示されなかった。具体的には言及されなかったが、家での実務はさほどないということなのだろう。嬉しい驚きだった。

宿泊部屋には専用の小さなバスルームがあり、滞在中は食事も届けてもらえるのを知ってほっとした。宿泊所のなかをめぐってみて、共同の宿泊所への不安は取り越し苦労だったと気づいた。注文したマカロニ・アンド・チーズは食べ慣れたタマネギとパプリカとはまた違う香辛料が使われていたものの、カフェテリアで食べなくてもいいのはありがたい。両親の時代の古い映画に出てくるカフェテリアはいつでもがちゃがちゃしていて汚らしく見えた。

新入社員をここに来させる目的は、事務手続きのためだけでなく、コンサートが実際にどのように録画されているのかを見せるためだった。当然のことだろう。ほかにも舞台設営や技術者といった、配信に必要な仕事で新たに雇われた人々がいた。さらに、メーク、衣裳、アーティストの連絡調整係など、タレントを支える人々もいる。今回ともに研修を受けるのはぜんぶで八人で、だいたい同じ年頃か年下だが、〝この業界〟とはどこまでを指すのかはともかく、そこで働くのがまったく初めてなのはローズマリーだけだった。

二日目は見学から始まった。参加者は小さな教室でそれぞれできるかぎり距離を取って、みな互いを値踏みするように見ていた。ローズマリーは対面での研修に何を身に着ければいいのか悩んだ末に、スーパーウォリーの制服とたいして変わらない服装となってしまった。ほかの人々はもう少し気楽に、ジーンズやぴったりしたパンツにノーブランドの長袖Tシャツといったいでたちだ。みなローズマリーが付き合い慣れているアバターに比べると、だらしない感じがした。顔色は冴えないし、髪も縮れている。ふたりには顔や頬にもポックス痕がある。ローズマリーは幸いにも、あの流行病の痕は服で隠れるところにしかない。

「さて、みんな揃いましたか！　ようこそ！」部屋に入ってきた女性はぴんと背筋が伸びて軍人のような身ごなしで、重力に左右されないアバターに劣らず髪が高く幾何学模様のように巻き上げられていた。ローズマリーはフードスペースの外でこれほど濃い色の肌の人を見たことがなかった。「ジーニーといいます。これからわたしが母鴨(ははがも)で、あなたたちには子鴨になってもらいます。ついて来て、子鴨たち」

八人はついていった。ジーニーはぽかんとした研修受講者たちを引き連れ、アーティストの控室、衣裳部屋、練習室、編集スタジオを見せてまわりながら、各所でいちいち八人に大きく息を吞ませる間をとった。

それぞれの職場にいる人々をローズマリーは目にして、どのような道筋でそうした仕事に就いたのだろうかとふしぎだった。自分の場合には適性を考える間もなくコンピュータの前に坐っていて、ほかの選択肢があるとは思いつきもしなかった。高校で生徒たちは八つの進路に振り分けられた。薬学か看護、農業、軍人、建設業、教師、商業、コンピュータ、そしてスーパーウォリー帝国の各部門なのだけれど、厳密に言うならこの企業にほかの七つの業種も牛耳られている。ここにいる人々は音響やメークの知識を独学で得たのか、それともどこかに学べるところがあるのだろうか？　無知だとか田舎者だと思われたくないのでローズマリーは口をつぐんでいたが、衣裳部門に採用されたコルトンが問いかけた。「ところで、どうやってミュージシャンになるんですか？」誰も笑わなかった。

ジーニーが足をとめた。すぐ後ろにいた女性がつんのめり、ローズマリーもその後ろから突っ込んでしまった。慌ててあとずさり、誰かの足を踏んだ。思いがけず他人に触れてしまった衝撃から、あやうくコルトンの質問への答えを聞き逃しかけた。

ジーニーはそれこそがこうして案内している理由だとでもいうように茶化すことなく応じた。ここで働いている人々ならすでに新人だった頃など忘れて、あまりに当たり前の質問を笑い飛ばしてしまいそうなものなのに。「ショーや、ほかにもいろいろなものが生だった前時代(ビフォー)からすでにミュージシャンだった人々もいます。実際に観客を前にコンサートを開いて演奏していたなんて、みなさんにはなかなか想像できないかもしれませんが、わたしたちが抱える多くのミュージシャンたちは若い人たちでも、みなそうした光景をつねに思い描いています。みずからやって来る人たちもいれば、わたしたちが発掘する人々もいる。なぜなら、わたしたちはそのような機会を提供できるからです」

ジーニーがまた歩きだし、八人も急いであとを追った。「あなたがたにショーの収録をお見せすると約束しましたよね。あなたたちは幸運ですよ。きょうは特別な収録があります。マグリットが歌うのを観たことがなければ、ぜひお楽しみに」

コルトンが大きく息を呑み、ほかのふたりもその知らせに顔を輝かせた。ローズマリーも興奮しているふりをした。音楽業界については後れを取り戻さなくてはいけないことが山ほどありそうだ。

細い廊下を進んでロックされたドアに行き着いた。ジーニーが通行証を読み取り機にかざし、スーパーウォリーの配送センターくらい大きそうな空間に八人を招き入れた。天井の低い廊下から入ると圧倒される広さだったが、ローズマリーが想像していた収録スタジオとそう違いはなかった。〈パテント・メディシン〉のコンサートの様子からすれば、音楽堂のようなところ、少なくとも〈ブルーム・バー〉くらいの大きさはあるのだろうと思っていた。あのときは何もかもが現実世界よりだいぶ大きく見えた。

でもこれほど静かだとは思わなかった。人々が大勢いて騒がしく、音楽も聴こえるのだろうと想像していた。ところがこの広大な空間には、トレーラーハウスのような組み立て式の部屋が並んでいる。ローズマリーはステージを探した。〈ブルーム・バー〉にあったものとは言わないまでも、それらしいものを。スピーカー、アンプ、照明。なんでもいい。ジーニーが質問されたかのように話しだした。「すぐにわかります。じっくりと見て。あとでクイズを出しますから」

みな視線を交わした。クイズを出すというのは本気なのかわからなかったけれど、ローズマリーは配置を記憶しようと努めた。壁には世界の三十数都市の時刻を秒単位まで表示したデジタル時計が並んでいる。トレーラーハウスのような箱からあらゆるところにケーブルが延びていた。

ジーニーが腕時計を確かめて、微笑んだ。「もう来るでしょう」

頃合いを計ったかのように、このトレーラーハウスの格納庫の向こう端、衣裳部屋とメーク室のある翼棟に通じるドアが開いた。雨色のシルクのドレスをまとった長身の黒人女性が入ってきた。その後ろからよく似た親族らしき男性――頬骨の高さや身体つきもそっくりだ――と、最後にタブレットを振りながら白人女性も出てきた。「ほんとうにいまさら曲順を変えるつもり？」その女性が訊いた。「技術者がなんて言うか。あと十分しかないのに」

長身のほうの女性には、あらゆる事業者の問い合わせに応じてきたローズマリーにもどこのものかわからない訛りがあった。ひょっとして、カリブ人？「今夜は『暖かいベッド』はやりたくない。あれを歌う気分じゃない。『呼びまちがい』をやらせて」叫んでいるわけでもないのに、その声はただ広いばかりの空間に響きわたった。

「マグス」男性の声は大きさも調子も響きも長身の女性とそっくりで、似た訛りを帯びていた。黒地にストライプのスーツ姿で、女性のドレスと同じ色のネクタイをしている。「冷静になれ。演奏台本(キュー・シート)を書き直す時間はない」

「セットリストから一曲はずしてと頼むのが、それほど無理なことかな」

「その曲をはずしたいだけなのか、ほかの曲と入れ替えろと言ってるのか、どっちなんだ？　はずすだけなら話はべつだ」

「はずせば、時間が余ってしまうでしょ」三人がローズマリーたちのほうに近づいてきた。近くで見ると出演者のふたりはよりいっそう大きく、どちらも濃いメークをしている。女性は大げさにため息をついたものの、会話に耳を傾けている人々がいることには気づいていなかった。「わたしたちはアーティストで、訓練された犬じゃない。命じられて吠えやしないの」

男性がもうひとりの女性のほうを向き、眉を吊り上げて肩をすくめた。「今夜は『暖かいベッド』はやらないと妹は言ってる。そのまま短く切り上げるか、代わりに『呼びまちがい』をやるほうがいいか決めてくれ。尺は同じだ」

もうひとりの女性が片側のドアから出ていき、本人たち曰くアーティストのふたりがそこに残された。

「無理なことは言ってない」女性が繰り返し、ふたりはそれぞれに入口のあるふたつの部屋のほうに歩いていった。

「もっと近づいて見てかまいません」ジーニーが研修受講者たちにアーティストのほうへ行くよう手ぶりで勧めた。

「あの人たちは誰？」ローズマリーはコルトンにひそひそ声で尋ねた。出演者の名前を聞いてとても驚いていたようだったし、堂々と質問できる男性なのだと見込んだからだ。それに当然ながら、ばかげたことを訊いても今後関わる機会のなさそうな相手でもある。

「マジで訊いてんのか？」コルトンがささやき返した。「ズークホップの女王だぞ。あの兄妹が開拓したジャンルだと言ってもいいくらいだ。ドミニカの国民的英雄さ」

近づくにつれ、トレーラーハウスのようなものはそれぞれ独立した小室で、カメラや照明やマイクの連なりが小さなステージの周りを動いているのがわかった。発泡材を張られた壁に囲まれ、両側にある窓から小室に入れるようになっている。ローズマリーは新たに得た情報を〈パテント・メディシン〉のショーの光景と照らし合わせようとした。あのときのベーシストのウインクは、この窓の外にいる誰かに向けられたものだったのだろう。

「よくわからない」つぶやいた。

ジーニーがその言葉を聞きつけた。「初めて見たときにはみんな衝撃を受けます。パズルの一ピースを渡されたみたいに、いったい全体像はどうなっているのかと」

ローズマリーは懸命に読み解こうとした。左側の小室のなかで、男性がスポットライトの当たらないところに立って、ギターをチューニングしはじめた。右側の小室には丸椅子に坐って腕組みをしてカメラを見つめる、兄からマグスと呼ばれていたマグリット。空調機がほかのどの装置よりも耳障りな唸りを立てている。

内部通話装置（インターカム）から轟いた声が格納庫じゅうに反響した。「『暖かいベッド』は取りやめです。各自キュー・シートから削除してください。よって演奏時間は二分四十七秒短くなります。ただちに各部門の了承発信を求めます。支障がある場合にのみ、通信要求を出してください」

了承の発信音や、支障を伝える声は何も聞こえなかったので、各部門から謎の通達者への返信手段は何かほかにあるのだろうとローズマリーは理解した。小室のなかでギタリストがスポットライトの当たる位置に移動した。それに合わせて照明が数センチ動き、その隣の照明も連動して横にずれた。もうひとつの小室にいる女性はまだ同じところにいる。

空調機が切られ、頭上でこの空間全体の照明が絞られ、電子音が消えて静まり返った。研修受講者の誰かがひそやかな笑い声を洩らした。ふたつの小室のなかでスポットライトが出演者を照らし、暗闇のなかでそこだけくっきりと浮かびあがった。男性がギターを弾きだした。マグスは照明が絞られたと同時に踏みだしてきていたのだろう。兄が爪弾くシンコペーションのリズムに合わせて身体を揺らしていた。

「どうしてこっちには聴こえないんだろう？」誰かの声がした。まさに知りたかったことを尋ねてくれた誰かにローズマリーは感謝した。

「しいっ」べつの誰かが言った。

「どれも独立したブースなんだ」またほかの声がした。「防音構造になってる」

「どちら側からも？」最初に声を発した誰かがまた尋ねた。

「子鴨たち」ジーニーがふつうの大きさの声で研修受講者たちのひそひそ話を打ち切り、防音構造について説明した。「先へ進みます」

研修受講者たちは講師のあとについて小室から離れていった。ローズマリーは歩調を合わせて進みつつも肩越しに振り返って見ていた。パズルのピースがどのように埋まるのか、まだ全体像が思い描けなかった。

見学隊はまたべつのドアを通り抜けた。ほんとうにドアだらけだ。この廊下は先ほども通ったところなのか、このコントロールルームもすでに案内されたところなのか、さっぱり見分けがつかない。すでに一度入ったところなのだとしても、きっと通り抜けただけだったのだろう。そこではいま何人もの技術者やエンジニアが半分だけ仕切りに囲われたブースで、モニター画面を通して、ありとあらゆる角度からふたりの出演者を見つめていた。

ローズマリーはたとえ見えづらくても、見学隊のいちばん出口に近いところにとどまり、壁に背をつけていられてほっとした。あまりに人が多すぎる。どうして同じところにみな平気で立っていられるのだろう？　人々の体温、動いたときにそよぐ空気、誰かの香水、誰かの汗といったもののなかにいるのはつらい。〈ブルーム・バー〉でも、もちろんあそこは現実世界ではないわけだけれど、これほど人がひしめいているようには感じられなかった。どのような仕組みになっているのかを確かめようと自分に言い聞かせた。気をそらせるものを何か見つけなければいけない。

ジーニーが指さして、静かな声で言った。「あちらの仕切りのなかにあるのが、ミキシング装置」ヘッドホンを付けた男性の前にある大画面には、緑色の波形が高くなるほど黄みがかってまた低くなる計量表示がぎっしり映しだされている。

同じようなべつの仕切りのなかには若い女性もいた。「その隣の仕切りも音響調整をしていて、外耳装着型(インイヤー)モニターで、ミュージシャンたちに必要な音が聞こえているか確かめています。そしてあちらはすべてカメラ」ジーニーは二面の壁をずらりと覆いつくしたモニター群を指さした。「実画像を映しているもの、視聴者画面、両方をうまく組み合わせたものもあります。ホログラムのカメラは自動で作動するけれど、人による操作を要する事態が起きた場合に備えて、つねに調整室に人々が配置されている。新たなセットリストどおりに軌道を更新できていないカメラがないか、今回はよけいに注意深く見守っているんです。直前に変更があったときには不具合が生じる可能性も高くなる。そのことは、あなたたちもよく憶えておいて」

マグリットを映している画面も、兄のほうが映っているものもあるが、大部分の画面はふたりともが映しだされていた。室内中央の床から高くなっている台には、頭上の投影機から、出演者ふたりの等身大のまるでほんとうに呼吸しているかのようなホログラムが、背景も継ぎ目もなく、ひとつの画像に結ばれて映しだされていた。

ローズマリーはぽっかり口をあけた。「どうしたら、こんなふうになるの？」

「こんなふうに？」

「べつべつの小室にいるふたりが同じ場所にいるなんて！」

見ているうちに納得した。それぞれ偽りのステージで撮られた画像が上手に組み合わされていた。ふたりはスタジオ内で複合されている。「どうしたら」と言ったのは返答がほしかったからではなく、真っ先に口をついて出てしまっただけのことだ。理由はあきらかなので、どうしてとは言えなかった。出演者を立体映像にするには、あらゆる角度から、それぞれ遮るものがないところで撮らなければならない。

知りたいのはむしろ、べつべつのところにいるのに、どうしたらあんなふうに一緒にやっているように振るまえるのかということのほうだ。〈パテント・メディシン〉も同じように撮られたものだったのだろう。ローズマリーがあれほどに心揺さぶられた歌も、語りかけられているように胸に届いた演奏も、すべて精巧に仕組まれたものだった。

それぞれの箱のなかから新たな曲が始まった。ギターの音を震わせるエフェクトが掛けられている。マグリットは語気が強く、語尾がくぐもるような、どこかの言語で歌っている。ギターの音がマグリットの唸るように震える声を乗せて響かせる。マグリットが兄のほうを見て、ふたりが視線を交わした。兄が向きを変え、妹のほうに背を反らせてギターを弾き、互いに顔を寄せ合った。あとほんの数センチで触れるところまで。

ローズマリーは複合されたふたりのホログラムから、個々に映っているモニターのほうへ目を戻した。どちらもまだ立体映像の撮影用に設えられた場所で同じ姿勢をとっているけれど、ローズマリーの目はもう実際の個々の画像として認識していた。

「ふたりにはお互いが見えてるんですか？」尋ねてもさほど恥ずかしくないことであるのを祈った。

「ところどころは。照明でよく見えないでしょうけど、お互いがどの辺りにいるか見当をつけられるように目印があるし、それぞれの足もとのモニターにも映しだされてる。数センチのずれはこちらで修正できるし」

信じられない。どちらかが目印を見失ったら、ちぐはぐに見えてしまうだろう。もうひとりの鼻に向かって歌ったり、誰もいないところへギターを弾いて見せたり。けれどこの映像はちょうど半々ずつ、ふたりが互いにそこにいるとしっかり信じあえる協力関係によって、ひとつのパフォーマンスとして成り立っている。

歌が終わったが、ギターはそのまま次の曲を弾きだした。画像がちらつき、飛び跳ねて、ついには紙のようにふたりともくしゃくしゃになってしまった。コントロールルームの中央に映しだされていたホログラムも屈折した光の弧を描き、ピカソの絵が浮きだしているかのように顎が伸びて、手脚がねじ曲がり、腕と胴体とギターが奇妙に細長くもつれ合った。

「どうした！」誰かが叫んだ。『ばかね（カラホ）』から『感染性』にそのまま入るなんて聞いてない。いったん、あいだを空けるんだったよな」

「カメラが三秒遅れてます」

「飛ばせ」

「数秒足りない。空白ができてしまう」

「このまま紙人形にしとくよりはましだろ」その紙人形たちはそれぞれの小室にいるふたりが歪められた画像で、薄気味悪かった。ローズマリーは研修受講者の一団からさりげなく離れ、コンソール上のコードのエラー表示が見えるところへ移動した。

「いまから三十秒後の『感染性』まで進めるぞ。五、四、三、二、一」

　実時間のモニターはふたりの出演者を映しつづけていた。ホログラムは胃を絞られるような一足飛びの辻褄（つじつま）合わせにより、立体画像に復元された。薄気味悪い谷からの脱出は言い表しようのない安堵（あんど）をもたらした。

　マグリットと兄の演奏に乱れはなかった。コントロールルームの混乱がイヤホンから伝わっていたとしても、そのようなそぶりはみじんも見えない。まさに人々を魅了する歌手だ。ただ歌に入り込んでいるというのとは違う。音楽と一体化しながらも、音楽を支配し、利用している。カメラに向ける表情が「あなたにこのショーを届ける」のだと訴えかけていた。

温かみも、繋がりもない。それでもふしぎな力がある。このように無機質なところからでさえ、じゅうぶんに伝わってきた。次の陽気な曲や、そのあとの静かな曲からも。

「オフラインになります」最後の曲が終わり、室内の誰かが告げた。

ホログラムは消え去ったけれど、モニターにはまだそれぞれの小室にいるふたりが映っていた。

「何があったの？」カメラを覗き込んで問いかけたマグリットは、いまにもそこから飛びだしてきそうに見えた。「ありえない。間違えたのは誰？」

マグリットの兄がストラップから抜けでて、ギターをスタンドに据えた。顔に噴きだした汗が首を伝って襟に滴っている。「マグス。ぼくたちがいけなかったんだ。ぼくの失敗だ。空白を繕わずに、一曲減らしてくれと言ったのはぼくたちだ」

マグリットは兄を睨みつけた。「誰かに文句をつけられたら、兄さんが弁償して」

「ああ、わかった」兄は片手を振って答えた。「ともかく、もうこのサウナ部屋を出て、カメラのないところで話さないか？」

「ええ。どのみち、いまはもうこれ以上あの人たちとは話したくないから、カメラもマイクも切って、亡霊使いたちに盗み聞きされないようにしないと」

すべてのカメラの接続が切られた。

ジーニーが見学者たちに向き直った。「それでは、仕上げに入りましょう。みなさんはこれからオンラインの研修プログラムでそれぞれの仕事について学びます。そのあとは、人材を発掘して来る人、その人材を衣裳やメークで美しくする人、さらには人材を組み合わせたり、撮影したり、ファンのもとへ送りだしたりする人となってもらいます。あなたがたがこの世で最上のショーを作り上げるのです。楽しんで、しっかりと仕事を覚えて、今夜目にしたように、問題が生じてもすぐに立て直せるようにしなくてはいけません」

ジーニーは笑顔で締めくくったが、まじめに言ったのか冗談なのかが、ローズマリーにはわからなかった。

9

ルース　安らかに眠れ

その後の一週間で、わたしのルームメートたちのうち三人がエイプリルに次いで具合が悪くなり、何が原因なのかはわからないものの、ひどく苦しめられた。エイプリルと同じように始まりは寒気（さむけ）と発熱だった。わたしは同じようになるのが怖かったし、ひょっとして自分が病原菌を持ち込んだのだとしたら、もうひとりのルームメート、教師で映像制作者のジャスプリートにも感染させてしまうのではないかと恐れて、部屋に閉じこもった。

わたしがそう説明すると、ジャスプリートは笑い飛ばした。「ルース、わたしは三年生のクラスを受け持ってる。とうに免疫がある……といっても、どんなものに対しての免疫なのかもわからないけど。とにかく、もうクラスの半分の子供たちが休んでるし、あなたがニューヨークに行く前から欠席者は出ていた。だからあなたが感染者第一号ではない。ここに病原菌を持ち込んだ人がいるとすれば、わたしのほう」

それでいくらか気が楽になったのだが、翌日、そのジャスプリートが階段から転げ落ち、わたしはその大きな物音を聞いて駆けつけた。

「めまいがして」ジャスプリートが言った。

わたしが助け起こそうとすると、ジャスプリートはぶたれたかのような悲鳴をあげた。階段から落ちたときにどこかにけがをしたのだろうかと思ったら、ジャスプリートがすぐに袖をまくり、蚯蚓腫れだらけの腕を見せた。

わたしは車を持っていないので、ジャスプリートの車を運転して病院の救急外来へ運んだ。救急治療室は人でいっぱいだった。ジャスプリートと同じような状態の人々でどの椅子も埋まっていた。高熱で汗をかき、震えて、呻いている。なかにはジャスプリートと同じように発疹を掻きむしり、刺されたか火傷したかのように叫んでいる人々もいた。

「呼べば来てくれる友達がいる」とジャスプリートは言っていたが、わたしが付き添って待合室に入っても拒みはしなかった。

「誰か来るまで一緒にいる」友人関係ではなくても、エイプリルをろくでもないルームメートたちのもとに残してきてしまったのをわたしは悔やんでいた。エイプリルとはいまだ連絡がつかない。あれ以上役立つことはできなかったとしても、せめてジャスプリートには友達の誰かが来るまでここで付き添っていることはできる。

誰も来ないまま、数時間が過ぎた。携帯画面でニュースの見出しを追った。大統領が健康と安全のため家にいるよう国民に呼びかけていた。学校はまた閉じられた。なんとかかんとか法で、なんとかかんとかを規制。読んでいても不安が募るだけだった。

容態を確かめようと顔を向けると、ジャスプリートは目を閉じて頭を壁にもたせかけていた。「ねえ、また発疹が増えてる。首に」

「わかってる。ほんとにもう煙草の火を押しつけられてるみたいに痛むから」ジャスプリートは震える手でどうにか自分のスマートフォンを取りだした。ロックを解除して差しだす。「わたしを記録しておいて。映像作品に編集できたら、制作者にあなたの名前も入れるから」

わたしは差しだされたスマホを受けとり、ジャスプリートが見せる発疹をカメラに収めていった。前処置室に案内され、とんでもなく高くなっていた血圧と体温を測る様子も記録した。

見るからにこのような晩に慣れた看護師だったが、カメラにはしかめ面をこしらえた。「あなたの数値なら治療優先順位の筆頭に立てる。体温は今夜の最高値。でも残念ながらベッドの空きがない。廊下の椅子で点滴を受けてもらえるよう用意しますから」

「どういうこと？」ジャスプリートが訊いた。「わたしはもう水疱瘡にかかったことがあるし、麻疹のワクチンも受けてる。ほかにこんな発疹が出る病気があるの？」

看護師は首を振った。「まだよくわからないんだけど、どんな病気にしろ、今夜は同じ症状の人が詰めかけてる」

わたしはジャスプリートに付き添ってさらに三時間待たされた。ジャスプリートは眠っていた。わたしはできるだけどこにも触れないようにして、高い位置にある消音設定にされたテレビでクイズ番組を観ていた。これがどんな流行病であれ、感染したくはない。

ジャスプリートの診察を二分で終えた女性の医師は症状を記録して緩和することだけに力を注いでいるようだった。解熱剤を出し、脱水症状には点滴を流し込み、痛み止めの注射を打って、かゆみが出たらクリームを。

「だったらもう、うちに帰っていい？」ジャスプリートが尋ねた。つまり、このルームメートはいま自分たちが住んでいるところを家だと認識しているのだと、わたしはぼんやりとした頭で解釈した。

医師が首を振った。「そのときには許可を出します。熱が下がって危険な状態を脱するまでは、どこにも行ってはだめ」

「〝危険な状態〟というところを録画用にもう一度繰り返してもらえない？」ジャスプリートが頼んだときには、医師はもう立ち去っていた。

ジャスプリートがわたしのほうを向いた。「あなたは帰って。今夜はそばにいて気をまぎらわせてくれて、ほんとうに助かった。あなたのことを少しはわかったのも嬉しい。こんなに話したのは初めてかな」

そのとおりだった。わたしはスマートフォンを返して、何かあれば電話してくれるように言い、病院を出て共同の住まいに帰った。まだふたりのルームメートがベッドで呻いていて、わたしだけが家だとは思っていないところに。

ジャスプリートを病院へ運んだのが午後三時くらいで、帰り着いたときには十一時近くになっていた。八時間も人だらけでざわついた病院のなかにいて、くたびれてはいたけれど、どうしてもまだしておきたいことがあった。といっても、エイプリルの番号にかけても呼び出し音が鳴るばかりだし、彼女のルームメートは誰ひとり知らない。SNSでもまったく繋がっていないので、共通の知り合いを探す術もなかった。

借りたアンプの後ろの小さなプレートに刻まれていた〝ニコ・レクトリクス〟はネット検索ですぐに見つかった。できれば電話番号を知りたかったけれど、メールアドレスにはたどり着けた。わたしはすぐに短いメールを送信した。〝はじめまして。先日の晩にエイプリル・メニンからあなたのアンプを借りた者ですが――とてもすばらしかったので、ぜひ今度購入について相談させて――この数日中にエイプリルと連絡をとったか、彼女の様子をご存じないかなと思って連絡しました。わたしと別れたときにはあまり具合がよくなさそうだったので〟自分の名前と電話番号も添えた。

これでいい。きっと何かしらわかる。

翌朝、電話に起こされた。わたしはベッドから跳ね起きて、シーツに足を引っかけて床に転げ落ち、四回目の呼び出し音が鳴る前にどうにかジーンズのポケットからスマホを取りだした。ニューヨークが発信地の知らない番号が表示されていた。

「エイプリル？」ぶつけた膝をさすった。

「あれ、いや、申し訳ない」

「申し訳ない？」わたしは繰り返した。「どなた？」

「ニコだ。メールをくれただろ。それで、その、くそっ。どう言ったらいいのかわからない。五日前にエイプリルが死んだ」

わたしはスマートフォンが発火したかのように取り落とした。画面の片端から蜘蛛の巣のようにひび割れが広がった。

「聞こえるか？」床からくぐもった声がした。「ルース？　もしもし？」

ひび割れをじっと見ているうちに、電話が切れて画面が暗くなった。それでもなお、ただじっと見つめていた。また呼び出し音が鳴ったが、出なかった。聞かなかったふりをすれば、電話に出なければ、事実にはならないとでもいうように。エイプリルは五日前に死んだ。わたしだけがまだエイプリルは生きていると思っていたあいだに、ほかの人々はその事実を知っていた。五日間も。わたしは一週間前に帰ってきた。エイプリルはわたしがニューヨークを出て二日後に死んだということだ。

床にへたり込んだ。スマホを拾い上げ、ひび割れをなぞって、着信した番号にかけ直した。三回目の呼び出し音でニコが出た。

「ごめんなさい」わたしは言った。「びっくりしてしまって……どういうこと？」

「いまあちこちで起きていることだ。エイプリルの場合には最悪の事態になってしまった」

「だけど――病院には行ったの？」わたしが床の寝袋にいたときにベッドで激しく寝返りを打っていたエイプリルの姿を思い起こした。もっと強引にでも医者に診せるべきだった。

「行かなかった。そんな金はないと言って。火曜日に洗面所で倒れているのをルームメートが発見して救急車を呼んだ。気を失って頭を打っていたらしい。そのあと丸一日病院にいたそうだが、友達も誰もそのことを知らなかった。結局、意識は戻らなかったんだ」

「わたしが病院に連れていくべきだった」

「聞く耳を持つようなやつじゃなかった。きみのせいじゃない。流感で死ぬなんてありか？年寄りや赤ん坊だけの話だと思っていた」

「そういうことなの？　流感？」

「さあ」ニコが言う。「でもそうでないとすれば、なんなのか見当もつかない。手を洗って、発疹や高熱が出たら救急治療室へ行けとしか言われてないんだから」

わたしはうなずいてから、向こうには見えていないのだと気づいた。「こっちでも同じ。わたし以外はみんなかかってしまって」

「ああ、おれもいまのところは大丈夫なんだが、時間の問題かなという気もする」

「お葬式は？」訊いていいことなのだろうか。これまでまだ身の周りに同年代で亡くなった人はいなかった。

「出身地はネブラスカかアーカンソー辺りだったよな。ご両親が遺体を引き取るんだろう」その口ぶりからすると、ニコもそういったことには慣れていないようだ。「いずれにしろ、おれたちもお別れの会をしたかったんだが、いまは大勢の集まりは控えるようにと新聞にも書かれてるから、たぶん……この流感が治まってからになるんじゃないか？　そのときにはきみにも知らせたほうがいいかな？」

わたしはぜひそうしてほしいと伝えた。ニコからアンプを購入したい件も話したかったけれど、いまはふさわしい時ではない。エイプリルではなくアンプのことを考えただけでも後ろめたさを覚えた。まだ現実を受けとめられず、頭がほかのことへ逃げようとする。わたしは床に坐ったまま、スマホのひび割れを何度も何度もなぞった。どうにか読みとれるけれど、粉々だ。ちょうどいい。いま壊れていないものなんてあるんだろうか？

おばに電話をかけると、元気そうで、気にかけてくれてありがとうと返された。前日には近所の人のために救急車を呼んだのだという。あなたの家族からは連絡がないとのことだったが、そもそもおばとも話したがらない人々なのだ。両親の電話番号はスマホに登録してもいないが、まだ憶えていた。十八回鳴らして、切った。ユダヤ人居住区のボランティア救急車がへとへとになりながら何度も往復して人々を病院へ運び、あちこちで母親がみずからも発熱しながら高熱の子供たちの世話をしている光景が思い浮かんだ。両親が電話に出たところで、どうせ何を言えばいいのかわからなかった。

スマホを投げつけたい衝動をこらえた。こんなものを持っていてなんになる？　いまは悪い知らせを送りつけてくるものでしかない。ツアー再開の知らせはもう来ない。エイプリルからの連絡も。とはいえ、ルームメートたちとも関わらず、彼らが生き延びられるのかどうかを知る人々も避けて、部屋に閉じこもっているわたしには欠かせない通信手段でもある。

午前十時。きのうジャスプリートを病院においてて戻ったのは午後十一時だった。画面がひび割れたスマホで番号を探し、登録してさえいなかったことに気づいた。ルームメートで友達ではない。何かあれば電話してと言ったものの、自分の電話番号も伝え忘れていた。病院に電話し、病室に繋いでほしいと頼んだ。ひと晩越えられなかったと言われることも覚悟して。

「はい？」

無意識にとめていた息をほっと吐きだした。「ああ、ジャスプリート、ルースだけど。どんな具合か確かめたくて。大丈夫？」

「もうへとへと。ああだこうだと、二時間おきに起こされる。血圧、体温。でも、ええ、それでもなんとか大丈夫。熱は下がってきたし、神経痛の薬も効いてきたみたい。発疹はかゆいけど」

「それならよかった」これほどわたしが安堵している理由はジャスプリートにわかるはずも

なく、言うつもりもなかった。「もちろん発疹のかゆみのことじゃなくて、熱が下がったことのほう。それと、きのう帰るとき電話してと言ったのに、番号を伝えてなかったから、伝えておかなきゃと思って。なんでも言ってね」

「ありがとう。兄が顔を出してくれるみたいなんだけど、あなたにそう言ってもらえるとありがたい。助かる。それに、きのうは誰にも頼れないときにここまで連れてきてくれて、ありがとう」

「たいしたことじゃない」

さらに少し話をしてから、わたしは出かけるからと通話を切った。

エイプリルとのやりとりは電話か、じかに話すかだった。メールをしたのは最後にわたしが連絡をとろうとしたときだけだ。スマートフォンに保存されているツアー中の写真をスクロールした。たいして多くはない。バンの後部座席にいるのを撮ったのが二枚、助手席から振り向いているのが二枚。ダイナーで山盛りのバナナスプリットを手にしてポーズをとっているのが一枚。どの写真でも、アイスクリームを持っているときでも、必ずドラムスティックを手放さなかった。

エイプリルはわたしのバンドのオーディションを受けたなかでいちばん巧いドラマーではなかった。二番手だったが、いちばんの人より好感が持てたし、技術の高さより相性のよさを選んだ。わたしたちは八カ月も揉めもせず同じ部屋に泊まり、いまもすぐそこにいてもおかしくないのに、どうして？

　わたしはギターを電源に繋ぎ、具合の悪いほかのルームメートたちに胸のうちで詫びた。ゲインを上げて歪みを持たせ、部屋いっぱいに響かせられるよう調整した。弾きたい気持ちに駆られる曲が浮かぶまでネックを見つめて待った。ようやくEマイナー・コードを押さえつつ、六弦すべてをうねらせて、反響させた。コードを繰り返し奏でて、音に音が重なるにつれ、考えは掻き消されていった。そのうちにいつの間にかダウンビートが言葉のように聞こえてきた。誰も救いには現れないと何度も何度もわたしに語りかけてきた。誰も救いには現れない。繰り返すフレーズと駆り立てるメロディー。

　二弦が切れて、右手の親指の腹が傷つき、ピックガードに血を垂らしながらも弾きつづけた。左手が痛すぎて弦を押さえられなくなるまではやめられず、右手の爪の甘皮は擦りむけて痛みが染みた。血を流せて満足だった。ひとりだけ平気でいることへの報いなのだと。

　とうとう弾けなくなったところで、レコード会社と契約するときにも取りまとめてくれたエンターテインメント専門の弁護士に、契約解除の手続きを頼みたい旨をメールで送った。

　大きなクラブが閉鎖されているのなら、また小さなところで演奏したい。路上ライブでもいい。いざとなれば自分でクラブを開く手もある。契約のせいで身動きがとれないのなら、レーベルはもう必要ない。なんでもする。わたしはまるで人の役に立てず、しかもじっとしてもいられない。音と希望を届けることしか能がないのなら、喜んでその役割を務めよう。

誰も救いに現れないのなら、自分で生き延びる道を見つけるしかない。そうすることで、ツキに恵まれれば、ほかの人たちの助けにもなれるかもしれない。

それならまずは、一階におりて、具合の悪いルームメートたちのために大きな鍋にチキンスープをこしらえよう。もうしばらくは、ここを家にしなければならないのだろうから。

10
ローズマリー　信用できるのは誰

オンラインでの研修プログラムは家でも簡単にできそうなものだったが、受講者たちは構内（キャンパス）にいるあいだに修了させることになっていた。ここで行なえば、受講者の成績が基準に満たなかった場合にも、会社はべつの職種を勧めるか、採用を取りやめて送り返すこともできるからなのだろう。

　ローズマリーはあてがわれた宿舎の部屋にとどまることに不満はなかった。ここで目にするポスターはスーパーウォリーから送られてくるたび貼っていた標語ではなく、ＳＨＬのミュージシャンが映されたものだ。ベッドは沈み込みやすいものの、耐えられないほどではないし、机の椅子の坐り心地もいい。眺めもすてきだ。

　なんと部屋の背景を張り替えられる機能、仮想化粧板（ヴェニア）も無料で利用できる！　ローズマリーが使っていたのは対応機種ではない旧式のフーディだったので、ヴェニアを試したことはなかった。部屋の背景設定の選択肢（修道士房、熱帯地域の東屋、ヴェルサイユ宮殿の寝室など、ほかにも十数種ある）を十分ほど繰り返し閲覧したのち、〝一九六七年のチェルシー・ホテル〟を選んだ。新たな設定にしてからフーディを着装して見てみると、擦り切れた赤いカーペットが擦り減った堅材の床に変わっていた。ベッドの薄い頭板は錬鉄のように見えるし、ビロードのカーテンから陽光が洩れ射し、ありとあらゆるところが宝石柄のスカーフで覆われている。もっと時間をかけて探せば、さらに好みのものが見つかるのだろうけれど、ローズマリーはスーパーウォリーで六年間働いた経験から、選択肢を与えられたからといって勤務時間を浪費すべきではないことを学んでいた。

自分の研修プログラムで良い成績を収めることに集中した。この仕事に応募したのは正しい選択だったはずなので、今度はそれを雇用主に証明しなくてはいけない。研修プログラムは、不適切な関係を避けるとか、経費の入力などの項目はべつにして、おおむね興味の持てる内容となっていたので学びやすかった。地図の読み方、州間高速道路バス、市内バス、鉄道の乗り継ぎ方、予定どおりに安全に移動するための情報収集の仕方も学んだ。ふさわしい服装についても学べると助かるのだけれど、まだ尋ねようとまでは思わなかった。

バンドへの近づき方、ＳＨＬでの将来性の見きわめ方も、テクニックが示されていた。つまるところ、その点を見抜ける人材を雇用したというわけだ。ＳＨＬには不向きなミュージシャンの特徴もいくつか提示されていた。むやみにアルコールを飲む者や、薬物中毒者は避ける。ＳＨＬのコンサートには正確さが欠かせないのをローズマリーは目の当たりにしたばかりなので、信頼できるアーティストでなくてはいけないのは理解できた。過激な政治思想は無用。求められるのは、高揚感をもたらせること、個性、カリスマ性、観客と繋がれる能力、つまりはともかく、大衆を惹きつける魅力。要するに一定層に当てはめられるコードみたいなもの？　ある年齢層とか、ある収入額層への？　突き詰めれば、政治には無関心な人たちとも言えそうだ。高揚感は望まれていても、過激さや、危うさや、攻撃的なものは排除したいということなのだろう。

接触する際に守るべきことは、スーパーウォリーの規範と評価の規約と似通っていたが、規範よりも大事なのはむしろ一線を踏み越えないことのようだ。〝あなたの仕事は友人になることではない。目配りを。ただの他人のままではだめだが、立ち入りすぎてもいけない。気に入れば契約したくなるのが人の常だ。契約を交わすのは、われわれが必要とし、世界に求められ、ごみ溜めでせっかくの才能を浪費している演奏者たち。接触したミュージシャンから金銭や贈答品を受けとってはならない。性行為や好意の見返りに優遇してはならない〟このうち、経験に基づいて作られた規則はどのくらいあるのだろうとローズマリーは考えた。

カリスマ性があって、わくわくさせられる魅力的なミュージシャンの探し方を早く教えてくれないか楽しみにしていた。いっこうに出てこないので、ローズマリーは読み逃したところがないかプログラムを見直したものの、行動規範の〝ごみ溜めでせっかくの才能を浪費している演奏者たち〟のところくらいしか近しい言及は見当たらなかった。そのごみ溜めというのはいったいどこにあるのだろう?

〝それで……わたしはまずどこへ行けばよいのでしょう?〟ローズマリーはこの会社で新たな上司となる人材発掘管理部宛てに書き込んだ。対面通信を使うのは気後れした。メールは一日じゅう受けつけると伝えられていて、基本的なことでもかまわないとのことだけれど、これもそのひとつなのだろうか。

〝どこへでも行きたいところへ!〟役に立たない返信が届いた。さらに少しは役に立つ〝地図〟のリンクが貼られてきて、〝現在、ほかの発掘者たちがいる場所〟も示されていた。〝すでに誰かが探しているところへ出向いても無駄足となるでしょうが、どこを選ぶにしろ賭けです。後方支援業務部に伝えれば、出張の手配をしてくれます。お気に入りのバンドの出身地や、そのバンドが活動を始めた場所を選んでもいいですし、自分の地元から始めてみるのもよいでしょう〟

地元のバンドはまるで知らないと、いま言ってしまうのはまずいと思った。ローズマリーはフーディをはずし、スカーフで覆われていたヴェニアの部屋から実際の部屋に戻って、一瞬その変化に頭が混乱した。研修受講者たちは気晴らしが必要なときにはキャンパス内を見てまわってよいと伝えられていた。ちょうどいい機会に思えた。

構内の広さには来たときから驚かされていた。

「社員数の法定比率からすると、法的に必要な広さなのです」ジーニーからそう説明を受けた。「だけど、ここで実際に働いて暮らしている人数からすれば、この会社で働く特典とも言えるでしょう」

キャンパスはあの格納庫とスタジオ棟、事務所棟、宿舎、アーティスト村のほかに、四百エーカーに及ぶ松林と散歩道から成る。ローズマリーはぐるりと赤い線で示された三キロ強の環状路を歩いてみることにした。三月の爽やかな空気のなかでの三キロは、頭をすっきりさせるのにちょうどよい距離だ。

幅の広い手入れの行き届いた散歩道で、路面には踏みつける足を跳ね返してくれる弾力がある。最初の標識から数メートル進んだところで、ふたつの高台に鉄棒が設置された運動場に行き当たった。さらに数分歩くと、地上から数センチのところに木の梁(はり)が渡されていた。ローズマリーはただ面白がってそこに上がり、最後まで伝い歩いて降りた。森にさらに少し入った辺りで、今度は鉄骨と木を複雑に組み合わせたものが現れた。

「ぼくもここを歩きだしてもう一年になるが、それがなんなのかわからない」

ローズマリーが振り返ると、散歩道に男性が立っていた。高級そうなトレーニングウェア姿で、口もとをゆがめて笑い、前髪が乱れているだけなのか、わざとなのか額に垂れている。ラテンアメリカ系、それとも中東の血筋だろうか？　ローズマリーはアバターから人種を読みとるのが得意だった。なんとなく見覚えがある顔だけれど、思いだせない。研修受講者のひとりではないし、コントロールルームか、見学にまわったどこかの部屋で見たのかもしれない。

「運動用ではないんじゃない」ローズマリーは推測した。「芸術作品なのかも。美術館のサイトで見たような気がする」

男性が応戦した。「懸垂用の鉄棒とシーソーをばらして、繋ぎ直しているうちにめちゃくちゃになったのかもしれない」

「拷問（ごうもん）装置だったりして」

「どれも運動器具なんだよな？」

「わたしにわかるわけない。だってこんなの見たのは初めて、いいえ、さっき通ったほかのふたつのも合わせれば三度目になるけど。前のはふたつともわかりやすかったのに」

「見くびっちゃだめだ」

ローズマリーはにっこり笑った。「用心します。このまま次のところまで行っても大丈夫だよね？」

「これに比べれば、どれも安全だ。ご一緒してもかまわないかな？」

頭をすっきりさせようと思って出てきたのだけれど、断るのも悪いような気がした。

「失礼」男性が言った。「アランだ。散歩に付き合わせてくれと言う前に名乗るべきだった。ここで誰かと遭ったのは初めてだから、礼儀を忘れていた。じつはひとりになりたくてここに来たんだが、同じことを考えている人に会ったら嬉しくなってしまって。きみも同じ理由で出てきたんじゃないか？」

　ローズマリーはどう答えていいのかわからないので、最後の部分にだけうなずきを返した。森で知らない人と散歩をするときの礼儀なんてものがわかるはずもない。ふつうはおしゃべりするものなのだろうか？　ただのんびり静かに歩いていればいい？　どのくらいの距離を保って、どちらの歩調を基準にすればいいのだろう。ともかく、互いの距離については男性にまかせて、先に歩きだした。

「名前を訊いてなかった」男性は片腕の長さくらいの距離を保って、横に並んで歩調を合わせた。

「ローズマリー」

「すてきな名前だ」

「ありがとう。といっても、両親が考えたんだけど」この男性はひょっとして口説こうとしているのかとローズマリーは突如疑念を覚え、とまどった。関心がないのを対面で伝える方法なんてわからない。フードスペースのなかなら、旗（フラッグ）を立てさえすればよかったのに。

「一応言っておくと、男の人にはあまりその気になれなくて」

　アランがこちらに首を傾けた。「了解。ぼくも女の子にその気になるほうじゃない。そもそも、そういう相手を見つけるには、どう見ても場違いだろう。ここで誰かに遭ったのは初めてだと言ったろ」

ローズマリーは見当違いのことを口にした恥ずかしさで、早足になった。

「いいんだ」アランが言った。「ちゃんと自分の意思を伝えてくれるのはありがたい。さっきみたいにまたおしゃべりしようじゃないか。初対面だということは、新たなタレントか、新入社員だな」

「新入社員のほう」

「当ててやろう。衣裳やメークではなさそうだ。きみはそういう感じじゃない。音響か、何か裏方の技術者なんじゃないか。アップロード、ダウンロード、インターフェース」

ローズマリーは、見ず知らずの驚くほど勘のいい相手と実際の森を歩いているのではなく、フードスペースにいるつもりで気さくにおしゃべりしようと決めた。「そのほうが向いてるはずなのに、どういうわけかアーティストの発掘者として雇われたからここに来たんだけど、いまはわたしがあまりに無知で雇ったのは失敗だと思われてるんじゃないかと怯えてる」

いまさらながらこの人の仕事も尋ねていなかったと気づいた。そう考えたとたん、足がとまった。事務方や後方支援業務部や人事統括部だとすれば、知ったかぶりをここで明かしてしまったことになる。「それで、ええと、あなたは？　森で散歩している以外はここで何をしてるの？」

アランも足をとめた。「音楽を作ってる」

「ということは、曲を書いてるんだ？　それとも演奏のほう？」

アランは的外れなことを訊かれたかのように見つめている。一分待ってからローズマリーは言葉を継いだ。「そう。つまりSHLで音楽を演奏してるってこと？　あなたは人材なんだ」業界用語の〝タレント〟は人材とどのように区別して言えばいいのかわからなかったけれど、そちらの用語のつもりで発音した。

見れば見るほど会ったことがあるように思えてきた。といっても、ローズマリーがこれまで目にしたミュージシャンはかぎられている。「待って。あなた、〈パテント・メディシン〉のボーカルでしょ！」

返事を聞くまでもなく確信した。『クラッシュ』は大好き。〈ブルーム・バー〉で演奏を観た。ショーのほうが聴きごたえがあった。締めくくりを引き延ばしてたところもすてきだったし」

「ありがとう！」アランは笑みを返した。「それこそが目指してたことなんだ。SHLでは録音とはまた違うものを体験できると思ってもらえたら、またショーに来てもらえるだろう？」

「またすぐに観に行くつもり」本心だったけれど、ちょっと意気込みすぎたかもしれないとローズマリーは不安になった。

「そこでまた会うのが楽しみだ」

あきらかに冗談めかした言葉だったが、ローズマリーに新たな疑問を呼び起こさせた。

「箱のなかで演奏するのはふしぎな気分じゃない？　観客は見えてないんでしょ？」

「慣れるのに少し時間がかかった。観客と対話できないのは妙な感じだな。リアルタイムで読んでもらえるメッセージを送ってるみたいな。バンドのメンバー同士、お互いが見えないまま演奏しなきゃならないのがなかなかつらい。それぞれにモニターは設置されているが、あの状況で互いに合わせるコツをつかむのはむずかしい。まだ作り立ての曲だとか、即興演奏のように見せるのには相当に練習が必要だ」

「それなら、あの締めくくりも即興ではなかったの？」

「できないこともないが、細かく時間を調整しなきゃならない。たとえば、観客に二分話したいのなら、あらかじめどこで話すのかを決めて、きっかり二分間、秒読みしてしゃべらなくてはいけない。ソロを入れるにしても、どの曲の何小節目のどこで入れるのかをきっちり伝えておかないと。乗ってきても長引かせる余裕はないわけだが、ぼくたちのような音楽よりジャズはもっと大変なんじゃないかな。きみも雇用されたのだから、これから企業秘密をいろいろ知ることになる。そのせいで幻滅しなきゃいいけど」

　ローズマリーは考え込んだ。「するわけない。もうあなたがあの小さな箱のなかで演奏してることも知ってるんだし」

　ふたりの行く手にまた新たな運動器具が現れた。蝶番（ちょうつがい）で繋がった二組の踏み段で、両脇に手すりが付いている。「これはわかりやすいんじゃないか」アランが踏み段に上がり、足を前後に振り動かしはじめた。

ローズマリーも、もう片方の踏み段に上がった。器具の動きは意外に緩やかで、両腕と両脚を存分に動かせた。「だけど、散歩の途中でウォーキングマシンを使うなんて変じゃない？」

「いい質問だ。ぼくにもわからない」

「ねえ、アラン。ほかのことも訊いていい？」

「もちろん。音楽でも、運動器具でも、ぼくの得意分野のことならなんなりと」

「わたしの新しい仕事のこと。契約するミュージシャンを探しに行かなければいけないんだけど、どこから始めればいいのかわからなくて」

「たいがいは自分の地元からにするんじゃないか。地元の歌手を掘り起こすってやつかな。まだ日の目を見ていない誰かがいるだろう」

気乗りしない提案だった。「ものすごい田舎で、風車のある農場で暮らしてるから。地元の歌手やバンドなんていない。わたしの知るかぎりではだけど」

「隠し部屋でバンドに演奏させてるバーはないのか？　リビングルームでの演奏会もなし？」

「あったとしても、わたしは招かれたことがない。バーは一軒だけ。入ったことはないけど、ステージを隠してるなんて想像できないようなところだし」

ローズマリーはウォーキングマシンから飛び降りて、先へ歩きだした。背後に足音が聞こえてくると問いかけた。「ちなみに、あなたはどうやって発掘されたの？　リビングルームでの演奏会？」

アランが笑い声を立てた。「ぼくから売り込んだ。人に勧められる方法じゃないけどな。呼ばれもしないのに来る人々はたいがい追い払われるか、逮捕される。手順というものがあるから」

「どうしてあなたは追い払われたり逮捕されたりしなかったの？」

「ほんとうに、ちゃんと頼んだ」

「それに、謙虚にか」

「謙虚だったら、まだボルティモアの家にいて、地下でライブをしてただろう」

ボルティモア。ローズマリーはその地名を胸に留めた。

「さてと、ローズマリー、きみとのおしゃべりは楽しかったが、終着地点に来てしまったようだ」

環状の散歩道をひとめぐりして戻ってきた。芝地の向こう側にはＳＨＬのあの格納庫がそびえ立っている。

「付き合ってくれてありがとう」ローズマリーはぎこちなく手を振った。フードスペースのなかでなら、もっと自然に別れられるのに。「研修プログラムを終わらせないと」

「ぼくも取りかかってる曲の制作に戻るとしよう。そうだ、きみがタレント居住区への出入りを認められていて、今夜、何か予定を入れられていなければ、七時からちょっとした集まりがある。ぜひ来てくれ。通りの右側の六軒目のコッテージだ」

アランに下心があるわけではないことが確かめられてからは、会話を楽しめた。研修受講者の仲間たちよりも話しやすかった。ほかの新入社員たちは自分と同じように緊張していたからだろう。「研修では契約するタレントと友人関係になってはいけないと教えられたけど、あなたはもうここにいるのだからそれとはべつ？」

「そうとも」アランが言った。「でも念のため、手引きか何かで規則に違反しないか確かめておくといい。それも職業訓練の一環さ。ミュージシャンとの話し方を学んでおくのも大事だろう。それと〝一線を踏み越えずに仲良くやる〟方法かな？」

「たしかに」ローズマリーは先ほどよりは少し自然に手を振った。

11

ローズマリー　深みに沈む

タレントのパーティに、いや、考えてみれば対面でのどんなパーティにでもだけれど、何を着ていけばいいのかローズマリーはわからなかった。そもそもアランは〝パーティ〟とは口にしていない。〝ちょっとした集まり〟と言ったのだ。森でアランは気楽な服装だったとはいえ、どうしてもあのステージ衣裳でくつろいでいるアランの友人たちを想像してしまう。マグリットは雨色のドレスに銀色メークだったし、お兄さんのほうはかっちりとしたスーツ姿だった。それに、アランのバンドのとてもすてきなベーシストも来るのだろうか？　彼女が何を着ていたとしても、どきどきせずにはいられない。

ジーンズと、それに退職前に購入していた〝どんな場面でもクールにきめられること間違いなし〟のスーパーウォリーが提供するSHL向け社交セットから、新品の半袖のシャツを取りだした。スパンコール飾り付きのシャツだ。着てみたものの、すぐに鞄に詰め戻し、作業着風のポロシャツと農場で着ていたジャケットに着替えた。目立ちたくない。必死に努力していると思われるよりは、たいしてクールでないほうがましだ。スパンコールだなんて。

タレント村はあの森を挟んで格納庫とは反対側にあって、専用の防犯ゲートが設けられていた。ローズマリーは立ち入りを断わられるかもしれないと思いつつ身分証を警備員に提示したが、手ぶりで通るよう促された。フェンスの内側に入ると、巨大な円の外側を小さなコッテージが縁どるように続いていて、その円のなかには細いポーチと正面側に三、四枚のドアのある、より大きな組み立て式の住居が建ち並んでいた。スーツ姿でフェルトの中折れ帽をかぶった年配の白人女性が、いちばん手前のポーチに坐ってギターを弾いていた。通りかかると手を振ってくれたので、ローズマリーはどぎまぎしながら手を振り返した。大物のアーティストたちは私邸に住んでいて、ショーとリハーサルのときだけSHLにやって来ると聞いていたけれど、ここに滞在している人もいるのだろう。

右側の六軒目のコッテージ。そこへ行き着くまでには外観をきれいに塗り替えている家屋も数軒あったが、アランのところはそのままだった。ローズマリーは玄関扉をノックした。

「入ってくれ」アランの声がした。

なかに踏みだして、いっせいに視線を向けられ、あとずさった。フードスペースでなら部屋に入ってこんなふうに人目に晒される恥ずかしさを感じることはない。いきなりそこに現れればいいし、姿は見せずに入って、準備が整ったところでクローキングを解除して出現させてもかまわない。これでは踵を返して去るわけにもいかない。ローズマリーはなんとか踏みとどまった。

アランはクイーンサイズのベッドの頭板に背をもたせかけて坐り、脚を前に投げだしていた。ローズマリーはバンドのメンバーがそこに集まっているものと思い込んでいたのだが、どの顔にも見覚えがなかった。短いドレッドヘアの黒人女性はベッドの足もとで斜めに腹ばいになり、頬杖をついてフーディを着装していて、金髪を長く伸ばした白人男性は床に坐って箱を皿代わりにして電子レンジで温めたピザを頬張っていた。スパンコール飾り付きのシャツを脱いできてよかったとローズマリーは胸をなでおろした。全員がTシャツとジーンズだけれど、アランのTシャツはいかにも生地が柔らかそうで、アバター並みにしっくりきまっている。

「やあ」アランが言った。「ほんとうに来てくれるとは思わなかったよ！　みんな、こちらは友人のロージーだ。新しい発掘者だそうだ」

「ローズマリーです」誰にも勝手に呼び名を決められたくはない。

アランは悪びれもせずに続けた。「ローズマリー、こっちは、ベイリーだ。〈MCハントレス〉のバンド名のほうが知ってるかな。それとあっちが、ヴィクター。ポップミュージックを作ってる」

ベイリーがフーディをはずした。ローズマリーはふたりの視線にはそしらぬふりで、ヴィクター・ヤンセンのほうは知っていたことも顔には出さなかった。高校時代のクラスメートの半分は彼に夢中になっていた。

「こんにちは」それでまた、みな先ほどまでしていたことに戻って、腰を落ち着ける場所を見つけられるのではないかとローズマリーは期待した。フーディを起動させて、この家にヴェニアが設定されているのかを確かめたくても、もういまは誰も着装していないのだから、失礼な態度に見えてしまうかもしれない。そこにはベッド、流しと電子レンジと小型冷蔵庫の付いた小さなキッチン、書棚、衣類を掛ける金属棒、鏡付きの箪笥があった。ベッドの左側にあるドアの向こうはきっとバスルームなのだろう。アコースティック・ギターが壁に掛けられていて、その下の台にはキーボードが設置され、備え付けの長椅子に紙のノートが置いてある。ローズマリーは玄関扉のそばに、背もたれにジャケットが掛けられた椅子を見つけ、腰をおろすのにちょうどよい場所だと見極めた。

「コート掛けに坐ることないだろう」アランが言った。

ローズマリーは弾かれたように腰を上げた。ほかに坐れるところを探したものの、キーボードの長椅子にはノートが置いてあるし、ベッドに上がるのは厚かましいし、ラグの上ではヴィクターに近づきすぎてしまう。やはりそこに腰をおろした。「ここでじゅうぶん、ありがとう」

アランは肩をすくめた。「最初にどこへ行くか決まったかい？　ローズマリーは契約するミュージシャンを探しに出るんだが、どこに行くか迷ってるんだ」

ベイリーが頭を横に傾けた。「そう、最高じゃない！　どこにだって行けるでしょ。行ってみたいと思ってた街はないの？　見てみたかったシーンは？」

「シーンってどういうこと？」ローズマリーはまたも顔が赤らむのを感じた。いまの状況について考えるほどに、わけがわからなくなってくる。投げかけられる言葉の意味からしてわからない。

「そこに行ってみなければ、音楽シーンがどんなものなのかを知るのはむずかしいだろう、ベイル。たとえば百年もここにいれば、そんなものは難なく忘れられてしまう。ローズマリーは一から始めるんだ」アランはローズマリーのほうを向いた。「バンドと観客と地元のライブ会場、すべてをひっくるめたものをシーンというんだ。ミュージシャンは互いに刺激しあって、音楽を生みだしてる。その場所ごとに共通する音や感性が生じやすい」

「わたしが言いたかったのも、つまりそういうこと」ベイリーが言った。「だから、見たい街があるんじゃないかって」

「見たいというのはどういうものを？」ローズマリーは訊いた。「そもそも、わたしは街を見に行くわけじゃない。そこにいるミュージシャンを探しに行くにしても、どうしたらいいかわからないから、この仕事は長続きしないかも」

ローズマリーは胸の前で腕を組んで、向こう側の壁の書棚に並ぶ本の題名を眺めた。会話の主導権を握ろうと心を決めた。「アランは自分からここにやって来てバンドとの契約を申し入れたと言ってた。ほかの人たちはどうやって見いだされたの？」

ヴィクターが鼻で軽く笑った。「アランは適当なことばり言うからな。鵜呑みにしないほうがいい。おれは音楽をアップロードしてる大勢のなかのひとりだった。ＳＨＬと契約していなければ、スーパーウォリーで配信されないし、ごく狭いストリーミング・サービスを通じてしか流せないから、誰にも気づいてもらえないし聴いてもらえない。そのストリーミング・サービスにしても、自分の機器を不正に制御解除しないとそこにアクセスして個人で流している曲を見つけだすことはできない。ＳＨＬが自分たちと契約しなければ誰にも聴いてもらえないような仕組みを作ってる。ところがたまたまおれは戦闘ゲームでここの発掘者と同じチームで戦うことになってチャットしてたら、曲を送ってみてくれと言われたんだ。それから、たったひとりの観客のために演奏する変わった審査があって、さらに、〈ハントレス〉の前座を務めるオーディションを受けて、彼女のファンたちを踊らせることができたから、いまここにいる」

その話を聞いて、ローズマリーは張りつめていた気持ちが少し落ち着いた。ゲームをしていて見いだされたのなら、まずは自宅からオンラインできっかけを見つける手もあるわけだ。ささやかな一歩。

ベイリーが仰向けに向きを変え、頭の後ろで手を組んで枕にした。「わたしの場合は、アトランタの地下のクラブで演奏してたら、曲を気に入った発掘者から声をかけられた。詐欺かもと思ったんだけど、ライブをやるたび観に来るから、信じられるようになったわけ」

ローズマリーはその情報も頭に叩き込んだ。研修プログラムのデータにはなんて書かれていた？　ただの他人のままではだめだが、立ち入りすぎてもいけない。ベイリーの話はそれを裏づけている。

「地下のクラブはどうやって見つければいい？」ローズマリーは尋ねた。この三人にはむしろ無知だと思われたほうが得られるものがある。恥ずかしくてどうしようもないことを訊いてしまったら、今後は顔を合わせないようにすればいいことだ。「ばかげた質問だったらごめんなさい。ほんとうに知らなくて。パスワードが必要？　アランが隠し部屋で演奏してるバーがあると言ってたけど、そんなところはまったく想像もしたことがなかったから」

ベイリーが立ち上がって、脚を曲げて伸ばした。思っていたよりも小柄で、筋肉質な引き締まった身体をしている。「パスワードが必要なところも、紹介者がいれば入れるところもある。たまたま、いい晩にいい場所にいるというのも肝心かもね。知らなければそこに行けないわけだから、そこに来るべくして来てるわけでしょ」

「その理屈はおれにはわかんないな」ヴィクターが言葉を差し入れた。「ちゃんと調べさえすれば誰でも来られるだろ。警官だろうと、銃撃者だろうと」

アランが投げつけた枕はヴィクターにかわされた。「そんなようだから、ツキに恵まれるまでなかなか見つけてもらえなかったんだ。誰のためでもなく、自分の小さな寝室のなかでただ音楽作りを楽しんでいられる変人だ」

ヴィクターは少し強めに枕を投げ返した。アランの指摘がかちんときたらしい。「ちょっとばかりの人のために音楽を作って逮捕されるよりは、寝室で音楽を作ってる変人でいるほうがましだ。そんな危険を冒してなんになる？」

「ローズマリー、きみが向き合わなきゃならないのはこういうことだ。腕のあるミュージシャンが寝室に隠れてるし、隠し部屋で十人か二十人を相手に演奏してる才能豊かなミュージシャンが国じゅうにいる。きみが見つけだして来さえすれば、どこに行こうと会社は気にしない。おれたちを見いだしてくれ！　おれたちをきみたちのものにしろ」

アランが枕を投げてよこしたので、ローズマリーはそれを受けとってかかえた。もう猫に追われて走りまわる鼠のような気分は薄らいで、いくらかくつろげてきた。それでも、質問を続ければ、何か尋ねられずにすむだろう。この人々はステージに立つ演奏者だ。注意を向けられるのが気になるはずもない。

「それで、ええと、つまり新たな才能の持ち主がここに来たら、ほかにどんないいことがあると説明すればいい？　わたしはこれまでまったく知らなかったものを売り込まなければいけない。タレントからよく尋ねられる質問集みたいなものがあればいいんだけど、あなたたちなら、わたしが尋ねられそうなことをよくわかってるはずだから」

「ここにあるものはぜんぶ手に入ると言えばいい」アランは部屋のなかを手ぶりで示した。

「本人たちが望めばだが。自宅に住んでショーのときだけ来ることもできるが、ソロでやるのでなければ、ここにしばらく滞在して個別の箱で演奏しても合わせられる練習をしたほうがいい」

「食料はただだ」ヴィクターが言う。「いや、ただ同然か。給与から差し引かれてるんだが、価格は安いから、よほど舌が肥えてるとか、大食いでなければ、よけいに支払いを求められることはない」

「あとは酒好きでなければだな」アランが言い添えた。「大酒飲みで販売部で買い込むほどなら、たちまち困窮してしまう。待てるなら、ドローン配送を頼むんだな」

「本物のライブみたいにはいかない」ベイリーが口を挟んだ。

ヴィクターがじろりと横目で見やった。「スーパーウォリーのことか？　販売部か？　まだ食料の話が続いてんのか？」

ベイリーは聞き流して続けた。「観客の前で演奏するのとは違う。大勢にというより、相手はカメラで、ひとりに向かって演奏してるみたいなもんだから、かえって近く感じられる。ファンにキャーキャー言われたり、観客のなかでいちばん好みの人に向かって演奏したりして気分が上がるミュージシャンなら、やりがいを感じられないかも」

「何人か入れて観客に見立ててやればいい」ヴィクターが立ち上がってピザの箱をごみ箱に入れ、また床に腰を戻した。

「ええ、だけど特別なときでなければ許されないし、そういうときでも、十人か二十人がせいぜいでしょ。利益が削られるし。全員を調べなくちゃいけないし、キャンパスに立ち入らせるなら安全面も考えないと……」

「でも、それだけの価値はある」アランが夢見るような顔をした。

ベイリーがアランの片脚をぱしっと打った。「あなたは先週のフェスで、すてきな彼といい仲になれたから、そんなこと言ってられるんだ」

「ライブでは必ず出会いがあったんだ。そこのところは言わないでくれよ、ローズマリー。誰も来なくなってしまう」

「そこはその人たちが選ぶこと」ベイリーが言う。「名声、財産、音楽で生計を立てていく機会を得るのと引き換えに、この仕事の醍醐味はあきらめなきゃいけない。わたしの場合はセックスとまでは言わないけど、ライブのあとでファンと話したり、サインしてあげたり、反応をじかに見られたりするのは……」

「……セックスか……」アランが言った。

ベイリーはその言葉に眉をひそめた。「ここでの暮らしが修道士みたいとは言ってない。どんどん新しい人たちが入ってくるし。キャンパスは広いし」

「うまくいかなかったときに平気でいられるほどは広くない」

「あなたが抜けだしてきた閉ざされたシーンからすれば狭くない」

アランは認めてうなずいた。

ローズマリーはそのやりとりを黙って聞いていた。自分はこの仕事に不向きなのではと、なおも気が重かった。いましていることよりもＳＨＬで何百万人もに届く演奏をするほうがいいのだと、これから向かうどこかの町のミュージシャンを説得することなど自分にできるのだろうか？　彼らがどんな話をしても、経験から答えられることは何ひとつないというのに。なにしろこれまではずっと、安全なフードスペースのなかでしか人々とやりとりしてこなかった。

音楽について助言を与えられる立場ではない。得意分野はほかにある。ニンジンの栽培、データベースの不具合の解決、トラブルシューティング。だからＳＨＬに評価された。問題解決能力の高さ、機転の良さ、熱意。雇われたのは、そうした能力が役立つと思われているからなのだろう。みんなが言ったことはしっかりと胸に留めたので、意見を求められるようなことがあれば、それを繰り返せばなんとかなるかもしれない。

12

ルース
前代未聞

共同のキッチンの壁に大きなホワイトボードがあった。片側にはルームメートたちがそれぞれ必要な食料品や、食べてもいい余り物のメモ、〝ジャスプリート、面接がんばって！〟といったことが記されている。もう片方の側には〝日常を忘れるな〟と題した項目を書き連ねていた。

たとえば、こんなことが挙げられている。路上市、ルネサンス博覧会、遊園地、スーパーマーケットでの買い物、映画館、十二月のショッピングモール、待合室での見知らぬ人との世間話。そのうちのいくつかについてはほんとうになくて恋しいことなのか論議があったが、一応すべて入れておくことにした。改善が必要なことであれ、いっさい取りやめてしまえばいいというものではないからだ。公立学校の教師であるジャスプリートは校長を憎々しく思いながらも、生徒たちに愛情を注いでいた。新たな仮想(ヴァーチャル)小学校にせっせと応募しているのだが、あの水疱(ポックス)病の流行で罹患した子供たちが学校に行けなくなったり亡くなったりで、教師の需要は狭まるばかりだった。

　ホワイトボードは書いて消すためにあるものなのに、あきらかに消される見込みのないものもあった。しかも、その数が多すぎる。雪だるま式に増えていた。消せるペンを油性ペンに替えて、ボードからはみ出してキッチンの壁にまで、より具体的に、良いことも悪いことも書くようになった。プライド・パレード、全校集会、映画の野外上映、野外コンサート、野球の試合、満員電車、ローラーダービー選手権、吹雪の前に混雑する食料品店、パンや牛乳やミネラルウォーターやトイレットペーパーが売り切れた棚。そのリストはついにキッチンからダイニングルームにまで飛びだし、薄黄色がかった白い壁に黒や青や緑や赤で記された。ついには梯子を持ちだした。

　さらに空いているところを見つけて、笑い話、短文、事の顚末を書き連ねていった。書き留めておきさえすれば、どこかにはまだ存在していると信じられた。口に出して話すより、ここで分かち合うほうが安全だ。

　わたしが最初に書き込んだのは、個人的なことながらも客観的な回想だ。〝もとはストリップ・クラブだった〈レキング・バー〉で、わたしたちは演奏していた。全面鏡張りで、出演バンドはポールのあいだに立って演奏し、ステージがバー・カウンターのほうまで突き出していて、ライブよりもストリップ向きの空間だったけれど、あやしげで不健康そうなライブにはぴったりだった。

パティ・スミスがストラトキャスターを跳ね上がらせるように掻き鳴らしていて、突如、弦を一本一本引き剝がしはじめて、ついにはまったく演奏できなくなってしまうのを目撃した〟

わたしはパティ・スミスのライブにいい意味で打ちのめされたのだけれど、うまく説明できなかった。べつの日にまた続きを書いた。〝音楽フェス、バンバーシュートでのヤング・スポートの演奏も忘れられない。それまでも何度か観ていて、さほど印象に残っていなかったのに、シアトルでのパフォーマンスはどういうわけかぶっとんでいた。圧倒的な存在感で、坐っていた何千人もの観客が通路に出て踊りだした。またフェスが開かれる日がくる？　大勢で揺さぶられる喜びが恋しい。至福の感染力。

わたしはよく、バンドの搬入にまぎれてギターを担いでチャージ料金を払わずにＩＤも見せずにクラブにもぐり込んでいた。気の毒に思ってフライドポテトや飲み物を分けてくれるバンドもいた〟ただの思い出話だけれど、そうした親切をたくさん受けたことはけっして忘れられない。

そしてついに、まだそこまで進められる心の準備はできていなかったはずなのに、いちばん胸の奥にあったことに踏み込んだ。〝やりきれなかった晩に、ほかのところの壁にも書いた。気づいた人がいるのかわからないけど〟

ジャスプリートはそのすべてを撮影し、双方向型のオンライン展示場で公開した。好きなようにコメントや写真を加えられるように募ると、数千人から投稿が寄せられた。わたしたちの世界は大洪水の滝のごとく流れ去り、いっときの変化という見込みはどんどんはかないものとなっていくのをみな感じていた。そんなに安全を過信していたのか？　盛大な結婚式や、大勢の生徒がいる学校より、安全と健康がそれほど価値あるものだったのか？　家にいるべきときにみんなが職場や学校へ行ったせいでポックスが広がってしまったのか？　働かなければ食べていけないから家にいられなかったというのは言いわけにならない。必要に迫られて革新は進む、というのが識者の一致した見解だった。良いこともすぐに起こると誰もが口にし、わたしはニュースを観るのをやめた。

　よいことが起こるより早く、わたしのお金が尽きてきた。印税はまだ入っていたが、金額は減るいっぽうだった。ルームメートのレクサから看護助手の資格を取得してはと勧められ、なかなかいい考えだと思った。オンライン講座を受講しはじめた。現金収入を得られるだけでなく、いくつかの面で理に適った提案だった。レクサが指摘したように、何が起ころうとも、医療の仕事は必要になる。わたしはエイプリルを救えなかったけれど、ほかの誰かの役に立てるかもしれない。

　わたしは看護の仕事（ギグ）に全力を傾けた。もう音楽を仕事にできないとしたら、何かべつのことで生きていかなければいけない。わたしの世界は薄暗く静かなものとなった。ルームメートたちがパーティ（近隣の人々から警察に通報されない程度のささやかなものだ）を開くときでも、わたしは二階の部屋に引きこもるか、その日に仕事を入れるように調整した。そうしたものをいっそすべて捨て去れたなら、そのほうがいい。人も、パーティも、楽しみも。ひとりで音楽を奏でても、出せるのは沈み込んだノイズ、哀悼のコード、ひび割れたトーンだけ。何もかもが足りない音だ。

時の流れをまったく意識せずに過ごしていたので、スーパーウォリーの電子雑誌『チューニング・フォーク』のノラ・ボウルズが連絡してきたときにも、なんのためなのか見当もつかなかった。ノラは話し合うための六種類のプラットフォームを提案し、そのうちのひとつはわたしが担当する患者たちも現実世界を忘れるために着装しているフーディという新たな機器だったが、わたしは仕方なく電話での通話に応じた。

「やっと連絡がついた」前置きなしにノラは言った。「あなたが所属していたレーベルは、あなたの連絡先の情報をまるで持ってなくて」

わたしは電話番号もメールアドレスも変えていない。ただしレコード会社には誰にも連絡先は洩らさないよう伝えていた。

ノラは続けた。「あなたが昔一緒に演奏していたギタリストから、やっと電話番号を聞きだせた。あなたによろしく言ってくれって」

懐かしいバンドメンバーのヒューイットだ。あれから一度も話していないけれど、アルコールが入ったり悪ふざけをしたりさえしなければ、いい仲間だった。

「どうして連絡を？」そう訊かれるのを先方が待っているのはあきらかだった。

「じつは、もうすぐあの〝スタジアムの悲劇〟から三年を迎えるにあたって、最後の大きなライブを行なったミュージシャンを追う特集記事を掲載する予定なんだけど、調べがついたかぎりでは、あの晩実際に演奏したのはあなたたちだけだった」

それが事実とは思えなかった。スーパーウォリーの基準で大きな会場と呼べるところで演奏した人はほかにいなかったということなのだろう。大きな会場と呼べるところのなかでも最小の場所だったのには違いないけれど。あの晩わたしたちが絶望を撥ねのけようとしたのと同じような思いで、リビングルームや小さなクラブで演奏した人々はほかにもいたはずだ。そんなものは無力だったのだと思い知らされる前のこと。いまではもういくら思いどおりの音を奏でられたとしても、誰にも聴いてもらえない。

「最高」わたしは言った。

「それなら、まだ演奏してるの？」

「趣味で。たまには」

「新曲は書いてる？」

「ええ、まあ」嘘だ。

「聴ける日を楽しみにしてる。『血とダイヤモンド』は大好き。ステージ・ホロと連絡をとって、いつかショーもしてほしい」

その名称には聞き覚えがあったものの、新たなプラットフォームについてはいっさい追いかけていなかったので、あいまいに相槌のようなものを返しておいた。それから少しだけ話して、電話を切った。

一週間後、ルームメートのひとりが低い口笛を吹いて、軋むドアを開く音が聞こえた。

「ルース！」レクサが大きな声で呼んだ。「あなた、また有名人になってる！」

記事はネット上に大々的にアップされていた。『チューニング・フォーク』がほかのニュース・サイトでも転載できるよう売りだしていたからだ。記事の見出しは〝最後のパワー・コード〟で、ノラ・ボウルズの調べによれば、実際にあの晩演奏した、名のあるバンドはわたしたちだけだったと紹介されていた。すると記事を読んだ人々がスーパーウォリーを通じて曲を買い、記事はさらに拡散された。曲とアルバムがランキングを駆けのぼっていくのをわたしは目の当たりにした。いくつかのテレビ番組、それに映画にも曲が使われると、わたしにそのぶんのお金が入ってきた。自転車で仕事へ向かうあいだにも、道を走る車のなかから自分の曲が聴こえてきた。それでも、入浴させている患者が名札に手を伸ばしてきて、「ルースなんて、あの歌手みたい」と言われるまで、その拡がりを実感できなかった。

「そうでしょ」わたしはそう答えた。

13

ローズマリー近所の冒険

幹線道路を降りて、ジョリーの町の大通りへ至る郡道を眺めながら、ローズマリーはそのがらんとした風景に愕然(がくぜん)とした。これまで気づいていなかっただけなのか、潰(つぶ)れた企業の廃墟と繁栄している企業の建物が混在しているのは当たり前だと思っていたからなのか。いざこうして秘密の場所を探すとなると、どこへ行けばいいのか見当もつかない。開いている店、それとも閉店して板が打ちつけられているところの奥に隠し部屋があるのだろうか？　高校の体育館だったところでダンスパーティが開かれているとか？　夜の公園でラップ・バトルをしてるとか？　ローズマリーは会社から送りだされてもなお、探しものを発掘する方法がわからずにいた。

母は〈ミッキーズ〉の隔離板に囲われたボックス席でローズマリーを待っていた。ドアを開錠してキャスター付きの鞄の把手をつかみ、娘の手を一瞬握ってから、脇の椅子に鞄を引っぱり上げた。ローズマリーは向かいのベンチシートに腰をおろした。どちらもメニュー画面をスクロールすることなく、マカロニ・アンド・チーズを注文し、ローズマリーがカメラに笑いかけて、ふたりぶんの代金を支払った。慣れているところは心地よい。

「さっそく聞かせて」母が言った。「仕事は気に入った？　スーパーウォリーを辞めたのは正解？　でも答えたくなければ……」

「そんなことない、お母さん。スーパーウォリーを辞めてよかった。面白そうな仕事。人の助けになる仕事だから」

「あら、それならよかった。不安な点はある？」

注文した料理が到着した。匂いも見た目も〈ミッキーズ〉のいつものマカロニ・アンド・チーズで、温度もちょうどいい。SHLでの食事はおいしかったけれど、風変わりなものばかりだった。ローズマリーはフォークで端のほうを突いた。「ちょっと圧倒されちゃったけど、とにかく、がんばってみる」

「そう。どのくらい家にいられるの？　お父さんはあなたがもう家に帰ってくると思い込んでたから、短期間の帰省だと思うわよって言っといたわ」

「状況しだい。ここでやることがあって、それがうまくいかなければどうなるか」

母は小首をかしげた。「とりあえず食べましょう。それから、なんでもあなたが話したいことを聞かせて」

農場に帰り着いたときには午後の半ばを過ぎていた。トラックから降りるとローズマリーはいったん足をとめて、ずっと当たり前だと思っていたものを懐かしく眺めた。家、耳慣れた鶏たちのがやがやした鳴き声、娘を愛し、その娘が奇跡を起こすことなど期待していない両親。

ローズマリーは自分の部屋に戻って鞄を置いた。壁の片側にはまだスーパーウォリーの顧客サポート業務の標語ポスター、反対側には好きなバンドのポスターが貼ってある。どうして、こうしたバンドが自分とは別世界で生きているなんて思っていたのだろう。この人たちを自分と同じ人間だとは考えていなかった。耳に残るフレーズとメロディー、音色とコード、映像や録音として存在していて、衣裳やバンドの解散が取りざたされることがあっても、おやけの場でないところではそれぞれに意見や個性の異なる人々だとは考えようともしなかった。子供の頃から最新の機器を持てず、SHLの先進的な体験に慣れていたわけではないので、単調な画像しか思い浮かべられなかったからなのかもしれない。ローズマリーはベッドに寝転んで、バーで〈ザ・アイリス・ブランチズ〉のメンバーと会話する光景を想像した。

部屋を出ていくと、父がキッチンで夕食をこしらえていた。

「何か手伝うことはある？」ローズマリーは声をかけた。

「ない」父はすりつぶしているジャガイモから顔を上げなかった。

一瞬おいて、父が怒っているのだとローズマリーは気づいた。いままで父に怒られたことがあっただろうか。少なくともこのような態度をとられたのは初めてだった。「挨拶もしてくれないの？」

「やあ」父はなおも顔を向けずに言った。

「こっちを見てくれない理由も聞かせてもらえない？　そんな挨拶、変だし」

父はおろし器を調理台に叩きつけて、娘のほうに向き直った。「おかえり。おまえが帰ってきて嬉しいよ。そして腹が立つ」

「腹が立つ？」

「おまえだって、自分の娘から、研修は安全な場所で受けるが、殺されかねないところへ出張しなけりゃならない仕事にこっそり就いたと言われたら、腹も立つだろう」

そういうこと。「わかった。まず、ちゃんと説明すべきだった。嘘をついたのは悪かったけど、そういうことじゃないの。その証拠に、こうして帰ってきたでしょう？　どこへでも行ける仕事なんだけど、わたしの場合には、この近くの町にしておけば、お父さんたちが安心して眠れるでしょうから、まずはこの家で仕事を始めるつもり。いい仕事だと思う。それに、雇ってもらえたのは幸運なんだから」

父にこんな出迎え方をされなければ、仕事についての不安を打ち明けていたかもしれない。反対に大丈夫なのだと強がるはめとなった。「次に、どこにいても殺されかねないのは同じでしょ。風車の羽根が落ちてきて、あす死んでしまうかもしれない。鳥ウィルスみたいなものが変異して、あのボックス以上に猛威をふるう可能性だってある。家にいても必ずしも安全とはかぎらない」

「統計的に言えば……」

「統計的に言えば、あす心臓発作を起こす確率と同じ。だからってベッドにずっと横たわってるわけにはいかない」

父は頭を傾けた。「おまえがどうしてわざわざ危険を冒すのか理解できない。おまえを安全に育てるために、この農場を作った。国からの最低限所得保障と風車からの収入で、そんな仕事をしなくてもここでずっと生きていける」

「わたしはいま二十四歳で、人生の半分はずっとこの五つの部屋と農場で過ごしてきたし、仕事をするのが好き。お父さんだって、ここに引っこんで来るまでは、現実の世界で生きていた。どうしてわたしが同じことをしてはだめなのかわからない」

「いいかい、昔より危険な社会になってしまったからだ。おまえだって知ってるだろう」

「ほんとうにそう？　その統計はいつのもの？　お父さんに危険だと思い込まされていたから、会社の敷地内に入っても最初の数日は怯えてた。わたしはもう怯えていたくないのかもしれない」

「この子の言うとおりよ、ダン」ローズマリーは母がキッチンに入ってくる物音に気づかなかった。

「エム、正しいことなのかという話ではないんだ。私はともかくこの子に安全でいてほしい」

父はジャガイモの調理に戻った。母はローズマリーのほうを向いて肩をすくめた。「お父さんが不機嫌になっていることを先に伝えておくべきだったわね。家畜に餌をやってきて。お父さんにはわたしから話しておくから」


夕食のあいだも父はまだぶすっとしていたが、娘に腹を立てるのは的外れだと母から言い聞かされたらしかった。

「では、おまえの仕事について聞かせてくれ」いやいや台詞(せりふ)を読みあげているかのような口ぶりだった。

ローズマリーは必要最低限のことに前向きな解釈を加味して、都市をめぐり歩くという部分は省いて説明した。ほんとうは父が心配する気持ちはよくわかるし、自分も不安は抱いていると言いたかったけれど、強気を貫くのが無難だと思った。新たな仕事について話すうちに――まだなんとなく思い浮かべているだけとはいえ――勇気が湧いて、気持ちも固まってきた。話して聞かせたのはほとんど、スタジオで目にしたバンドや、出会った人々のこと、構内の様子についてばかりだった。

「とても責任のある仕事だ。感心したよ」このひと言だけは父の本心から発せられたもののようだった。それを取っ掛かりに切り込んでくるのだろうけれど。「それで、ここに帰ってきたのは何をするためなんだ？」

「地元のミュージシャンを探してみようと思って」

父は首をかしげた。「このジョリーでか？　なんにもないところだぞ」

「わたしもそう言ったんだけど、みんながどこにでも音楽の隠しポケットはあるものだと言うし。一応、試してみようと思って。何が見つかるか、お楽しみ」

「コンサート会場か？　ガレージでひっそりやってるアマチュアバンド、それともコンピュータでプロ並みの音楽を制作している人々？」

「どんなものでも。ガレージでやってるアマチュアバンドなんて、ほんとうにいるの？」

父はうなずいた。「いたんだ。ほんとうに〝どんなものでも〟いいのなら、誰かは見つけられるだろう。巧いかどうかはともかく、誰かしらいる」

ローズマリーが早起きをして鶏の餌やりと小屋の掃除をしたのは、両親を欺いたことへのせめてもの罪滅ぼしだった――両親もたぶんもう薄々は気づいていることと、まだこれからわかることについても。それから、農場用トラックでがら空きの二車線道路をジョリーの中心部へ向かった。頭上高くでは、雲ひとつない青空を鷹が旋回し、もう少し低い高度で配送ドローンがもっと直線的に飛んでいく。鷹がドローンを攻撃するところは何年か前に一度しか見たことがなかったけれど、いつもまた起こるのではないかと息をとめて眺めてしまう。

　今度は羽根と尾が金属質の青みを帯びた、茶色の小さくて敏捷(びんしょう)な鳥が、低空飛行で道路の上を横切った。運転中にフーディを使うのは地図を確かめるときくらいだったが、ローズマリーは即時認証で起動させた。藍色小鳥(ルリノジコ)、雄、冬羽衣。〝今シーズンの初観測！〟と周辺視野に野鳥のシンボルマークが閃いた。称えられるような偉業ではない。ルリノジコは夏前に飛来することはなく、この鳥の場合には繁殖期のまだ抜けきらない美しい羽根のせいでそのように検知されてしまったのだろう。

　ローズマリーは町の北端のナンバープレート読み取り機を通過し、郡道から大通りに入り、防護フェンスに囲われた十二軒の大邸宅を通りすぎた。自分の知らない昔のジョリーの町を物語る邸宅群で、そのうちの十軒は現在それぞれ複数の家族に区分けされて住まわれている。ローズマリーはトラックを町営の駐車場に停めて、歩きだした。大通りには、看板が取りはずされることもなく捨ておかれた二階建ての細長い建物があり、どのような類いの店だったのかもわからない亡霊たちが残されていた。コインランドリー、〈幸運な中華料理店〉、〈キャリーの美容室〉、〈キグリーの骨董品(こっとうひん)通り〉。どの店についても開いているのを見た記憶がなかったけれど、〈キグリーの骨董品通り〉の側面に〝ポックスを絶滅させて、命を救え〟と落書きされていたことがあり、見ているそばから母にそっちを向いてはだめと叱られ、次にそこを通ったときには消されていた。

まだ開いているのは飼料店、郵便局と診療所の入った小さな食料雑貨店、ガソリンスタンド、〈ミッキーズ〉、一軒のバーだけだ。そのなかでローズマリーが唯一足を踏み入れたことのないのがバーだった。つまり、そこ以外に秘密のライブ会場を見つけられそうなところはない。

そのバーの入口の上に突きだした庇看板には〈スウィーニーズ〉と表記されているものの、開けてある扉のほうには〈シャムロック〉とある。よく晴れた日で、なかは暗かったので、ローズマリーが目を慣らすのに一分ほどかかった。店内はフードスペースで訪れたアイリッシュ・バーの複製（コピー）のようだったけれど、考えてみれば、あちらよりこちらのほうが先にあったわけだ。

こんな早い時間でもふたりの客がいて、どちらも年配の白人男性で、それぞれ木製のカウンターの両端に八つのスツールを挟んで腰かけていた。ほかには〈ミッキーズ〉と同じように天井まで透明の仕切りで囲われたボックス席が六テーブルある。バーテンダーはこちらもまた白人の中年男性で、頭髪よりも腕の産毛のほうが濃い。ローズマリーはふたりの客の中間にあるスツールを選び、腰をおろしてから、その席が蛇口に把手の付いた機械の前だと気づいた。いまさら動きたくないので、そこにとどまることにした。隔離席に逃げ込むほど臆病ではないけれど、どちらかの客のそばにいくほどの勇気はない。

「なんにします？」バーテンダーが問いかけた。

仕事で来たとはいえ、その場に溶け込みたかったたし、肝心の仕事を成し遂げるためにやるべきことはSHLから明確に示されていた。リンゴの薄切りみたいな形状の蛇口の把手を指さした。バーテンダーはそこから金色の背の高いグラスに注いだ。ローズマリーはいかにも望んでいたものであるようにシードルを口に含んだ。幅の狭いカウンターに片方の肘をつき、誰かが残した何かでべとついていたのは考えないようにした。ここでは無頓着のふりが欠かせない。

「ところで、そう、今夜この辺りで何か面白いことでもない？」

バーテンダーが目を狭めてこちらを見た。「ここで、つまりこのバーで、それとも町でか？」

「どちらでも」

「ないだろう」バーテンダーは機転の良さが売り物らしい笑みを見せた。「このバーに新顔のお嬢さんが来てくれただけでも新聞記事になる」

「ここで新聞が発行されてるの？」引っ越してきて十年以上になるというのに、ローズマリーの一家はいまだ町になじんでいない。家族で暮らせればあとは気にする必要がないというのが、両親の口癖だ。

「いや、言葉の綾さ、お嬢さん」

うっ。いまのにやついた顔がいやらしいものなのかどうかが、ローズマリーにはわからなかった。アバターのほうが本物の人間の顔より、はるかに読みとりやすい。

　何か起こるようなところではないのを知らないわけではなかった。バーテンダーとは知り合いではなくても、ローズマリーもずっとここに住んでいる。ジョリーに越してくる前にいた場所でのことも断片的にならば憶えていた。水遊びのできる遊園地、混雑した丘に敷いた毛布の上で眺めた花火。でも、ここに来てからは？　パレードも、野球の試合も、ダンスも見ていない。画面で読んだり観たりしているものはここには何もない。参集規制法を順守する人々が暮らす場所。だからこそ両親はここに越してきた。ＳＨＬの人々がどこにでも秘密の場所はあると言ったとしても、ここで何かを探そうなんてばかげている。

　ひょっとしてこの町にも秘密があったとしても、誰かに簡単に教えてもらえると思ったのも間違いだった。この土地ですら、自分にとっては地元の町でも、農場のごく近隣の人々と飼料店の店員以外に知り合いはいない。きっかけを与えてくれるとしたらその人々だろう。こんなバーにいきなり入って、知らない人に教えてもらおうとするより、まずは知っている人たちに尋ねてみたほうがいい。そのうちの誰かが誰かを紹介し、さらに誰かと繋いでくれるかもしれない。ローズマリーは飲み物をカウンターに置き、支払い端末に手を伸ばした。

　ローズマリーは行動に出た。ガソリンスタンドにあるコンビニエンスストアのなかをぶらぶらしながら、ほかの客の会話に耳を傾けたが、天気と釣りの話題以外に何も収穫はなかった。食料雑貨店は退屈そうな接客係と警備員がガラス越しに立っているだけで、がらんとしていた。ほかの人々はみなローズマリーの一家と同じように、家で栽培や飼育ができないものの大部分をドローン配送に頼っている。接客係は八十代の女性で、有力な情報源にはなりそうもなかった。

ローズマリーは父親に電話をかけた。「飼料店で買っていったほうがいいものはある?」「しいてあげれば、鶏用のプロバイオティックが少なくなってるかな」父の声から驚いているのがありありと聞きとれた。もう何年も前から、お使いを頼まれることに愚痴をこぼしていた。

〈シモンズの飼料店〉は穀物のような香ばしい匂いが漂っているが、倉庫への扉が開け放してあるので冬は凍えるように寒く、夏はうだるように暑い。行かずにすむ言いわけを考えだせるようになるまでは、ここが唯一ローズマリーにとって家以外で長い時間を過ごした店だった。

トラックへの積み込みの手伝いに連れて行かれるのがいやで仕方がなかった。しかも自分は両親から学校以外ではフーディを使ってはいけないと言い聞かされていたのに、シモンズ家の子供たちはフーディを片時も手放さないのだからなんの役にも立たない。ローズマリーは十六になってようやく、このままでは友達とも交流できないと両親を納得させたけれど、それでも旧式の冴えないフーディしか使わせてもらえなかった。「どうしてわざわざ買いに行かなきゃならないの？　注文すればいいじゃない」そう文句を言っていた。

そうすると父は首を振った。「飼料、ビタミン、塩。重量があるものはドローン配送では高くつく」

とはいえ、父に無理やり連れて来られれば、慣れた場所でちょっとした気晴らしにはなったし、春なら店内の気温も耐えられないほどではない。いまレジに立っているのがティナ・シモンズであるのは幸運なのかそうでないのか、判断がつきかねた。数週間前まではローズマリーにとって対面したことのある人々のなかでいちばん年齢の近い知り合いだった。二歳上で、十八のときには初めてパーティに連れていってくれもした。おかげでローズマリーはジョリーのように法律厳守の町でも、たまには人々が集まるものなのだとわかったものの、そこにいた男の子たちとどうやって知り合ったのかをティナに尋ねようとは思わなかった。

ともかく、あたふたさせられたことだけは憶えている。ほかにもポックスで死なず、両親と暮らしつづけている同世代の若者たちが半径およそ八十キロ以内に十一人もいた。フードスペースとは大違いだった。煙のなかにたくさんのビールがあり、人々がとても接近して坐っていて、大きな声で話し、ほとんどが服を脱げば水疱病痕だらけのはずなのに、友人を〝ポックス顔〟などとからかっていた。汗臭い男の子たちが隙あらば触れてこようとするので、ティナより先に暗いなかを八キロも歩いて帰った。たくさんの人の身体。ローズマリーが強烈に印象に残っているのは人と人との距離の近さで、人々の動きがフードスペースでよりもはるかに激しく伝わってきた。

「あら！」ティナが言った。そのパーティをティナがどんなふうに記憶しているにしろ、ローズマリーのように気まずい思い出ではなかったのだろう。もともと親しみやすい人柄だけれど、あれ以来誘われたことはなかった。「仕事を辞めたんだってね」

「もっとよさそうなのが見つかったから」情報の広まる速さに驚かされた。いや、きっと自分がいないあいだに両親がここに来たのに違いなかった。

「ほんとに？」

「ええ。じつはその関係で、ちょっと変なこと聞いてもいいかな。あなたが前に一緒にいた人たちのことなんだけど」

「友達ってこと？」

ローズマリーは頬が熱くなった。「そう。あなたの友達。ちなみに、そのなかに音楽をやってる人がいないかなと思って」

ティナがけげんそうな顔をした。

「たとえば、バンド」ローズマリーは続けた。「コンピュータで曲を作ってるとか。なんでもいい。このジョリーでも、隠し部屋や、納屋や、ガレージで演奏してるバンドがきっとあるんじゃないかと言われて」

「ごめんなさい。まったく知らない。マイク・パウエルはギターを弾くけど、そんなに巧くないし。そうそう、あと、ロバータ・パーカーがオンライン教会でキーボードを弾いてる」

ロバータ・パーカーとは食料雑貨店で接客係をしているあの老女だ。

「ともかく、ありがとう。〈ファンシー・フェザーズ〉のプロバイオティックを五ポンドぶん、うちの勘定につけておいてもらえる？」

「もちろん！　今度集まるときに、あなたにも声をかけましょうか？　マイクにギターを持ってきてもらうから」

「そうね」ローズマリーは鶏用のビタミン剤が入った大きな容器をトラックの荷台に積み込んで、農場へ戻った。ティナが巧くないとまで言っているのに、マイク・パウエルが発掘すべき才能の持ち主とはとうてい考えられない。教会の電子鍵盤演奏者も新たな上司を喜ばせはしないだろう。行き詰まってしまった。高校時代の友人たちに、いまどこにいるにしろ電話をして、誰か音楽をやっている人がいないか尋ねることはできるとしても、いままで連絡をとろうとも思わなかった人たちとのぎこちない長話を強いられるのは目に見えている。

ローズマリーは部屋に戻り、ＳＨＬのフーディを取りだした――新しいものを支給すると言われたが、〈ブルーム・バー〉に入るために送ってもらったもので何も支障はない。アランが個人の番号を教えてくれていたので、誰もいないチャットルームに呼びだすメッセージを送ってみた。

がらんとした空間にアランが現れ、周りをぐるりと見て、さっとスワイプし、森林のような背景を出現させた。「昔懐かしい風景だ！　なんにもない空間だと落ち着かなくてさ」

写真のように実物そっくりの高価なアバターだった。それほどの収入を得られるくらいバンドが売れているということなのか、ＳＨＬがタレントには最高品質の容姿画像を提供しているのかもしれない。どちらにしても、ローズマリーのアバターがやけにみすぼらしく感じられた。

「どうしたんだ？」

「わたしは何をしてるんだろうと思っちゃって。一日じゅう、この冴えない町でただミュージシャンを探しまわってるだけで、いまのところまるで収穫なし。あとはもう、こんな田舎の納屋やガレージをぜんぶまわって、アンプやドラムセットがないか調べるくらいしか、やれることが浮かばない」

アランが笑った。「捜索活動としては名案かもしれないが、時間がかかりそうだよな。きみが住んでる町はどのくらいの規模なんだ？」

「わからない。小さい町」わからないというのは嘘だった。町の境界線内の住人は四百九十三人だ。そこが自分の住んでいるところだとローズマリーは認めたくなかった。

「なるほど、小さい町に住んでいるのなら、きみの選択肢はふたつだ。まだ見つけられそうな期待が持てるなら、さらに探しつづける。信頼を得て、人々を観察し、耳を澄ます。数週間はかかるな」

数週間。どのくらいの時間が与えられているのだろう？「もうひとつは？」

「その町には見切りをつけて、ほかの場所へ行く。きみは農場育ちだと言ってたよな？　どんなにがんばっても、何も栽培できない場所もある」

「見切りをつける？　わたしがお金を無駄にしたと怒られない？」

「手掛かりがあって行くのなら、そんなことはないだろ」

「手掛かりなんて何もない」

「あるだろ。きみの仲間のアランが与えてやったはずだ」

背景が消え去り、代わりに知らない都市の風景が現れた。どのみち、こうなることはわかっていた。ＳＨＬの仕事を得て、この町も家も出てみたいのなら、思いきらなければ。どこかで誰かが、音楽で生きていく夢をＳＨＬで叶えてくれる人を、このわたしを待っている。

ローズマリーには成し遂げるべき使命があった。

14

ルース
革ジャン

次に入った印税は会計士に助言を求めたほどの大金だった。会計士が勧めたのは、三分の一をなかったものとして税金の支払いに取っておき、三分の一を投資し、残りの三分の一は、生活費でもなんでも自分が適切だと思う支出にあてるというものだった。

納得のいく助言だった。自分で稼いだお金を手にすることに後ろめたさはないにしても、今回のように急に大金が入った経緯には複雑な思いがあった。みんながまたわたしの音楽に耳を傾けてくれた。それはすばらしい。でも、あの一曲だけしか聴いてもらえないのだろうか？　そう考えるといらだたしかった。ほかの曲も聴いてほしいけれど、なによりもまた演奏したかった。昔の一曲だけが以前のすべての残響みたいに鳴りつづけているのは不公平だし、それを聴いてくれている人たちに、このままではほかのもっといい曲を届けられない。対面ではなおさらに。

まず思いついたのは中古のバンを購入して、またツアーに出ることだった。だけど、どこへ？　まだツアーにまわれる場所はない。わたしは音楽を、滋養のように、人との触れ合いのように、通貨のように恋しく思っていた。どうすればまた以前のようにやれるようになるのか見当もつかない。かつて契約していたレコード会社とは、もう戻るつもりはなく関係を断絶したので、いまさら助けは求められない。検索しても開いているライブ会場はひとつも見つからなかった。あったとしても人目につかないようにしているのだから、ツアーにまわるのはもちろん、わたしが新たに手に入れた名声を利用することもできない。ライブ会場については、政府によって焚きつけられた疑心暗鬼の日常から人々が脱することができれば、そのうちまた開くと信じるしかない。

もうひとつ気になっていたことがあった。ミュージシャンたちが成功して両親に家や車を買ってあげたという話をどれほど耳にしてきただろう？　自分の場合には水疱病が国じゅうに蔓延してから、家族がどうなったのかすら知らなかった。外の世界とは交わらないコミュニティで生きている人たちなので、簡単には接触できない。たまに家に電話をかけて父の声で流れる留守電メッセージを聞いてはいるものの、誰も応答しない。発信者番号が通知されるからなのか、ひょっとしてそこに誰もいないから？　確かめる方法はひとつしかなかった。

今回は部屋にギターを置いてきたが、昔からの習慣で早朝に出る長距離バスを選んだ。乗車の列に並んでいたのはほかに四人だけで、気を張りめぐらせる必要もなかった。それでも列と呼べるのかわからないほど、それぞれの間隔を広くあけて立っていた。みなほかの乗客が殺人犯か感染者か、その両方かもしれないと疑うような目をしているのは耐え難かった。

　きょうは三月にしては季節外れの暖かさになると予想されていたが、早朝は冷え込んだ。目的地の気温を考え、カーディガンに足首まで丈のある借り物のスカートを身に着けてきた。コンバットブーツだけが唯一わたしらしい装いと言えるけれど、誰の目にも留まりそうにない。身ぶるいして、やはり革ジャンを着てくればよかったと悔やんだ。

「コーヒーを奢る」わたしはほかの四人の乗客に声をかけて、自動販売機を指さした。「そうすれば、バスを貸し切ったも同然」

　誰からも反応はなかった。それが最近では当たり前のことで、わたしが新たな旅の習慣を破ってしまったのだろう、いたたまれず、心が沈んだ。これから向かう場所を思うと気が重いせいでもあり、長い丈のスカートとカーディガン姿のせいでもある。もしブルックリンを出ていなければ、きっとこのような装いでいまも暮らしていたのだろう。四人ともじっとこちらを見ているのは、わたしに見覚えがあるからだろうか？　そうではなさそうだ。わたしは自動販売機で自分のぶんだけ苦めのコーヒーを買った。おかげでじんわり手が温められた。

　バスは予定より二十分遅れて乗車場にやって来た。車体の側面には電光掲示が流れている。〝車両改良期間中はご迷惑をおかけしましたことをお詫びいたします〟車内にはすでに数人が列をずらして乗っていたが、ひと組のカップルと母子らしい二人組は並んで坐っていた。ほかはみなできるだけ間隔を空けている。

州間高速道路(インターステート)95号線を走るバスで、これほど静かな旅は初めてだった。誰も口を利かず、ヘッドホンで音楽を聴いている人がいたとしても、気づかないほど音量を下げていた。ここまで静かだと叫びたくもなるが、車窓の向こうを眺めて、新曲を生みだすことに気持ちを振り向けた。何も思い浮かばなかった。

バスがわたしたちを降ろした街角は相変わらず忙(せわ)しなかった。人々がなおニューヨークらしい速度できびきびと移動していても、ここもまた何かが損なわれた街なのだという思いは振り払えない。目指す駅まで二ブロック歩いただけで、まだあるものと消えたものを数え上げずにいられなかった。警官が増え、路上の売店が消え、通りに並ぶ店舗のシャッターは下ろされていて、配送の自転車が束のようになって走りまわっている。もともと観光客の多い地区ではないとはいえ、いかにも旅行客といった人は見当たらない。それでも地下鉄の入口まで来ると、人々の群れと出くわした。

「どうしたんですか？」わたしは人々の群れの端にいた男性に尋ねた。

男性は肩をすくめた。「いつものことだ」

「この街に来たのは二年ぶりで。いつものことってどういうこと？」

「いまはどこの駅でも検査してるだろう？　手荷物検査にボディ・スキャナー。しかも一度に通過させる人数を制限している」

「どれだけ時間がかかるかわからないじゃない！」

男性はまた肩をすくめた。「天気がよければ、たいしたことはないさ。意外と早く動くもんだ。すぐにまた次の集団の番がくる」

それほど簡単にいくようには思えなかったが、二分後には前進した。バックパックが読み取り機にはじかれ、自分も金属探知機を通ってから、新しい弦を切るのに使うワイヤーカッターが武器ではないことを説明しなければならなかった。じつはどうしてギターケースではなくバックパックに入れていたのか思いだせなかったのだけれど、知らぬ間に旅の道連れとなっていた。説明は検査官に聞き入れてもらえず、カッターは没収された。

地上も陽射しで暖かくなっていたが、それにもまして駅は暑かった。わたしは袖を肘まで捲（まく）り上げた。検問を通過すると駅のホームはとたんに人が少なくなり、電車のなかも同じだった。全員が坐れた。バックパックを膝に載せて抱えたけれど、誰の邪魔になるわけでもない。前回この地下鉄に乗ったときは、エイプリルの住まいを出てきて、ギターとコーヒーを握りしめて立っていて、それでもまだ肩身の狭い思いだった。

あんなことが起こったあとでも、どうしてなのかニューヨークはまだびくともせずに相変わらずなのだろうと信じたい気持ちがあった。以前の地下鉄は混みすぎていたとはいえ、検問を設けても街に渋滞が起きるわけでもなく、これだけ車内が空いているのはやはり利用する人々がそれだけ少なくなったということだ。ポックスの流行で人々は自宅で仕事をするようになった。これほど人口の密集した街ではどんな変化を求められても一笑に付されてしまうのではないかと思っていたが、ここですら恐怖は浸食していくものらしい。

地下鉄がブルックリンへ渡ると、わたしは知らぬ間に痛みを感じるほど歯を食いしばっていたことに気づき、顎を緩めようとさすった。どうしても来なければいけない理由はなくても、来たかった。自分の目で確かめることがどうしても必要だった。捲り上げていたカーディガンの袖を手首まできちんと戻した。

地下鉄には子供の頃の思い出があるわけではないので、路上に出てから不穏な気分に襲われた。駅から一ブロック、さらに二ブロック歩いて、見覚えのある並木道に足を踏み入れた。十代の女の子たちの集団が歩いてきた。いまのわたしと同じように、春の陽射しの暖かい日だというのに、みな長いスカートとカーディガン姿だ。そのなかに知った顔を探したけれど、考えてみれば、わたしがここを出たときにはこの子たちはまだだいぶ幼かったはずだ。

すれ違いざまに、ひとりの女の子がイディッシュ語で「あのブーツを見て！」と言い、全員がけらけらと笑った。声をひそめようともしないのは、このブーツでわたしがよそ者だとわかったからだ。

わたしが通っていた女子校の通用門は鎖が掛けられて閉じている。私立の宗教学校は例外で、開いているものと思い込んでいた。幼児を連れて双子用のベビーカーを押す母親たちや、女の子や男の子たちの集団で人通りは多く、誰もがわたしに近寄らないようにして歩いていく。それからすぐに子供たちが家から次々に出てきていることに気づいた。この小さなコた。

ミュニティならではの賢明な解決策だ。ダイニングルームのテーブルで勉強をする。あくまで推測だけれど。このようなところは変わるはずがないという、わたしの考えは間違っていた。

さらに四ブロック、三ブロック、二ブロックと進んで行き当たった。わたしが育った通りだ。わたしたちのものだった階段。わたしたちのものだった玄関。

ノックして、待ち、もう一度ノックした。姉妹の誰かが出迎えてくれるのを想像した。ダイニングルームのテーブルで紅茶でも飲む？　それともリビングルームでだろうか。踏み段のいちばん上で、ギターを持ってきていれば気晴らしに弾けたのにと思ったが、そんな時でも場所でもない。手のひらに指先を当ててアルペジオで爪弾いてみた。わたしの耳にだけ音楽が聴こえてきた。

「何かご用かしら？」

はっとして振り返ると、母が舗道に立っていて、わたしはただ茫然と玄関前に坐ったまま動けなかった。母は当然ながら老いて、小さくなったように見えたけれど、それはたぶんこちらが踏み段の上にいるせいなのだろう。母の後ろにいる子供たちふたりには見覚えがなかった。

母がまた口を開いた。「何かご用でしたら――チャヴェイ・リア？」

わたしは声が出ず、うなずいた。それから母は踏み段を上がってきてわたしを抱きしめ、本物なのかを確かめるかのように顔を手でなぞった。身を離すと、玄関扉の鍵をあけた。通りを見まわし、ふたりの男の子のあとから家のなかに入るよう手招きした。この子たちは弟なのか甥なのかとわたしは考えて、それもわからないほど連絡を断っていた自分のふがいなさが急に哀しくなって胸を突かれた。違うと自分に言い聞かせた。それは自分の道ではなかった。ここには残れなかったのだと。

狭い玄関口は靴でいっぱいだった。そこを入ってすぐ左側に、記憶どおりのダイニングルームが見えた。長いテーブルに擦り切れた白いクロスが掛けられていて、不揃いの椅子が十数個も並んでいる。隅の机には本と紙類が山積みだ。壁に付けられたサイドテーブルには祖母のさらに祖母の燭台が飾られている。男の子たちは真っ先にそのテーブルに行き、ひとりは椅子に上がってクレヨン入れをつかんだ。

わたしは母のあとについてリビングルームに入った。考えなしに自然といつも坐っていたソファのほうに進むと、母から来客用の軋みもたわみもしない椅子を使うよう身ぶりで示された。母はその横にある父の読書用の椅子に腰をおろして、わたしの手を取った。

「うちに帰ってきたの？」母の声には期待が滲んでいた。

滞在するのかという意味なのだろう。「どうしてるか知りたかったの。わからなかったから……大勢の人々が病気にかかって、でも電話しても誰も出ないし……」

母の表情がふさいだ。期待していた返答は娘から得られなかったということだ。帰ってきたのなら、まずはその問いに答えるはずなのだから。「あなたはここにいるべきじゃない。ラビはもうよそ者を受け入れたがらない。まったく接触しないことで安全は守られるとおっしゃってる」

「長居はしない」通りで誰もがいぶかしげにこちらを見ていたのも納得がいった。「知りたいだけ。教えて」

母が顔をゆがめた。「小さいふたり、レイチーの末の女の子と前から病気がちだったジェイコブはもう大切な思い出のなかにいる。あなたの妹のチャナは重い感染症にかかって、脳にまで広がってしまった。いまも発作と記憶障害がある。イーライも勉強しながら弟たちの面倒を観るのは無理だから、チャナの下の男の子たちふたりをここで預かってるの」

さらに友人や家族について話を聞いた。長兄のアヴィの息子ジェイコブは二分脊椎で生まれ、発達障碍児だった。わたしのほんの二歳下のジェイコブを、年上の家族はみんなで協力して世話していた。だからせめてもその名前を聞いて悼むことができた。けれど名前も知らなかった姪が死んでいたのにはいたたまれない気持ちになり、情けなくてそれ以上尋ねられなかった。「チャナはうちにいるんでしょう？　会える？」

母は首を振った。「勧められないわ。あの子は大変な思いをしているから」

そう言われるまでその深刻さは理解できていなかったことを思い知らされた。母は男の子たちにわたしを紹介しようとも、二階に上がって妹に会わせようともしなかった。どちらもただドアとお互いを見つめるだけで、目をそむけた。それでもまだ母はわたしの手を握っていた。

「わたしは元気でやってる。それだけでも伝えたかった。何か必要なものはない？　チャナの看護、医療費、どんなことでも。力になるから」

母は顎を上げた。「わたしたちには必要ない。そういう気持ちがあるのなら、ほかの人々を助けなさい」

また間違いをおかしてしまった。あからさまに申し出ても、誇り高い母が受け入れないことはわかっていたはずなのに。衣類はぼろぼろになるまでおさがりを着させていたし、おもちゃと家具にしても同じようなものだった。そのほかのことについてはコミュニティが介入する。医者に診せる必要がある？　結婚費用が足りない？　そうしたことは施しを受けるという気持ちにさせずに、愛と助け合いからなんとかしてくれる人々がいる。わたしは施しを申し出た。ここでは、お金はなくても、欲しがりはしない。コミュニティが与えてくれる。ここにはとどまれないとわかったときですら、そうした繋がりをわたしもいとおしく思っていた。

「ごめんなさい。来るべきじゃなかった」

「そうね」母がうなずいた。「でも会えてよかった。そろそろ行ったほうがいい。あなたを見たら、お父さんは傷つくでしょうから」

父がまだ同じ仕事をしているのならあと二時間は帰ってこないはずなので、理由はそれだけではない。母はわたしをほかの誰にも会わせたくないのだろう。わたしが異常者だから、家族をとまどわせたくないわけだ。そんなことは何も言われていないのに？ いや、口には出さなくても、母の表情を見れば察しがついた。わたしがここにいることが母を苦しませている。

母に握られていた手をそっと引き戻した。「努力したんだ。ここにいられるよう一生懸命に努力したんだけど、無理だった」

「わかってる」

母は身を寄せてきて、わたしに両腕をまわし、しっかりと抱き寄せた。手放されると、わたしは立ち上がり、玄関扉へ歩いていった。扉を開く前に足をとめて、ポケットに手を入れて母に渡そうと思っていた札束を取りだした。

「忘れてた。チャナから借りてたお金を返そうと思ってて。渡しておいてもらえる？」

母はまた顎を上げ、あきらかに拒もうとしていた。子供の頃のわたしたちは現金を持っていたはずもなかったのだから、チャナに借りていたなんて見え透いた言いわけだ。

「わかった」母が言った。

わたしは袖で目をぬぐいながら、地下鉄の駅へ、来た道を引き返した。ほんのちょっとは懐かしさを感じる道のりだった。あれ以前でも以降でもない、あの日、ここを去るときに通った道。この光景が自分のなかで永遠になるという思いはあのとき以上に強かった。ここにはもう二度と来ないことを悟り、街並み、商店、人々の顔を胸にとどめていった。

夕方で学生や通勤者であふれていても当然なのに、やはり混んではいない地下鉄に乗ったとたん、着ているものが重荷に感じられてきた。自分らしくもない服装で、どうしてこんなものを着てきたのか、いまとなっては思いだせない。敬意を示したかったから？　配慮？　自分らしくないスカートをつかんで数センチ上げ、古着屋で手に入れたブーツ、擦り切れた爪先、足首に巻きつけた長すぎる靴紐をつくづく眺めた。最初にこんなふうに家を出たときにはこうしたブーツは持ってなかったし、革ジャンやギターもまだ買えず、いいことも悪いことも、これから先に何が待っているのかまるでわからなかった。カーディガンの袖を肘まで捲り上げ、またも革ジャンを着てくればよかったと後悔した。わたしの鎧。

マンハッタン島の北端に住むおばのところにひと晩泊めてほしいと伝えていたものの、あのときの脱出劇を再現することまでは想像していなかった。おばのところに着いたときにはすっかりうなだれていた。おばはあれこれと世話を焼いて食事を用意し、紅茶を淹れて、わたしが両親の家を訪れた話に耳を傾けた。

「まあ、かわいそうに」わたしが話し終えると、おばは言った。「生まれる家は選べないけれど、経験から何を学ぶかは選べる。あの人たちはあなたを愛してる。同性愛者の娘をどのように理解したらいいのかわからないだけ。そこはあなたではなく、あの人たちの問題なの」

わたしたちは、わたしが最初に家を出てきたときに寝床にさせてもらったのと同じソファに腰かけていた。おばがかつてわたしと同じように家を出てきたとき、新たな暮らしを始めるために非営利団体が与えてくれたものだ。おばの場合は夫のもとを出てきたのだけれど。

「いまも後悔してない？」これまで一度もおばに尋ねたことのない問いだった。

「ええ」それ以上答えるつもりはないのだろうと思ったのだが、おばは紅茶を口に含んでから言葉を継いだ。「祝祭や音楽を懐かしく思うことはあるけれど、新たな教会のコミュニティがその寂しさを埋めてくれるから。ただし、いろんなものや人々に懐かしさは感じても、あそこに自分の居場所はなかったという思いは変わらない。そうじゃない？」

「うん」わたしは応じた。あそこに住んでいたときも、出てきてからも、その思いは変わらない。いまでもこうして解放感を覚えてしまうことにむしろとまどっていた。「謝りたかったし、お母さんのせいではないと伝えたかった」

「それでじゅうぶん」おばは言った。「自分たちの娘を受け入れられない世界に住んでいるのだとしたら、変わらなくてはいけないのはあなたではなく、あの人たちのほう。いずれにしても、行ってよかったんじゃないかしら。区切りをつけるのは大切」

「そっちはどう？」わたしは訊いた。「わたしが助けるべきはおばさんだと思ってる。こんなによくしてもらって」

おばはカップの中身を飲み干して微笑んだ。「わたしは大丈夫。必要なときには遠慮なく助けを求めると約束する。ひょっとしてあなたがここに帰ってくるかもしれないし、わたしがメリーランド州のあなたの近くに越すなんてことも、いつかないとはかぎらない。それまでは、あなたがお金を稼いだなら、人生の次の章を開くために使いなさい」

それがどんなものになろうとも。

翌日の午後、長距離バスでボルティモアに戻った。帰り着くと、玄関先に六台の自転車が置かれていて、その持ち主たちが共同住宅のなかにいた。テーブルが脇に寄せられ、劇場のように椅子が並べられている。ジャスプリートが落書きでぎっしりのダイニングルームの壁にシーツを張り、取り組んでいるプロジェクトを友人たちに見せていた。数々の空き家の映像に、都市を去る裕福な住人たちへのインタビューを差し挟んだドキュメンタリーだ。

「どうして去るのですか？」ジャスプリートが人々に問いかける。

「人との距離を取るほうがいいと言われてるから」「もう安心できないんだ」「ポックスの痕をじろじろ見られて、歩く道を変えられてしまう。感染者扱いはもううんざりだ」

この人々の大移動、仰々しい引っ越しトラック、恐怖から逃れられる場所を求めての終わりのない住まい探しをわたしは想像した。ジャスプリートが映像に収めた住まいは様々だった。大学のキャンパスが閉鎖されてもう近隣に住む必要のなくなった教授たちが捨て去った大邸宅、高級住宅街とそうではないところのそれぞれの家並み。このような社会情勢になるずっと前から空家の並ぶ通り。ジャスプリートは過去四年にわたる年ごとのホームレスの人数、空家数、都市を去った人数の統計を対比させて伝えていた。

よくできた記録映画だったが、わたしはうわの空だった。いまだ誰もどこへも行かない両親の住む地区のことが、頭の片隅から離れずにいた。家族、コミュニティ、人にとって家とは何かといった考えがめぐり、そこにたったいま進行していることが重なり合っていった。たまたまここで人生が交錯した人々、テーブルの上にある持ち寄り料理、わたしたちが壁に書いたこと。そしてジャスプリートが制作したドキュメンタリー映画への賛辞や励まし、この映画は芸術であり社会作品で、なぜとどまり、なぜ去るのか、その選択肢がないとはどういうことなのかを問う提言だという、ここに集まった人々が導きだした共通理解。

おしゃべりは夜まで続き、この日はわたしも一階にとどまり、つまみを口にしながらお酒を飲み、ルームメートの友人たちとも語り合った。ようやく人々が帰ると、わたしはこのときまで口にするのを待っていた質問をジャスプリートに投げかけた。「共同菜園のある通りが出てきたでしょ。あれはどこ？」

ジャスプリートはわたしが指摘した場面まで巻き戻して映像を見直した。「ここからたいして遠くない。そこはとってもきれいな状態のまま一区画が丸々空いてる」

わたしは住所を書き写し、片づけを終えてから調べた。それから不動産仲介業者も検索した。『血とダイヤモンド』の印税の使い道について、これ以上にない名案がひらめいていた。

第二部

15

ローズマリー ボルティモア

ローズマリーの乗ったバスがボルティモアに到着したのは日暮れ間近で、超高層ビル群がピンクや紫や金色に輝いていた。ローズマリーは窓に頭をもたせかけて、こんなふうに照らされた建物の一室にいるのはどんな気分なのだろうと想像した。あのような高層ビルがまだ使われているのかすら知らない。住居でも、事務所だとしても、どうやって参集規制法を免れているのだろう？

「あと五分ほどで到着します」それぞれに閉じられた個室の座席にローズマリーがびくりとするほど高らかにバスの車掌（しゃしょう）の声が流れた。数時間ぶりのアナウンスだった。「手荷物の置き忘れがありませんよう、お気をつけください。忘れ物はすべて廃棄いたします」

バスは幹線道路を出て、ナンバープレート読み取り機を通過し、廃れたスタジアムの脇を走りすぎていった。盗みだせるものなどたいしてなさそうだが、スタジアムは二重の有刺鉄線で囲われている。スポーツ・ホロの試合が行なわれているスタジアムでないことはあきらかだ。そういえば、スポーツのほうはどのように映しだしているのだろう？　ミュージシャンたちのように選手が個別の箱に入っていてはきっと成り立たない。またべつの機会に尋ねてみようとローズマリーは胸に留めた。

　まだ幼い頃、前時代に、野球の試合観戦に連れていってもらったのを憶えていた。あの騒々しさ、外野席の後ろを見下ろしたときの恐ろしいほどの高さ、プレッツェルやアイスクリームや飲み物の呼び売り、はるか下のグラウンドに豆粒のようにしか見えない選手たち。スポーツ・ホロならリビングルームで実物大で観られるのに、どうしてわざわざ野外に坐って、遠くの小さい人々の姿を観るのにお金を払う人たちがいたのかわからない。

　スタジアムが閉鎖したときにはスポーツ・ホロはまださほど広まっていなかったのだろう。それとも子供にはわからない何か社会的、慣習的な理由があったのかもしれない。両親が昔と比べていまのほうがあきらかによくなったことについて話したがるのは、かえって懐かしさもあるからなのだろうか。

　バスがゆっくりと街なかへと進み、七台の赤いヘッドライトが連なった。ここまではほとんどなめらかに走ってきたけれど、急に農場用トラックに乗っているように座席が揺れ、ガタコトと響いてきた。幹線道路を降りたところで人の運転に切り替えられたのだろう。それともただ道が悪いだけだろうか。ローズマリーはなるべく胃が安定するような姿勢を保ち、フーディで開いた地図情報で、バスを降りてからホテルまでの最短経路を調べることに集中した。

バスが何もなさそうな街角で停車したときには、迷わず進める準備を整えていた。小ぶりの鞄を身体の前にかかえて個室のあいだの狭い通路を出口へ向かった。そうすればもし前の乗客が急にとまっても、鞄が緩衝材代わりになる。最後の踏み段でしばし立ちどまり、高層ビルを見上げて、歩道に視線を落とした。ついに来た、とローズマリーは感慨を抱いた。きっとやれる。

何時間もバスに乗っていたせいで、歩きだして最初のうちはまだ地面が動いているかのように脚が少しがくがくした。ホテルまでの三ブロックの道のりはちょうど気持ちのよいストレッチになった。

フード・マップは歩行者が消されているので、そのとおりのがらんとした通りしか思い描けなかった。歩道の幅が広いので、ほかの歩行者たちとは距離を取れるとはいえ、やはり現実の世界は想像とはべつものなのだと思い知らされた。〈ワイルアウェイ〉の曲では、どんなふうに歌っていた？　〝目を開けて歩いた。それでもあなたに会って、はっとした〟ローズマリーは目を開けていても何を見つけられるのかすらわからないので、驚かされることはいっぱいあるに違いなかった。

ホテルのロビーは、いままで目にした現実世界のどこよりもきらびやかな場所だった。思わずフーディを視界開放(クリアヴュー)にするのを忘れていたのかと確かめてしまったほどだ。星座のようなシャンデリアがなめらかな白いカウンターを金色の光で照らしていて、疲れきったローズマリーには、どこもかしこも清潔で暖かく心地よさそうに見えた。初日から驚かされることが多すぎる。

受付ブースに入ってスマートフォンを読み取りパッドにタップさせた。バッテリー残量が少ないことを知らせるライトが点滅した。脇で拭いてポケットに戻した。

〝予約が確認されました〟と画面に表示された。〝ようこそ、ステージ・ホロ・ライブ様。本人認証を行なってください〟

いやな予感がした。ローズマリーは気が重くなりながら読み取り機に身分証をかざした。

〝IDが氏名と照合できません。指を画面に触れて指紋照合をお願いします〟

そこにほかの人々の指が触れたことは考えないようにして、画面に指をおき、それから指紋も認証されなかった場合の指示案内ボタンを押した。画面に陽気そうな中年のメキシコ人男性のアバターが現れた。「どうなさいましたか？　コモ・プエド・アジュダール？　英語もしくはスペイン語以外をご希望でしたら、言語を指定してください」

これでは英語を希望しない人にどうやって理解しろというのだろうとローズマリーはふしぎに思った。「仕事で来ました。会社が手配してくれたのですが、予約時にわたしの名前を入れ忘れたのではないかと」

「お客様の会社の手違いとは残念です。お客様の会社の手違いにつきましては、当ホテルでは責任を負いかねますことをご了承ください」

　このように復唱するのは補助ボットの特徴で、実在する人物のアバターではない可能性が高い。ボットで対処不能の場合に人の補助を求めるべつのボタンがあるのではないかとローズマリーは探した。それほどめずらしい問題ではないはずだ。

「SHLに連絡してもらえば、わたしの予約が確かめられるはず」ローズマリーは言った。

「あなたが予約された人物であるか、エッセイシェルに確認の電話を入れる必要があるということですね」

「そう！」

「該当する名称はこちらの顧客名簿に見当たりません。ご確認をお願いします」

「ステージ・ホロ・ライブ。SHL、エッセイシェルではなくて」ローズマリーは機械にいらついても仕方がないといらだちを鎮めようとした。ボットの性能が向上すれば、企業は顧客サービスの担当者たちを辞めさせて、たとえ自分が舞い戻ろうにもスーパーウォリーの仕事自体がなくなってしまうかもしれない。ボットのしくじりはむしろ歓迎すべきことなのだろう。

「ステージ・ホロ・ライブにご連絡しますのでお待ちください」

　できるじゃない。「ありがとう」

　一分、二分が経過した。ローズマリーのスマートフォンが低い唸りを上げた。後方支援業務部の名無しの誰かからたったひと言、メッセージが届いた。〝失礼しました〟

　一瞬おいて、ボットがまたしゃべりだした。「ステージ・ホロ・ライブが予約者名をローズマリー・ローズに変更しました。これにより先ほどご提示いただいた身分証、指紋、視覚認証が照合されました」

「そう。ありがとう」

「記録によりますと、お客様が当ホテルグループに滞在されるのは初めてですね。当ホテルチェーンの規定により、すべてのお客様について、テロリスト、性犯罪者、暴力犯罪者の公的リストとの照合を行なっております。そのままお待ちください。性犯罪者、暴力犯罪者のリストにお名前が確認されますと、未執行の逮捕状がない場合にかぎり、専用棟にご案内いたします。テロリストのリストにお名前があるお客様は、当フランチャイズでの滞在はお断りしております」

　ローズマリーは待ちながら考えた。もし刑罰の済んでいない犯罪者――現役のテロリスト名簿に載ってる人でも――がいたら、ホテルは通報するのだろうか。それに、暴力犯罪の前科者の専用棟とはどんなところで、そのなかには正当防衛の人も含まれてしまうのだろうか、と。刑期を終えても、もうふつうのホテルの部屋に泊まることは許されないなんてずいぶんと厳しい。

「おめでとうございます、お客様のお名前は公表されているテロリスト、犯罪者、どちらのリストにも確認されませんでした。お待たせして申し訳ございません。お泊まりのフロア、ロビーフロアのどちらも指紋認証でお入りいただけます。お部屋は二五〇七号室です。マートン家のおもてなしをどうぞお楽しみください」

「ありがとう。えっと、何階って言った？」

「二五〇七号室は二十五階です。エレベーターは左手の受付デスクの先にございます。すてきな晩を」

ローズマリーは鞄を肩に掛けて、ボットに案内されたとおりに進むと、エレベーターらしきドアが並んでいるところに行き着いた。ばかげた意地かもしれないけれど、エレベーターの乗り方を知らないとは機械に言いたくなかった。

〝何名様ですか？〟ふたつのドアのあいだにある画面に文字が表示され、音声も流れた。

「ひとり」

ドアが開いて、ローズマリーは小さな個室に足を踏み入れた。思った以上に早く背後でドアが閉じた。認証パッドに指をあてがうと、25の数字が点灯した。そこに表示されているなかでは最上階だが、外から眺めたときには三十階以上はあるように見えた。ＳＨＬの建物と同じで、利用する人数に応じて上階を開けて面積を広げるのだろう。

ローズマリーはなんとなく床に押しつけられているように感じて、足を踏んばった。なんとも言えない心地だ。目の高さにある画面に文字が表示された。

当ホテルでは全フロアで個々に耐性強化を施し、爆破防護策を講じています。
当エレベーターは一度に一組のみしかご搭乗いただけません。
マートンホテル・グループは参集規制法と占有率法を順守しています。
お客様をお迎えするごとに各室を全面的に消毒清掃しています。
節水にご協力ください。
お客様の安全、健康、快適なご滞在を第一としております。

二十五階でドアが開いた。ローズマリーは壁の室号表示を確かめながら予約された部屋へ進み、階下へ戻らずにすむよう認証してもらえることを胸のうちで祈って、解錠パッドに指をあてがった。祈りは通じた。ドアを開くと、照明がついた。

施錠して、さらにチェーンも掛けた。電気のスイッチの脇に〝起こさないで〟という表示を点灯させるボタンがあった。他人に起こされることを望む人がいるのだろうかとふしぎだけれど、選べるのに越したことはない。鞄をベッドに降ろし、すぐさまバスルームに入って、長距離バスや、知らない人々や、指紋認証パッドの汚れが付いた手を入念に洗った。水は二度止まり、そのたびタイマーがリセットされるまで一分待たなくてはならなかった。高級ホテルも資源保護法には抗えないらしい。トイレのタンクには、小さな金のプレートに、農場で使っているのと同様の排水を浄化して再利用するシステムが取り入れられていることが表示されていた。

部屋には大きな白い氷のようなベッドが鎮座し、残りの床は一体型の運動器具でほぼ埋まっていた。フーディをちらりと覗いてみると、この部屋では七百種類ものヴェニアの背景を選べて、どれもそれぞれに高額な付加料金が課せられていた。ホテルの部屋を水族館にするために無駄な経費を使うことが認められるとは思えない。

仕方がないので窓辺に歩いていった。カーテンの開き方がわからずにしばし試行錯誤したのち、あきらめて、外側に身を滑り込ませた。

その窓は街なかに面していた。二十五階から眺める風景は、下で見たのとはまるでべつものだった。自分はいま、バスから見えた、あの陽射しを跳ね返していた高層ビルの窓の内側にいる。眼下で網の目のように広がっているビル群はほとんどがこのホテルより低い。目につく装飾が施された建物もある。尖塔、樋嘴（ガーゴイル）、ほかにもなんと呼ぶのか知らないもの。あとは艶（つや）やかな特徴のない建物ばかりだけれど、どれもほかに劣らず空へ届こうとしているかのようで美しい。あるビルの塔には時計の文字盤があるべきところに〝ブロモセルツァー〟と鎮痛剤の名称が表示されている。ローズマリーはどのみち文字盤の読み方を知らなかったが、その時計は止まっていた。雑多な建築物が組み合わさって、ふしぎと全体的には芸術作品のような光景が創り上げられている。まだほんの数ブロック歩いた程度とはいえ、ここへ来るまでだけでも、一カ所に多くの人々が集まって存在しているざわめきと活気が感じられた。それとも配送と監視のドローンが忙しく飛びまわっているせいなのか、ひょっとしたら単なる妄想に過ぎないのかもしれない。

ローズマリーはフーディを着装し、地図を開いて窓からの眺めに重ねた。目的地まで北へ直進で四キロ弱。直行ルートが明るく浮かびあがり、危険度分布図、時間帯ごとに相互参照した利用交通手段の選択肢が示された。日中なら徒歩でもじゅうぶん安全のようだ。まだ午後五時なら、そこまで歩いても陽のあるうちに余裕でたどり着けるし、街なかの空気も味わえる。これは母の言いまわしだった。母に大丈夫だからと何百回というくらい繰り返したあとで、こう言われたのだ。「まあ、でも、どうしても行くというのなら、街なかの空気を味わえる時間があるといいわね」

「それはどういう意味？」ローズマリーは訊いた。

「街なかには――もちろん、いまはどうなっているのか知らないから、以前はということだけれど――そうね、どう言えばいいのかしら、個性じゃなくて、味わいみたいなものがあった。長い歴史を感じさせる街や、先進的な街、趣きのある街。観光名所、流行りの洒落た通り、忙しいところに、のんびりしたところ」

「そんなにいろんなところに行ったことがあるの？」

「当時はそれほど大げさなことではなかったのよ。あなたも憶えてるかしらね。わたしはボストンで育って、シカゴの学校へ行って、アトランタで就職してから、ピッツバーグでも働いたことがある。あなたも六歳までは都会の子供だった。わたしがあのまま残りたいとお父さんを説得していたら、あなたは都会っ子になっていたのでしょうけど、お父さんはどうしても……」

そこからはローズマリーが何度も聞かされていた話だった。都会で育っていたならどうなっていたのか想像もつかない。中学校も高校もオンラインで卒業し、オンラインで働き、友達と遊ぶのも、デートをするのもすべてオンラインで過ごしてきた。前時代（ビフォー）のことで憶えているのは教室の風景と、七月四日の独立記念日パレードと、たった一度の野球観戦のおぼろげな記憶くらいだ。そうした出来事をいま思い描こうとしても、そこには自分ひとりの姿しかない。

「お母さんたちはわたしを安全な場所で育てるために、街から出たくて引っ越してきたんだと思ってた」

「わたしにとっては、けっして喜んで選んだことじゃない。でもね、お父さんの前では絶対に認めるつもりはないけれど、あなたがほんの少し冒険をしてみるのはいいことだと思ってる。ただし安全に、自制して、毎晩お母さんに元気で冒険をしていることを伝えてくれさえすれば」

ローズマリーは慎重な行動と、連絡を入れることを約束した。そして、疲れるので、たぶん早くベッドに入ってしまうと伝えた。疲れたのはほんとうだし、たぶんと入れたのだから、嘘にはならない。ジョリーでの失敗を取り戻したいという思いのほうが疲れよりまさっていた。ローズマリーはホテルの部屋を出た。

そしていま、街の個性などというものがまだどれだけ残っているのだろうかと考えながら、急な坂道を登っている。満開のマメナシの木の白い花は芳しく華やいだ感じがするとはいえ、ホテルの近くの通りにはほとんど人けがなかった。頭上高くにそびえるあのオフィスビル群にはいまも働いている人がいるのだろうか。通りは舗道がきらめくほどにきちんと手入れがなされているので、商店が閉じているのはいつもではなく、もう夕方だからなのだろう。

ローズマリーは厚い防護柵に囲われた本物の美術館の前を通りかかった。地図に示されていなければ、それがなんであるのかきっとわからなかっただろう。そのなかには守衛が数人いるだけで、たくさんのドローンカメラが配置されていて、自宅にいる人々に展示物の画像を届けているのだろうと想像した。フードスペースでもこれまでこのような美術館は訪れた記憶がない。美術館の建物がどんなふうなのかすら考えたこともなかった。学校での遠足見学では、いきなり屋内にみんなで現れて、ドローン画像に導かれて長い通路を進み、展示物が近づいてきて拡大されたり離れて小さくなったりしていた。いま目の前にある建物は荘厳で、有刺鉄線が張られていても優美だ。ローズマリーはしばしじっくりと眺めてから、また街がどんなところなのかを探して歩きだした。

　最後の数ブロックは、アラン・ランドルの指示を思い起こして進んだ。「手前の一区画は空き店舗通りだ」とアランは話していた。「なにしろ目立つのが、閉じる前にマネキンをぜんぶ正面側に並べていった衣料品店だ」アランはそれが子供服店だとは言わなかったけれど、マネキンはすべて子供の大きさで、そこからどうにかして飛びだそうとしているゾンビみたいに窓辺に並んでいた。手を伸ばし、額をガラスに押しつけて。空き店舗のなかにはガラスが割れているところもあるが、みな気味が悪くて荒らされもしないのだろう。

「通りを渡って、反対側には板を打ちつけた空家が並んでる。玄関前の踏み段がどこも盗まれてしまっている。大理石の踏み段だったんだ。どこのどいつがあんなでかくて重たいものを誰にも見咎められずに盗めるのか知らないが、もうずっと前からああなっていた」歩道から一メートルほど高くなったところにある空家の風変わりなドアは開いていた。ベニヤ板を打ちつけた玄関扉や、窓にスプレー塗料で何か書きつけられているところもある。〝この家を買いませんか?〟と書かれた下に小さく〝買えるかよ、床もないんだぜ〟と手書きで付け加えられている。ほかにも〝このなかから動物の声が聞こえたら市当局に連絡を〟というのもある。

「〈2020〉の一階の窓には板が張りつけられていて、防音構造になってるから、外からではわからないし、音もほとんど聴こえない。目印は、まだ踏み段があって、二階の窓にガラスも嵌ってることだ。バンドが来る日は、夜になると外灯もつく。水曜日と土曜日だ」

ローズマリーはこのアランの話を信じたからこそ、何百マイルも離れたこの地までやって来た。それでも、聞いていたとおりの光景を見て胸をなでおろした。マネキン、玄関扉が宙に浮いてしまったみたいな空家、灯台のように閃いた外灯。アランがわざわざ嘘をつく理由も思いつかないものの、実際に目にするまではその可能性も振り払えなかった。ヴィクターがアランは適当なことばかり言うから鵜呑みにしないほうがいいとも言っていたし。ローズマリーはそういった指摘を問いただせる性格ではなかった。

　人けがなかったのでいったん通りすぎたが、その家の前に停められた二台のガソリン式の古びた車と、外灯に勇気づけられた。何か行なわれていなければ、このようなところに誰も車を停めるはずがない。そうだよね？　当然ながら、ここに来たのは初めてで、頭をよぎるのはどれも自分の勝手な思い込みに過ぎない。ローズマリーには昔から自分なりの基準で安心を得る癖があったが、それが正しかったこともこれまで何度も経験している。理詰めで考えても仕方がない。二台の車が麻薬取引のために停められていて、アランは売春組織に若い女を売り渡そうとしてこの場所を教えたのかもしれない。自分で出向くのはあまりに危険すぎるから、などということも夢想した。

　どう見てもまだ早すぎるのでひとまず通りすぎてみたものの、詳しいことはアランから聞いていなかったし、自分も尋ねなかったことにローズマリーはいまさらながら気づいた。たとえば、何時に始まるのか。生のライブには行ったことがないけれど、ステージ・ホロ・ライブではだいたい視聴者層に届きやすい時間帯、午後七時に始まるので、ここでも同じ時刻なのではないかと勝手に思い込んでいた。

もうすぐ七時になるというのに、人の出入りはない。この街の夜間外出禁止時刻は幹線道路の電光標識に掲示されていたので、それまでにここでのライブも終わるはずだ。つまり、七時から十二時までのあいだに行なわれる。見逃したくはないけれど、張りきりすぎていると思われるのも、何かよからぬことをたくらんでいると勘違いされても困る。

ローズマリーはさらに少し先へ歩いた。塀らしきものは見えなかったが、きっと隣家との何か目立たない境界線を越えたのだろう。二ブロック進むと、いくつかの空家が春の耕作期を待つ菜園に生まれ変わっていた。もう一ブロック先の家並みはさらに人けを感じられるものだった。窓辺の植木箱に花が咲き、風景が描かれた網戸も見られた。先ほど通ってきたところとは違って、玄関前の踏み段もあるが、大理石ではなく煉瓦(れんが)や木製だ。あちこちで玄関ポーチやプラスチック製の椅子に腰かけて、隣人同士でおしゃべりをしている。リンゴとオレンジで山盛りの荷車をポニーに牽かせて歩く物売りが大きな声をあげた。「果物、果物、新鮮な果物だよ」栗毛のポニーも、その装具もよく手入れされて輝いている。

自転車に乗った子供たちが歩道と通りを行き来して走りまわり、暖かい夕べを楽しんでいた。ローズマリーは自転車で走りまわる子供たちが果物の荷車を牽いたポニーを怯えさせてしまうのではないかと見ていたが、当のポニーは平然としていて瞬きすらしなかった。一軒の家の窓と玄関扉が開いていて、スポーツ・ホロの野球の試合が居間に映しだされているのが見えた。六人ほどの十代の若者たちが窓敷居やドアに寄りかかって観戦している。

こんなふうに隣人同士で近しく暮らすのはどんな感じなのだろう？　ここまでの五ブロックだけで、ローズマリーはいつもだいたい一カ月で会うよりも多くの人々に出くわしていた。隣り合わせに暮らし、同じ空気を吸う。それぞれの敷地に住んでいて、厳密には寄り集まっているわけではないとしても、他人とは言いがたいくらいに交流している。

その先の角に小さなレストランが見えてきた。見慣れない店名だったけれど、安全そうでじゅぶん明るいし、少し時間をつぶして腹ごしらえをしておくにはちょうどよい場所に思えた。窓ぎわの仕切り席には、あとでまた再会するかもしれないバンドをやっている風体の人々が坐っていた。ローズマリーが想像するバンドとは、友人たちや仕事仲間はいても家族のはみ出し者で、家庭内では愛憎劇を繰り広げていそうなので、そこにいる人々もそんなふうに感じられたのだ。

入口の扉は重厚そうなのに押してみると意外に軽く開き、ローズマリーは入ってすぐの仕切り席の背に扉をぶつけて音を立ててしまった。客がみな何事かとこちらのほうに首を伸ばし、ローズマリーは恥ずかしさで顔を赤らめ、見えていませんようにと祈った。今回の願いは叶わなかったらしい。真っ白な髪で小柄な黒人の年配の女性がカウンターの向こう側から顔を出した。ローズマリーは見定めるような目を向けられて黙って待った。

「お好きな席へ」年配の女性は塩入れの補充作業に戻った。

ローズマリーはバンドらしき人々の脇を通って、会話に耳をそばだてようと、すぐ後ろ側の小さな仕切り席を選んだ。クッション入りの長椅子に滑り込み、仕切り席に隔離板の囲いがないことはなるべく気にしないようにした。テーブルをタップしてもメニューが現れない。フーディを取りだして画面を重ね合わせても、やはり何も出てこなかった。スマートフォンにもリンク先は示されていない。

さらに一分かかって、ナプキンの取りだし機の裏に薄い透明フィルムで覆われた小さなメニューが挟まれていることに気づいた。二本の指でつまんで引きだし、病原菌が付着しないようにできるだけ端を持った。完全菜食(ヴィーガン)、チキン、〝顔が燃える辛味〟の三種のチリが選べて、ライスかフライドポテトかホットドッグ(ヴィーガンかチキン)が付き、または特別にお好みでパスタに変更することもできる。ローズマリーはメニューを裏返したが、そちらには料理は何も記されていなかった。店のロゴに目が留まった。店名は〈ヒートウェイヴ・ダイナー〉というらしい。いちばん下にこう書かれていた。〝スーパーウォリーがない? 心配無用。現金払いのみ〟ローズマリーは現金を持ってきてはいたが、どちらかを選べない店は初めてだった。

先ほどカウンターの向こうにいた女性が歩いてきた。「何をお持ちしましょうか、お嬢さん」

　ローズマリーはコーヒーとチキンのチリのフライドポテト付きを指さした。

「チーズ、それともヴィーガン・チーズ？　サワークリーム？」女性が尋ねた。

「ええと、チーズでお願い。ありがとう」

　ローズマリーはスマートフォンで到着を伝える簡単なメールを家へ送信した。ＳＨＬにはまだ目的地に足を踏み入れていないことをわざわざ知らせて煩わせても意味がない。もう、すぐそこだ。

　テーブルにマグカップと小さなクリーム入れが運ばれてきた。試しにコーヒーを少しだけ口に含んでみた。苦すぎず深みがあって、ブラックでもおいしく飲めそうだ。後ろの仕切り席から今夜演奏する曲を話し合う声が聞こえてきて、彼らがバンドだというローズマリーの読みは当たった。

「……ルース、それはもう何カ月もやってない。若い新入りなんて聴いたことすらないいんじゃないか」

「聴いたことはあるけど、弾いたことはない」その若い新入りらしき誰かが言った。

「ほら」最初に聞こえてきた声の主がまた口を開いた。

「……でもたぶん合わせられる。たしか、わかりやすい曲だったから。あの変わった間奏のとこ以外は」

「ほら」新たに女性の低く温かな声が、最初の声の主を真似るというより、からかうような感じの笑いを含んで同じ言葉を繰り返した。「かえって新鮮に聴こえるんじゃないかな。うまくいく」

「八年も前のだぜ」

女性がまた言い返した。「八年経ってもまだ響く曲でしょ。もう響かなくなってほしいと、わたしは願ってる」

「めちゃくちゃになりかねない」

「そうなったからって誰が気にするの。めちゃくちゃになるくらいがわたしは好き」

先ほどと同じウェートレスが欠けのある白い深皿を目の前に置いた。「辛（ホット）いよ」

ローズマリーはチーズをチリとなじませてから、フォークを深く突き刺して、どんなジャガイモが使われているのかを確かめた。大手のレストランチェーンがどこのジャガイモを使っているかはだいたい知っているし、就職して一年目は発注確認を担当していたので、スーパーウォリーの商品コードすらまだ憶えているけれど、ここのジャガイモはでこぼこしているので自家製なのかもしれない。

深皿はウェートレスが忠告してくれたわりにそれほど熱（ホット）いとは感じなかった。ローズマリーは試しにひと口食べた。チリもそんなに熱くないとまずは思った。ところがその辛さで次に何を思ったにしろ、すべて消え失せた。涙がこぼれた。クリーム入れに手を伸ばし、がぶ飲みした。

「だから辛いと言ったのに」とウェートトレス。

ローズマリーは袖で目をぬぐった。「だけど、〝顔が燃える辛味〟は頼んでないのに」

「それは〝顔が燃える辛味〟じゃないわ。そっちを最初に頼むお客さんには同意書にサインしてもらってる。ほら、サワークリームを入れて食べてみて」

ローズマリーはサワークリームを入れてかき混ぜてから、恐る恐るもうひと口食べてみた。ウェートトレスの言うとおりだった。その辛味がやわらいで、口いっぱいに風味が広がった。トウガラシ、パプリカ、クミン。これほどパンチの利いた料理は食べたことがない。スプーンでもうひと口すくってから、その驚きをウェートトレスにうなずきで伝えた。さらにひと口食べて、どれほど空腹だったかに気づかされた。サンドイッチを持ってバスに乗ったのだが、最後に食べてからもう何時間も経っていた。

バンドが店を出るらしく立ち上がり、ローズマリーは初めて近くからしっかり眺められた。髪を青く染めた男性は袖をもぎ取ったTシャツを着て、タトゥーをこれ見よがしに目立たせている。皮膚よりタトゥーに埋められている部分のほうが多い。夏用のワンピースにデニムのジャケットの中性的な人物は自分よりも若そうだった。どちらも使った深皿をカウンターに重ねて返し、店を出ていった。あれが一般的な手順なのだろうかとローズマリーは興味深く見つめた。客がみずから食器を片づける方式のレストランに入ったことはなかった。

最後に店を出たバンドメンバーは女性だった。三十代くらいで、長い髪をポニーテールにして、ほかのメンバーほど奇抜な装いではないものの、言い表しようのない魅力を放っていた。革ジャンを羽織り、襟を直しながらローズマリーにウインクした。ポケットに手を入れ、現金をつかみだすと、数えずにテーブルに置いた。「それじゃ、メアリー。ごちそうさま」

「よいショーを、ルース！」ウェートレスが手を振って見送った。

ローズマリーはあのバンドを見失いたくなかった。残りのチリを掻き込んで、代金とチップを合わせた金額を置き、先ほど見たとおり食器をカウンターに戻した。ウェートレスが笑いかけてくれた。一般的な手順ではなかったのだとしても、喜んでもらえたらしい。

「あの、さっきの人たちはなんていうバンド？」ものすごく有名かもしれないので尋ねるのは気が引けたが、知らずに終わるよりはましだ。

「今週は〈ハリエット〉でやってるけど、すぐにまた変わるから、そのつど訊かないとね」

「〈ヘレティック〉？」ローズマリーはバンドっぽい名称に当たりをつけて訊き返した。

「違う、〈ハリエット〉よ。女の子の名前みたいでしょ。もっといい名前のときもあるし、ひどいときもある。そのつど確かめたほうがいいわ。今夜演奏するはず」

「ええ、わたしも聴きに行くつもり。ありがとう！」

ローズマリーは来た道を引き返し、街角で話し合いを続けていた〈ハリエット〉のメンバーたちを追い越した。

通りに停められた車やバンがさらに少し増えていた。ローズマリーはフーディの表示で時刻を確かめた。午後八時十五分。もうそろそろいい頃だよね？

上着のポケットに入れっぱなしにしていた小さなケースからスペアミントガムを取りだした。人生で絶対はずせない晩に、強烈に息が臭くなるチリを食べてしまうなんて。

16

ローズマリー〈2020〉

アランから〈2020〉だと教えられていたものの、ブルーム・バーのように呼びやすい名称ではないので、からかわれたのではないかとローズマリーは心配になった。ほかに愛称があるのかもしれないし、〈2020〉というのが愛称なのかもしれないなどとあれこれ思いめぐらせて高ぶる気持ちを紛らわせた。先ほどのレストランのウェートレスなら教えてくれたのだろうけれど、そのときには尋ねようとは思いつかなかった。

ローズマリーは忍び入ろうとでもするかのように建物の脇から近づいていった。先にさっさと入っていく人でもいれば、その入り方を真似られるのにと考えて、またも慎重になりすぎているとわれに返った。ここまで長距離バスでやって来た。まったく知らない街を歩き、知らないダイナーで食事もしたのだから、玄関扉をノックするくらいはたいしたことではない。それともただ扉を開けばいい？　入り方はいくらでもある。

周りに板を打ちつけられた空家のように見えても、ここはライブ会場なのだと自分に言い聞かせた。ノックはしないことにして扉を押し開くと、そこは家具がほとんどないリビングルームのようで、擦り切れた小さな絨毯の上で、旧式の機器によってステージ・ホロの知らないバンドの演奏映像が再生されていた。クリーム色の壁には何ひとつなく、暖炉も上塗りされてしまっているかのように見える。絵画が掛かっていたらしき数箇所には釘の頭が突きだしていて、その下にはどこも長方形のさらに白い部分がある。

アメリカンフットボールのラインバッカー並みに肩幅の広い大柄な女性が、染みだらけの弛んだソファの背に両腕を伸ばして坐っていた。「なんかご用、おまわりさん？」

ローズマリーはとっさにあとずさって、踏み段から足を滑らせかけた。女性が声をかけた相手を見ようと後ろを振り向いたけれど誰も見当たらず、自分に投げかけられた言葉としか思いようがなかった。「わたしは警官ではありません。ええと、友人から、ここでバンドの演奏があると聞いたので」

女性は動かなかった。「警官なら、身分をあきらかにする義務が法律で定められてるでしょ」

「ほんとうに違うんです。ここは〈２０２０〉ですか？　〈２０２０〉というライブ会場ではないんですか？　そうでなければ、間違ってお邪魔してしまいました」床下のほうからキーンというハウリングの音が響いた。ローズマリーは見下ろした。「やっぱり、ここなんだ。間違いない」

「ちょっと、ドアを閉めて」

ローズマリーは玄関扉を閉めて、ほっとしてあらためて踏み入ったが、女性にはまるで歓迎するそぶりはなかった。

「警官ではないと言い張るわけ。だけど、だったら、あなたが何を言ってるのかわからない。それに、その顔には見覚えがないし」

「このクラブに来る人はみなさん、お知り合いなんですか？」背後でまた玄関扉が開いたが、ローズマリーはそのまま返答を待った。

「クラブ？　ここはわたしの家。地下でギターを弾いてるのは連れ合いよ」

なんだか腹が立ってきた。「だけど、ここの住所を聞いたんです。〈パテント・メディシン〉のアラン・ランドルに。八時間もバスに乗って来たのに」

「〈パテント・メディシン〉？　ステージ・ホロのバンドにうちの地下に行けと言われたわけ？」

「ステージ・ホロに何か問題でもあるんですか？　いいバンドが演奏してます。あなただっていまそこで観て……」ローズマリーはコーヒーテーブルの上にある旧式の機器を指さした。

「〈パテント・メディシン〉だなんて。どっから来たのか知らないけど、そこに帰んなさい」

ローズマリーは肩に手を掛けられ、さっと飛びのいた。

「アリス」背後から女性の声がした。「新しいギターの調律師を困らせないで」

ローズマリーは振り返った。あの〈ハリエット〉というバンドの女性が立っていた。

「この子を知ってんの、ルース？」

「ええ。今夜はわたしたちのギターをチューニングしてくれる。この子は大丈夫」

アリスは眉根を寄せ、それからため息をついて手を振った。「だったらなんでそう言わないの。〈パテント・メディシン〉がどうのこうのじゃなくて、あんたのこと言ってくれてたら、とうに通してたのに」

ルースは〈パテント・メディシン〉と聞いて片方の眉を上げた。ローズマリーは、どうしてみんながそうした反応をするのかわかるまでは、アランのバンドについて口に出すのはやめようと心に決めた。

ルースが押しのけるようにして脇をすり抜けて奥へ進み、バンドのほかのメンバーもあとから入ってきたので、ローズマリーもその最後尾に続いた。一行はリビングルームを抜けて狭いキッチンに入り、くるりと向きを変えてキッチンの戸口脇の階段を地下へおりていった。

地下は上階の床面積と同じくらいの広さはあるものの、SHLのショーの会場に比べればだいぶ小さかった。天井が低く、床は粘土で固められている。猫のおしっこのような匂いもほのかに漂っていた。片側の全面がステージで、高くなっているわけではないが、LEDライトが並び、どっしりとしたモニター・スピーカーがふたつ設置されている。SHLでも、演奏者はみなイヤホンをしているのに、雰囲気づくりと臨場感を出すために同じものが防音スタジオに置かれていた。大きなステージにあってもおかしくないような高品質のスピーカーで、仕切りの役目も兼ねている。〈ブルーム・バー〉と似ているのはそこだけだ。

　使い込まれたドラムセットが解体されてステージの奥に置かれ、そうした機材のなかに数えきれないほどのバンドのステッカーが貼られたベースアンプが埋もれていた。ステージ横の壁ぎわにはギターアンプが並び、片隅にギターケースが八個か十個くらい積み上げられている。ステージ周りには様々な高さのマイクスタンドが鍾乳洞の天井から滴り落ちて固まった石筍さながらに連なり、そこからコードが蔓のように這い伸びていた。ローズマリーはその乱雑さと規模の小ささへの落胆を押し隠した。アランから〝小さな地下空間〟だとは聞いていたけれど、その言葉どおりだとは思わなかった。

「ここはなんなの？」小声で訊いた。

「見たとおりのロックの聖地でもあるし、よりよいものを作る場所でもある。その時々で入れ替わる。手伝いに来てくれたんじゃないの？」ルースは一メートルほど離れたところでしゃがみ、ギターバッグのポケットを探っていた。

「あの——てっきり冗談で言ったのかと」

「何言ってんの？　優待チケットなんて出してないし。ギターの調律師じゃないんなら、アリスに八ドル払ってもらわないと」

「入れてくれなかったので」

「だろうね。でもアリスに借りを作りたくないでしょ。失せろと言われたら、戻ってくればいい」

そっけなくそう言われたものの、ルースの目つきと口角には面白がっているようなところが見てとれた。ローズマリーはことごとく失敗していた。急ぎすぎたし、意気込みすぎて、からかわれてしまうとは。ＳＨＬの仕事で来たことすらまだ口に出せていない。いや、口に出すのはまだ早いのかもしれない。研修の手引きには、ほかにもべつの取り組み方がいくつか示されていた。

「それなら」ローズマリーは答えた。「何か手伝わせて」

ルースが小さな箱を持ち上げた。「ギターのチューニングはできる？」

「できない」

「弦の張り替えは？」

「無理」ローズマリーは顔が赤らんだ。腕組みをした。「わたしは役立たずじゃない。ミュージシャンじゃないだけ。わたしにしてほしいことがあればなんでも教えて。呑み込みは早いから」

「それはよかった。ところで、名前を教えてくれない？」

「ローズマリー。ローズマリー・ローズ」

「洒落た名前じゃない。そのうちバンド名に使っていい？」

「だめ、あの、ええ。まあ」

「それについてはあとでまた考えて。さてと、ローズマリー、ローズマリー・ローズ。さいわい、いまは機械が進歩してるから、音楽を知らなくてもアルファベットさえ読めれば、矢印どおりに上げ下げするだけでチューニングできる。アルファベットは読める？」

「ええ」今夜じゅうにはいちいち落ち込まずにいられる方法を学べる気がした。

さらに数人が地下におりてきた。ひとりがドラムセットの組み立てに取りかかり、もうひとりは小袋からマイクを次々に取りだしてスタンドのコードに繋ぎはじめた。ルースは黒いエレキギターをケースから出して、ペダル型チューナーにコードで繋げた。二本の弦を調整してから、そのギターを差しだした。ローズマリーはギターを受けとり、気後れしながらも、ルースとペダルを頼りに、チューナー・キーの電源を入れた。赤い矢印で示された方向につまみをひねり、正しく調整されれば真ん中の緑色が点滅する。ローズマリーは残りの四本の弦を調整して、ギターを返した。

「いいじゃない。曲の合間にわたしがあなたにギターを渡したときにもう二、三度うまくやってもらえたら、雇ってもいい。見てて、間違いなく一本は切れるけど、今夜は弦の張り替えを教えてる暇はないから、物品を売るのを手伝ってもらうのがいいかな。報酬は払うし」

ローズマリーはうなずいた。いまはともかく口をつぐんで観察し、このバンドを気に入れば、あらためて自分がここに来た理由を説明すればいい。どんなふうに話すかは長距離バスのなかで百回くらいは頭のなかで練習した。それなのにいざここに来てからは、ひと言もまだ口に出すきっかけをつかめないのだからふしぎだ。

バンドのメンバーたちが楽器の調整を終えた。ローズマリーはなるべく目立たない壁ぎわを選んで寄りかかった。

「悪いけど、そこを空けてくれないか？」鼻ピアスにドレッドヘアの長身の黒人男性から背後を指さされ、ローズマリーは自分が音響装置への進路をふさいでしまっていたことに気づいた。

「ごめんなさい」ぼそぼそと言って、またべつの何かの妨げにならないことを願いつつ、手前に移動した。

「こっちに来て、ローズマリー・ローズ」傍らからルースに呼ばれた。「物品の売り方の段どりを教える」

ローズマリーはルースのあとについて階段のほうへ向かった。階段裏の空間に折りたたみ式の机が置かれていた。その机の上にルースがスーツケースを持ち上げ、留め金をはずして開いた。なかには〈ハリエット〉だけでなく、〈ルース・キャノン〉〈患者第一号（ペイシェント・ゼロ）〉〈去る四月（ラスト・エイプリル）〉〈悪者と決めつけられて〉のワッペン、ステッカー、ダウンロードカードが入っていた。

ルースは数枚のTシャツを取りだすとハンガーに掛けて、階段の手すりに吊るしはじめた。ブロック体で〝そんなこと考えるなよ〟とスクリーン印刷されている。ローズマリーはそのバンド名に記憶が疼いた。

「手順は簡単」ルースが言った。「スーツケースのなかに価格表が入ってる。支払いは現金のみ。困ったことがあったら、わたしか、メンバーの誰かを呼んで」

「えっ、わかった。向こうであなたのギターを準備しながら、いつこっちに来ればいいの？」

「わたしたちが演奏しているとき以外はずっと。いい質問。ほかには？」

「ルース・キャノン？　あなたが？『血とダイヤモンド』のルース・キャノンってこと？」

ローズマリーは曲名を口にしたとたん、気づけば病室にいつも流れていて、高熱と闘っているあいだにその曲が身体の一部のようになっていた記憶が呼び起こされた。

「そんなバンドのときもあった。もうずっと昔の曲」

「そうなんだ！　わたしが初めて聴いたのは十二歳のときだった。それで、高校生のときにまた流行った。昔から好きでずっと聴いてた曲」

ルースが顔をしかめた。「そんなふうに言われちゃうほど、わたしは年寄りじゃないんだけど」

「ごめんなさい。あなたが年寄りだと言いたかったわけじゃなくて。曲を出したときはまだすごく若かったでしょ？　だからいまもまだ年寄りじゃない。あの曲が大好きだと言いたかっただけ。あなただなんて信じられない。だけど――あなたは有名人でしょ。どうしてこんなところで？」

　ルースが小首をかしげた。ローズマリーは何か気にさわることを言ってしまったのだろうかと察した。話題を変えた。「ええと、ほかのバンドもいろいろ売ってる？」

「ええ、でも、あなたには関係のないことだから。ともかく、わたしのグッズが代金を払わない人に持ち去られないように気をつけてて」

　ふたりの後ろの階段から足音がした。べつのバンドがステージ横のギターの山にさらに楽器を積み上げていた。ローズマリーはそれまで見ていた様子から、どうやらどのバンドもドラムセットとベースアンプ、マイクスタンドは同じものをそのまま使うことがわかってきた。ルースがすぐに手伝いに向かったのは、会話を打ち切りたかったからではないかとローズマリーは憶測した。『血とダイヤモンド』が出たときには自分は十二歳だったなどと言ってむっとさせてしまい、急に会話がぎこちなくなった。でも、ルース・キャノンだなんて！　そんな大物をSHLに引き込めたら、大手柄だ。あの曲は誰でも知っている。

　すぐにルースは階段裏の机に戻ってきたので、心配したほど気分を害したわけでも、気まずくなったわけでもなかったようだ。

「全員が音の確認をするの？　ぜんぶのバンドが？」ローズマリーはいかにもあの曲ばかり

にこだわっているわけではないふうに見せようと問いかけた。背伸びをして知ったかぶりをするのもやめた。

「いいえ。わたしたちがおおむね調整しておいて、ほかの人たちはラインチェックをするだけ。全員がいちいち機材を確かめて調整しても時間の無駄。どのみち音響は観客の入りによってまるで変わるんだけど、わたしにとっては儀式のようなもの。ちょっと気分がやわらぐ」

「緊張するようには見えない」

ルースが笑った。「ステージに上がるのに緊張はしない。何か起きるかもという程度の不安はあっても、演奏しはじめたらそれも吹っ飛ぶ」

ローズマリーには緊張との違いがよくわからなかったが、聞き流した。

地下室は混み合ってきた。物品販売の机の後ろにいられてほっとした。ライブに来る客を想像して服を選んできたのだけれど、ほかの人々とは違って、だんだんと自分だけずいぶん着込んでいるような気がしてきた。人々は階段をおりてくると、ローズマリーだけが見逃していた座席表でもあるかのようにすんなりと居場所を見つける。ひとりで立っている人々は慣れたように壁に寄りかかり、フーディを取りだしたりスマートフォンを覗いたりしている。

観客は想像以上に多種多様だった。黒人、混血、白人、十代から年配者まで幅広い年齢層の人々が集まっている。〈パテント・メディシン〉のＳＨＬのショーでは、ほとんどのアバターが若い白人で、特別仕様は高くつくので、体形も基本の五種のいずれかに限られていた。実際にはこれほど多様な人種がいたのだとローズマリーはあらためて驚かされた。

　ライブの観客はだいたいお酒を飲むもので、瓶や携帯用酒瓶（フラスク）を持っている人もいるのではないかと思っていたが、バーらしきものは見当たらない。誰かが机の前に足をとめて商品を眺めると、ローズマリーはいかにも慣れていて余裕たっぷりに見せようと笑みを浮かべ、笑い返してくれるのを待った。

「どのバンドを聴きに？」商品を眺めていた客に尋ねて、会話を試みた。

「どれも」その女性が非難を込めてそう言ったのか、本心なのか読みとれなかった。ひょっとして、ここにはみんな特定のお気に入りではなく、どのバンドでもいいから聴くために来るのだろうか。それとも特定のバンドのグッズを売っているので、不快にさせてしまったのか。どうせこのバンドのファンではないんでしょと皮肉で問いかけたと思われたのかもしれない。その後は何かまぬけなことを言ってしまうのが怖くて、ローズマリーはぴたりと口を閉じた。ルース・キャノンはこういうのをなんて言っていた？　何か起きるかもという程度の不安。

　室内はいまやローズマリーがこれまで見たことのないくらい人々が密集していた。このところ新たな場面に出会うたび、同じように感じている気もするけれど、今回こそはほんとうにそう思った。五十人、いいえ、六十人はいるだろうか。この程度の広さにどれだけの人が入れるというのだろう。汗ばんできた。こうして自分だけが引きこもれる空間とつかまれる机がなかったら、どうなっていたかわからない。

どうしてみんな平気でいられるんだろう。まったく知らない人同士が、前後の間隔もほとんどなく、肩が触れ合い、体温や匂いも感じられるようなところで。このなかの誰かがずば抜けて強力な病原菌に侵されているかもしれないし、誰かのくしゃみがここにいる全員を危険に晒さないともかぎらない。誰かがナイフや銃や憎しみを持っているかもしれない。ひとりでも取り乱すようなことがあれば、全員がいっせいにあの狭い階段に突進するだろう。人々が倒れ込んで押しつぶされる。そのために法律があり、このような集まりを防ぐよう定められている。この違反行為を通報できる機器は手元にある。ローズマリーはそう考えて気持ちを落ち着かせた。いざとなれば手立てがあるとわかると、まだそこまでする必要はないと思いとどまれた。階段裏の自分だけの空間で、テーブルにつかまっていられるうちは安全だ。

17
ローズマリー
壁の影

一番手のバンドの演奏が始まり、ローズマリーはステージへ視線を戻した。ミュージシャンたちの頭上に吊るされた手書きの〈カーツ〉という垂れ幕以外のものを見るためには、机を何センチか押しだすしかなかった。机の前に立っていた人々から迷惑そうな目を向けられても、そしらぬふりをした。なにしろ生まれて初めて見る生のショーだ！

もちろん、〈パテント・メディシン〉のショーも大切な経験だったと思っている。あのとき衝撃を受けていなければ、いまこうしてここにいなかった。ミュージシャンたちがそれぞれの小室(ブース)でいくつものカメラに向かって演奏しているのを同じステージでやっているように合成して映しだしていたSHLでの制作風景を見たときですら、自分の内側の何かを掻き立てられた。今回はこれほどバンドのメンバーが近くで互いを感じながら、目の前の観客に向かって演奏するのだから、あのとき以上のものが見られるに決まっている。

最初のバンドは三人編成で、ドラムとギター、それにたいがいベースが支え弾く低音をキーボードらしきものが担っていたが、ステージ上にキーボードは見当たらない。見えるのは、目を閉じて片腕でもういっぽうの腕をつかんでいるボーカルの男性の姿だ。いまにも泣きだしそうな顔つきながらも、口を開くと、布教伝道師のように抑制された熱っぽい声が響きわたった。一曲目は聖書の教えを語りかけるような歌だったが、ローズマリーが読んでいた聖書にある言葉ではない。「膨大なアップロードからわかったことがある」その繰り返しが耳に残った。なかなか魅力的な旋律だけれど、誰とも目を合わせようとしない歌手では、視聴者に同じところにいるように思わせることができるのだろうか。しかも声が顔と合っていない。もっとカリスマ性のある人にふさわしい大きな声だし、生身の人間にアップロードされた言葉について歌われるよりむしろ、どこからか得体(えたい)の知れない声で語りかけられるほうが胸に響きそうだ。

ということは、これではステージ・ホロと何も変わらない。ＳＨＬのショーでは、熱気も人混みも心配する必要はなかった。音量を調節できるし、もういいやと思えば接続を切ればいい。ローズマリーはフーディを引きだしてメッセージを確認したが、地下の階段裏だからなのか受信はなかった。これではもしもの場合に助けを呼ぶことができないと気づいて、急にまた不安に襲われた。縮こまって目立たないようにすることに集中し、蒸し暑い空気を必死に吸い込み、バンドの曲にまた耳を傾けて気を紛らわせた。

キーボードはどこにあるのだろう？　アンプはふたつだ。一台はギターの音を出すのに使われ、そこからまたもう一台に繋げられている。ほかにはステージ上に何も見つからない。

　ボーカルが身体の向きを少し変えたとき、ローズマリーは探し物を発見した。右の前腕の内側に一列だけの鍵盤が彫り込まれていた。左手の指を横に動かして鍵盤を押さえている。ローズマリーは誰かに尋ねたくて見まわしたけれど、みなバンドの演奏に聞き入っていた。またフーディを引きだし、画像を記録した。その楽器の音が加わるだけで演奏全体の感じが驚くほど変わる。できることなら最初から巻き戻して見直したかった。

　最初のバンドの演奏が終わっても、観客は移動したり歩きまわったりはするものの、減りはしなかった。ローズマリーが机の後ろに坐り込むと、音を奏でるタトゥーをした歌手が、レコード盤とCDの入った小さなケースを手にこちらにやって来た。レコードとCD！ ローズマリーの両親はどちらもかけられる機器を持っていたが、音が飛ぶし、途切れがちだった。関心を向ける人などいないのではないかと思ったが、何人かがその歌手から現金でCDやレコードを買ったので、想像以上にあのような機器をまだ持っている人たちがいるということなのだろう。歌手がローズマリーの視線に気づいて、にっこり笑いかけた。ちゃんと目を開いたまま。歌っているあいだ目を閉じていたのは、内気な性格なのか、あがり症なのか、自分なりの演出だったのかもしれない。

「腕で何をしていたの？」じつはここにいる誰もが知っている流行りものなどではなく、質問を重ねても無知を晒すことにならないようにとローズマリーは祈った。

男性歌手は腕を伸ばして見せた。タトゥーの下に一音ごとに平らな鍵(けん)が埋め込まれている。

「トリガーと送信機。ここからアンプに繋いだ箱型のシンセサイザーに指令がいく。触ってみたいならどうぞ」

ローズマリーはその仕組みを知りたい一心で、あとずさりたいのをこらえた。「触るのはいい。自分で考えたの？」

「送信システムについてはまあ、友人に頼んだんだが、あのシンセサイザーはぼくが設計した。今度はギターの指板(フレットボード)を埋め込みたいんだけど、どこにするか考えてるところなんだ。やっぱりここかな」男性歌手は左手を胸にあて、ギターリフの弾き真似をした。「それで、右の手首に回転儀(ジャイロ)を入れて鳴らす音を選ぶ」

「どうしてギターを弾かないで、そんな面倒なことを？」ローズマリーは訊いた。

歌手はふしぎそうな顔をした。「面倒なんかじゃないさ」

男性が立ち去り、ローズマリーはなおさら考え込んだ。すでにティナ・シモンズの生体認証タトゥーを目にしていても、ああいったものに改良されるとは考えてもみなかった。自分を楽器にしてしまうことで何か支障は出ないのだろうか？　その疑問についてはまたあとでじっくり考えようと頭においた。

「ちょっとレベルチェックするか？」音響システムの担当者がモニター越しに問いかけた。

「大丈夫」新たにステージに立ったバンドの誰かが言った。「もう始めるから、様子を見ながら調整してくれたらいい。ハイ、みんな、〈ザ・コーヒー・ケーキ・シチュエーション〉です」

ローズマリーが変わったバンド名だと考えている間もなく、甲高いハウリングの音が響きわたった。次は耐えがたい音がくると直感して、とっさに耳を指でふさいだ。意外にもバンドはプロのサーファーが波をとらえるように、手なずけるとまでは言えないまでも、そのハウリングを乗りこなした。最初に甲高く響きわたったものも曲の一部だったのだ。意図的に反響させた音。ローズマリーは弾かれたように立ち上がり、傾斜した階段裏の天井に頭をぶつけた。

「おい」脇に立っていた歌手が言った。「大丈夫か？　痛かっただろう」

ローズマリーは手を振って退けた。「大丈夫。平気」

すでに卵くらいのこぶが出来つつあるところをさすった。痛くはない。痛みは音に振り払われた。

演奏中のバンド編成は、ドラム、ベース、ギター、チェロ。アンプを通して音をひずませたチェロが長く低いコードを奏でながら、極みまで昇りつめて、破裂した。チェロを弾く女性は悪を退治するスーパーヒーローのような黒いたてがみに青いハイライトを入れていて、演奏するうちにその髪が顔に垂れていた。

三十分前までは、目を閉じていては聴衆と繋がれないのではないかとローズマリーは思っていた。でもいまは、それも聴衆を引き込み、曲をより近く感じてもらうための手段になることがわかった。このチェロ奏者が仮面をつけていても紙袋をかぶっていても、人々はきっと観ようとするだろう。この女性の自信に満ちた弾き方、佇まい、巧みに形成された音には、魅了されずにはいられないものがある。

一分遅れでギターが加わり、チェロと同様の旋律ながらもまた異なる音色を響かせた。すぐにドラムとベースもなめらかに流れ込み、チェロに追いついていった。ドラマーも、ベーシストも、ギタリストもすべて女性だ。

チェロ奏者が歌いはじめた。それまでローズマリーは手や弓の動きや、妖しげに飾り立てられた髪に目を奪われ、チェロ奏者がマイクを付けていたことにすら気づかなかった。その声は低く、奏でている楽器の音と同じように唸り、嘆き、苦しそうでもあり、様々に変化した。チェロと歌声が床をふるわせ、その振動がローズマリーの骨まで伝わってきた。自分の身体と楽器と会場が共鳴して生みだされているものなのだと実感できた。どれだけ聴いていても、飽き足らない。

そのバンドがステージを去ると、ローズマリーは胸を突かれた衝撃をいったん鎮めて、場所を〈ブルーム・バー〉に置き換えて想像してみた。あの骨身に響くチェロの演奏はSHLでも再現できるだろうか？　たぶん、同じような効果を生みだせる装置はあるのだろう。それに、顔を隠すのがここに出演している歌手たちのあいだで流行ってるとか？　ローズマリーが調べたかぎり、ＳＨＬに出演するバンドはみな非の打ちどころのないような美形だった。といっても、自分がここにやって来たのは、まだ粗削りなバンドを探して、会社から売りだすためだ。ＳＨＬに見てもらうことに成功すれば、〈ザ・コーヒー・ケーキ・シチュエーション〉という名前は改称されるだろう。でも、あのチェロは……。

　そばにルースがやって来た。「来て、ローズマリー・ローズ。わたしたちの出番」

　ローズマリーは考えることだらけで、ルースのバンドの手伝いをすることになっているのをすっかり忘れていた。頭を切り替えないと。密集した人々に目がいった。信じられないけれど、これまで以上に人が増えている気がした。「ほんとうにわたしの手伝いが必要？」

「あなたがいなくてもやれるけど、手伝ってくれればなおやりやすい。それに、手伝いたいって言ってたでしょ」

　ルースは歩きだし、振り返って待った。ローズマリーは階段裏からステージまでの距離を目測した。二十歩で横切れる広さだ。

　人が多すぎる。何十人、いいえ、百人以上いるかもしれない。とても無理だ。がらんとした空間を想像しようとした。でも、ここはあまりに暑くて、みな互いにあまりに近くに立っている。こんな人混みのなかをどうやって移動しろと？　誰も動かず、そこに立ったままでいたら、そのなかを通ろうとする人はどうなるのか。それどころか、人混みのなかで足止めされているときに、もしもほかの誰かが取り乱しでもしたら？　自分はきっとそこから動けず、息ができなくなって、押しつぶされ、踏みつけられる。ローズマリーは息がつかえた。

「大丈夫?」

「パニック発作だな」べつの声がした。話し声は耳に届いていても、ローズマリーはその人々のほうへ顔を向けられなかった。

「連れだしたほうがいいね」ルースはローズマリーの肘をつかんで、階段裏の椅子に引き戻して坐らせた。「ごめんなさい、気づかなくて。ねえ、もし歩けるなら、ステージの脇にもう少し広いところがあるから、そこで休んでて。手伝わなくていいから。ギターは自分たちでなんとかする」

ローズマリーは首を振った。どうにか声を取り戻した。「よければ、ここにいさせて。手伝いたかったんだけど。ごめんなさい」

「気にしないで。出番が終わったら様子を見にくる。じゃ、行ってくる」

ローズマリーはうなずいた。椅子に深く坐り直した。目を閉じる。どうしていままで人混みに遭う可能性をまったく考えずにいたのか、自分でもわからなかった。この仕事に応募するときに、いちばん考えなければいけないことだったはずなのに。地下のクラブ? もちろん、来てみたかった。バンドが演奏しているところも想像していたけれど、混雑した観客までは思い至らなかった。生身の人々だなんて。

さっき誰かが言ったパニック発作というのはなんだろう? 自分のように人混みに入ると

急にうろたえてしまう症状なのだろう。これまでそんな場面は経験したことがなかったのだから、知るはずもない。ＳＨＬのミュージシャン発掘という仕事は、演奏しているバンドを実際に観なければ続けられない。とはいえ、最初のふたつのバンドについては何も問題なく観ていられた。ルースに呼ばれて会場のなかを歩こうとしなければ、大丈夫だったわけだ。いいえ、そのせいにするのは間違ってる。階段裏にひとりきりでいられるのは、ルースのおかげなのだから。この場所にいられなければ、たぶんもっと早くさっきのような状態に陥っていた。

「新鮮な空気を吸ったほうがいいんじゃない？　ここから出たほうがいいように見えるけど」机の前にあのチェロ奏者が立っていた。まだ顔の前に髪を垂らしていて、低く温かい声だった。「誘ってるわけじゃないよ。まじめな話、これまでも、ここの暑さで気絶しちゃった人たちがいたから。上に行こう」

「行けない」ローズマリーは階段裏から振り返った。「ルースに、ここの番をすると約束したから」

「そんな古いもの、見張ってなくても大丈夫だって。欲しい人はみんなもう持ってるから。いずれにしても、こういうのは良心まかせの売買なんだし」

ローズマリーは頬が熱くなった。おでこに〝初めて来ました〟というタトゥーを入れているようなものだ。

「上に行こう」チェロ奏者が繰り返した。「大丈夫だって。保証する」

「でもほんとうに、あの――」この階段裏ならひとりきりでいられる。出たら、この場所を失う。ここに残れば、観客が帰るまで待って、ようやく外に出られたら、もう二度とここへはきっと来ないだろう。

チェロ奏者が髪を耳の後ろにかけた。その顔はどこからどう見ても心配してくれているようにしか思えなかった。ポックスの痕が額や頬に点々と見てとれる。ローズマリーの顔を覗き込んだ。「そうか、人混みだね。人混みに入りたくないんでしょ。ほら、来て。一緒にいってあげるから」

「演奏を聴きたい」ローズマリーはそう言いながらも、チェロ奏者が机を動かして出口を作るのをとめなかった。肘をつかまれても振り払わずに我慢した。チェロ奏者は机の外側に立って、ローズマリーが机を離れて階段へ、どこにも触れずに進めるよう導いてくれた。ふたりとも階段に着き、上がって、おりてくる客とすれ違い、一階の狭いキッチンに戻ると、人がひしめく地下へ通じるドアを閉めた。

チェロ奏者が戸棚を開いて、染みは付いていても清潔なグラスをふたつ取りだし、どちらにも水道水を注いだ。片方をローズマリーに渡してから、冷蔵庫をあけて、大きなバケツから小玉の黄色いリンゴをふたつ取って、ひとつをまた差しだした。ローズマリーはリンゴを受けとり、チェロ奏者のあとについて勝手口から朽ちかけているようなポーチに降りた。向こう端ではべつのふたり組が暗がりに紛れて、一本のマリファナを交互に吸いながらひそやかに話している。チェロ奏者はローズマリーに一人用のデッキチェアを手ぶりで勧めた。

自分はポーチに脚を折って腰をおろし、紫色の耳栓を抜いて、お尻側のポケットに入れた。どうしてライブに来て、耳をふさいでいたのかローズマリーにはふしぎだったが、それを尋ねるのはまたあとにしようと思った。夜風は地下に比べてひんやりしていた。遠くでサイレンが鳴り、それに呼応して犬が遠吠えしている。地下からルースの曲が始まる前のカウントらしきものがかすかに聴こえてきた。

「演奏を聴きたい」ローズマリーは先ほどと同じことを言った。

「そうしたいなら行けば」チェロ奏者が長い指を勝手口のほうへ振った。

ローズマリーはみじろぎもしなかった。しばし沈黙し、失礼な態度だったと気づいた。

「ごめんなさい。お礼を言うべきなのに。しかも名乗りもしないで。わたしはローズマリー」

「よろしく、ローズマリー。わたしは、ジョニ」ジョニは手を差しだした。ローズマリーは覚悟を決めてその手に触れた。ジョニの手は包み込まれそうなほど大きく、力強くて温かかった。「それでどこから来たの？」

「どういう意味？」

「見覚えがないから。人混みが苦手なようだし、いかにも何かの記事でロックのライブに着ていくものを読んできましたって格好だし。悪くとらないで」

気にかけずに聞き流すのはむずかしいけれど、まったくの的外れでもない。「当たり。わたしはこの土地の人間じゃない。音楽を探しにここに来た」

「それなのに、観客がいることまでは考えなかったってこと？」

「ええ……わかってた……でも、自分がああなるとは思わなかった」

「つまり、本物のライブに来たのは初めてなんだ。住んでるのは小さな町？」ジョニはリンゴをひと口齧（かじ）った。

「とても小さな町。それに、まず間違いなく演奏してるバンドなんていない」

「そう？　ガレージで演奏してるのも想像できないってこと？『まったく、困ったやつだ』なんて遠まわしに言われてる人もいないわけ？」

「地元には。近隣では、高校時代からの知り合いも数人だし。ともかく、ガレージで音楽を作ってるバンドがたとえいたとしても、完全に孤立してる。あなたたちがここでやっているようなことはしてない。これはすごいことだと思う」

ジョニはうなずいた。「すごいことでしょ。あなたがわたしたちをやめさせるための捜査で、ここに来たんじゃないことを祈る」

ローズマリーは眉をひそめた。「待って、なんのこと？　わたしが警官だとでも？　どうしてみんなそう思うの？」

「誰もあなたを知らないし、どうしてわたしたちを観に来たのかも言おうとしない」

「だって、秘密の合言葉でもあったとして、誰も教えてくれないじゃない。わたしはあのアリスって人に警官じゃないと言った。〈パテント・メディシン〉のアラン・ランドルが、この場所を教えてくれた。ここに来れば、ビフォーみたいに、本物のバンドが本物の観客のために演奏してるのが観られるからって」

裏庭の暗い路地のほうから動物がごみ箱を倒したようなガチャンという音が響いた。都市にどんな動物がいるというのか、ローズマリーには想像もつかなかった。アライグマ？　袋鼠？　コヨーテ？　野良猫？　少しだけ気が紛れた。

「アラン・ランドル？　ほんとに？」

ローズマリーはため息をついた。「またなんだ。どうして彼の名を言うと、ここではみんな呆れたような目で見るの？」

「だって、持ち逃げしたようなやつだから。借金して西ペンシルヴェニアまで行って、ステージ・ホロを訪ねて、受け入れてもらえたら、バンドを放りだした」

「嘘！　自分のバンドで演奏してた。〈パテント・メディシン〉で」

「あのね、あれは元のバンドに取って代わった雇われ人たちの寄せ集め。ステージ・ホロは見栄えがよくないからって、すてきなアラン・ランドル様以外は全員送り返した」

ローズマリーは言い返したかったものの、ふっと〈パテント・メディシン〉の誰もが否定しようのないくらいすてきな容姿で、計算しつくされたようなしぐさだったことを思い起こした。あのベーシスト。バンドとはああいうものなのだろうと思い込んでいたけれど、たしかに今夜目にした人たちとは違っていた。

ジョニが肩をすくめた。「本人の自由だとしても、卑怯（ひきょう）な行動だよ。仲間と一緒にやりたいと交渉することだってできたでしょうに」

「きっと、したはず」やはりまだ信じたい気持ちがローズマリーの胸にこみあげた。「たぶん、頼んだけど受け入れてもらえずに、売れてから地元の仲間たちを助けようと考えたんでしょ」

ローズマリー自身も間違いなくそうだとは言いきれないのだから、ジョニが信じるはずもなかった。「地元の仲間を助ける？　あいつはあなたにわたしたちのことをなんて言ってた？」

「さっき言ったとおり。ここに来れば、本物のバンドの演奏を観られると」

「わたしたちがホログラムの生きた歴史だとでも？　いま学校で教えられてるみたいに？」

「違う！　わたしはいままでずっと、こんなものが存在するとは夢にも思わなかったんだから」

「それじゃ、アランがどこからやって来たか聞いてる？　わたしはあいつがいま頃どこかに閉じこもって、ほかの偽物バンドのためにポップスを書いて、偽物のステージで演奏してるんだろうと思ってた」

ローズマリーはこんな話をするために来たわけではなかった。けんか腰になるとはもちろん考えもせず、アランの名前を出せば安心されるとか、はるばるやって来た友人として迎えられるかもしれないとさえ想像していたのに、逆に疑いの目を向けられるとは。アランは自分の名がここでどのような反応を引き起こすのかわかっていたのだろうか？　あの話しぶりからして、懐かしがってもらえるとでも思っているに違いなかった。ローズマリーは質問の矛先(ほこさき)を変えてみることにした。「だけど、ステージ・ホロのどこがいけないの？　ミュージシャンにお金を払って売りだしてる。じゅうぶんに生活できる報酬も払って。誰もが望んでいることなのかと思ったら、今夜話した人たちはみんな憎々しく感じてるみたいで」

「みんなじゃない。わたしの前に演奏した男の子たちはステージ・ホロから誰かが訪ねてきたら、受け入れるはず。でも、わたしはここで本物の観客の前で演奏して、購買層だとか市場占有率なんてものとは関係なく、自分の思いどおりにやれて満足してる。髪を引っ張り上げられたり、顔の皺を伸ばされたりもしたくないし。たとえわたしの歌を気に入っても、べつの誰かに歌わせるなんてこともきっとするでしょう」

「あなたの歌を誰かが代わりに演奏するなんて無理」ローズマリーは言った。「アランとは違って」

本心だったけれど、それはまさにジョニがいま話したことを言い表していた。急ぎすぎていたとローズマリーは気づいた。着いたばかりで、すぐにも契約できるバンドを見つけようとしていた。仕事をしなければとばかり考えていたけれど、ジョニの言うとおり、ステージ・ホロ・ライブの出演者名簿に加えるのにふさわしい人物を選ぶには様々な条件がある。でも、いまのところ三バンド、いいえ、二バンドしか観ていない。まだ時間はある。慎重にじっくりと選ぶべきだ。まずなによりも、SHLを受け入れられるミュージシャンでなくては。快く思っていない人々がいることすらローズマリーはこれまで知らなかった。

「あなたの話も、もっともだと思う」ローズマリーは言った。「とにかく、ほんとうに、わたしは警官ではない。人混みで自分があんなふうになるとはわからなかった。あんなに大勢の人がいるところは初めてだったから、想像したことすらなくて」

「それで人混みが苦手だとわかっても、戻るつもり？」

ローズマリーは地下の様子を思い起こして顔をしかめた。「ええ。きっと慣れるでしょ」

「そうだといいけど。どこに泊まってるの？」

高級ホテルの名を口にすれば、また答えたくない質問を投げかけられるのは目に見えている。「友人のところに」口走ってすぐに嘘はやめておけばよかったと後悔したが、遅かった。

「それならよかった。この辺りのモーテルが割安なのは蚤(のみ)と南京虫のおかげだから。あなたが警官じゃないというのは信じられそうな気もするけど、うちのソファで寝てとまではまだ言えない」

「そんなこと頼むつもりはなかったけど、あの、ありがとう。信じてくれたんだよね。たぶん」

「どういたしまして」ジョニは立ち上がり、伸びをした。「あれ、それ食べないなら、冷蔵庫に戻しておくけど」

ジョニは自分のリンゴの残りを左手に持っていた。ほんの細い芯しかもう残っていない。

「荷物を片づけにいかなきゃ。会えてよかった、ローズマリー」

ジョニはふたつのグラスとローズマリーが手をつけなかったリンゴをつかんで建物のなかへ戻っていった。キッチンは炭酸飲料や水を飲む人々や玄関口へ向かう人々でごった返していた。

ローズマリーは地下へおりてルースに謝り、せめて荷物運びを手伝おうかと迷ったが、帰宅客の流れはとまらず、その流れに逆らって地下へおりるどころか、キッチンを抜けて階段まで行き着くことすらできそうになかった。

こうしてポーチに立っていると、小さな家庭菜園の真ん中を舗道が貫いているのが見通せた。その奥のほうにコンクリートの駐車スペースと金網フェンスがあり、通用門は開錠されていた。知らない街に来たばかりの晩に路地を歩きまわるのは賢明とは言えないが、地下におりるよりはまだそのほうが冷静でいられそうだ。

路地は暗かったが、暗さだけなら育った農場も負けてはいない。こちらは影のせいであらゆる物の形が切れて、ゆがんでいて、すっぽり暗闇に包まれる農場よりもよほどぶきみだ。

曲がり角の街灯からうっすらと光が広がっている。鼠がさして急ぐふうもなく目の前を駆け抜けていったが、ローズマリーはいつももっと大きな袋鼠を見慣れていた。交差点に行き着いて表通りへ引き返すと、〈2020〉からまだ人々がぱらぱらと出てきていた。

フーディが表示した情報によれば、宿泊しているホテルまでは三キロ程度だけれど、そこまでの夜道は安全度がきわめて低かった。たったいま通ってきた路地ほどではないにしても。ローズマリーは南へ向かう幹線道路までさらに二ブロック歩いて、バスを待った。

運賃支払い機から目を上げて、この街まで来るときに乗った長距離バスとはまるで違うことに気づいて慌てた。座席が隔離板で仕切られていない。みな隣り合って坐り、居眠りをしているのか、いまにもそばの乗客に寄りかかってしまいそうな人もいる。立っている乗客たちも、誰かが先に触れたかもしれないことなどかまうふうもなく、手すりや吊り輪につかまっていた。スマートフォンを覗いたり、フーディを着装したりして、用心深い目をした人々もいる。同じように乗り込むしかない。

ローズマリーは空席に進み、隣の女性と触れ合わないように気をつけて浅く腰をおろした。フーディははずし、ホテルの最寄りの停留所に近づいたら振動がすぐに感じられるようにスマホを握りしめた。触れないで、触れないでと胸のうちで唱えながら、隣の女性が近づいてこないことを祈った。もう今夜はこれ以上、誰とも触れ合いたくない。

クラブやバスのなかに比べれば、たどり着いたホテルの部屋は砂漠で見つけたオアシスのように感じられた。エアコンの唸りが耳につくとはいえ、それ以外はさいわいにも、このうえなく静かだ。これまで経験したことのないくらい疲れていたけれど、いま目を閉じれば、今夜のことを何度も頭のなかで繰り返し見てしまうに決まっている。

ローズマリーは厚いカーテンの外側にまた身をくぐらせ、窓の向こうを眺めた。数時間前とは見える景色が変わっていた――あれからまだたった数時間しか経ってないなんて。ビル群がそびえているのは同じでも、また違った趣きを帯びていた。夜の帳がおりて、光の反射がないので、ガラスで隔てられていないかのように街全体を眺められた。

長くまっすぐに延びる何本もの道路、互い違いに色を変える信号機、ブレーキランプとヘッドライトの連なり、暗闇のなかで赤と白と薄黄色にきらめく川。見渡すかぎりの灯り。通りの向かいのホテルの部屋で、バスローブ姿で髪を拭きながら窓の外を眺めている女性が背後からの照明で浮かびあがって見えた。いま、目が合った？　その女性が背を返してブラインドを下ろした。はるか下の歩道を進む小粒にしか見えない人々は、夜間外出禁止時刻を過ぎたいま、もうほとんどいない。ここから見下ろす街は、表現できる言葉を学びたくなるほどに幻想的だった。

疲れ果てていたものの、毎日報告を入れると約束していたし、もう日付が変わっていた。フーディを引きだし、恐怖感に襲われて三組目のバンドまで観られなかった点は省いて、今夜のことを人材発掘管理部宛てにまとめた。〝今夜は三つの興味深いバンドが演奏していました〟と報告するだけにとどめた。〝少なくともそのうちのひとつは間違いなく見込みあり。SHLの時間を無駄にしないよう、本題の話を切りだすのはもう少し聴いてからにするつもりです。無事ホテルの部屋に帰着。予約名の手違いについては気になさらずに。おやすみなさい！〟

どうせ向こうが目を通すのは朝になってからだろうが、ローズマリーはとりあえず送信した。これで到着第一夜から発掘活動を行なっていることを印象づけられたはずだ。歯を磨く気にもなれず、ベッドに倒れ込んだ。頭が枕に載り、家の寝室の広さくらいはある大きなベッドに身体が沈んで、こんなに心地よいマットレスに寝るのは初めてだと感じ入り、きっと、たぶん、こういうことにも慣れてしまうんだろうと思いながら、いつの間にか眠りに落ちていた。

18
ローズマリー
無菌思春期

アランによれば、〈2020〉でのライブは、土曜日と水曜日の晩に行なわれる。つまり、ローズマリーには、べつのもっと混み合わない環境で生の音楽を聴ける場所を探したり、もしくはあの混雑を乗り越えられる方策を考えたりする時間が、丸二日与えられていた。会社の経費を無駄遣いしてはいけない。ホテルの周辺を歩くだけでも、敏感になっている神経をやわらげる運動になるし、何か発見できるかもしれないのだから、時間とエネルギーを費やす価値はある。人通りはたいして多くないとはいえ、やはりローズマリーの気持ちをざわつかせた。

結局のところ、音楽を聴ける場所を自分で見つけるのは不可能に近いことを思い知らされた。ホテルの電子コンシェルジュに問い合わせても、三十人以上の集会は違法で不衛生だと教えられただけで終わった。人間のコンシェルジュからも同じことを説明されたが、もう少し滞在すればまた違う話も聞けそうな感触を得た。生の音楽を聴ける場所が〈2020〉だけとは思えない。ジャズやクラシック音楽の愛好家たちが逮捕される危険を冒してでも聴きたいものに耳を傾ける場所や、ベイリーが話していたようなダンスやラップを楽しむ地下空間もきっとあるはずだ。

それとも、もうほんの少しの残り物探しをしているのだろうか。ステージ・ホロにもジャズ・ミュージシャンがいたのは、たぶんどこかにジャズを演奏する場所があるのか、もしくは演奏の腕を磨くところがあったからだ。それももうみんなオンラインになっているのではないかぎり。そうだとすれば、その場所を閉鎖させようとする人々には知られないように演奏を観せる方法などあるのだろうか？　ローズマリーはホテルの部屋のなかでひとり、そんな自問を続けた。それが重要なことであるのかもわからないし、自分はロック部門に雇われたのであって、ジャズについてはなおさら知識が乏しいというのに。

ホテルから数ブロックのところに適正店標示のあるレストランを見つけた。〈ミッキーズ〉の赤いビニール製のボックス席に滑り込んで隔離板のドアを閉めたときには、なじみのあるところではこんなにもほっとできるものなのだとローズマリーはつくづく思った。個室のなかで注文するほうが〈ヒートウェイヴ〉のように店員が尋ねに来るよりずっと理に適っている。あの店では顔が燃える辛味チリを注文した場合には事前に注意を与えると言われたけれど、〈ミッキーズ〉では料理に注意書きが付いてきて、ウェートレスの気まぐれやユーモア感覚に振りまわされることもない。そもそも〈ミッキーズ〉のメニューはすべて暗記してしまっているくらいなのだから、注意書きも必要ないのだけれど。深皿で提供されると安心感が倍増した。

ホテルに戻る道では、向こうから歩いてきた男性がすれ違いざまにくしゃみをした。飛沫を受けてはいないはずだが、ぞっとしたまま帰り着き、その日使えるぶんの水を全身の洗浄と衣類の洗濯に費やした。

そのあと、母を呼びだした。こうして離れていても同じ空間でともに坐っておしゃべりできるように、学生時代から使っていた旧式のフーディを家に残してきた。母は家畜の死体でも渡されたかのようにそれを受けとったが——いや、鶏肉は丁重に扱うべきものなので、その喩えは間違っていた——試しに使ってみると応じた。

「うまく使えてる？」家を出てくるときに取り決めた場所にともに腰をおろすと、ローズマリーは問いかけた。クッション付きの木製の椅子と、秋蒔きの小麦畑に面した嵌め殺し窓のあるキッチン空間だ。フードスペースにあるテンプレートのなかではそれが自宅のくつろげるキッチンにいちばん近い雰囲気だった。この仕事でしっかり報酬を得られたら、自宅を特別設定で再現できるかもしれない。

「どうかした？　何かあったの？」旧式のフーディは写真のように実物そっくりのアバターも作れないので、隣に現れたアバターはちっとも母に似ていない。髪型は同じでも、体形も身長も顔つきも違う。脚は二本。安物の汎用アバターでも、声だけは本物の母のものなのが救いだった。「ちゃんとやれてるのね？」

ローズマリーはなだめるように両手を上げた。「お母さん、助けが必要だったら、おしゃべり空間に呼びだす前に、直接電話してる。安心して。そばでくしゃみをされて、流感かポックスか何か病気を移されるんじゃないかと、どきどきした程度。昔は人と人がすぐそばで暮らしていたなんて、よく耐えられたよね。だってあんなに……温かいし」

母がアニメで目にするような肩をすくめるしぐさをした。「そんなこと考えもしなかったから。何百人も一緒に入るところで映画を観ていたし、スタジアムには何万人もが詰めかけた。飛行機、バス、電車、何に乗っても仕切られてなくて、知らない人同士が隣り合って坐っていたのよ」

「この街のバスがそれ！　平気で隣り合って坐ったり立ったりしてる」

「到着してから部屋にいたんじゃなかったの」

「いたよ、そうするつもりだったんだけど、あの晩は手持ち無沙汰だったから、ちょっと出てみただけ」

アバターのしかめ面も本物の母とはまるで違っていた。口がひん曲がっている。「なんのためにそこにいるの？　公共のバスに乗るなんて言ってなかったでしょう」

「お母さん。その話はもうしたでしょ。出張。ＳＨＬの仕事で人と会うためにここに来た」

「どうして実際に会う必要があるのか、わたしにはそこのところがまだ解せない。誰もそんなことはしてないのに」

「だからこそ会社にとって大事なことなんじゃない、お母さん。対面することが」ローズマリーはここに来る前から、クラブやバンドについては言わずにおこうと決めていた。訊きたいのは人混みについてなのだけれど、母の心配を募らせない言いまわしがむずかしい。「ちなみに、大勢いるところで、どうしてどきどきせずにいられたの？　昔、バスに乗ったときに」

「説明するのはむずかしい。どこにでも人がいたのよ。もちろん、そのなかにはきっと病気の人もいた。手をたくさん洗っていたから平気だったのか、もうよくわからない。あの当時から、わたしの友達のなかにも人と触れるのが苦手な人はいた。彼女は自分の周りに泡があると想像するようにしていたの。その泡は膨らんだり萎んだりするんだけど、いつでもそこにあるつもりになる。誰かに抱きしめられたり、道で誰かに出くわしたりしたときでも、その人たちとのあいだには泡の薄い仕切りがあるというわけ」

「ふうん。でも、ほんとはないんでしょう？」

「ええ、もちろん、ない。心理療法ね。実際にそれで遮断できるわけではないけれど、そうやってその場をしのいでいた」

「なるほど」ローズマリーはその手法を一応、胸に留めた。

「ローズマリー？」少しおいて母が続けた。「どうしていま、わたしたちは顔を見て話す電話ではなくて、アニメの登場人物として話しているのか、まだよくわからないんだけれど」

「電話ではこれができないでしょ」ローズマリーはクリアヴューに切り替えて、いま自分のところから眺められるものを共有画面にぐるりと映しだした。部屋の隅に寄せてある運動器具、ドアの指紋認証による開錠装置、窓から見える壮大な景色。

母がため息をついた。「懐かしいわ」

「何が？」

「わからない。ぜんぶ。何もかも」


土曜日の晩がいよいよ迫ってきた。ローズマリーの胸のうちは楽しみで逸る思いと恐ろしさで揺れ動いていた。また行きたい。音楽を聴きたいけれど、あの人混みを思い起こすと、ホテルの部屋にひとりで坐っていても、動悸(どうき)を懸命に鎮めなければならなかった。期待と恐怖がこんなにも隣り合わせに胸のなかに存在できるなんて信じられない。

それでも、行かなければいけない。この仕事には不可欠なことなら、避けるよりもうまく対処する方法を考えたほうがいい。行かなければ、バンドと話ができない。バンドと話さなければ、契約を申し入れられない。契約を申し入れられなければ、この仕事を続けられない。そもそもできない仕事を引き受けて豪華なホテルに宿泊したとSHLから判断され、費用を請求されたら返せないのだから、やはり行くしかない。ローズマリーにほかの選択肢はなかった。

　ホテルの部屋から出られずにいるうちに午後七時を過ぎた。詐欺師、ペテン師、怠け者、臆病者、嘘つき、泥棒。午後八時。雨が降りだした。雨が出かけられない言いわけになるだろうか。水曜日まで引き延ばしても、水曜日もまた雨が降るかもしれない。

　母は人とのあいだに泡を思い描く対処法を教えてくれたが、それを娘が〈２０２０〉に行くために使ったと知れば、腰を抜かしそうだ。父なら本能に従えと言うだろう、安全にホテルに泊まって帰ってこいと。ほかに答えを与えてくれそうな人に心当たりはない。ひょっとしたらアランも笑い飛ばさずに答えてくれる可能性はあるけれど、もう散々いろんなことを訊いた。自分で納得のいく答えを出すしかない。

　夜九時に、ローズマリーは衣類をすべてベッドの上に広げた。目を閉じて、〈２０２０〉で観客が着ていたものを思い起こそうとした。始めからやり直して、うまくすれば今度こそ溶け込めるかもしれない。この時間からでは、今回は最初ではなくて最後にあの階段をおりる客になるだろう。後方に陣どれば、押しつぶされる心配もない。

　ローズマリーはフーディを着装し、充電し忘れていたことに気づいて、はずした。フーディは持たずに行くしかない。小さなバッグに財布とスマートフォンを押し込み、折りたたみ傘もあったほうがいいと思いだして、バックパックに詰め替えた。こういうときにはやはり現実世界よりＳＨＬとフードスペースのほうが便利だと思う。必要な物はすべて持ち歩かなければならないなんて。

農場なら地面に染み込んでいく雨が街では路面に跳ね返される。そのせいで建物や歩道がどんどん薄汚れていく。ローズマリーは濡れるのを避けて、ほかの人々と接する時間もできるだけ先延ばしにしようと、自動走行タクシーを選んだ。これで出張中の移動手段についての母への説明は嘘ではなくなる。今回はSHLの研修へ行くときに使った車より後部座席が擦り切れていて、フライドチキンに飾られている造花のような匂いがした。

その短い乗車時間のあいだにローズマリーは自分を鼓舞した。女性ひとりでこの街にやって来た。すごいことだよね？　これまで生きてきて、こんなふうに知らない土地へ来て、こんなことをするなんて想像できた？　自分はここに来るべくして来たのだと言い聞かせた。人助けをするためにここにいる。広く聴かれるべきミュージシャンを発掘して、音楽を世の中へ届けるために。わたしもほかのみんなと同じように、そこにいる権利があるのだと自信を持って、あの建物に入っていこう。

ローズマリーが玄関扉を開くと、アリスがソファに寝そべりながら、またリビングルームの機器でべつのバンドの録画を観ていた。「またあんた？」

「ここに来る人をみんな憶えてるの？」ローズマリーは言い返した。

「ええ、それにあんたは場違いだし」

「わたしは警官じゃない。言ったでしょう」

「そうね。あんたは警官じゃないけど、何かだよ。わたしにはわかる」

「まさか、初めて来る人にいちいちこんな嫌がらせをしてるわけ。わたしはただ今夜、音楽を聴きたいだけ。通してくれるでしょう？」

「あんたは今夜ルースのチューニング係で来たんじゃないの？」アリスにせせら笑われ、ローズマリーは頬が熱くなった。弁明する間も与えずにアリスは玄関扉を指さした。「保証人がいなきゃ入れないよ。アラン・ランドルも、ルースもだめ。ルースは簡単に人を信じすぎるんだよ」

「ジョニは来てる？　ジョニなら……」

「来てない」

「そんなひどい態度をとる人がここいるのに、よく来てくれる人たちがいるよね」

「こうしてるから、閉鎖されずにやってられんの」

「聞いて、わたしはもうここでやってることを知ってる。警官だったら、とっくに捜索されてるはずでしょう？」

「さあね、とにかく紹介者がいなけりゃ入れないよ」

　引きさがらざるをえず、ローズマリーはそのまま背を返して外に出た。あとはどうすればいいのだろう？　しくじりを認めてすごすごとホテルに戻り、ウェブにアップロードされているものを見てまわり、フードスペースのどこかにいる第二のヴィクター・ヤンセンを探すしかないのだろうか。

目の端に何か動くものをとらえた。道の反対側でライフル銃を持ち上げる男性の姿が街灯の薄明かりに照らしだされた。ローズマリーはぞっとして、とっさに玄関口に戻って目立たないように身を縮こめた。あらためて目を向けると、見えたのはライフル銃ではなかった。男性は傘をすぼめていた。五、六歳の女の子を連れている。いつの間に雨がやんでいたのだろう。

かたかたと音がして、視線を落とすと、自分の震える手がバックパックを揺らし、その留め金部分が傘に当たっていた。ちょうどそのとき男性が持っていた傘の角度のせいでたまたま銃に見えてしまっただけで、武器ではなかった。ここで誰かを傷つけようとしている人などいない。あの男性は娘を連れて帰ろうとしているだけだ。自分でもよくわからない恐怖心から、勝手な思い込みを引き起こしていた。

傘を銃に見間違えていなければ、そのままあきらめてホテルへ帰っていただろう。妄想を抱いてしまった情けなさが、ローズマリーにどういうわけか新たな意気込みを燃え立たせた。目的があってここに来た。仕事をちゃんとやり遂げたい。仕事をやり遂げるということはつまり、フーディを着装して寝室に坐っているだけの人々には見つけられない音楽を発掘することでもある。新たな行動に踏みだして人生を変える機会を与えられている。それを自分で、もしくはアリスのせいで、無駄にするわけにはいかない。

だいたいどうしてアリスに阻止されなければいけないのだろう？　正体を偽っていると思われているからだ。その推測は当たっているとはいえ、知らない人を見た目で勝手に判断してよいことにはならない。

ローズマリーは数日前の晩にここから出てきたときとは逆に、表側から建物の裏側の暗い路地にまわった。その曲がり角から何軒目に〈２０２０〉の裏庭があったのかは憶えていなかったが、金網フェンスと家庭菜園、勝手口への踏み段で見分けられた。今回は通用門に南京錠が掛かっていた。

フェンスを乗り越えようとして、ズボンの折り返しを金網の上部の裂け目に引っかけ、片脚に擦り傷をこしらえた。軽やかに足から着地するはずが、庭の舗装された部分に頭から突っ込み、ズボンはなおも釣り上げられた大魚のように引っ掛かっていた。そのまま十秒、いや十分は頭がくらくらして、目を閉じて待ち、それからまず片脚をおろし、もう片方も勢いをつけてはずした。やっと離れられたところでバランスを崩し、今度は柔らかな家庭菜園の地面に仰向けに倒れた。

南京錠の掛かった通用門を目にしたときには、もっとはるかに滑らかな手順を思い描いていた。自分の失敗によって破けて泥だらけになったズボンを眺めおろし、濡れそぼった袖で汚れをできるかぎり払い落した。頭のなかでやんわりと急き立てるベルが鳴っている。

勝手口は施錠されていなかった。キッチンでふたりが水を飲みながら低い声で話し込んでいた。ふたりともけげんな目を向けはしたが、問いただそうとはしなかった。アリスは相変わらず玄関口の竜の置物みたいにリビングルームに寝転んで、ステージ・ホロの録画されたショーを大音量でいかにも楽しんでいるふりをして、番人を務めている。ローズマリーがいまいるところから地下への階段までのあいだには誰もいない。あとは覚悟を決めて、おりるだけだ。やっとここまでたどり着けた苦労を考えれば、もうあとには引けなかった。

地下へのドアを開くと、ちょうど演奏がジャンとやんで、拍手と歓声が聞こえてきた。新たな曲が始まるまでの合間なら、忍び込むのにちょうどいい。

雨が観客の足を遠ざけるかもしれないとローズマリーは期待していたのだが、地下の室内は前回来たとき以上にむしろ混雑していた。すでに覚悟していた汗と猫のおしっこの匂いに、かび臭さまでが加わった。濡れた犬でもいたりして？　濡れている服、濡れた粘土、何もかもが湿っていそうだ。

ローズマリーは階段をおりたところで足をとめた。出入りする人はいないし、すぐに逃げられる場所にとどまれてほっとした。いまステージを去ったバンドがどのくらい演奏していたのか見当もつかなかった。ルースがステージでチューニングにかかり、汗ばんだ額に髪が張りついていた。ローズマリーは前回来たときに自分の居場所となった階段裏を振り返って覗いた。物品が並ぶ机の後ろには誰もいない。ジョニが言ったように、どうしても必要な役割ではなかったわけだ。

「ワン、トゥー、スリー、フォー！」ルースが叫ぶと、室内はまた一変した。ローズマリーもステージに目を戻した。『血とダイヤモンド』が聴けるのかと思ったら、まるでべつの曲だった。流れてくるのは聞き覚えのある声だけれど、音楽のジャンルからして違う。記憶にあるどこにでもいそうなあの女性とその歌声が結びつかず、同じ人物が歌っているとは信じられなかった。ルースは歌詞をほとばしらせ、そのたびポニーテールを振り乱して歌っていた。激しく揺れるポニーテール。叫び煽るポニーテール。

ローズマリーは首を伸ばして、あのダイナーにいたバンドメンバーなのかを確かめようとした。みなあのときとは違って見える。のんびりとふざけたようなそぶりは、ナイフのごとく鋭いものに取って代わられていた。音楽が危険なものになりうるのかはわからないけれど、そんな考えが頭のなかに芽生え、いったんそこに現れると、もう振り払えなかった。

生で聴けるものだとは想像もしていなかったとはいえ、ローズマリーは音楽をずっと愛してきた。あらゆる形式の音楽の聴き方があることもわかったつもりでいた。まずは両親から教えられたもの、そして自分で見つけた曲、さらに人生を変えた〈パテント・メディシン〉のショーでは音楽は生き物なのだと知り、初めてそのなかに没入する体験もした。ＳＨＬの格納庫でのマグリットのパフォーマンスも、個別撮りの合成とはいえ引き込まれた。前回ここで観たバンドもそれぞれに魅力があった。

今回はまた、そのどれともまったく違っていた。まず、音が大きい。ギターの音がこの室内のあらゆるものを飲み込んで、空気を満たし、ローズマリーの肺のなかの酸素が入れ替わった。耳を手でふさいでも、ギターの音が入り込んでくる。バスドラムの音が骨を伝ってせりあがってきて、ベースが鼓動にかぶらせようとしているのか、鼓動がベースに調子を合わせているみたいだった。

周りの人々はみな踊っていた。互いの間隔はほんの数センチずつしかないのに、その範囲内で爪先立って軽く跳ねたり、肩や腰を揺らしたり。ローズマリーも動いていた。その歌を聴いていたら、そうせずにはいられなかった。もうほかのことは何も気にならない。

曲が終わってもドラムの音はとまらずに鳴りつづけ、また忙しなさを増して、新たなビートを奏ではじめた。観客も順応した。ローズマリーも自然とほかの観客たちとともに音楽に乗ってステージのほうへ押し寄せていき、現実世界で、実際にそこにいる人々とともに身体を揺らしていた。母から聞いた話のように、自分の周りに泡があるのを想像しながら。だから人混みのなかにいても、誰とも触れてはいない。周りの人々とは間隔が空いているつもりで。

ところが泡を想像すると、想像しなければならない理由に思い至り、結局また現実の恐怖を呼び起こされた。音楽だけに引き込まれているあいだは不安が最小限に抑えられていることにも気づいていなかったが、何マイルぶんもの海を飲み込んで遠ざかっていた高波が、今度は厚い壁のようになって押し返されてきたように感じた。

　ローズマリーはいまや地下室の真ん中で人々に囲まれていた。倒れたら、踏みつけられるだろう。誰かが火事だとでも叫べば、みんなわれ先に階段へ突進する。ローズマリーは音楽のおかげでどうにか持ちこたえられていたけれど、もう踊れなかった。出口は遠すぎる。膝から力が抜けて音楽がとまった。それとも音楽がとまって膝が緩んだのだろうか。

「どうしたんだ？」人々のざわめきの向こうから声がした。

　腕と肩をつかまれ、脇の下から抱きかかえられて引っぱり起こされた。誰のものなのかわからないけれど自分に触れている手を払いのけようとしたが、ステージのほうへ引きずられていった。演奏は中断され、ミュージシャンたちが両脇にばらけた。気づけばローズマリーは低い唸りを響かせているアンプの上に坐らされていた。

　ベーシストが目の前に立ちはだかった。「あれ、この前の晩にも来てたよな」

「キッチンの流しの下に救急箱がある」ルースが言った。「誰か取ってきてくれない？」

「わたしは平気」ローズマリーは口を開いた。「大丈夫だから」

「大丈夫じゃない。二カ所から血が出てる。それも一カ所は頭。殴られでもした？」誰にともなく問いかけた。「誰か見てなかった？」

「まさか、血なんて流して、わたし――」泥だらけの手を頭にやる。おろした手には血が付いていた。

ルースがちらりとこちらを見てからマイクに向かった。「みんな、今夜はこれでお開きにさせて。ごめんなさい。また今度。雨の晩に来てくれてありがとう」

そしてまた向き直った。「歩ける？」

ローズマリーはうなずいたものの、自信はなかった。

人々がばらけて道をあけ、ルースと誰かがローズマリーに手を貸して地下室から階段をのぼらせた。一階でルースが誰かからプラスチックの箱を受けとり、角をまわり込んでさらに上階へのぼった。背後からアリスの声がした。「まったく。三、四十分前に今夜は入れないって追い返してやったのに、そのときには血を流してなんかいなかったよ。いつの間におりてたんだか」

階段をのぼりきったところでルースは鍵を探りだし、ドア枠に据え付けられた小箱に触れ、唇に指をあてがい、それから二階の部屋に入った。

一階が殺風景に見えたとすれば、こちらの部屋はその正反対だった。飾り気のない家具で揃えられているのは同じでも、だいぶ雰囲気が違う。堅木張りの床に毛足の長い小さな絨毯が敷かれ、その上に低いテーブルが置かれている。本棚は本物の紙の本でぎっしりだ。深紫色のソファ。ランプシェードはどれもスカーフが掛けられている。ローズマリーはそれがＳＨＬの本社で選択した〈一九六七年のチェルシー・ホテル〉のヴェニアの背景なのかフーディで確かめようとして、ホテルに置いてきたことを思いだした。急にあたふたした。ちゃんとバッグは持ってる？　意外にもちゃんと持っていた。

壁は温かみのある赤紫色で、白い縁飾り付きだ。演奏中のバンドのスナップ写真、汗が滴る顔を大写しにしたもの、血まみれのギターといった多数の写真に彩られている。そのギターの写真を目にして、ローズマリーは思わずまた頭に触れた。

「なによりもまずは、わたしの家具を血まみれにされる前に、あなたに汚れを落としてもらわないと。病院にいったほうがいいと思うならべつだけど。生体認証タトゥーは入れてないよね？　入れてたら、ちょっと擦りむいた程度でも主治医に通報されるんでしょ？」

ローズマリーは自分の手と血と泥をまじまじと見た。返答が待たれているのはわかっていた。ポックスにかかったとき以来、病院には一度も行っていない。自分の場合にはわりあい軽症で、神経痛より高熱に苦しんだのだけれど、ほかの子供たちは腕や顔を掻きむしり、熱に浮かされて叫んでいたのを憶えている。それよりも、救急治療室には泣く子供たち以上に呻き苦しむ大人たちが大勢いたことのほうがよほど恐ろしかった。ローズマリーは怖気をふるった。「病院はいい。わたしは大丈夫だから。タトゥーは入れてない」

ルースがじっと見つめて、うなずいた。それから短い廊下を通って小さなバスルームに案内し、ローズマリーの肩を押しやって、便座の蓋に坐らせた。

「きれいにして、傷の深さを確かめましょ。縫わないといけないほどだったり、またあなたの様子がおかしくなったりしたら、やっぱり病院に行くことも考えないと。脳震盪（のうしんとう）を起こしたのと、脚に何かの歯型があるのは間違いない。狂犬病は心配すべき？　狼人間だったりしないよね。ゾンビとか？」

ルースは話しながら救急箱を洗面台の縁に載せて、あけた。手袋をして消毒シートの小袋を開く。「そろそろ何があったか話して」

「ああ、ええと、フェンスを乗り越えて、片脚を引っかけちゃって、頭から落ちたのかもしれないけど、自分では——痛いっ——気づいてなかったのかも。つまり、思ってた以上に強く打ちつけてて、それで、うっ、ちゃんと考えられない状態でここに入って、とっても気持ちよく聴けてた気がして、痛いっ。頭を突っつくのはやめてくれない？」

「もうちょっとで終わる」ルースはシートをごみ箱に放り込んだ。「そんなに深くはないけど、拭いたらまた血が出てきちゃった。頭だと傷が小さくてもけっこう血が出る。あなたがよければ、縫ってあげるけど」

「そんな——縫わなきゃだめ？　あなたは医者？」

ルースが笑った。「看護助手をしてたことならある。いったんいろいろ整理したかったときに、本物の看護学校で一年学んだ。それ以上に、ミュージシャンたちの片づけは手慣れてる。頭を機材に打ちつけたり、天井を打ち破ったり、ドラムスティックを投げたり。これならまだいいほう。縫わなくても、くっつくと思う。いずれにしても傷痕は残るかもしれないけど、生えぎわだから、そんなに目立たないでしょ。それと派手なこぶが出来てて、わたしが突いたときにあなたが痛がってたのはそこなんだけど、切れてはいない」

「縫うのはやめて」

「わかった。それなら、テープでとめておくから、このガーゼをしっかり当てといて」

ローズマリーはルースに手を取られて自分の頭を押さえた。

「今度は脚のほうね。ズボンはもう使い物にならないかも」ルースはローズマリーのズボンの裾を折り返してふくらはぎの上まで引きあげ、また消毒シートを取りだした。「それで、フェンスを乗り越えた話に戻るけど、うちの裏庭のフェンスのことだよね。つまりわたしは、この前の晩にはアリスを説得してまで入れてあげたのに物品を放りだして帰ったうえに、今回はクラブに押し入った人の手当てをしてるわけ？」

とてもうまく要約してもらったけれど、ローズマリーは押し黙った。

「最近、破傷風の予防注射を打った？」

ローズマリーはうなずいて、血の流れている自分の脚を見下ろし、すぐに顔をそむけた。

「両親が農場をやってて。破傷風予防は定期的にしてる」

「そう、よかった。刺し傷があるから洗うけど、こっちも縫わないでおく。あとは心配なのが脳震盪。あなたを迎えに来て、眠らないように見ててくれる人はいる？」

「いいえ――ここに知り合いはいないから」

「了解。今夜は最良の相棒になるしかないってことか」

ローズマリーはホテルに戻らなければいけないのだと言い返しかけたが、ルースに先を越された。「それとも、アリスに見守ってもらうかだけど」

「いいえ、ここにいる」ローズマリーは応じた。「でも、どうしてアリスにあんな態度を取られなきゃいけないわけ？」

「今回、それともこの前のこと？　これでもう門破りの危険人物と見なされた。前回は、あなたを信用できなかったんでしょ。今回のことで、ほんとうに信用できないと思ってるはず。待ってて、あなたが着られるものを何か見繕ってくる」

ルースは手を洗ってから、ローズマリーをバスルームに残していってしまった。廊下を進む足音がして、それから洗面台の下の配管を通して何かが当たる音が響いた。

ルースが衣類の小山をかかえて戻ってきた。「短パン、それともスウェットパンツ？　ほかにあなたに合いそうなものがなくて」

「スウェットパンツで、ありがとう」

ルースが第二候補に用意したほうを手渡してバスルームを出ていき、残されたローズマリーはだめにしてしまったズボンを脱いで、スウェットパンツに包帯を巻いた脚を入れた。顔を洗い、タオルを汚しては申しわけないので、トイレットペーパーで拭いて居間に戻ると、ルースはソファに寝転んでいた。テーブルには水を入れたグラスがふたつ。たっぷり入っているほうが自分のぶんだと見定めて、いっきに飲み干した。使い込まれたベロア張りのリクラインングチェアのところへいって腰を沈めた。

「くつろぎすぎないようにして。起きてないといけないんだから」ソファの沈み込んだところからルースの声が聞こえてきた。

19

ルース
わたしの心はどこ

　様子を見に行ったほうがいいだろうかと心配になるほど、あの子はずいぶんのんびりと着替えてバスルームから出てきた。おかげで自分はいまいったい何をしているのかと、たっぷり考えさせられた。やはり強引にでも病院へ連れていくべきだった。それが責任ある行動だ。病院へ連れて行くべきときにそうしなかったという失敗をまた繰り返すのかと、考えずにはいられなかった。とはいえ、頑なに拒まれた。あの子は怯えていた。だからわたしがソファに腰を落ち着けて待っていると、ようやくあの子はバスルームから出て歩いてきて、グラスに入った水を飲んでから坐った。わたしは起きていなくてはいけないことを伝えた。

「それは医学的な判断？　常識？」

「病院に行ってCTを撮るという手もあるけど、どうしても病院に行きたくない気持ちを配慮したわけ。つまり、わたしの判断ってこと」

「脳震盪アプリみたいなものはないの？」ローズマリーが着装してもいないフーディに手を

伸ばすようなしぐさをして、とまどいの表情を浮かべた。まだ頭の働きは元どおりとまでは回復していないらしい。

「そうやって自分の大事な身体のことでも簡単にわかると思ってる。何ひとつどこかに記録しておく必要はないってわけ」

ローズマリーはかぶりを振り、すぐに動きをとめて、頭を振り動かしたのを後悔しているらしかった。

「吐き気がするなら、バケツを持ってきておく。起きてなくちゃいけないというのは、もしかしたらこの二十年で必要のないことだと判明しているのかもしれないけど、大事なのは会話によって、脳が腫れたり出血したりしていないか、様子を観察しつづけること。もし呂律がまわらなくなったり、支離滅裂なことを言いだしたりしたら、適切な処置のできる人のところへ連れていく」

「この時代に、オンラインでＣＴを撮るとか何かできないのかな？」

「オンラインでＣＴを撮るようなことはできない。どっちにしろ、あなたがそんなばかげた空間に入り込んでしまったら、わたしにはあなたがどんな様子なのか判断できなくなる。だから、ローズマリー、あなたのことを聞かせて。このすてきな街に何をしに来た？」

ローズマリーは手のひらから小石をはがした。わずかに刻み目のような跡が付いている。

「音楽を聴きに来た」

「どうしてここに？　ニューヨークじゃなくて？　あそこならひと晩にもっと何バンドも聴けるでしょうに」

ローズマリーはぶるっと身を震わせた。

「そういうこと。人が多すぎるから。それでこの前の晩も逃げだしたわけ」

「どうにかなると思ってた。バンドを聴きたくて。まさかあんなふうに……」

「ジョニが言ってたとおり」

「ジョニがわたしのことを話してたの？」

見るからに嬉しそうだ。なんでもないふりをするのは得意な子ではないのだろう。

ジョニが可愛(かわい)らしい子だと話していたことを伝えるつもりはなかった。「人混みが苦手なのにあなたがどうして来たのかわからないけど、警官ではないのなら、いい子そうだと言ってた」

「あなたたちを納得させるのはほんとに大変。疑われることにちょっとうんざりしてる。それにしても……」ローズマリーはあきらかにべつの話題を探して、壁に目を走らせた。「……どうやってここを見つけたの？」

わたしは起き上がって坐り、個人的なことを遠まわしに尋ねられたときの習慣で、返答の仕方を思案した。いまですら、これほど時間が経っても、記憶は耐えがたいほど生々しく呼び起こされた。「あのあと……ツアーができなくなってから、しばらくはどん底の状態で、何か役立つことがしたいと思うようになった。そしたら思いがけない印税が入ってきて、それでここを買い、少しはわたしらしく役立てられる方法を見つけた」

「ここを持ってるってこと？　この建物ぜんぶを？」

「そう」わたしはちょっとどころではなく得意げに答えた。「見た目よりいい建物なんだ。中身はしっかりしてる。わざとぼろそうな感じに見せるようにしていて、両脇の空家も買ってあるから、騒音の苦情がくる心配もない。ともかく、もうステージ・ホロでやらないかぎり音楽では稼げなくなったから、看護でもやってみようと思ったわけ。たいしてうまくはできなかったけど。人の世話はなんとかなっても、化学と計算ができなくて」ローズマリーの顔がみるみる不安そうに変わったのを見て、言い添えた。「実技は問題なし。そこについては優秀だった」

「それで何をすることにしたの？　差し支えなければだけど」

「あれこれいろいろと。一週間のうち二、三日は、兄弟とも発達障碍の成人男性ふたりの世話をして働いてる。看護の仕事ほど安定しているものはないけど、ここがわたしの居場所で、ここを持ってるから、たぶんうまくやれてるんだと思う」

「うまくやれてる？　あなたがここでしているのはすばらしいことじゃない」

わたしは顔がほころんだ。「ありがと。そう言われると、変化を起こせている気がする」

「変化を起こす？」

「音楽のために。この街のために。週に二度、繋がりを求めてやって来る人たちのために」

「あの人たちはそのために来てるの？　繋がりのため？」

「あなたはどう。どこかからここに、いままで聴いたことのない音楽を探しにやって来た。曲を、とも言えるのかもしれないけど、ほんとうにそれだけならオンラインでも探せるはず。わたしたちと同じように、それ以上のもの、何かを生みだすきっかけを求めてここに来たんじゃないの」

話しながら、たしかにそうだと思った。どうしても知りたくてたまらなくなっていた。何に対してであれ、これほどの好奇心を覚えたのは久しぶりだ。踏み込みすぎてしまっているのはあきらかで、だからこそアリスの忠告にも耳を貸さなかった。何か通じ合うようなところがあるのをこの子に感じていた。家を出たときの自分よりだいぶ年上とはいえ、同じように閉ざされた世界にいたような印象を受けた。〝あなたもそう感じてる？　歌に呼ばれ、歌のためにあなたがいるのだと言われているような気がした？〟あれからたくさんのミュージシャンたちに出会ってきたけれど、誰もそんな言い方をする人はいなかった。

「それがあなたにとって何か意味があるってこと？」

ローズマリーは目を閉じていた。そうでなければ、わたしの顔から落胆を読みとっていたはずだ。的外れな問いかけだった。「言ったでしょ。人々、繋がり、音楽」

「ごめんなさい、そこがふしぎで。こんなことを訊くのは、わたしがミュージシャンではないからなんでしょうけど、あなたが演奏するのは、人々を幸せにするため？　それとも、あなたが幸せになれるから？」

「たぶん……そう……どっちも少しずつかな。わたしは演奏するのが大好き。ステージではかのミュージシャンたちと繋がるのが好き。毎週同じ人たちが来てくれてるから、新曲を書かなきゃと煽られるのも好き。みんな、わたしが期待を裏切らないって信じてくれてるけど、新しい観客にも、もっと来てもらいたい。わたしの曲を聴いたことのない人たちをまた魅了してみたい。そう考えると、そういった少数の人を幸せにして、たまには自分もそれにあやかれるから演奏してるとも言えるかな」

「今夜、あなたがステージに立ってたとき、まさに水を得た魚って感じだった。与えられたエネルギーをぜんぶ吸収してパワー全開になる、ゲームのキャラクターみたいに。その力を発揮するまではずっと身体のなかに溜め込んでて。今夜のあなたを見てたら『わたしは生まれてから一度も、こんなふうに完璧に満たされたことはないんだな』と思った。自分の居場所がいまだにわからない」心を許した告白だった。これを茶化したら、この子はここから去って二度と戻って来ないだろう。

「完璧。その言葉は好き」ローズマリーが息を吐くとわたしは話を続けた。「そうなんだよね……これは大っぴらに口に出すべきことではないんだけど、いいかな？　ここでは誰にも話したことはなかったと思う。わたしは大家族のなかで育って、きょうだいがたくさんいる。

ふたりの姉と、ひとつ下の妹と同じ部屋を使ってた。姉妹のことは誰よりも愛してたけど、わたしだけが違うというのもわかってて、ずっと心に引っ掛かってた。どうしてわかったのかは憶えてない。許されないことなのはわかってて、だから頭のなかがこんがらがってた。

最初に心を持ってかれたのはメロディーだった——あなたには聞き覚えのない曲だと思うけど。クレズマーといってフィリギア旋法のユダヤ人の民族音楽で、いまでも聴くと気分が上がる。最初はクラリネットで弾くものだと思ってて、一般にもそう思われてる。でも、そのクラリネットの音とバンドのほかの音が融合して奏でられているものだと気づいたんだ。わたしはその音楽に入り込みたくて、そんなことはできるはずがなかったし、わたしにはたぶんおかしなところがたくさんあるんだと思う。そのあと、エレキギターを弾いてる女の人を見て、よけいにわけがわからなくなった。だけどそれから、わたしがあそこにいたら自分らしくいられないことがわかってきた。それで結局、バンドでギターを演奏するようになって、あのパワーとノイズに満たされて、同じ場所で同じときにみんなと同じ音を奏でて、一緒に何かを生みだして……それまではまったく違う言語を話す人たちとずっと暮らしてるようだったから、突然、家を見つけた気がした。あなたのようにうまく言葉にはできないけど……あなたにとってはそういうものがなんであれ、どこかで見つけられることを祈ってる」

ひと息ついて見下ろすと、いつの間にかギターでコードを押さえる手つきになっていた。

「ニール・ヤングというミュージシャンをよく聴いてたんだけど、知ってる？」

ローズマリーは首を横に振った。

「わたしが音楽に興味を持ちだしたときには、もうその人は偏屈なじいさんって感じだったんだけど、けっこう荒っぽい、いわゆるガレージ・ロック・バンドの〈クレイジー・ホース〉とツアーに出てた。そこでぶっ飛んだソロを弾いてた。彼曰く、ギター・ソロに必要なのは、ギターのネックをつかんで、最初に見つけた音を思いっきり響かせてやればいいんだって。それでほかの人たちと合わせて弾けていれば、もうしばらくそのままやる。うまくいかなければ、フレットをちょいと上下させる。その音に飽きてきたら、べつのところに移って、また同じ手順を繰り返す。わたしはいま人生のなかで、ニール・ヤングがソロを長引かせているようなものだという気がしてる。さしあたって最初の音がいまもわたしにとっては大切で、そこからしっくりくるコードが弾けるんだから」人とこんなふうに語り合うことはほんとうにもう何年ぶりかわからないくらいだ。

「理解できたとは言えない」

「一方的にしゃべってしまって、ごめん。それにほんとうは、あなたにしゃべってもらわなくてはいけなかったわけだけど、大丈夫みたいだし。『理解できない』のは、たとえ話をしたこちらの問題で、あなたの脳がどうかしてるせいじゃない」

ローズマリーがあくびをかみ殺した。「脳震盪の見立てについてはまだどうかと思うけど」

「あくびはだめ！　夜はまだまだこれからなんだから」わたしは立ち上がり、伸びをして、つまめるものとお茶を用意するために部屋を出た。

戻ってくると、ローズマリーも椅子から腰を上げ、壁に並んだ写真を眺めていた。ほとんどが地下で演奏中に撮られたバンドの写真だ。ローズマリーはわたしだけを写した一枚の前に立っている。正面から撮られたものだが写っていない誰かに笑いかけているので顔は横向きで、汗ばんで、髪が顔や腕に張りついていた。誰に笑いかけているのか、その晩に何か特別なことがあったのかも思いだせないけれど、お気に入りの写真だ。曲が湧いてきたときの頭のなかが映しだされているかのようだから。

「どうしてそれを隠してるの?」わたしが戻ってきたのに気づくとローズマリーが訊いた。書棚の裏から飛びだしていた額入りのプラチナ・レコードを指さしている。

わたしはクラッカーとチーズと薄く切ったリンゴ、それにお茶を淹れたマグカップふたつを載せたトレーを降ろして、くつろげる自分のソファに戻った。「場違いでしょ。だって『血とダイヤモンド』がなければたしかにここを買えなかったけど、その賞が与えられた経緯を考えるとちょっと変だから。ゴールド・レコードのほうは――そこからだと見えないけど――ツアー中にもらったもの。その年の後半に予定されてた受賞式でいくつもの賞にノミネートされてたんだけど、大勢の人が死にはじめて中止になった。何年も経ってからミリオンセラーになったのは、懐かしい曲だからというだけ。記者がビフォーに最後に大きなライブをやったのがわたしたちだったと突きとめて、その記事が話題を呼んで、あとはあなたも知ってのとおり、曲がまたヒットチャート入りして、最初に出したときよりも上位にランクインした。その半分でも『選べ』みたいな新しい曲が注目されれば、本物の変化を起こせるんだろうけど」

「どんな曲？」

「わたしがこれまで書いたなかで最高の曲。いま起こっていることを表現できているはず。何かを生みだしたくても、その術がないし、伝えられる言葉も見つけられない気持ちを」

「今夜わたしが邪魔してしまう前に演奏してた曲？」

わたしはうなずいた。

「わたしがいま思ってるのと同じ曲だとしたら、すばらしかった。とてもじっとしてなんていられなかった」

「大事なのはそこ！　わたしたちはみんな立ちどまってしまっているけど、それじゃだめ」

「だったら、どうやってその曲を広めるの？　どうしたらたくさんの人たちに聴いてもらえる？」ローズマリーはマグカップを持ち上げて、そのなかを覗き込んだ。

「それはミントティー。あなたが落ちた家庭菜園で栽培してる。それと、あとはもうどうしたらいいかわからない。いずれにしても、聴いてもらうのはライブがいちばん。人から人へ直接伝わる」

ローズマリーはマグカップで手を温めながらミントティーを飲んだ。「ウイルスみたい」

「恐怖はウイルス。音楽もウイルスだけど、ワクチンでもあり治療薬でもある」

「ライブの音楽だけが？」

「そうじゃないけど、共有する体験は格別だから。ほかの人たちと同じ場所にいて経験したこととまったく同じことは二度と経験できない」

「ステージ・ホロはどう？　あれも同じ？」ローズマリーの顔は湯気の立っているマグカップの後ろに隠れていた。

わたしは肩をすくめた。「わからない。アリスがリビングで流してる映像しか観たことがないし。フーディも没入できるというのは聞いてるけど、果たしてわたしたちがここでやってるものの代わりになるのかな。もうすでにどこにでもずいぶん広まってるわけでしょ。だけど、まったく逆のメッセージを与えるものとも言えるんじゃない？　それぞれ離れた場所にとどまっていなければいけないんだとしたら」

「わたしが初めて音楽のショーを体験したのはＳＨＬでだったし、夢のようだった。ほんとうにそこにいるみたいに感じた」

「こうして本物のライブを体験して、比べてみるとどう？　曲が胸にぐっときたときに、いま同じものを分かち合ってるのを感じて、隣の人と思わず笑って顔を見合わせることはあった？」

「いいえ」ローズマリーは思い起こして答えた。「それに、ここでのようにドラムの音が骨まで響いてこなかった。でも、ここに来る前に聴いていたどんなものより圧倒されたし、このように聴ける場所がないところに住んでいる大勢の人たちに音楽を届けてくれる」

「そう！　だけど、こんなふうにみんなが家のなかにとどまっている暮らしでなかったら、音楽は聴けるようになるんだよ！　法律で規制されていなければ。もう、変わりどき。あの騒動のほとんどを引き起こした人たちが収監されて十年も経つのに、いまだに集まりを法律で禁じてるなんてばかげてる。人は社交する生き物なのに」

「人は安全でいたいと思うものでしょ」

「社交と安全は相反するものじゃない」

ローズマリーがミントティーを飲んだ。やはりまだわたしは、この子について自分の見方が間違っていたのか判断がつかなかった。

閉じたカーテンの輪郭を陽射しがなぞりはじめた頃、わたしはローズマリーを送りだした。玄関の扉口に立つと、夜のあいだにあれだけ話し込んでいたのに、急に気恥ずかしくなった。

「頭がくらくらしたら、ちゃんと診てもらうと約束して。視界がぼやけたり、めまいがしたり、物忘れしたり、ひどい頭痛がしたり、そういうときにも」

「わかった。様子を観てくれてて、ありがとう」

「どういたしまして。これくらいならまだいいほう。あなたがとんでもないわからず屋だったとしても、わたしはひと晩じゅう話しつづけてなきゃいけなかったんだし」

ローズマリーが目を狭めて微笑んだ。「ありがとう、でいいのかな？　あの、こんなこと訊くのはおかしいのかもしれないけど、また来てもいい？　忍び込んでおいて、なんだけど。今夜の八ドルは払います」

「要注意人物リストからあなたを削除しておくよう、アリスに伝えておく。あなたが人混み恐怖症をうまく乗り切れればだけど」

「ありがとう！」

わたしは片腕を差しだした。ローズマリーは一分ほどじっと見つめてから、求められていることを理解した。「ええと」と口を開いた。「これまで家族以外の人と現実空間で抱きあったことはないし、わたしの両親はあまり抱きしめる人たちではなくて」

わたしは腕を脇におろした。「ごめんなさい。べつに必要なことじゃない。誰もがしたがることでもないし」

「いやなわけじゃない。ただ、どうやってするものなのか知らなくて」ローズマリーはわたしの真似をして互いに両腕を交わし、中途半端な抱擁らしき格好で一瞬だけ肩を触れ合わせると、玄関扉の向こうへ出ていった。

20
ローズマリー
本気でわたしに会いに来て

ローズマリーはホテルの部屋に戻ると、そろそろとベッドに上がって横たわった。夜明かしをしたのはいつ以来のことか思いだせない。身体は巨大な疼きの塊りで、目は閉じさせてくれと懇願している。すでに本来なら数日ぶんの水量を使ってしまっていたし、入浴したくても、切れたところは濡らさないようにとルースに言われたような気がする。それとも縫った場合にはだった？　包帯のこと？　こんなに疲れていたら、これが物忘れの症状なのか判断などつくだろうか？

一分ほど休んでから、唸り声を洩らしつつフーディを取りにいった。

〝帰着連絡がありません〟まず非難のメッセージが表示された。〝報告してください〟

ローズマリーは前の仕事での特定の相手との通信業務を懐かしく感じた。ＳＨＬは部門として対応している。何か必要なものがあれば、後方支援業務部に、上司の判断を仰ぎたいときには、人材発掘管理部に連絡する。発掘した人材が既定の契約に難色を示したら、法務部に交渉の取りまとめを依頼する。疑問や問題を投げかけられる信頼できる相手も何も、個人名はどこにも見当たらない。それはいいことでもあるのかもしれない。こんなに朝早くから、人材発掘管理部のアバターと面と向かって話すことに気力を使う必要もないのだから。

〝申し訳ありません。ライブ後、歌手とひと晩じゅう話し込んでいました〟フェンスを乗り越えようとして落ちてしまった事件や、ひと晩じゅう話し込んだ理由について説明する必要はない。

〝好感触？〟すぐに返信がきた。

ローズマリーはまたも唸った。少し眠ってから報告すればよかった。〝おそらく〟

〝随時報告を。なるべく早めに。あなたの能力が証明されるのを期待しています〟

どう返すのが適切なのだろう？　〝努力します〟

その能力があるのか、自分のためにも早く知りたい。昨夜ルースは、とどまっていては自分らしくいられないことがわかったから家を出たと話していた。自分の場合には、まだ居場所を探しているところだとしても、この仕事に賭けていいのかを知ることから始めるのはきっと得策なのだろうとローズマリーは考えた。

またも〈２０２０〉を訪れることとなり、ほんとうに問題なく入れるのか半信半疑のまま玄関扉を開いた。アリスは不機嫌そうな顔でソファから挨拶し、しぶしぶながら入場を認める態度を示した。それだけでもじゅうぶんだとローズマリーは自分を納得させた。誰とでも友人になる必要はない。その点については会社からも推奨されていない。〝あなたの仕事は友人になることではない。目配りを。ただの他人のままではだめだが、立ち入りすぎてもいけない〟

さほど気にする必要のないことなのは確かだ。アリス以外の人々にはもうすでにとてもよくしてもらっている。その人たちに快く応じることにどんな差し支えがあるというのだろう？　ここでは誰もが互いを知っている。みな好きな人ばかりではないはずだけれど、互いにある程度の信頼を抱いていなければ、ここには来ていないだろう。ここにいる人々はみな音楽を聴きたがっていて、言ってはいけない相手にここでのことを明かしはしないと信じあっている。アリスにしても、来てはならない人が迷い込まないように、夜ごと悪役を演じて自分の務めを果たしているだけだ。

なんという信頼と用心深さ。これほど多くの人々が身の安全――それぞれの自由も暮らしも――を互いの手に委ねているのなら、そんな人たちを疑うことができるだろうか？　ここにはいきなり殺到したり火をつけたりする人はいない。ここにいるのは、修理工、教師、技術者、看護師、ミュージシャンたちだ。音楽が大好きで、お気に入りのバンドがいて、自分の一部となっている音楽を少しでも感じたくてやって来る。

ローズマリーがこうして地下への階段をおりるのは三度目で、怖くなるのは仕方がないけれど、せっかく音楽を聴ける機会を恐怖に奪わせはしないと心を決めた。恐ろしい蜂の群れはどこにでもいて、逃げればかえって刺される。人混みが恐ろしいのも、そう教え込まれてきたのだから当たり前だ。人混みが病気を広め、人混みに襲撃者が紛れていて、人混みが人を傷つけようとする者たちを惹きつけるのだと。それをただ心配しているだけでは、地下におりて仕事をすることはできない。

それでもまずは階段裏の隔離された場所を目指し、母から聞いた泡を想像する方法も、役立ちそうなものはなんでも使うつもりだった。人がひしめくなかでも心穏やかにいられるという幻想は抱いていないが、この前のようなパニックを引き起こさないようにできるだけ心がければ、きっと最後までライブを観とおすことはできる。

ローズマリーは安全な場所に立った。これまではステージ、ミュージシャン、いちばん出口に近いところなど、その場のことばかりに注意を向けて、そこに集まった人々をじっくりと見ていなかった。聴衆を観察するのも仕事の一部だと気づいた。自分自身のバンドへの評価と音楽の感じ方だけでは足りない。観客はどのバンドに反応するのか。観客はどの曲に乗って身体を揺らし、ステージへ近づいていくのか。パズルのピースがぴたりと嵌った。ローズマリーはここに初めて来た晩に聴いたバンドの音楽と、それに対して観客がどのような反応をしていたのかを思い起こそうとした。

今夜の観客も年齢層はばらばらで、こんなにも幅広い世代が存在していたのかと驚かされるほどだった。二度目の晩については人混みへの恐ろしさで記憶がおぼろげだ。みな大柄で、若く、肩幅が広くて、しっかりと足を床につけていたことくらいしか憶えていない。今夜は壁に寄りかかっておしゃべりをしている人々もいる。これまで以上に髪に白いものが目立つ人も多い気がした。危害を与えそうな人はいない。ともかく、故意には。

ジョニが角をまわり込んでやって来て、そばで足をとめた。「ローズマリー！　また罰ゲームを受けに戻ってきたわけ？」

「鈍感になる作戦中。今夜、演奏するの？」

「いいえ。飽きられたくないから」

「そんなことはありえない。すばらしいステージだった。また聴けないかなと思ってた」

「ありがとう。嬉しいこと言ってくれるじゃない」

ローズマリーの腕に誰かが触れた。びくんとして振り返った。

「今回は玄関から入ってきたんでしょうね？」ルースだった。「頭はどう？」

ローズマリーは生えぎわに貼りつけた絆創膏（ばんそうこう）に手をやった。「すっかりよくなった、ありがとう」

「それで最後まで聴き通せそう？」

「やってみる」

「そう。新たな観客に聴いてもらえるのは嬉しい。そこでじっとしてくれてたら、わたしももうあなたを運びださずにすむし。しっかり立ってないと撥ね飛ばされちゃうからね」

ルースは人々のなかへ消えた。

「どうして、あの人はここを開くときはほとんどいつも演奏するのに、あなたは違うの？ルースはここの持ち主だから？」

「いいえ。あのバンドはすばらしいし、彼女は新しい曲を書いて音楽を生みだすことにすべての時間を費やしていて、ひとつとして同じライブはしないから。わたしたちには、ひと月に一度ライブをやるのが精いっぱいの持ち歌しかない。バンドを組んでまだ一年だしね」

「そんなふうには見えなかった」

「それはあなたがわたしたちの演奏をまだ一度しか聴いてないから。ひと月後に来ても、まったく同じ曲を歌ってる。うまくいけば、一曲新しいのが入るくらいで。それ以上は仕上げる時間もない。ここに出てるバンドはルースのとこ以外、ほとんど月に一度の出演。本人は永年定期公演だと言ってる」

ローズマリーにはまだどういうことなのかわからなかったものの、うなずいた。でもジョニの言うとおりだとすると、一度聴いたバンドは数週間後でなければもう聴けないのだから、どのバンドがステージ・ホロ・ライブ向きなのかを迅速に見極められるようにしなくてはいけない。

もうひとつ尋ねたいことがあった。「ここに来る人たちはほとんどいつも来てるのか、それとも特定のバンド目当ての人たちもいるんだよね？　ここに初めて来た晩に会った人にどのバンドを聴きに来たのかと訊いたら、どれもだと言われてしまって」

ジョニは肩をすくめた。「どちらもいる。ルースがここを開けるのを週に二度にしてるのは賢明じゃないかな。開いてれば毎晩でも来る常連がいて、わたしたちもバンドが演奏するのは月に一度だけど、ほかの晩にもこうして観に来る。チェロが必要なら、ほかの人たちとも演奏するし。それに友人たち、家族、大好きなバンドのためにやって来る熱烈なファンもいる。ルースはそうしたファンたちがほかのバンドも聴けるようにうまく調整してるから、いつの間にかほかのバンドが好きになってるってことも起こる。ルースはそれを他花受粉だと言ってる」

一番手の演奏が始まり、ローズマリーとジョニは揃ってステージのほうを向いた。年配の黒人女性が身長の二倍もある艶やかな赤ワイン色のエレキベースを手にして立っていた。カウボーイブーツを履き、ジーンズに赤と黒の房飾りの付いたシャツ姿だ。何歳くらいなのだろう？　七十代か、皺のある顔と生えぎわがすっかり白い髪からすると、八十代でもふしぎはなかった。なんとなく見覚えがある。

ローズマリーはその身なりからカントリーだろうと決めつけていたのだけれど、出だしの音を聴いて、考え違いに気づいた。女性が持っているのは効果音装置みたいなものだった。もの哀しげにうねるベースのループ音が鳴りだした。ループさせたままベースを置き、エレキギターに持ち替える。ベースのときと同じように音を反響させて、より高い音域を際立たせた。

歌いだした声はベースと同じくらい深みを帯びていた。どこか奥のほうから押しだされて発せられる言葉は、母音が伸ばされたかと思うと小気味よく切られる。歌声を重ね、ループをかけて、自分自身の声と調和させ、言葉と言葉ではない音を生みだしていた。もうめいっぱい満ちたりたと思うたび、次のパートが入ってくる。ローズマリーは重なり合った音の構成を聴き分けようと耳を傾け、音色に胸を高鳴らせ、特定の楽句が聴きとれるとぞくぞくするふしぎな達成感を得た。

ハーモニーとギターで強固な壁が築かれると、女性はペダルを踏んだ。すべての音がやんだ。

「これはわたしたちがみずからに科した罰」女性がささやきかけるように歌う。ギターがメロディーを響かせ、さらには挑むように歌詞のあいだに音を差し込む。「わたしたちはそれをとめるために何もしなかった／わたしたちが形作り／買い／そこに家も名前も与えた」女性はまたペダルを踏み、ループの壁が立ち上がってきて静けさを満たした。女性がストラップから抜け出てギターをアンプに立てかけると、ハウリングの低い唸りが音楽の裾野を広げた。女性はそのノイズをまたループさせた。ノイズにノイズを重ねる。もう一度足でエフェクトをかけて歩き去り、重なり合った音にさらにまたループがかけられ、とまった。会場はいったんしんと静まり返り、それからいっきに歓声があがった。

「誰。いまの。あれは？」ローズマリーは誰もいなくなったステージに目を据えたまま、ジョニに訊いた。

「メアリー・ヘイスティングス。ボルティモアで何十年も演奏してきた。といっても、定期的に来てるわけじゃない。気が向いたときに出てる。半年出ないときもあれば、二週間後に聴けたり。彼女のためなら、わたしたちはいつでも出番をゆずる。すてきだったでしょ？」

「とんでもなくすばらしかった」ローズマリーはどうしてあの女性に見覚えがあるのか思い起こそうとした。「ひょっとして――この通りの先にあるダイナーで働いてる？」

「ええ。あの店は彼女が妹や弟とやってるから。ここに出演するバンドの夕食は必ず値引きしてくれる」

「いつも長い曲をひとつだけ演奏するの？」

「やりたい曲をやるんだよ。一曲だけのときや、三曲歌う日もあるし、十分で終わることも一時間やるときもある。同じ演奏は一度も聴いたことがない。Ａメロもサビもない曲はいままで聴いたことがなかったけど、最高だったよね」

メアリー・ヘイスティングスではない誰かがギターの片づけを始めた。本人は片隅で立ち話をしている。ローズマリーはぶらりと物品販売のテーブルへ行ってみたけれど、〝メアリー・ヘイスティングス〟のグッズは見当たらなかった。

SHLのステージに立つメアリーの姿を想像した。彼女ならそこに自分の世界を作り上げられるのは確かだ。ローズマリーはいまだに肌が粟立っていた。メアリーにはカリスマ性、存在感、音楽センスがあるのは間違いないが、大勢に広く好まれるのかという問題がある。政治思想が強くないことをSHLは契約の条件に挙げていた。だとすれば、ほんの五行のささやきかけるような歌詞だったとはいえ、そこには政治思想が表れていた。

なにより懸念されるのは、ジョニ曰く、メアリー・ヘイスティングスは一度も同じ演奏をしたことがないという点だ。ローズマリーの頭に、マグリットが台本からそれてしまったときのことが呼び起こされた。SHLはミュージシャンに特別な魅力を求めてはいても、自分たちが思いどおりにできる類いのものでなくてはならないのかもしれない。いずれにしても、これでローズマリーが報告する価値のある、それぞれに個性的なバンドは四つとなった。

五つに増える可能性はあるだろうか？　次のバンドはこれまでここで観たなかではどれよりありきたりに見えた。ドラム、ベース、ギタリストがふたり。リードボーカルは、腕を伸ばさずとも天井に付いてしまいそうなくらい長身で金髪の端整な顔立ちの男性だ。ベーシストは皮膚のあらゆるところにポックス痕が痛々しく見てとれる。ドラマーだけがだいぶ年上の五十代くらいで、禿げている。もうひとりのギタリストが身を乗りだして話しかけていて、ドラマーが大きな笑い声を立てた。

全員が楽器の調整を終えて、演奏が始まった。これまで聴いたなかでいちばん〈パテント・メディシン〉に近いサウンドで、いつの間に自分はこのような場で演奏しているバンドにありきたりなどと感じるようになったのかとローズマリーは気づいた。一曲目はわかりやすく耳に残る軽快な三分間のラブソングだった。政治や税金や芸術に対する意見を感じさせるふしや含みがないかローズマリーは耳を傾けていたものの、次の曲もたいして深い意味はなさそうだった。ただ甘いキャンディ。

ジョニが身を傾けてきた。「あのベーシストとドラマーは、お友達のアランの置き土産だよ」

ローズマリーは、つまりこれが本家の〈パテント・メディシン〉だったのだと知らされ、新たな目で見直した。SHLで演奏しているバンドのほうがはるかに見栄えはいいし、動きも洗練されているけれど、同じような青写真から曲が作られているのが聴きとれた。

しかも、アランよりこちらの歌手の声のほうが耳になじみやすい。ブルースっぽい深みがあって、かすれた感じもちょうどいい。音楽性のみで考えれば契約候補に入れたいところだけれど、すでにアランが押しかけたときにオーディションを受けることすら拒まれた人たちだとすれば、推すのが賢明なのかわからない。

「〈パテント・メディシン〉よりいいかも」ローズマリーはジョニに耳打ちした。「あのボーカルはアランより上手」

ジョニはしばし沈黙してから、いたずらっぽい目つきでまた身を寄せた。「こんなことを言ったら、変に思われてしまうかもしれないけど、こうやってバンドを観るのは、わたしにとってゲームみたいなものでもある。もうだいぶ前に友達から言われたのは、ミュージシャンが演奏するのは性行為みたいなものなんじゃないかという説。わたしも演奏を見ていて、どうしようもなく――」ジョニは歌手の陰に隠れて見えづらいドラマーを指さした。それまでローズマリーはその男性にさして注意を払っていなかったが、たしかにけだるげなようでいてやけに激しい動きで、こんなに手脚を使った演奏は見たことがなかった。

「あれはタコね。写真は撮る気になれない……」

「ほんと」ふたりは声を合わせて笑った。ローズマリーは同じようにバンドのほかのメンバーもあらためてじっくり眺めてから、それまでに観たバンドを思い返した。髪を振り乱し、熱っぽく演奏する人々。チェロを弾くジョニの温かで、確かな技術。ジョニに考えを読みとられないように念のため顔をそむけた。

前にいる人々が身体を揺らしはじめた。ローズマリーも加わりたくてたまらなかったが、前回の晩を教訓にほんの少し足を動かす程度にしておいた。会場の真ん中には進まずに、片隅で今夜は最後まで聴き通したい。その場にとどまって爪先でリズムをとった。〈ザ・ハンサム・モスキートーズ〉と名乗ったそのバンドは、小気味よくてパンチの利いた十曲を披露した。どれも申しぶんのないポップスで、大勢に広く受け入れられそうな曲調だった。

ＳＨＬでのショーが終わったとたんに〈ブルーム・バー〉の観客たちが彼らのグッズの購入に殺到する光景がローズマリーの頭に思い浮かんだ。Ｔシャツは手作り風にシルクスクリーン印刷されたもので、ダウンロードカードはせいぜいアマチュア画家の図柄にして、青臭いアルバムにふさわしい青臭いアルバム名を付ける。中身は打って変わって洗練された楽曲だ。ライブ並みの品質に仕上げたいので、自力では無理でもＳＨＬの制作者たちに補ってもらえばいいし、プロのグラフィック担当者たちが売れそうなロゴを生みだしてくれる。自分が彼らを推薦し、ＳＨＬがまだ荒削りの面に目をつむってくれるとすればだが。

ルースのバンドがステージに立った。一曲目は前回の晩にはやらなかった歌で、カウントを取りもしなければ、前奏もなく、いきなり始まった。前触れもなく、まるでゼロから時速百キロまで加速するかのように、ドラムとベースとギターが揃って奏でだした。メアリー・ヘイスティングスのゆっくりと立ち上がっていくのとは対照的な音速で、大音量だし、緩くて、がさついていて、軽快さはないのに、引き込まれた。

いまステージにいるのが数日前にあれほど気さくに自分とおしゃべりをしていた女性なのだと思うと、ローズマリーはふしぎな気分だった。誰になんと思われようと、たとえ歌の内容に反発を受けても、顔をそむけられようがかまわないとでもいうように観客に目を据えている。そんなことをする観客は誰もいない。

「いまのは新曲？」一曲終わったところで近くの誰かが問いかける声がした。

「聴いたことなかったな」誰かが答えた。「まいったぜ」

次に流れてきたのは、前回の晩に自分が失態をさらす直前に聴いた曲だとローズマリーは気づいた。一曲目からは信じられないくらい盛り上がる曲調に変化したが、そのせいで逃げだすはめとなったのだ。また同じようになりそうで怖かった。ビートが鼓動にぴったりとは言わないまでも重なり合ってきて、ローズマリーの身体は逃げるどころか、その曲になじもうとしていた。

前回のライブで突然襲われた恐怖は忘れられないものの、いまでは遠い記憶のようにも感じられて、あの晩とは別人になれそうな気がした。自分は何もない田舎で時代遅れのフーディしか持たずに育ったのではなく、人混みでも平気でいられるほかの誰かに成り代わったかのように。ドラムを鼓動に響かせ、ベースを身体に刻む、都会慣れしたローズマリー。前回は打ちのめされそうに思えた音量にもまるで動じない。内側からみなぎるものに力を得て、いやな考えは払いのけられた。この強さがしっかり身につくまでは、同じ行程を繰り返す必要がある。ルースはこの曲をなんて呼んでいた？『選べ』ローズマリーはフーディを引きだして記録した。

曲が終わり、歯が一本欠けてしまったような喪失感を覚えた。三曲目はひと息つかせる静かな歌だった。そのあとの曲では、間奏にリズムを付けつつ、即興ではないけれど独白調の言葉が乗せられた。ルースは強さと弱さを併(あわ)せ持つ魅力で、観客を引き込んでいた。みんなもう何十回とこのバンドを聴いているはずなのに、誰ひとり口を開こうとしない。

ローズマリーは自分も楽器を演奏できたならと思わずにはいられなかった。できればベースがいい。曲の基盤だし、ベーシストとドラマーの濃密な連携にもあこがれる。どれくらいここに滞在すれば、どこかのバンドに受け入れられて、弾かせてもらえるだろう？　それともベースを買って家で練習してから、数カ月後か一年後にでもまた来る手もある。仕事はあるとはいえ、相反することではないし。

　締めくくりは最終部を長引かせる曲だった。ドラムとセカンドギターが、ラララだけで続けるパートを受け持ち、ルースが弾く主旋律を引き立てた。ルースはステージを大股で歩いてアンプに上がり、さらには片足だけバスドラムのほうに伸ばし掛けて、天井まであと数センチで頭がつきそうな体勢で、ギターをさらに激しく掻き鳴らした。弦が一本切れても、それを垂らしたまま弾きつづけた。さらに一本、もう一本切れて、垂れさがった三本は鞭のように揺れ、照明の光を受けてきらめいた。

　ギターの音は不協和になるいっぽうだったが、そんなことは気にならなかった。もはや演奏のていを成していないとはいえ、どうしてあれでひっくり返らないのか、バスドラムがひび割れたりルースが転げ落ちたりしないのか、ギターを鳴らすことしか頭にないようなのに、どうしてあれほど不安定な体勢で足を滑らせもせずに激しく弾いていられるのか。ローズマリーの疑問はつのるばかりだった。ルースは人というより何かもっと大きなものと自分たちを繋いでくれる存在で、本人が何を望み、どこにいて、どうやってそこにたどり着いたのかなんてどうでもいいことのように思えてくる。

その曲も当然ながら終結へと進み、あと少しのところに至って、ルースがドラムを蹴りやって降り立ち、ドラマーは後ろに飛びのきながらもどうにかスティックは手放さずにシンバルに最後の一打を落とした。バンドのメンバーはいっせいに笑い声をあげた。うまく締めくくれたことに全員が驚き、喜び、ほっとしたというように。

ローズマリーは分析することに無理やり頭を引き戻した。売り込みたいもの、というよりむしろ買いつけたいものを雇用主に説明するなら、自分自身がどう感じたかだけでなく、全体のことに注意を払って見ておくべきだ。売り込み方は思い描けていた。たしかに政治思想は読みとれるが、『血とダイヤモンド』も演奏してくれるなら、それくらいは受け入れられるのではないだろうか？　心をつかまれる曲ばかりだし、目を離せない魅力がある。望まれるものをすべて備えている。

「すばらしかった」ローズマリーは演奏を終えたルースに言った。「あの夜に、あなたが言ってたのは――それぞれにみんな何かを成そうとする思いがあることに気づいてほしい、そういうことだったんでしょ？　わたしは気づけたと思う」

一分前まで気力がみなぎっていたはずのルースがすっかり疲れているように見えた。「ありがと。聴き通せてよかった。ちょっと寄ってく？」

「えっ、ええと、最後までいられたのはこれが初めてだから、どうしたらいいのかわからなくて。これからみんな寄ってくの？」

「そうする人もいる。〈ヒートウェイヴ〉に。来るなら歓迎する」ルースはひと息ついて、小首をかしげた。「わたしはそうしたいから」

ローズマリーはうなずいて後方に戻り、ミュージシャンたちが機材を片づけるのを待った。手伝いを申し出ようかとも思ったものの、みな手際がよく、かえって邪魔になるのはあきらかだった。いずれにしても、観客が退出するまで隅にいたほうがよさそうだ。ルースは自分の商品の残りを箱に詰めて、空いた箱はたたんで、テーブルの後ろの階段裏に押し込んだ。

「自宅で演奏する特権」にっこり笑った。「さあ、行きましょうか」

その晩の居残り組たちが通りをぞろぞろ進みだした。ルースのバンドはひとかたまりになって低い声で話していたし、もうひとつのバンドも知らないふたり連れと会話がはずんでいて、ローズマリーはひとりきりだった。この集団からいま離れてホテルに帰っても誰にも気づかれないかもしれない。

「ローズマリー、来て。みんなに紹介するから」

そうでもなかったらしい。ローズマリーは急ぎ足で追いつき、ルースから周りの人々を紹介された。タトゥーのある男性はドラム担当のドール。ジーンズを穿いた上から黄色い夏用のワンピースを着て、スーパーモデル並みに頬骨が高く、栗色の髪をなびかせている十代のベーシストが、アンディ。

「ステージではものすごく情熱的だった」ローズマリーは声をかけた。

「集中しないと、うちのボーカルに殺されるからな」ドールがいたって真剣な顔真似をしてみせた。

「それじゃ便秘してる顔でしょう」ルースが言った。「演奏中もわたしの後ろでそんな顔をしてなきゃいいけど」

「してないよね、だってもっとこうだから」アンディがさらにしかめ面をこしらえた。

こんなふうに親しみを込めて互いを笑い合える人々に、びくついてなどいられるはずもない。ローズマリーは迎え入れてもらえたことにほっとして、静かに微笑んだ。

〈ヒートウェイヴ〉のブラインドはすべて下ろされていた。閉まっていると誰かが言うのではないかと思ったら、扉を開くと、この街の夜間外出禁止時刻はどんどん迫っているというのに客であふれていた。少なくとも十五人、いや、二十人はいて、名前は知らないが見覚えのある顔も含まれていた。

いちばん手前の左側の仕切り席には、メアリー・ヘイスティングスが三人の女性たちと坐っていた。カウンターの後ろにふたりが立って注文をさばいていて、どちらも見るからにメアリーの妹と弟だ。客はそれぞれテーブルについていたりバー・スツールに坐ったりしていても、みな分け隔てなくおしゃべりしている。ローズマリーはジョニか、腕に鍵盤のタトゥーを入れていた歌手がいないかと探したが、スツールに坐っているアリス以外に知った顔は見当たらなかった。アリスとは話す気になれないので、ルースのそばにいることにした。

ルースはまずメアリー・ヘイスティングスの仕切り席のそばで足をとめた。ローズマリーが思っていた以上にメアリーは小柄だった。抱き合おうと立ち上がったメアリーの頭はルースの顎下くらいにあり、ルースも長身ではない。

「しびれた」ルースは舞い上がっている大ファンのような口ぶりだ。「あなたがあそこに上がってくれるたび、自分の頬をつねっちゃう。感謝してる」

「ルース、こんな年寄りをまだあなたのステージから弾きださないでくれてるだけで、ありがたいことなんだから。感謝するのはこっちよ」

「あなたに上がってもらえるステージをわたしが持てているあいだは、いつでもあなたの出番は確保しておく」

ふたりはまた抱き合い、ヘイスティングスが腰をおろすと、ルースは先へ進んだ。ところどころでみんなが手を振り、親指を立てて挨拶してきたけれど、奥の仕切り席にたどり着くまでにそう時間はかからなかった。ローズマリーはバンドのメンバーの席なのだろうと二の足を踏んだが、ほかのみんなはまだ途中でとまっておしゃべりをしていた。

「さっさと来て、ローズマリー。ここに指定席はないんだから」

ローズマリーは向かいの座席に進もうとしたが、べつのバンドのベーシストに先を越された。あとからもうひとり来たら知らない男性のあいだに挟まれることになってしまうので、ルースの隣に滑り込み、適切な距離を保とうと努めた。

「わたし、臭う？　あ、いや、いい。そりゃ臭うよね」

「そうじゃない」ローズマリーは言った。「ゆったり坐れるようにと思って」

〈ハリエット〉のドラマー――もう名前を忘れてしまった。いや、ドラマーのドから始まる、そう、ドールだ――が、あとから滑り込んできて、結局ローズマリーは挟み込まれた。ルースのほうに少しだけ腰をずらし、動揺を鎮めようとした。ここを離れたければいつでもそうさせてもらえばいいことで、いざとなればテーブルの下にもぐっても、上にのぼってでも外へ出られる。そんなことをすれば二度と戻って来られないけれど、選択肢があるのだと思うとなぐさめられた。

　向かいの長椅子にいるベーシストが上着のポケットからフラスクを取りだした。「またもライブの大成功に」ぐいと飲んでから、まわし飲みのためにフラスクを手渡した。五人目にローズマリーの順番が来た。四人の唇がつけられたのはしっかり目にしていたのだから、四人の口の菌も付着しているということだ。ボックスはここでは流行しなかったのだろうか？　いや、そうではない証しをたしかにもうすでに見ている。それならすっかり忘れられてしまったのか、みな自分よりもずっと年下なのか。でもルースは年上だし、ほかの人々にしてもそれほど若くは見えない。なかに入っている飲み物が病原菌を殺してしまうくらい何か強力なものなのか……それとも、危険を冒しても飲む価値のあるものなのだろうか。

　今夜は、せめていまだけでも、いつもの心配性の自分には戻りたくない。ローズマリーはフラスクを持ち上げ、できるだけ唇から離した。ちょろっと垂らしてみたものの、ごくりと含めるほどではなかった。ガソリンみたいな味だけれど、すぐにじんわり熱くなった。袖で顔をぬぐい、次の人へ渡した。

メアリー・ヘイスティングスの弟が注文をとりにやってきて、まずはルースに尋ねた。ローズマリーも自分の順番が来て「チキンチリのサワークリーム添え」と言ってから、前回出てきたものを思いだした。「それとミルクも」

ほかにも誰か自分のような頼み方をしていないかと見まわしたが、ミルクを飲んでいる人はいなかった。ここはバーではないので、みな炭酸水か水を頼んでいる。またフラスクがまわってくると、ローズマリーは唇をつけて、今度はしっかりと飲んだ。焼けつくような熱さが心地よく広がった。

ルースのほうを向いた。「あなたのバンドはすばらしかった。ここに来られてほんとうによかった。もっとたくさんの人に観てもらえたらいいのに」

「うん、わたしも同じ気持ち」

「でも、あそこじゃ、ぎゅうぎゅうになるぞ」向かいの座席からギタリストが冗談めかして言った。「気の毒にアリスはもう手一杯だろう」

「まずは、わたしたちがアリスのそっくりさんになって、世界じゅうの人々を呼び込む」

「賛成」

またフラスクがまわりはじめた。ローズマリーは先ほどと何も変わった気はしないのに、なんとなく力が抜けていた。人と人のあいだに坐っているのもあまり気にならなくなってきた。

断りを入れてトイレへ立った。これまでにはなかった自信を得て、通路に立つ人々を縫って進んだ。もしかしたら、これが本来の自分だったのだろうか。そうでなければ、飲み物とすてきなライブだけで、こんなふうに解放された気分になれるもの？　自分には間違いなく、こうした一面があったのだ。

トイレに入ると、ジョニが空きを待つ列に並んでいた。個室がいくつもあるトイレに入ったのは子供のとき以来だ。

「ねえ」ローズマリーは声をかけた。「ライブのあとで探したんだけど」

ジョニが肩をすくめた。「何もしないで立ってるのは苦手で」髪を耳の後ろにかけた。その顔にえくぼができることにローズマリーは初めて気づいた。

ふたりともしばし黙り込んだ。洗面台の上の片隅にある小型スピーカーから曲が流れていた。ローズマリーの知っている曲だった。〈ザ・アイリス・ブランチズ・バンド〉の『本気でわたしに会いに来て』。高校時代にはいつも聴いていた。

さらなる自信が湧いてきた。混雑したレストランでの息苦しさはもうない。こうして片隅にいれば安全だ。手の乾燥機に背をもたせかけた。「それで、ええと、この前、あなたが言ってたことだけど、演奏してる人を見てるとっていう、あれ……わたしはあなたの演奏の仕方が好き」

「そう？」

「そう。あなたは……緻密だよね。慎重なのに、力強くて」

ジョニが首をかしげて、踏みだした。「そう？」

なおさら大胆な気分になれた。「緻密なのはすてき。静かな自信がある。自信満々の人にはわたし気後れしちゃうから」

「自信満々？」

「緊張しない人たちには緊張する。何か嬉しいことが起きそうなときの緊張ならいいんだけど」

「いまみたいに？」

「いまみたいに」

互いに身を寄せ合った。ローズマリーは鼓動が速まり、目を閉じた。唇が擦れ合い、離れて、じんわりとしびれた。本物の唇、本物の人、その触れ合いから離れたくなかった。

「マイキー・リーのお酒を飲んだでしょ」ジョニが言った。

「ごめんなさい」

「悪いことだと言いたかったんじゃない」ジョニはもう一度キスをした。「でも、酔ってない？　酔って、あとで後悔することをしてるんじゃないといいんだけど」

「ほんのちょっとしか飲んでないし。あなたとのキスは、あなたがチェロを弾いてるのと同じこと」

「触れるのは大丈夫？　ためらったのがわかった」

「思ってもみなかったことになるのが苦手なだけ」

個室のドアが開いて、ジョニの前に並んでいた人が出た人に替わって入った。出てきた人が手を洗えるようにジョニとローズマリーは離れて道をあけた。ジョニの目はローズマリーを見定めるように思慮深い光を宿していた。いちばん奥の個室が空いて、ジョニはローズマリーの手をつかんで引き入れた。またキスをした。

「ここで平気？」ジョニがささやきかけた。「狭苦しいけど、わたしのとこにはルームメートがいるし、あなたも友達のところに泊まってると言ってたし、いますぐしたいから」

ローズマリーはうなずいた。じつは街全体を見渡せる部屋に泊まっているのだけれど、この瞬間をほかの場所であらためてやり直すことで台無しにはしたくなかった。ホテルまでの道のりで言うべきではないことを口にしたり、気まずい間が空くのに耐えたりしなければならないかもしれない。いまにも頭が身体を引き留めて、アーティストには立ち入りすぎてはいけないことを呼び起こさせて、いつもの防御壁が立ち上がってきそうだった。いま、いま、いまだ、と〈ザ・アイリス・ブランチズ・バンド〉の『本気でわたしに会いに来て』に合わせてローズマリーの心が歌った。ジョニを引き寄せた。

トイレのドアが開く音がして、また新たな人々が入ってきて話している。

「まったく」そのうちのひとりが言った。「ほかでやってよね」

隣の個室で水が流れ、ローズマリーはくすくす笑い、そのうちふたりで笑っていた。ジョニが肩に唇を押しつけてきて、ローズマリーは唇を噛んで声が出ないようにこらえた。水が流れ、手の乾燥機が使われ、またどこかのドアが開き、ふたりでくすくす笑っているうちにそのひと時は過ぎた。

「ローズマリー・ローズ、あなたがここに来てくれて嬉しい」ジョニがささやいた。

「わたしも同じ気持ち」ローズマリーはささやき返した。

ジョニが最後にまたキスをして、個室を出ていき、ローズマリーはくらくらしながら壁に寄りかかった。


「チリが冷めちゃってる」戻ってきたローズマリーにルースが言った。同じテーブルについていた人々はみな食べ終えていた。

「トイレで並んだから」

「あらそう」

ローズマリーは冷めたチリにサワークリームを混ぜた。ひと口含んで、すっかり空腹だったことに気づかされた。遅れを取り戻さないと。「それでこれからどうするの？」

〈ザ・モスキートーズ〉のベーシストが喉をさすった。「水曜の晩だからな。あすはほとんどみんな仕事だ。あとはもう寝る」

「そうなのね」

「まだのんびりしてたいなら、常連の誰かを紹介しておこうか。これから盛り上がる人たちもいるはずだから。それとも、ジョニはもう知ってるでしょ？　彼女に訊いてもいいし」

ローズマリーはルースがからかい半分に言ったのだろうかと目を向けたが、そのようなそぶりはまるで感じられなかった。

「盛り上がりたいわけじゃない。ただ、ものすごく楽しい夜だったから。終わるのが惜しくて」

「いくら楽しい夜でも終わりは来る。だからこそいいんじゃない。そうでなければ、変わり映えしない、何もなくてつまらない日が続くだけになる」

向かいに坐っているベーシストが顔をしかめた。「いかした夜を延々続けられるとしても、それだけ続けるには相当なドラッグが必要だ」

「いまそんなことをするやつがどこにいる？」あのタコみたいに叩いていたドラマーが訊き返した。

ふたりは視線を交わした。ひょっとしてアランのことを思いだしているのだろうかとローズマリーは推し量った。そんなふうには見えなかったとかばいたいところだけれど、口を慎んだ。

ベーシストがまたフラスクを掲げた。「良き仲間たちとのすばらしい晩に、すばらしい晩の終わりに、新たなすばらしい晩のために」フラスクを次の人へまわし、そのたび全員が祝杯を挙げた。

みな席を立ちはじめた。上着の袖に手を通していたローズマリーの後ろにジョニが現れた。

「それで、どう、またいつか、ぶらついたりする？」

ローズマリーはその言葉の裏の意味を読みとった。「もちろんまた会いたい。オンラインで繋がれる？　それともいま会う日を決めておく？　日取りではなくて、でも、つまりそういうこと」

「いま決めよう。わたしは非接続(ノンコム)だから。あ、半非接続(セミ・ノンコム)か」

「セミ・ノンコム？」

「完全な非接続者(ノンコム)が多い。フーディも携帯もなし。わたしは緊急用にスマートフォンは持ってて、がちがちなわけじゃないけど、アバターとかは使わないから」

「了解」ローズマリーは応じた。そういった言いまわしを聞いたのは初めてだった。ネットに接続しない人たちがいるのは知っていたけれど――そもそも両親がそうだ――そうした頑なさが主義のひとつとは考えもしなかった。

「ボルティモアはけっこう歩いた？　あしたと金曜は仕事なんだけど、よければ土曜なら観光ガイドをしてあげる」

「ぜひ、お願い」

「ここで午前十時にどう？」

ホテルの部屋でふたり一緒にいる姿がローズマリーの頭にふっと浮かんで、ぞくぞくした。気が早い。うなずきを返した。

ジョニがにっこりして身を乗りだし、さっとだけれど友達にしてはちょっと長すぎるキスをした。「またね」

21
ローズマリー
選択

夜間の外出禁止時刻はとうに過ぎていた。バスがまだ走っていることに驚かされたけれど、たしかに夜間に帰らざるをえない人々もいるのだろう。ローズマリーは恐怖への予防接種を受けたような気分のままホテルまで戻ってきた。誰かを傷つけるために出歩く人々もきっといるのだろうけれど、午前二時の市内バスをその現場に選ぶとは思えない。人とのあいだに泡を思い描く必要はなかった。理性は働いていた。ほかの乗客を見渡せて誰とも触れ合わずにすむ座席を選んだが、隔離板や個別席がないのは仕方のないことだとあきらめをつけた。乗っているのはみな家に帰ろうとしている人々だ。

ホテルの部屋に戻ると、窓辺で眼下に広がる街を眺めた。車のヘッドライト、ほかのホテルの窓、街灯に照らされてまたすぐに暗がりに消える小さな人影。このような夜更けにもまだ活発に街は動いている。もう、あと戻りはできないだろう。ローズマリーはここに来て別人となり、そんな自分を気に入っていた。こんなふうに感じられた夜は生まれて初めてだった。コードを奏でる音のように、自分もちゃんと調和できることを知った。音楽、いざない、ジョニ。思い返したとたん、この唇をかすめた感触にふっと小さな震えが走った。

ローズマリーはフマートフォンの着信音に起こされた。

〝そろそろ報告を〟

時計の表示は午前十時。ローズマリーはフーディをつかんで、頭のそばに引き寄せた。ありがたいことに、こちら側では何もしなくても仕事にふさわしいアバターで応じられるし、スーパーウォリーの事業者サービス係のときのように毎日の写真も、仕事着も、社則の順守も強いられないのは気楽だ。

ステージ・ホロの仮想（ヴァーチャル）会議室は実際の美しいキャンパスを呼び起こさせる空間だった。緑豊かな牧草地にベンチがひとつ。ローズマリーはすらりとした中年の白人男性の隣に坐った。男性は白いものがちらほら混じる豊かな栗色の髪をしていて、顎髭も口髭もきれいに整えられていた。風にそよぐ草と同じように髪も自然になびき、高性能のアバターであるのがわかる。Tシャツの上に着たワイシャツの裾はジーンズに入れていない。名乗りはしなかった。ローズマリーは男性の情報を引きだしたが、〝人材発掘管理部、一般男性社員（5－1）〟としか表示されなかった。これもまた部門対応というわけだ。

「それで、どのような収穫があったかな？　きみの報告には楽しませてもらっている」

「どこからお話ししたらよいのか」

「きみが観たライブについて話してくれ」

「全員について、それとも、わたしが検討の価値ありとみなした人々だけですか？」

「きみの好きなように」

　ローズマリーは考え込んだ。何も抜け落ちないように時系列で説明するのがいちばん話しやすい。それでも、これでぜんぶとは言わないほうがいいだろう。八日間でどれくらいの成果を期待されているのかわからないのだから。「信仰めいたものではないのですが、牧師のように熱く訴えかけてくるようなバンドがいて、ボーカルは腕にタトゥーの制御装置を埋め込んで演奏していました。ほかにもまだ身体に入れていくつもりだとか」

「つまりそれはパフォーマンスアートなのか？　身体を楽器にしていると？」

「違います！　いえ、そうなのですが、曲もよかったです。情熱的で」ローズマリーは演奏を性行為に喩えたジョニの言葉を呼び起こし、さらに聖職者のような熱っぽさで自分の腕を爪弾くあのボーカルの姿を連想した。つい笑いが出た。

「なるほど。なんというバンドだろう？」

「〈カーツ〉」

　偽物の空に白いブロックが浮かびあがり、そこに〈カーツ〉と記され、疑問符が付けられた。

「次は？」

「〈ザ・コーヒー・ケーキ・シチュエーション〉。ひどいバンド名ではあるのですが」人材発掘管理部の男性が口を開きかけたところでローズマリーは言葉を差し入れた。「演奏はすばらしいんです。チェロを弾く歌手にものすごく惹きつけられます」

〈カーツ〉の上に〈ザ・コーヒー・ケーキ・シチュエーション〉が表示された。「この優先順位で合ってるだろうか？」男性が尋ねた。

ローズマリーは逡巡（しゅんじゅん）した。どちらのバンドの音楽も魅力的だし、歌手たちもそれぞれに惹きつけられる個性がある。自分の見方が曇っていないか、それが適正な順序なのか断言できない。ジョニにキスされるまではどちらのバンドのほうが楽しめただろう？　ジョニのほうだとローズマリーは思い返した。〈カーツ〉のいちばんのセールスポイントは曲ではなく、歌手の独創的な埋め込み楽器の演奏だ。どちらのバンドもあのリードボーカルたち以外では想像がつかないし、いくら曲がよくても歌唱と観客を引き込む力についても、それぞれのボーカルがいてこそ成り立っている。ステージ・ホロ・ライブにはどちらのほうが向いているのかは決めかねた。

「どちらも有望です」ローズマリーは慎重に答えた。「優先順位を整理して、リストにしますか？」

「これでじゅうぶんだ。次は？」

次にあそこへ行った晩にはフェンスを乗り越えようとして転げ落ちた。ローズマリーはとりあえずその部分は省略した。

「メアリー・ヘイスティングス。驚異的なサウンドのとても小柄な年配の女性です。女性ひとりで、たくさんのエフェクターを使って演奏します。ほんとうに圧倒されました」

「でも？」

「でも、マグリットが台本をはずれたときに大ごとになっていたのを観ました。つまり、メアリーの場合には、誰かが決めた予定どおりにはいきません。メアリー・ヘイスティングスは、やりたいときにやりたいだけ演奏するそうです。変わったことを望んでおられるのなら、価値はあるかと」

「特殊演者部門に伝えておこう。彼女ならではの個性を生かして売りだす手法があるかもしれない」

白い四角のなかに〝メアリー・ヘイスティングス〟と表示され、その上に線が引かれて、横に矢印が付けられた。

「次は？」

「〈ザ・ハンサム・モスキートーズ〉」

「名前のわりにはよいバンドなのかな？」

「保証します。ほんとうに才能のある人たちです。ポップで、そう、みんなで歌いやすい。

ボーカルは容姿がよくて、声も魅力的で、カリスマ性もじゅうぶんですし、バンドの絆も強い」アランのバンド〈パテント・メディシン〉のオリジナル・メンバーだったという点にローズマリーは触れるのを控えた。すばらしいのだから、新たな機会を与えられるべきだ。

「いいじゃないか。そのなかで、義務の履行を妨げる言動が見られた出演者はいなかっただろうか？」

「わたしから見て、こちらの〝シーン〟は注意を要するような点はありませんでした。時間制限も守られていましたし。あくまで音楽を聴く場所で、副次的な利益は求められていないのでは」ローズマリーは誰かの言葉を引用しただけだったが、うまいことを言えたと思った。

男性が笑みをこぼした。「なるほど、そういった人々を発掘できたのならすばらしいことだとも。まだいるのかな？」

「もうひと組」ローズマリーはひと呼吸おいた。「『血とダイヤモンド』を憶えていますか？」

「もちろんだ。大ヒットした」

「はい、それで、そのルース・キャノンを見つけたんです。違うバンド名でこちらで演奏していました。すばらしかったです」

「つまり、最後に最有力候補を残しておいたわけか？　すごいな。よくやった、ローズマリー」人材発掘管理部のアバターは興奮で震えているように少し揺らめいた。「あれは名曲だった。〝いったいあの歌手に何があったのか……〟神秘性を煽ったうえで、数年ぶりの新曲発表を再発見スペシャルとして大々的に売りだせる」

「でも、ずっと演奏していたんです。毎週、それも週に二度も。ちょっと変わったプラットフォームでたくさんの音楽を発表しているわけです」

男性は話を聞いていなかった。「ここに来なくても、ほかのところにいても、問題はない。彼女とはどのように連絡をとればいいんだ？　きみが見つけたほかのバンドとも」

ローズマリーはためらった。当のミュージシャンたちにまず伝えずに取り次ぐのは間違っているような気がするし、そもそも誰の連絡先もまだ知らない。小さな嘘なら差しさわりはないだろう。

「それが、ほとんどが非接続者（ノンコム）なので。どうしたものでしょう？」

男性はため息をついた。「まったく面倒なのだよな。どうしてあの連中はどいつもこいつもノンコムなんだ？　了解した。では、ルース・キャノンとだけ取り次いでくれれば、あとのバンドにオーディションを持ちかけるのはきみに任せよう。ルース・キャノンについてはもう間違いなしだからな。ほかのバンドには、興味があるのなら、ノンコムをいったん解除するのを条件に話をしたいと伝えてくれ。契約することになれば、いずれにしろ後方支援業務部と連絡をとりあうために、スマホやフーディを貸しださなければならないわけだからな。動画は撮ったかな？」

「いくつか」ローズマリーは男性に転送した。

「ありがとう。こちらを視聴してみるが、おそらくはきみの話を裏づけるだけのものになるだろう。バンド名については、それもおそらく全バンドについてだが、新たなものを検討しなければいけないことも話しておいてくれ。〈ザ・コーヒー・ケーキ・シチュエーション〉ではな。神のお慈悲を」

ローズマリーは返す言葉が見つからないので、沈黙を守った。

「よくやった、ローズマリー。数日以内の進展報告を期待している」

「そんなに急ぐのですか？」予想外の言葉にうろたえて息を呑んだ。数週間のうちにうまく話を持ちかけるきっかけを得られればと考えていた。

「今週末までに」男性はいったん口を閉じて、動かなくなった。おそらくほかの誰かと話しているのだろう。「そうだ。今週末までに結論を出すよう言ってくれ。それ以上引き延ばす意味はない」

「ですが、それぞれともう何回かずつ会っておいたほうがいいのでは？」

「もう少し時間が必要だというのか？　きみの報告では、すでに話し合えるだけの情報は得ているように聞こえたが」

その鋭い口調が、これ以上時間を取るのは得策ではないと告げていた。「いえ、今週末でじゅうぶんです。信頼してくださってありがとうございます」

「きみがボルティモアを選んだのは意外だった。まずはたいてい地元の周辺を選ぶものだからな。予想以上の成果だ」

通信が切れて背景の牧草地が消え、ローズマリーは尋ねられなかった疑問だらけでそこに取り残された。今週末までにどうやって全員に話を持ちかければいいのだろう？　地元の周辺でまだ自分が聞き逃していた音楽があったのだろうか？　言うまでもなく、ほとんどどこへでも行ける選択肢のある人々が、いわゆる地元の周辺にまだとどまっている理由があるとはとても思えなかった。

アラン・ランドルの〈パテント・メディシン〉のオリジナル・メンバーだった〈ザ・ハンサム・モスキートーズ〉のベーシストはみんな木曜日は仕事だとあのダイナーで話していたし、ボーカルは従業員でもなければあえて宣伝するようなものでもない〝ブラックナーの不用品と廃品回収〟と書かれたTシャツを着ていた。ロックのライブで身に着けるにはあきらかに不自然なものだ。何を着ていてもイケてることをわざわざ強調したいのでもないかぎり。それとも、まったく不自然なことなどではなく、自分がここでの慣習を知らないだけの可能性もたしかにある。その廃品回収業者の所在地を調べてみると、ホテルから西へ二キロもないところにあることがわかった。見晴らしのよい部屋から外を眺めているうちに陽射しに誘われているような気がして、ローズマリーは歩いていくことに決めた。

歩くほどにボルティモアをもっとよく知りたくなってくる。もともとアランに提案されて、たいして調べもせずにやってきた場所だ。歴史のなかで幾度も重要な役割を果たした街であるのは知っていたけれど、高校で学んで以来、あらためて探究してみようと考えたこともなかった。広い歩道をのんびり歩きながら、玄関先の踏み段に坐っていた知らない人々に手を振り返し、どのような歴史があったのか、もっと詳しく憶えていたならと残念に思った。記憶にある街の印象はこのように親しみやすい場所とは程遠かった。すべては両親や教師たちに植えつけられていた知識で、実際に見るのとはまるで違う。

あのボーカルの名前は聞いていなかったので仕方なく、長身で顔立ちのきれいな金髪の男性がここで働いていないか尋ねると、レジ係が心得顔で口を開いた。「一応助言しておくと、彼のことは忘れなさい。あの人はバンドマン。ここを訪ねてきたのはあなたひとりではないし、だいたいあなたはあの人の好みでもない」

ローズマリーは頰を染めた。「そうじゃなくて！　わたしは……ただ話さなくてはいけないことがあって来ただけ」

レジ係の女性は目顔で信じていないことを伝えつつも、レジの下にある内線通話ボタンを押し、ジョシュ・ディスーザを呼びだした。ローズマリーはもうこの女性から話しかけられずにすむよう、ぎこちなく脇に退いた。呼びだされた相手が人違いだったら気まずい思いをすることになる。ごめんなさい、お手間を取らせるつもりはなかったんだけど、女性に大人気の方だと伺ったのでとでも言えばいいのだろうか。

奥から現れた金髪の男性があの長身のボーカルだったので、ローズマリーは胸をなでおろした。先日と同じTシャツを、もしかしたらべつの一枚かもしれないけれど、同じ柄のものを着て、もつれた髪には木屑が付いていた。

ジョシュはレジ係を睨みつけてから、ローズマリーをしげしげと見つめた。「どなたでしたっけ？」

バンド活動を秘密にしているかもしれないので、ローズマリーは声をひそめて言った。「ローズマリー・ローズです。昨夜、あなたのライブを拝見して、そのあと〈ヒートウェイヴ〉にも行きました。あなたのバンドのほかのメンバーたちとはお話ししてたんですが、あなたは先に帰られたんだと思います」

ジョシュが乱暴とは言えないものの強くローズマリーの肘をつかんできた。触れる許しを与えてはいないのだから、いい感じはしなかった。敷地内とはいえ外まで連れだされた。材木置き場に来たのは初めてだけれど、足もとの大鋸屑（おがくず）から漂う松の香りは芳しい。自然と家の納屋が呼び起こされた。

「ごめん」ジョシュが言った。「ここではほとんど音楽の話はしないんだ。どんな用件だろう？」

「仕事の話。正確には、あなたのバンドに。ほかの人たちを見つける方法はわからなかったから」

ジョシュはフォークリフト用の荷台が積み重なったところに腰かけて、手ぶりでローズマリーにも坐るよう勧めた。「仕事か」

「そう。わたしは……ステージ・ホロ・ライブには詳しい？」

「もちろん」

「わたしは……わたしたちはアーティストの発掘担当者と呼ばれてる。国じゅうをまわって、ＳＨＬの一員になるバンドを探す」もう頭のなかで何度も練習していた言葉が、とりあえずこの男性には思いのほかすらすらと口をついた。たぶん、話をするのは初めてで、つまりすでにべつの顔を装って出会っていた相手とはまた違うからかもしれない。アーティストを見いだすのが初めてではないふりをするのもたやすい。「あなたたちにはじゅうぶんな資格があると思うから、上司に代わってオーディションの機会を提示することをわたしが任された」

「嘘だろ」ジョシュが見つめ返した。「ほんとうに？」

「ほんとうに」

「だったら、えっと、ほかのふたりもここで働いてるんだ。それで知り合ったわけだから。ふたりを呼んできてもいいかな？　ぼくだけじゃなくて、ぼくたち全員に持ちかけてくれてる話なんだよな？」自信にあふれていたジョシュがすっかり気づかわしげになっていた。

「あなたたち全員に。〈パテント・メディシン〉に起こったことは知ってる」

ジョシュはほっとしたようだった。「すぐに戻る」

ローズマリーは待った。ジョシュの自信をすべて自分が吸い上げて取り込んでしまったような心地だ。決定権はこちらにある。

ジョシュはすぐに、前夜にフラスクをまわしていたベーシストとタコのように叩くドラマーを連れて戻ってきた。記憶が正しければ、ケニーとマーカスだ。ケニーは昨夜とはすっかり様変わりして、大きな身ぶりもせず、傷だらけの腕を胸の前で組んだ。ドラマーのほうはそれほどいかめしい態度ではないが、やはり慎重な顔つきだ。

「きみか？」ケニーが尋ねた。「フラスクをまわしたよな。きみは大丈夫だとルースは言ってたのに」

「落ち着け、ケニー」マーカスが言った。「彼女は嘘をついたわけじゃない。おれたちはどうしてここに来たのか訊かなかったし、これが彼女の仕事なんだ」

「みずから名乗るべきだろう。そうせずにそしらぬふりで出会ってた。ただのファンだと思うじゃないか」

「聞いて」ローズマリーは会話の主導権を取り戻そうとした。「どんな形であれ、欺くことになってしまったのはごめんなさい。そんなつもりではなかった。でも、ほんとうにＳＨＬについて、あなたたち全員に説明させてほしい」

ケニーは気を緩めようとしなかった。「全員に？　それとも、おれたち全員を本社まで連れていってオーディションを受けさせた末に、ボーカルだけ残ってほしいと言うんじゃないのか？」

「あなたたち全員。それに〈パテント・メディシン〉に起こったことは、ほんとうにそういうことだったのかな？　わたしが聞いた話とは違う」

マーカスは首を振った。「よせよ、ケニー。事実はそうじゃなかった。おれたちを騙したのはアランで、ＳＨＬじゃない。あいつがおれたちを残そうと頼んだとほんとうに信じてるのか？　あいつは自分ひとりを売り込んだんだ」

「おれにはこれから行ってくると言ったんだ」ケニーが続けた。「バンドの動画を持っていくと」

「そうしたのかもしれないし、しなかったのかもしれない。全員で売り込みに行ってたら、アランだけじゃなくて全員誘われたのかもしれないが、おれたちは行かなかったんだ。それでこのお嬢ちゃんがいま、おれたちの前にいる。おれたちが使い物にならないことを見せつけてるより、まずは話してみたらいいんじゃないか」

ジョシュがなだめるように両手を上げた。「きみたちを置き去りにするなんてことはないと約束する。彼女はぼくたち全員に話を持ちかけてるんだ」

ローズマリーは目顔で感謝を伝えた。「さっきも言ったとおり、全員への話だから。あなたたちの曲はものすごく聴き手に響く」

「それで条件は？」ケニーは胸の前で腕を組んだままだ。

「費用はこちら持ちで、ＳＨＬで第二次審査を受けてもらう。一次はわたしが気に入ったことでもう通過したというわけ。実際に観客の前で演奏してたようにカメラの前でもできるのかを見せなくてはいけない。それだけ。会社の人たちもわたしと同じようにあなたたちを気に入れれば、契約を結ぶ」

「暮らしていけるだけの？」

「わたしの理解では。細かい条件は法務部と詰めることになるけど、ミュージシャンたちには満足のいく暮らしをして音楽作りに集中してもらうのが会社の願いだから」

「そっちに移り住まなきゃならないのか？　アランの隣人として小さなアーティスト村みたいなところに？」ケニーの敵意はやわらがなかった。

「無理にではないと思う。通いという選択もある」

「いつまでに決めなければいけないんだろう？」マーカスが訊いた。

「遅くても日曜には」

「ばかいうな！　そんなにすぐに決められることだと思ってんのか？」

ローズマリーは肩をすくめた。「急なのはわかってるけど、決めなくてはいけないことがそんなにある？　審査を受けるかどうかだけで、何もまだ決まってない。契約はそれが通ってからの話でしょ。あちらに行って気が変われば去ればいいことだし」

三人がひそひそと話しはじめると、ローズマリーは背を向けて空を眺めた。

「オーディションで」そのうちにマーカスが言った。「おれたちがしなきゃならないことは？」

ローズマリーは笑みを浮かべた。「まずは、誰かスマホかフーディは持ってる？」

ジョシュが笑みを返した。「おれたちがみんなノンコム狂信者だとでも思ってるのかい？接続してるバンドだ。出向くとも、売り込むためなら」

ローズマリーは後方支援業務部の連絡先と、照会用に自分の社員番号も伝えた。うまく事が運んだし、アランとの複雑な事情があるのだから、上出来だ。その点をもう少し考えていたら、話をする順番を〈カーツ〉のあとにしていただろう。バンド名を変える可能性については触れなかったけれど、その役割はもっと経験豊富な誰かに委ねようと思った。

ローズマリーはバンドがみなネットに接続していないのではないかと思い込んでいたのだが、〈ザ・ハンサム・モスキートーズ〉にそうではないことを教えられた。〈カーツ〉の捜索は従来の方法で、つまりフードスペースを覗くことから試みた。肉体改造サイトをスクロールして、音楽に関わるものを見つけた。案の定、彼はそこにいて、連絡先も含めて必要な情報をすべて入手できた。そもそも腕にピアノを埋め込んで、身体ごと制御装置にしてしまおうと考える人がそういるとは思えない。〈カーツ〉のワン・マン・バンドを略して〈カーツ

OMB〉とネット上では名乗っていた。

プライベート・ルームでその音楽について聞かせてほしいと持ちかけるのはたやすいことだった。アバターはどことなくアニメ風だけれど、実物よりもさらに身体に手が加えられていた。それなりの金額を払えば、腕にキーボードの鍵盤や胴体にギターを入れるカスタマイズは誰でも可能だ。歩くと、足音がドラムの音を奏でるようになっていた。実際の肉体に本人がこれからさらにしたいことの青写真なのだろう。ローズマリーはその姿を見て、自分が平凡すぎるように思えた。

対面場所は彼の選択で、動くたびに光る色付きの板で囲われた空間だった。音階に応じてその色も変化する。周囲の煩雑さにローズマリーは頭痛がしてきたものの、自分で空間を選べたことで彼はあきらかにくつろいでいた。

「こんにちは」ローズマリーは挨拶をした。「先週〈2020〉でお会いしました。あなたのバンドを気に入ったし、身体を楽器にしているのもすごい」

「ありがとう。きみはそのアバターと似てる？」彼は腕をタップしながら声をわずかに震わせて話した。

「だいたいのところは」

「楽器は入れてないのかい？」

「ごめんなさい、入れてない。別人のふりをして連絡をとったつもりはないんだけど」

「ああ。ぼくが勝手に空想してただけだ。ほかの人たちがどんなものを取り入れているのか見るのが楽しみだから」

「ごめんなさい」ローズマリーは繰り返した。「だけど、わたしはあなたに、ステージ・ホロ・ライブのオーディションを受ける機会を提示しに来た」

彼は声を震わせるために腕をタップしていた手をとめた。「冗談だよな」

「大まじめ。わたしはアーティストの発掘担当者だから」ローズマリーは社員証を差しだした。

「わお、本物か」

「本物。あなたとあなたのバンドはオーディションに招待されている。その気があるのなら、本社までの移動の手配について後方支援業務部と連絡をとりあってもらうことになる」

彼は片手をもう片方の腕に触れた。「ぼくのトリガー・システムは支障にならないのかな？」

「それも魅力のひとつだから、うまく生かせる方法を考えてもらえると思う」

「即興もやらせてもらえるのか？　新たな楽器や装置を取り入れるのは？」

「そちらは難問。技術部門の人と話してもらわないとわからないけど、ループに入れ込んでおくのなら、可能だと思う」ローズマリーはアランが話していたことのなかから一部を抜きだして続けた。「言うなれば、組み立てられた独創性のわけでしょう。ともかく、そんなふうに説明されてる。わたしはミュージシャンではないから」

「それでまだオーディションだけの話なんだよな？　そこに行ってみて気に入らなければ、取りやめて帰ってきてもいいいんだろ？」

「もちろん」

彼は深呼吸をひとつした。「わかった。誰と話せばいいのか教えてくれ」

「了解」ローズマリーは応じた。「だけど、そう、あなたの名前は？　バンドとアバターの名前は知ってるけど、上司には本名を伝えておいたほうがいいと思う」

「カート・ツェル」

カート・ツェル。それで、カーツ。ローズマリーは礼を言い、本人がライブ会場でも話していたようにこれからさらに開発しようとしているもの、つまりいまはアバターの胴体に試しに取りつけているギターのフレットボードを見せてもらった。フードスペースではローズマリーには想像もできなかったほどの肉体改造が行なわれていた。カートは脳から胴体まで、アバターの全身のあらゆるところから、気味の悪い異様な音を奏でた。口はいっさい開けずに。ローズマリーは人材発掘管理部に彼の声について伝えていなかったことを思いだした。驚かせてしまうに違いない。

22
ローズマリー
ただ知るためにここにいる

メアリー・ヘイスティングスについては会社から交渉の許しを得られていないので、残るはジョニとルースのそれぞれのバンドだった。どちらにしても、こうした話を持ちだすのは、ローズマリーにはなんとなく気が重かった。適正な申し出ではないと思っているからではなく、〈ザ・ハンサム・モスキートーズ〉と話したときの彼らの反応が尾を引いていた。そしらぬふりで近づいたと言われた。そう言ったのはひとりだけだったとしても、ほかのメンバーに彼を諌(いさ)めてもらわなければならなかった。でも、嘘をついて近づいたわけではない。純粋に彼らの音楽を評価して、あきらかに利益をもたらす申し出をしただけだ。仕事で来たとはいえ、音楽のファンであるのもまた間違いない。何も偽ってなどいないとローズマリーは自分に言い聞かせた。

ジョニ。ジョニとは水曜日に大変な過ちをおかしてしまったのだと思い返した。あのときは当然のことに感じられた。好意を抱き、ほんとうに好きになり、とてつもなく才能があって、セクシーで、やさしい人だと思った。やさしくされたから評価を高めたわけでもない。それでも〝そしらぬふりで近づいた〟という言葉のせいでローズマリーは金曜日に頰を赤らめて、翌日のジョニとの約束に怯えることとなった。アーティストの発掘担当者でもないのにそう名乗ったのなら身分を偽ったことになるのだろうけれど、そうではなかった。ローズマリーは、絵に描いたように完璧な身なりの人材発掘管理部のアバターが〈２０２０〉に入ってきて、人々に現金やセックスやドラッグと引き換えにオーディションの機会を提示する光景を想像した。自分は偽装していない。ほかの誰かになりすましたことはない。

街を案内してもらう代わりにジョニをホテルの部屋に誘ってみようかとも考えた。あきらかに嘘をついたと言えるのは、友人のところに泊まっていると伝えたことだけだ。仕事のためにホテルに宿泊していると伝えるべきだった。そうしていれば部屋に案内して、眺望やベッドを見せられたのに。

でもそう伝えていたら、ジョニにどんな仕事なのかと尋ねられていただろうし、事実を答えられただろうか？　会う人ごとに訊かれたのは、警察官なのかということだった。的確な質問を投げかけられていれば、きっと正直に答えていた。きちんと尋ねてくれなかったジョニとルースにも非はある。ふたりともどこから音楽を聴きに来たのかとは訊いても、何をしているのかとは尋ねなかった。尋ねられれば話していた。たぶん。

いずれにしても、事実を明かす日がやって来た。ローズマリーはジョニと待ち合わせ場所に決めた〈ヒートウェイヴ〉へバスで向かった。フーディを引きだして、〈2020〉で録画したバンドの動画を見直した。バンドのよさがうまく撮影できていた。どのバンドの演奏も魅力的だ。これを観て、見当違いのバンドが含まれていると管理部が判断したのなら、もういま頃は連絡してきているだろう。会社は自分の報告に満足してくれたのに違いない。

バスを降りる場所へ近づいたことをフーディが低い振動音で知らせたので、ローズマリーは接続を切って、降車ボタンを鳴らした。ジョニはダイナーの正面側の壁に寄りかかってペーパーバックを読んでいた。顔を上げ、ローズマリーを見て笑みを浮かべ、本を鞄にしまった。

「長く待たせたのならごめんなさい」ローズマリーは言った。

ジョニが首を振った。「そんなことない。思ったより早く着いちゃったんだけど、天気がいいし、何分か本を読んでた程度。ねえ、えっと、率直に言うね。あなたのことは好きだけど、この前の晩にしたことは間違ってたと思う」

ローズマリーは稲光に胸を貫かれたような気がした。ジョニが言葉を継いだ。「散歩して、お昼を食べてから、今夜のライブに行こうかと思ってたんだけど、それじゃちょっと詰め込みすぎかな？　ここにどれくらい滞在するつもりなのか訊いてなかったし。つい先走りすぎちゃうところがあって」

ローズマリーは唇を噛んだ。この街にどれくらいいることになるのかわからないとは言いたくなかった。アルコールや、すばらしいライブや、もう二度と経験できそうにないことで調子づいていたのかもしれない。うなずきを返すと、ジョニが息を吐きだした。

「そう、よかった。ゆっくりできるのなら嬉しい。一応、見てもらいたいものをいろいろ考えてきた。ジャズ・ミュージシャンだけが演奏してるところに行くのはどう？　しばらく荒れてた場所なんだけど、復興してるから。もちろん、ジャズクラブではないんだけど、どのみち隠れずにやってるところはないからね」ジョニはあちらこちらを手ぶりで示した。「それか、ピーボディー図書館もお勧め。すばらしいよ。いまは一般公開してないんだけど、その警備員をしてる友達がいるから、覗かせてもらえるし……」

「あなたが見せたいと思うところならどこでも、ほんとうに」わたしもあなたに尋ねたいことがあるから、とは言えなかった。

「わかった。歩きながら考えましょうか」

ジョニは歩きだした。ローズマリーも一歩遅れで踏みだしたものの、小走りにならなければ追いつけなかった。といっても、ダイナーから〈２０２０〉までの数ブロックはまだ見慣れた道のりだ。街や、近隣をよく知るというのは、どういうことなのだろうとローズマリーは思いめぐらせた。

「たしかにまだよくないところは多いけど、わたしたちが子供の頃からしたら、いろいろな面でよくなってる。わたしが育った地元は向こう」ジョニは南西の方角を指さした。

「前時代はかなり荒れてたんだけど、わたしが高校生になる頃にはオンラインの学校が整備されて、富裕層の流入も減って、格差も均されてきた。母が働いてたから、わたしは友達の家から学校に通った。後時代になってよくなったことを論議する人々のあいだでは評価されてないことだというのは知ってるし、それで新たに混乱が生じている点も、昔ながらの問題もあるけど、改善されてきてることもある。なんでも閉じてしまえばいいとは思わない。わたしには嫌いになれない興味深い副産物みたいなものがあるんだよね。法規制を緩めて、クラブや美術館やいろんなものをまた再開したら、かえって解決できる問題もあるはず」

「わたしは両親から、参集規制法が施行されて安全に暮らせるようになったと教えられてきた。あなたは人々が変化していると？」ローズマリーは学校でビフォーは銃撃と爆弾テロと密集による病気の蔓延で、恐ろしい不安定な時代だったと教えられていた。

「わたしはそう思ってる。見まわしてみて。子供たちはどこに住んでいても良い学校に入れる。人々は仕事や住宅を手に入れやすくなった。政府によって最低限所得が保証されてる。なるべく絶望せずにすむ方策がとられている」

「わたしのフーディはいまだに避けるべき通りを知らせてくれる」

「すべて完璧になったとは言ってない。ビフォーを知っている人々からすれば、少なくともここは、いまのアフターのほうがはるかによくなっているのはわかってる。刑務所に何度も入るような人はめっきり減った。裕福な人たちが出ていって、また部屋が借りやすくなった。

街の資産がより公平に分配されるようにもなった」

　ジョニは次のブロックにある共同菜園を突っ切って進みながら、街の土壌の浄化について話した。ローズマリーも庭づくりについては自分なりの考えを持っていたものの、ステージ・ホロ・ライブとの契約の件をいつ持ちだせばいいのかということで頭がいっぱいだった。まずは音楽に話を戻さなくてはいけない。

「わたしがここで観たなかで、女性だけのバンドはあなたのところだけだった。意図的にそうしてるの？」

「そう。女性だけで演奏することで……またべつの強弱が生まれる。ルースのところみたいに全員がクィアのバンドもそういった部分に違いがある。それにルースは多数派（マジョリティ）のなかにわたしたちを取り込む空間を提供してくれているから、すごいんだよ。本人は家主の特権のひとつだと言ってる。政治的な意見の表明だと考える人たちもいるんでしょうけど、そんなに簡単なことじゃない」

「ええと、そもそもわたしにはまず〝政治的な意見の表明〟が具体的に何を指しているのかがわからない」

　ジョニは噴きだして、ローズマリーが冗談で言っているのではないとわかって笑うのをやめた。「あなたのうぶさを愛らしく感じていればいいのか、残念に思うべきなのかもわからない。どうしてそこが問題なのか知らないほうが幸せなのかもしれないけど」

「教えてくれる？」

「そのうちね。でも、〈2020〉がほんとうに特別な理由はわかるでしょ？　ルースはいつの夜に誰が演奏してもかまわない場所を作った。誰がいちばんチケットを売ったとか、何を演奏するかはどうでもよくて、大事なのはどれだけ真剣にやれるかだけ。そんなとこ、ほかにはどこにもない」

ローズマリーにはまだよく呑み込めなかった。演奏する会場がステージ・ホロなのか、昔からあるような場所なのかの違いとしか思えないのだけれど、突き詰めて、自分の雇用主についていやな話を聞かされるのは避けたい。そこで都市での農業についての話題に戻した。

昼食は小さなエチオピア料理店でとった。ローズマリーはエチオピア料理はこれまで一度も口にしたことがなかったので、ジョニに注文を任せ、真似をして食べた。変わった味だったけれど、ほんのり酸っぱくて塩気も効いていて口になじんだ。パンをちぎって、ふたりで同じスプリットピーと牛肉の盛られた皿に浸けて食べなければいけないことも、あまり気にしないようにしてやり過ごせた。どちらも水曜日の夜に起きたことにはひと言も触れなかった。

ジョニは街のことばかり話しつづけた。ホームレスにならないよう昼間にしている仕事のこと以外にも、街案内に人種の歴史、クィアの歴史、社会史、政治、音楽史まで絡めて説明するので、ローズマリーは感心するとともに疲れ果てた。

「考えたこともなかった」正直に伝えた。「街はただもっと人が密集している場所だとしか思ってなかったから」

「そんな、よく見てみて」ジョニは言った。「まだここにも希望はある」

店内の隅のほうでエチオピア人の十代の若者が立ち上がって、録音された音楽にラップを乗せていた。ローズマリーは凝視してしまっていたらしく、少ししてジョニが身を寄せて言った。「あれは違法の音楽ではないんだ。聴いている人がいるところで歌ってるだけ。完全に合法」

きっとすぐに忘れてしまう。ジョニがトイレに立った隙に、ローズマリーはフーディを起動させて、その若者がオンラインにいるか調べた。スーパーウォリーの〝世界の料理〟の定期購入ドローン配送サービスの広告が表示されたが、若者が歌っている曲からアーティスト名を検索してもエラーが出てしまう。ステージ・ホロやスーパーウォリーのデータベースにも見つからなかった。

席に戻ってきたジョニにそのことを伝えた。どうやら自由に配信できるものは何もないらしいことがわかってきた。世情に明るいふりをする必要がなければ、訊きたいことはいくらでもある。

「いまもプラットフォームによって所有者が変わる音楽があるのは知ってる？」

「まだアップロードされていないもの以外は、なんでも二つのデータベースのどちらかにあるものだと思ってた。つまり、厳選されたものがショーで観られているのだとしたら、録音されたものがスーパーウォリーや旧式のステージ・ホロで入手できない理由がわからない」

　今回ジョニは笑いこそしなかったが、けげんな目を向けた。「みんながそのシステムで買ってるわけじゃない」

「そうなんだ。たしかにわたしの両親も買ってない。だけど、そこしか購入できる場所はないと思ってた。あなたたちのように非接続（ノンコム）の人たちは買えないんだと」

「ノンコムは信条で、消費主義を否定してるわけじゃない。わたしたちだって物を買うけど、購入記録をたどられたくないし、つねに繋がっていて、行動を追跡できるようにしておく必要が果たしてあるのかな。さっきわたしがテーブルを離れたあいだに、彼の歌を検索してみたと言ったよね？」

　ローズマリーはうなずいた。

「ということはいま、スーパーウォリーとステージ・ホロはどちらも、あなたがエチオピアのヒップホップに興味津々だということも、このレストランにあなたがいることも知ってるわけ。あなたがたとえ広告を表示させないようにしていたとしても、あちらはあなたの行動履歴を蓄積して、なんらかの方法であなたに買わせたり、ほかの誰かに売らせたりできる機会を狙ってる」

「そのことに何か問題がある？　どうせなら興味がないものより興味のあるものの広告を見

たいじゃない」

「まあね。だけど、商品化されてないかもしれないものについて調べたいときはどう？　たとえば、信用できない議員立候補者の選挙に資金提供している企業を儲けさせたい？」

ローズマリーは話の筋道を見失った。「なんのためにそんなことを？」

「企業は現状を維持するためなら、どちらの陣営の候補にも資金を提供する。参集規制法、夜間外出禁止令、ともかく人々を閉じ込めて、自分たちの商品を使ってもらうために都合のいい状態を維持してくれる政策の候補者たちに」

「どうしてわかるの？」

「無規制サイトに公表されていて、見るべきところを知っている人なら誰でも知ってる。といっても、あなたの場合にはあきらかに彼らの商品に満足してる。あなたの幻想を壊したくはないけど、あなたのような人たちを怯えさせることで彼らが利益を得ているのは知っておいてほしい。それでもいまはここにわたしと一緒にいて、初めての場所で初めてのものを食べているのが、わたしには救い。フーディを使うなと言ってるんじゃない。そこに入ってどんな買い物をするにしろ、買わされているのと同時に売ってもいるという事実をちゃんと見てほしい。みんなにそのことに気づいてもらって、この世界をより良くしようとすることにわたしは取り組みたい」

「それなら、あなたはどこで音楽を買ってるわけ？」

「ライブ会場で直接アーティストから買う以外にということ？　わたしはほとんどそうしてるんだけど、買えるサイトはある。フーディやスマホの個人使用の制御設定を不正に解除すれば、買い物できるクールな場所はいくらでもある」ジョニは最後のぺっとりとしたインジェラ（テフ粉でつくるエチオピア料理のパン）をふたつに切って、片方をローズマリーに渡し、自分のほうのはくるくる丸めて口に詰め込んだ。

そのあとは腹ごなしに歩いて午後の残りを過ごした。ローズマリーはジョニの話を咀嚼（そしゃく）しようと考えつづけた。参集規制法はそんなに悪いものなのだろうか？　規制法が施行されてから、爆弾事件や、病気の大流行は起きていない。現に自分は危険を感じることなく育ってきた。それでも、こうしてここにいると、安全がいちばん重要なことというわけでもないのかもしれないと思えてくる。とはいえ、隠すものが何もないのなら、興味のあるものを追跡して広告を表示されることをどうしてそれほど気にする必要があるのだろう？　まだよく理解できないことがいくつもある。そのあいだにも、ジョニは自動制御カメラを通してではなく、直接自分の目で鑑賞できる画廊や、車輪付きの書棚が設えられた書店に案内してくれた。

「ここで月に二度、話し手たちが来て、討論会が行なわれる」ジョニは書棚が動かされて空いたところを手ぶりで示した。

「何について？」

「経済、未来、書籍、政治、芸術……いろんなことについて」

「その人たちが話すのをオンラインで観るのではなくてわざわざ聴きに来るのは、フードスペースに入れないから？　話し手たちがノンコムなのか、オンラインに入れない事情があるとか？」

ジョニはにっこりした。「だんだんわかってきたみたいだね！　来て、もうひとつ、見せたいものがある」

ふたりは北東へ進んだ。ローズマリーは何か見つけられないかとつねにきょろきょろしていた。小さなエスニック食料品店、コーヒー店、レストラン、美容院、どこも参集規制法に抵触しないようにとても小さい。

角を曲がると住宅街に入った。数軒通り越したところでジョニは鉄条網の通用門の閂をはずして、草よりクロッカスのほうが多い庭にローズマリーを引き入れた。隅のほうで誰かが、いや、人ではなく、青いガラスのなかでモザイク状のひげ根に彩られた小さな枯れ木の下から、金色に塗られたマネキンが手を振っていた。ほかにも首まで泥まみれで、かぎ爪足のバスタブに坐っているマネキンもいて、こちらはあと一、二カ月もすれば花々に包まれるのだろうとローズマリーは想像した。

「ルームメートのひとりが芸術家なんだ」ジョニが言った。

マネキンの手の部分がコート掛けとしてぐるりとめぐらされた小さな玄関広間に入った。ローズマリーはフーディを引きだし、居住者がどのような背景を選んでいるのかを確かめようとした。

「ローズマリー、ここでヴェニアは使われてない。ここにある芸術はすべて本物」

ローズマリーは物心がついてからずっとほかの多くの人たちと同じように自分も最新のフーディを持てたならと思いつづけてきて、やっと手にできたというのに、まるで違うものの見方をする人たちと出会うとは考えてもいなかった。

壁に様々な色のマーカーで文字や、薄れかかった細かな音符がぎっしり書かれた――これもまた芸術なのだろう――ダイニングルームを通って、小さなキッチンに入った。

「ねえ、ハヴィ、もうひとりぶん大丈夫かな？」ジョニが訊いた。

そのハヴィという名らしい男性はキッチンで大きな鍋を掻きまわしていた。「もちろんだ！　レンズ豆のシチューが苦手でなければ、たっぷりある」

「よかった。ローズマリー、こちらはハヴィ。幸運にも、今夜は彼が料理当番。ここでいちばんの料理上手だよ」

「はじめまして」ローズマリーはこれまで見知らぬ人が作ったものを食べたことがあっただろうかと思い返した。もちろん、レストランについては話はべつだ。すべて清潔に保たれているはずなのだから。

ハヴィが香辛料を加えて掻き混ぜ、ジョニが食器棚から深皿を出すあいだ、ローズマリーは脇によけて待った。冷蔵庫には家事と食事の当番表が掲示されている。

さらにふたりの人物が現れ、ハヴィがシチューの完成を宣言し、ローズマリーはレクサとクロチルドと挨拶を交わした。クロチルドが先ほどジョニから聞いた芸術家で、レクサがこの家主だ。ローズマリーはふたりに倣って鍋から深皿にシチューを移した。まだ昼食のあとでお腹は満たされていたけれど、おいしそうな匂いがする。お玉にさわるのが四番手だったこともたいして気にならなかった。

全員でダイニングルームのテーブルを囲み、その日あったことを話しながら食べた。クロチルドが季節はずれのシチューを作ったハヴィを茶化し、ハヴィはシチューを作るのに間違った季節なんてものはないと言い返した。みんなより年配で、女性に性転換したレクサは診療所の所長として働いていて、新たな助成金を得られたことを喜んでいた。ジョニはローズマリーを案内した場所について話した。みんながその場所の選択をあれこれ批評し、さらに見るべき場所を次々に提案した。

「わたしの皿洗い当番がハヴィの料理の担当日に当たると嬉しくて」食事が終わってジョニは皿を重ねながら言った。「鍋ひとつで調理してくれるし、きれいに片づけながら作るから。ほかの人たちとは違って」

クロチルドが笑い声を立てた。「自分のことだよね？　あなたが料理するといつもハリケーンに襲われたあとみたいなんだから」

「手伝いましょうか？」ローズマリーは自分の深皿を持ち上げた。

ジョニがそれを取り去った。「いいから。機械が洗うんだし」

とはいえ、温かく迎え入れられてもやはり気まずいので、ローズマリーはあとについてキッチンへ向かった。「ここにわたしを連れてきたのはこのため？　家族みたいに付き合える人たちと暮らしているのを見せようと？」

「そうじゃないけど、居心地はいい。驚かせてしまったのならごめん。手伝ってくれるなら、もうひとつ深皿を出して、シチューをよそっておいて」

ローズマリーが言われたとおりにすると、ジョニは食器洗い機に汚れた皿をどんどん入れて、残ったシチューは大きなガラス瓶に空けた。

「来て」ジョニが言う。「鍋はあとで洗うから」

ローズマリーはあとを追ってシチューの匂いが充満したダイニングルームを抜け、同じ匂いが漂っている階段を上がった。二階の廊下は細く、天井も低かった。ジョニが右側の二番目の部屋をノックした。

ふたりとも部屋のなかに入ってドアを閉めた。今回はヴェニアなのか確かめたいのをこらえて、ローズマリーは見たままを受け入れた。狭いけれど居心地のよさそうな部屋で、卓上スタンドが灯（とも）されていた。電子機器のせいなのか、外よりもだいぶ暖かい。平らなところはすべて科学実験道具のようなもので埋め尽くされていた。ダイヤルとケーブルの付いた幾つもの箱が、ほかの箱やアンプや小さなキーボードに繋がっている。それらの機械音のなかでファンが低い唸りを立てている。

机の後ろの椅子にタンクトップに短パン姿の女性が足を組んで坐り、頭を回路基板のほうに傾けていた。椅子をくるりとこちらにまわして挨拶した。

「ローズマリー、彼女はカーチャ。カーチャ、こちらはローズマリー」ジョニは電子機器の脇の机にシチュー入りの深皿を置いた。

カーチャは手を振って応え、ジョニに片方の眉を吊り上げてみせた。

「ローズマリー、ここでカーチャがすばらしい音楽を作ってるのをあなたに見てもらいたかったんだ。あなたが使ってるフォーマットではうまく変換されないけどね。ケイ、ちょっと聴かせてもらってもいいかな？」

カーチャは肩をすくめた。「演奏ならいつでも。ベースはクローゼットのなかにある」

ジョニは大きなクローゼットのなかを探って、エレキベースを取りだし、アンプに繋いでからベッドに坐った。「キーは？」

「Dマイナーかな」カーチャがフーディを引きだして——たしかにジョニは友達がみなノンコムというわけではないと言っていた——一分くらいケーブルや機器をいじっていた。べつのアンプから電子ビートが鳴りだした。ローズマリーはジョニと反対側のベッドの端に腰かけた。ほかに空いている場所はない。

ジョニがシンプルなベースリフを奏ではじめた。チェロとはまたまったく違う音色だけれど、ローズマリーが魅了されたあの意志の強さのようなものはやはり込められていた。そのうちにまた何かわからないが、金属質なもので弾かれたような楽器の音が重なりだした。今回はジョニではなくカーチャの演奏を聴くのだったとローズマリーは思い起こし、顔をそちらに振り向けた。カーチャが楽器を演奏しているのかと思えば、何も持っていなかった。その音は机の上にある小さなアンプから聴こえていた。

音の調子が変化し、ローズマリーは見逃しているものがないかとまじまじと見つめた。カーチャは手首を揉んでいて……それ？　そうだ。片手でもう片方の腕を上へ下へとさすると音が出て、音程や速度が変わる。それがふしぎとジョニが弾くベースと調和している。カーチャは肩や、二の腕や、太腿を叩いた。全身で音楽を奏でている。触れたところのどこからも音が鳴る。ローズマリーはカート・ツェルのキーボードの刺青のようなものはないか目を走らせた。

カーチャが右腕を差しだし、ローズマリーは手招きなのだと気づいた。よく知らない人と親密に触れ合うことに腰が引けたが、ジョニが一音も落とさずにベースを弾きながらささやいた。「ほら、大丈夫だから」それでローズマリーは恐怖を振り払って手を伸ばした。

一本の指でカーチャの二の腕を撫でてみた。カーチャがぶるっと身を震わせ、アンプから出る音がかすかに震えた。「もっと強く、お願い。それじゃ、くすぐったい」

三本の指を押しつけた。和音が鳴りつづいて、手を離すなり、やんだ。カーチャが微笑んで、椅子を後ろに押し戻すしぐさで、もう触れなくていいことをローズマリーに伝えた。さらに数分弾きつづけてからジョニにうなずき、ジョニがさらに二回リフを奏でて、手をとめた。ビートはまだ鳴りつづけていたけれど、ふたりはローズマリーのほうに期待に満ちた目を向けた。

「すごい」ローズマリーは言った。「どうやってるの？」

「皮膚にトリガーを埋め込んでる。プロセッサがそれをキーに変換して、アンプを通して増幅される」カーチャは身を乗りだして、ボタンを押してビートをとめた。

「あの〈カーツ〉みたいに？」

「あの〈カーツ〉みたいにではない。あいつがわたしのアイデアを盗んだんだから」

ジョニがベースの弦を叩いて、耳障りな音を響かせた。「でもあの人にアイデアを盗まれなければ、もっといいのを手に入れられなかったでしょ」

「こっちのほうが彼の小さなキーボードよりクールだものね」ローズマリーは彼の名を出してしまった失敗を償おうとして言った。

「ほんと」カーチャはまた二の腕に手をやったが、もう音は鳴らなかった。「それに彼がここから追いだされなければ、あなたが越してくることもなかったわけだから、みんなにとってよかったたってこと」

「動画も見せてあげて」ジョニが言った。

カーチャがフーディを起動させたので、ローズマリーも同じようにした。カーチャが動画をよこした。

「見えてる？」ジョニが訊いた。

「急かさない」とカーチャ。

一分間の動画だった。〈２０２０〉での演奏で、カーチャから一メートルくらい離れたところから撮られているので、誰かほかの人のフーディを使ったのだろう。フーディを着装したカーチャが観客のなかに入り、先ほどローズマリーにやらせてくれたように自分の身体に触れさせて音を奏でていた。みな礼儀正しく触れているが、ローズマリーのようにためらってはいなかった。現実世界でのことなのだから、親密すぎるし、ほかの人に触れている映像を観るのは覗き趣味のようにも感じられた。ローズマリーは動画を停止させた。

「すごいし、わたしに見せてくれようとした理由もわかった。動画ではとらえきれていない。でもＳＨＬなら……」

「ＳＨＬなら、アバターたちがわたしのアバターを触れられるようにプログラミングするんでしょうし、そうしたらまったく違うものになる」

ローズマリーは目を閉じて、そのプログラムのコードを思い浮かべてから、〈ブルーム・バー〉で演奏するカーチャを頭に描いてみた。アバターがアバターに触れるとしたら、せっかくの幻想的な体験が台無しになってしまうだろう。ふたりの言うとおりだ。何もかもがＳ

HLでやるほうがいいとはかぎらない。フードスペース向きのバンドを選ぶなかで、そんなことはすでにわかっていたのに、こうしたパフォーマンスは想定していなかった。こんなふうに触れ合うのは同じ空間にいなければ成立しない。ローズマリーは理解した。時にはパフォーマンスが音楽であり、反対に音楽がパフォーマンスでもあり、両者は切り離せないものなのだと。

23
ローズマリー
待って、待って

ふたりは黙って〈2020〉に歩いて戻ってきた。ローズマリーは言わなければいけないことがありすぎて、口を開くに開けなかった。

玄関前まで来ると、気持ちを奮い起こした。「すばらしい日だった。案内してくれてありがとう」

ジョニがにっこりした。「またその気があるなら、ほかにもいろいろ案内するから」

「楽しみ」

その夜の一番手に登場したバンドは、見た目からすると男女混合の十代の六人組で、おもちゃのような楽器でヒップホップを披露した。プラスチックのドラムセットに、プラスチックのウクレレ、小さな木琴などなど。そんなふざけたような楽器から耳に心地よい音楽を聴かせ、なかでもウクレレ奏者は才能豊かなラッパーだった。全員、スーパーウォリーの配送センターの作業着姿なのは皮肉なのだろうとローズマリーは思った。あの仕事着の社則が維持されているとすれば、社員なら解雇されてしまうだろうし、最初の曲はスーパーウォリーの顧客サービスを茶化した内容だった。このうちの誰かが品質管理部門の抜き打ち検査員ジェレミーだということもあるのだろうか？　ローズマリーは想像して、つい噴いてしまった。SHLがスーパーウォリーの物真似を容認するとは思えないけれど、観る価値のあるバンドだと伝えようと名前は一応控えておくことにした。SHLの対応を想像できるようになれば、新たに見つけたバンドを勧めやすくもなるだろう。

二曲終わったところでジョニに目をやると、頭をきれいに剃り上げてずんぐりとした黒人男性と話していた。ふたりでこちらにやって来た。

「ローズマリー、こちらはマーク・グレイル。ルースがここに音楽をやれる場所を作ったときからずっと来てる。ルースの家の壁にある写真はほとんど彼が撮ったものなんだ。マーク、こちらはローズマリー。街の外から来てる。マークといいまちょうど、しばらくぶりって話してたとこ」ジョニが言った。

「それで、こちらのシーンにはちょっと燃え尽きた感じなんだと話してたんだ。同じ場所で同じバンドを観つづけるのにもほどがある」

「ここに来てなかったあいだは何を？」ローズマリーは尋ねた。

「しばらくはジャズのクラブをうろついてた。毎月自宅でなかなかいいコンサートをやってるところを見つけた」

「それなのにどうして戻ってきたの？」

「わたしが恋しくなったんでしょ」ジョニが冗談めかして言った。

マークは手を振って一蹴した。「仲のいいデックスが次のバンドで出る。ここでは初演奏だ」

「ずっと訊こうと思ってたんだけど」ローズマリーは問いかけた。「誰がいつ演奏するのかがどうしてわかるのか。わたしは必死に調べようとしてもわからなかった」

「一階の冷蔵庫にカレンダーが貼ってある」

「カレンダー？」

「紙の。目抜き通りくらい古めかしいが、便利だ」

「そうだったんだ。だけど、マークはここの冷蔵庫を観に来なくても友達のバンドが演奏する日がわかってたんでしょ？」

マークは笑った。「まあ、こんな感じだ。『おい、マーク、うちのバンドが土曜の晩に初めてライブをやる。来てくれよ』」

「どうしてこういつも、くだらない質問をすることになっちゃうのかな」

「くだらなくなんてない」ジョニが言った。「くだらないんじゃなくて、なんでもないことだってだけ。フーディを持ってないから、連絡をとりあえないわけじゃない」

「それに、おれたちがみんな非接続（ノンコム）というわけでもないしな」マークが自分のフーディを身ぶりで示した。「現実世界に出かけるときにはあえて使わないだけの話だ。きみもそうなんじゃないのか」

サイレンが鳴り、ローズマリーはあの十代のバンドが何を弾いているのだろうかとステージのほうを見た。ほかにも何人かが同じように向き直った。バンドは相変わらずおもちゃのような楽器を手にしている。

「外を通ったのかもね」ジョニが言った。

またサイレンが響いた。そのあとも。ステージの奥の窓を覆っている紙の切れ目から、青と赤の小さな警光灯が見えた。

「ちょっと外を見てくる。マーク、念のため、裏口を開けといてくれない？」ジョニは階段を上がっていった。

「裏口？」ローズマリーは訊いた。

「ポーチの下にある。機材の搬入や、車椅子や、階段を上り下りできない人たちのために」マークは歩きだしながら行き先を指さした。「それと安全のためでもある。ルースはそういったことについてもしっかりと考えて、この場所を選んだ。火災時にも危険がないように」

ローズマリーはあとを追おうとして数歩進んでから、どうすればいいのかわからなくなって立ちどまった。

ジョニが戻って来た。ローズマリーはそちらに踏みだしたが、ジョニは見えていないかのように通りすぎていった。ステージに歩いていき、バンドの演奏を中断させた。「聞いて、みんな、緊急事態（コード・ブルー）。危険はないけど、全員静かに勝手口か裏口から出て。コード・ブルー」

ジョニが喉を切るしぐさをして、音響担当者がマイクの電源を切った。一瞬、誰も動かなかった。すると中年の白人男性がステージの前をつかつかと横切り、階段を駆け上がっていった。ほかの人々もあとに続き、ふたつの出口へ波のごとく押し寄せて、その動きに取り込まれたローズマリーは弾きだされた。胃が沈み込んだように感じ、自然とその場に足を踏ん張っていた。火事にはならない。火災報知器は設置されていて、鳴っていない。誰かがけがをしただけなら、避難を指示しないだろう。ここにいる人たちを全員逃がす。消防車でも救急車でもないとすれば、警察が来たということだ。いずれの場合でも、ジョニが出てと言うのだから、行くべきだ。足が動きさえすれば。

階上から、くぐもっているが大きな声が聞こえた。

「戻れ！」誰かが階段の上で言った。「玄関口に来てる」人波が渦巻いた。ローズマリーは物品販売用の机に突きやられた。

「押すのはやめろ」誰かが言ったが、誰もかまわなかった。ローズマリーは初めて来た晩に坐っていた階段裏に押し込まれながら、ほかの人々と少しでも隙間を開けようとした。人々はドアのほうへ押し寄せていて、ローズマリーは奥のほうへ深く入ろうとしていた。人々が何から逃れようとしているのであれ、踏みつぶされるよりはましに決まっている。階上の大きな声にじっと耳を澄ました。

　取り残されていた観客たちも少しずつ外へ出はじめた。頭上の階段からさらに足音が響いてきた。小さな厚い漆喰の羽目板がはずされた。

「下に誰かいるのか？」と呼びかけられた。

「状況は？」トランシーバーから発っしているらしい声がした。

「全員、裏口から出た。地下は空だ。捕まえられたか？」

「数人」

「数えられる程度か」

「そのようです。何か見つかりましたか？」

「音響機器のようなものだ。クラブとして営業しているのは間違いない。何枚か写真を撮ったらそっちへ合流する」

　ローズマリーはじっとしていた。ジョニ、それに建物のどこかにいたはずのルースが逃げられたことを祈った。アリスの身すら心配になった。リビングルームに坐って、警察官にここには自分だけしかいないと話す姿が思い浮かんだ。たったひとりで警官隊と対峙するアリスが。まずはひとりが観客を装って入って来たのだろうか。あやしいと勘づいていれば、アリスがなかへ通すはずがない。

どれくらいの時間が経ったのか見当もつかなかった。十分なのか、一時間なのか。とてつもなく長く感じられた。ステージの奥の壁に映っていた赤と青の細長い光が消え、不穏な静けさのなかで遠くのほうから地下まで届いていた声ももう聞こえない。人の群れがなくなって自分が心細くなるとはローズマリーは考えたこともなかった。

そのうちに、百万分も延々と過ぎたように思えた頃、蝶番が軋むのに続いて錠前がまわる音がした。一瞬おいて、ルースが現れ、ステージを照らすライトのプラグを抜いた。

「いなくなった?」ローズマリーは訊いた。

ルースが電気コードを取り落とし、さっと振り返った。「嘘でしょ、ローズマリー。心臓発作を起こすところだった。もう誰もいない」

「あなたが逮捕されたんじゃないかと心配してた」ローズマリーは階段裏から踏みだして、首をまわしてこわばりをほぐした。

「逮捕されてはいない。出頭命令を受けた。閉鎖される」

「完全にということ?」

「たぶん。自分の家でやってたのがばかだった。借りるか、廃屋ででもやっていたら、摘発されても、ほかのところに移れたのに。わたしだね、ぜんぶ、自分のせい。これでもう市に差押えられてしまう。わたしが関わっていたと断定されれば、もちろんそうであるわけだけど、もう二度とわたしが手を出せないような手段をとってくるでしょうから、それで終わり」

　ローズマリーは今後起こりうることが恐ろしくて言葉が見つからなかった。しかもここで過ごした時間はまだ短い。店が一軒また閉じるのとはわけが違う。ここはコミュニティだ。この場にふさわしい言葉なんてあるはずもない。「最低」

「最低だ」ルースは同調した。「何か飲まない？　わたしは飲みたい」

「もちろん付き合うけど、何かしなくて大丈夫？　弁護士に相談するとか。みんなは無事？」

「あなたはやさしいね。わたしが知ってるかぎり、捕まったのは違法ドラッグを持っててあたふた逃げだしたばかな男ふたりだけ。何人か参集規制法違反で出頭命令が出てるけど、罪は軽いし、それくらいの罰金はわたしが肩代わりできる。誰がみんなを逃がしてくれたのか知ってる？」

「ジョニ。マークって人に裏口を開けるよう指示してた。ジョニは大丈夫だった？」

「そうだと思う。わたしはまったく姿を見てないんだけど。行きましょ」

　ローズマリーはルースのあとについて二階の住まいに上がっていった。

「何がいい？　わたしはウイスキーにするけど」

　ローズマリーはまだ飲んだことがなかった。「ウイスキーはよさそう」

　ルースはリビングルームの戸棚を開けて、琥珀色（こはくいろ）のタンブラーをふたつ取りだした。片方にウイスキーを注いでから、もう片方のグラスにも注ぐ。ひとつをローズマリーに渡し、自分のグラスはコーヒーテーブルに置いて、うつ伏せにソファに倒れ込んだ。ローズマリーはこの前来たときと同じ椅子に腰をおろした。ウイスキーを口に含んで、たじろいだ。涙がこぼれそうなほどにかっと熱くなったが、後味にふしぎとなぐさめられた。

「わからないのは」一分ほどして、ルースが目を閉じたまま口を開いた。「わからないのは、よりにもよって、どうして今夜手入れに遭ったのか。順番からしたら、いちばん静かなバンドの日なのに。苦情が出たなんてことは考えられない」

それは問いかけではなかったので、ローズマリーはウイスキーを味わいながら沈黙を守った。

「月末でもないし、強引に逮捕しようとしなかったところを見ると、ノルマ達成のためとも思えない。賄賂目当てにしては何もほのめかされてもいないし」

「前にも賄賂を求められたことが？」

「ない。誰にも迷惑がかからないように細心の注意を払ってきた。防音装置を完備。深夜まではやらない。両側の空家もわたしの持ち物で、そこで寝泊まりするのはここで演奏しているバンドの人たちだけ。わたしたちがしていることについて知ってる人がいるはずがない。わたしの知るかぎりは揉めごとも起きていないし。たとえ揉めごとがあったとしても、当事者同士のことで、ライブの場に持ち込まないはず。これじゃ、ひっそり楽しんでたつもりがクソ並みにだだ漏れだったってことでしょ。ごめん——変なこと言っちゃった？」

「いいえ、でも、なんていうか、大変な夜になっちゃって」ローズマリーは内心ではっと胸を突かれていた。言葉にはしたくない恐ろしい考えが浮かんだ。「トイレを借りていい？」

ルースはグラスを廊下のほうに向けて応じた。

トイレに入って、ローズマリーはフーディを起動させ、人材発掘管理部を呼びだした。

「やあ、ローズマリー。どうかしたかな？」またもいたって特徴のないアバターが現れたが、前回と同じ人物なのかはわかりようがなかった。「〈モスキート〉のメンバー、それとカート・ツェルとは連絡がとれた。順調だな」

「わたしが人材発掘に訪れているライブ会場が今夜、警察の手入れを受けました。わたしもそこにいたんです。その件については関わりはないんですよね？」

男性の完璧な顔がしかめ面にゆがんだ。「確認する」

しばし男性のアバターは偽物の髪が偽物の風に吹かれている以外は瞬きもせず、まったく動かなくなって、うつろに佇んだ。「行き違いがあったようだ」男性は戻ってきて言った。

「本来なら来週の土曜日に行なわれるはずだった」

「『行なわれるはずだった』というのはどういうこと？　何が行なわれるはずだったんです？」

「きみは先日報告してくれた四つのバンドとあすまでに話をつけることになっていた。関係が築かれるまでは捜索は入らないはずだった。誰かが日付の入力を間違えたんだ」

「よくわかりません」

「きみには申し訳なかった。きみは逮捕されなかったんだよな？　法務部に繋いだほうがいいかな？」

ローズマリーはどうにもやりきれなくなった。「けっこうです。わたしは免れましたが、知っている人たちが何人か逮捕されたようですし、この場所はおそらく半永久的に閉鎖されます。どういうことなのか説明してもらえませんか？　ちゃんとゆっくりと」

ルースが廊下から呼びかけた。「大丈夫？」

「平気！」ローズマリーはフーディをはずさずに大きな声で応えたので、管理部の男性がその音量に顔をしかめたのがわかった。それからまたアバターに向かって言った。「説明してください。お願いします」

「通常の手順だ。人材発掘担当者が現場入りし、新たな才能を見いだし、採用の交渉にあたる。全員が現地を発ったところで……」

「……競合にならないようにその場所を閉鎖させ、観客は対面ではなくSHLでしか、お気に入りのバンドを観られないようにするんですね。つまり、あなたがたは人々から選択肢を奪う」

「われわれだ、ローズマリー。きみもこちらの人間だろう」

「われわれ」ああ、なんてことを。「それで、わたしと同じ役割の人たちはこれからどうすればいいんです？　嫌気がさして辞めろと？　だから発掘担当者は定着しなくて、わたしにも雇用機会が与えられた？」

「辞める者もいる。いっときは憤慨しても辞めてしまったら終わりだと理解して、与えられた仕事とうまく付き合っていく人々もいる。きみは何も悪いことはしていない。すばらしい演者を発掘して——」

「バンドです」ローズマリーは正した。「演者ではなく」

管理部の男性は何も聞こえなかったかのように続けた。「——われわれとの契約に結びつける。彼らはこちらで、はるかに良い暮らしを得られるだろう。考えてみてくれ。あらゆる場所のファンに曲を届けられるんだ。同じ街で同じ人々に演奏しつづけるのは無駄な骨折りだ。警察が来る前に、ルース・キャノンと話をつけられたのか？」

「じつはまだなんです。今夜、話すつもりだったので」

「くそっ。逮捕されてしまったのか？　また連絡をとりあえるのだろう？　もし助けが必要なら、彼女については法務部に支援を要請する」

自分で探せばとローズマリーは本心では言ってやりたかった。「居場所はわかっています」

男性はほっとしたようだった。こんなふうにこのアバターが本物の感情を垣間見せたのは初めてのことだ。「助かった。初めて聞かされて、きみは動揺しているだろうが、最適なシステムなんだ。間違いない」

「そうなんでしょうか？　その最適なシステムには、ルースが所有するライブ会場が閉鎖されるという点も考慮されているんですか？　われわれとビジネス契約を結ぶ説得をする際に好材料になるんでしょうか？」

「うむ。どうかな」男性はばつが悪そうだ。またもアバターからいったん抜け出て、悔いたような顔で戻ってきた。「きみの報告は以上か？」

「報告ではありません。このような仕掛けがあるとは知らなかったので。情報をきちんと知らされずに、わたしはここに派遣されたんです」

「最初の出張ではそのほうがうまくいく。そうでなければ、発掘担当者が神経質になって情報が洩れてしまう」

「これでは台無しです。人々が逃げようと暴走して、誰かがけがをしていたかもしれないんですよ？　わたしがけがをしていたかもしれない」

男性は肩をすくめた。「このやり方でうまくいっている。われわれの知るかぎり、これまで誰もけがをしていない。いずれにしても、これで彼女はそこに縛りつけられずにすむわけだ。われわれがぜひ訪れてくれることを望んでいると伝えてくれ。明るい展望を示してやるんだ」

ローズマリーは頭のフーディに手をかけた。「期待なさってるほど乗り気になってもらえるとは思えませんが、努力してみます」

「チームの一員として役割を果たしてくれて感謝する」

ローズマリーは言葉を返さずにフーディをはずした。

めまいがした。できることなら、ふざけるな、もうこんなことに加担するもんかと言い放ってやりたかった。せめて、人々を危険に晒し、ライブ会場を閉鎖させるようなことだけは避けたかった。きれいなホテルの部屋と、この数週間の食事を思い返した。もし契約をひとつも結べずに会社を辞めれば、ここでの費用を返すのに一生かかってしまいかねない。立ち去れない。それにともかく、ミュージシャンたちとSHLを結びつけるのは正しいことだ。そうだよね？　すばらしいミュージシャンは多くの人々に観てもらうべきだ。そうすれば音楽で生計を立てられるようになる。それなら良いことばかりのはず。

ローズマリーは気持ちを落ち着かせた。リビングルームに戻ると、ルースはまだソファに寝転んで顔に枕を押しつけていた。ローズマリーは椅子に坐って、グラスの中身を飲み干した。ほかに選択肢はない。

「ルース、話がある」

枕が脇に置かれ、ルースは顔を上げた。疲れていて、それもライブ後の充実感からくるものではない。軽い調子ながらもげんなりしたような声だった。「やっぱり警官だったとか。ずっと潜入捜査をしていて、ついにわたしを逮捕しようってわけ」

「違う」

「よかった。とても受け入れられそうにないから」

そう簡単には話を進められそうにない。「今夜はまだ時間がある。まじめな質問をしてもいい？」

ルースは上体を起こして坐り直した。「どうぞ」

「こんなことになる前に、ほんとは尋ねたいことがあったから」

「いいよ……」

「この前の夜、『血とダイヤモンド』の半分でも『選べ』が支持を得られたら、変化を起こせるって言ってたでしょ。あれは本心？」

「もちろん。いままでの最高傑作なんだから」

「いまでも新たな観客の前で歌いたいと思ってる？　大勢の観客の前で」

「当然でしょ。どうして？」

ローズマリーは大きく息を吸い込んだ。「その機会をわたしがあなたに提供できるとしたら？」

「あなたはなに？　願いを叶えてくれる精霊？　ドッキリ番組の仕掛け人？」

「わたしは精霊じゃないし、あとに言われたほうはなんのことなのかわからない。だから、つまり、わたしがあなたをステージ・ホロ・ライブに紹介できるとしたら？　あの人たちがあなたとあなたの新しい曲に関心を持っているとしたら」

ルースは立ち上がり、ローズマリーには尋ねずに、自分のグラスにだけウイスキーを注ぎ足した。「ほんとうにそう言ってんの？　わたしとわたしの新曲にも関心があると？」

「あなたが最近生みだしたものはどれもまだ広く流通していないから、新たに演奏して、ひとまとめに再リリースできたらと会社は考えてる。だからつまり、再発見スペシャルとして」

「再発見スペシャル。どういう意味か、わかってる？」

「若い世代のリスナーにあなたを広めたいということじゃない？」

「昔懐かしの歌手として売りだしたいってこと。当時やってた曲をわたしに弾かせたいんだ。あなたはわたしの演奏を聴いてたでしょ。昔と同じだった？」

「いいえ」ローズマリーは認めた。「音楽のジャンルすらも違う」

「わたしは以前、良質なフォークポップソングを書いて、かごのなかの鳥でいるかぎりは上手に売ってくれる会社の言うなりに、各地の着席式の劇場で演奏してた。そしてまたステージ・ホロ・ライブは、わたしをその鳥かごに入れようとしてるだけのことなんじゃない？」

「そんなことは言ってなかった。あなたがまだ演奏していると知って興奮してたし。条件を交渉できるはず」

「どんな条件？」

「あなたが求めることならなんでも。報酬、創作の裁量権。生活費を稼ぐ仕事をやめて、また一日じゅう音楽を作れるようになる。あなたの音楽を聴きたがっている人たちは大勢いる」

「小さなフードのなかの世界や、リビングルームでね」

ローズマリーは唇を噛んだ。「どの夜も同じ人たちに演奏して聴かせてるんでしょ。あなたが死にかけていると思ってる音楽のお通夜をやってるようなものじゃない」

「わたしたちがやってることがそんなもんだと、ほんとうに思ってる？」ルースの声に先ほどまで滲んでいた疲れは、何か鋭く揺るぎないものに取って代わられた。疑念、落胆、信念。「そんなこと思ってないよね。お互いに。毎週同じ人たちの前で演奏するのは、ツアーに出るのとはまた違う挑戦。いつ来ても惹き込まなくてはいけない。そのために、わたしは書きつづけてる」

「あなたの曲はもっとたくさんの人々に聴いてもらうべき。ここに来てなかったら、わたしにとってあなたはまだ『血とダイヤモンド』の人で、あんなにすばらしい曲を書いてるなんて知ることもできなかった。ここに来なければ、あなたの曲を永遠に知らないままだった」

「それでどうしてあなたはここに？　音楽を探しに来たと言ってたよね。あなた自身じゃなく、ステージ・ホロのために探しに来たわけ」それは問いかけではなかった。

「両方。この仕事に就いていなければ、ずっと家を出られなかったから。どこかに行ってみたかった。まだ知らない音楽を聴いてみたかったし、見たことのないものを見てみたかった」

「そう。あなたはツアーに出されたわけだ」ルースの笑い声は陽気さを欠いていた。「わたしがここにいるのをあなたの会社は知ってたってこと？　どうやってわたしのところにたどり着いた？」

「アラン・ランドルが、ここに行ったらいいと勧めてくれた」

「そういうこと」

「すばらしい音楽が聴ける場所なんだと。ほんとうだった」

「それであなたはここに来て、わたしにいままでやってきたことをすべて捨てさせられると思ったわけ？　それとも、今夜の手入れも、わたしを説得するためのあなたの差し金？」

「警察の手入れのことはまったく知らなかった」ローズマリーは誠意を信じてもらえることを願いつつ言った。「ほんとうに。それにアランも〈２０２０〉のことだけで、あなたについては何も言わなかった。報告するバンドを選んだのはわたしだし」

「待って——つまり、わたしが昔懐かしの人ではなくて〈ハリエット〉としてなら契約に合意すると言ったら、それでも認められる？」

「わたしはそのつもり」ローズマリーは言葉に力を込めた。「あなたの名前ではなくて、すばらしい音楽を作っているから、報告したんだし」

「だけど、最初の晩にあなたはわたしが誰かを知った。選択にまったく影響がなかったと言いきれる？」

「あなただと知って興奮したけど、あなたがもし腐っちゃってたら、わざわざ会社に報告なんてしなかった」

「せめてものなぐさめか。ほかのバンドにも声をかけた？　それともわたしだけ？」

「あなた以外には、〈ザ・ハンサム・モスキートーズ〉、〈カーツ〉。どちらもオーディションを受けることが決まった。ジョニのバンドにも持ちかけるつもりだったんだけど、言いだすきっかけが見つけられなくて」

「それなら、もし今夜手入れがなかったとしても、あなたはわたしがここで演奏してもらってるバンドを連れていってたわけ」

「限られた人たちで、本人たちが希望すればの話。ジョニは興味を示さないような気がしてる」

「そうだろうね。わかった。それで、次のステップは？」

「次のステップ？」

「わたしが興味を示したとあなたが報告するのか、わたしがあのフーディとやらを付けるのか、弁護士がうちにぞろぞろ派遣されてくるのか」

「興味がある？　ほんとうに？　あなたがよければ、いますぐ報告する」

「今夜はよそう。もう無理。わたしが少し寝たあとで、あす出直してきて、話しましょ。いまは帰ったほうがいい」

ローズマリーはルースに見送られて、玄関扉の外へ出た。「じゃあ、あした。ここが閉められてしまうのは残念」

「わたしも、ローズマリー・ローズ。わたしだってそう」

24
ローズマリー立ち去る

　お酒が入った状態で歩いてホテルに帰るのは賢明な考えであるはずもなかったけれど、時間を確かめたときには最終バスに間に合わない時刻で、自動走行タクシーを待つ気にもなれなかった。ローズマリーはホテルのエレベーターを待つあいだ、ルースについての報告のメールをいま入れるか、管理部に自分たちのしたことをもう少し悔やませるべきかと考えていると、肩を軽く叩かれた。ぎょっとして身体を跳ね上げた。

「いいとこじゃない」ジョニが言った。両手を腰において、大げさにホテルのロビーをつくづく眺めまわした。「ここがあなたのご友人とやらが住んでるとこ？」

「驚かせないで」

「うまくいったか」

「どうして怒ってるの？」

「どうしてって、警察がいなくなってから知り合いの警官に電話したら、今夜の手入れは街の外から垂れ込みがあったからだと教えてもらった。最近、街の外から来たのはあなただけ。それでルースに確かめようと戻ったところで、ちょうどあなたが出てくるのが見えて、数ブロックあとをつけてみようと思ったら、あなたはどんどん歩きつづけるからわたしも追いかけて、案の定こうして、あなたのお友達が住んでいるにしては不自然なホテルに着いた」

「説明させてくれる？」

「どうぞ」

「ロビーだとあなたの声が大きくて警備員を呼ばれたら困るから、上に行かない？」

ジョニは肩をすくめただけで、答えなかった。そのあいだにローズマリーは呼んでいた一人用のエレベーターを取り消して、二人用を呼び直し、念のため親指でさらにスワイプした。

前日にやっと操作方法を学んで、ブラインドは上げていた。部屋に入るなり、ジョニはまっすぐ窓辺へ向かった。「こんなふうに高いところから街を見るのは子供のとき以来。きれい」

「ええ。毎晩眺めてしまう」

どちらもしばらく話しだそうとせず、やがてジョニが沈黙を破った。「それで、説明する？」

「警察に捜索させるよう通報したのは、わたしじゃない。ほんとうに、あんなことをするなんて、わたしは知らなかった。〈２０２０〉の場所も、それを言うなら、その会場名も伝えていない！」ローズマリーはルースとあのクラブを裏切るようなことを何か言ってしまったのかと必死に考えた。「ＳＨＬで働いてるけど、わたしの仕事は新たな才能を発掘すること」

「やり手なんだ？」

「わからない。今回が初めての仕事だった」

「成功した？　壁に飾れる戦利品は持ち帰れそう？」

嘘をついても意味がない。「〈カーツ〉。〈ザ・ハンサム・モスキートーズ〉。ルース。それに、あなたにも持ちかけるつもりだったんだけど、言いだせなくて」

「そうなんだ」

「あなたのバンドはすてきだった。ＳＨＬにあなたがしてるようなことをしてる人は誰もいない」

「それはありがと。ルースはほんとうに承諾したの？」

「話すつもりはあると言ってた」

「それは、あの手入れの前とあとのどっち？」

「あと。ジョニ、わたしはほんとうに、まったく、会社があそこを閉じさせようとしているなんて知らなかった」

「ふうん。わたしたちについてすべて報告したけど、あのクラブについては何も言わなかったわけ？」

「言わなかった。わたしがここでそういう場所を見つけたのは伝えたけど、送ったのはバンドの名称と動──」ああ。「動画だけ。〈カーツ〉の映像を送ったんだけど、位置情報を消してなかった。付随データのことは忘れてた」ローズマリーはベッドに腰かけ、両手で顔を覆った。「自分がこんなことをしてしまったなんて信じられない。でも、会社にはいくらでも突きとめる方法はあったんだよね、たぶん。わたしがばかな失敗をしなかったとしても。わたしのフーディを追跡できたし、バンドの名称か何かからでも調べられる。今夜までわたしが気づかなかっただけで、あの人たちはきっとどこでもそんなふうにしていた」ローズマリーは目を開けなかった。ジョニを見たくない。「それで、あなたは興味がある？　わたしの戦利品になることに」

「ステージ・ホロのミュージシャンになるかってこと？　遠慮しとく。いまもまだそんなこと訊くなんて信じられない」

「考えもしない？　ずっと音楽作りだけしていたくない？　報酬ももらえる。何百万人もの人たちに、あなたの音楽を聴いてもらえるのに？」

「出会った夜に言ったよね。あなたの会社の人たちが求めているのはわたしじゃない。型に嵌め込まれるのがいやなわたしを自分たちのやり方に嵌め込もうとしてる」

「やってみなければわからないじゃない」

「いいえ。わかる。わたしたちの場所をこんなやり方で閉めさせて、性的な魅力を売りにしろと言うような会社を儲けさせるくらいなら、リビングで六人の前で演奏してるほうがまし。音楽は音符を奏でてるだけじゃないってことがわかってない。演奏する空間とバンドと観客で生みだされるものなんだよ。その偽物を生みだすことには興味がない」

「でも、演奏する空間はもうなくなる」場所を伝えていないとはいえ、自分のせいだとローズマリーは思った。「もしかしたら会社から今回のことは間違いだったと警察に伝えてもらえるかもしれない。捜索に入る場所が違っていたと。まだルースを救えるかもしれない」

「これはもう取り消せないんだ、ローズマリー。あなたが壊したんだとしても、直すのはあなたたちじゃない。大変な打撃を与えてくれた。あそこがなくなっても、ほかにも場所はある。なくても、またできる。わたしが作るかもしれないけど、その場合には、あなたは呼ばない」ジョニは目を潤ませていたが、瞬きで涙を振り払った。「これからどうする？　バンドを口説いたんでしょ。次はどうするつもり？」

「考えてなかった。会社が今回の成果を評価してから、またどこかへ派遣される」

「またバンドを引き抜いて、ライブ会場をつぶすんだ？　どんどん地下へ追い込んで、もう誰も見つけられなくなって、みんながステージ・ホロ・ライブにお金を払わざるをえなくなるようにする？」

「スーパーウォリーには戻りたくない。ほかにわたしに何ができるっていうの？　バンドを選ぶ目はあると思ってるし、もちろん、あなたたちみんなが選ばれたいわけじゃないのもわかってるけど、ライブをする場所を閉鎖させたいなんて考えるはずない。自分がそんなことに手を貸しているとは思わなかった」ローズマリーは息を呑み込んだ。「ほんとうにごめんなさい、ジョニ。何もかも」

「当然だね。いま何をしてくれても、埋め合わせできることじゃない。それだけは憶えておいて」

しばらくどちらも押し黙り、そのうちにジョニが首を振り、もう口を開くことなく部屋を出ていった。なんでも改善できる魔法の言葉をローズマリーが知っていたなら、口にしていただろう。窓辺に歩いていった。日の出を眺められる方角には面していなかったが、通りを挟んだ建物の窓ガラスがちょうどオレンジがかった金色の光を跳ね返していた。地上に出たジョニは蟻（あり）くらいの小ささだった。憤っている蟻くらいの小さな女性。ローズマリーは通りを歩いていくその姿を見えなくなるまで追いつづけた。

第三部

25

ルース
準備はいいか

どのコードにどんな音を乗せてもいいし、どの音でどんなコードを弾いてもかまわない。わたしが読んだジャズの本にはそう書いてあった。ニール・ヤングのソロ理論とは厳密には合致しない。そちらの理論では、弾いてみてからやはりどうしても不調和でそぐわない、つまり間違った音もあるとほのめかされているからだ。砂利や棘が歌の歯の隙間に挟まったような。そう、曲の生演奏には歯があって、アイデアを噛み砕いて、引き裂いて、世の中に吐き捨てさせもする厄介なものだ。生の演奏では、本来ならそこに現れるはずのなかった音色が生じ、思わぬ方向へ注意をそらされることもある。コードを押さえ間違えたり、サビを急ぎすぎたり、歌詞を忘れたり。わたしはそんな瞬間が大好きだ。

時にはすべてがうまくいくこともある。会場がどことか、どれくらいの観客が入っているかも関係がない。星のめぐり合わせで、バンドがきっちり嵌って、観客がこちらのしようとしていることを汲みとってくれて、肉体も、不運な日々も飛び越える。その歌が自分そのものになって、自分自身をも超越する。

歌（もしくは楽曲の歌詞）でしか自分を表現できないとしたら、わたしが失ったり捨て去ったりしてきた人々や場所への追悼として、そうした曲を聴いてほしい。家族、そしてわたしが育ち、互いに誰もが思いやるけれどわたしの居場所はなかったコミュニティそのものに。友人たちでお別れの会すら開けなかったエイプリルに。ボルティモアの地下にみずから改築し、自分がほんとうにその一員となれるコミュニティを築き直した、その場所に。すべてが、もう消えてしまった。いまはただわたしの内側でぐつぐつ煮え立ち、使い古したギターを血の滲む指で弾いて奏でるコードとして噴きこぼれるだけ。

警察が捜索に入った翌日にローズマリーがまた訪ねてきたとき、わたしは出ていかなかった。

二階のカーテンの陰から下を覗いて、今度は玄関扉を強く叩いて、呼びかけ、さらには裏口にまわってまた呼びかけてくるのを待った。そのどれもローズマリーはしなかった。ノックをして、ただじっと待ち、もう一度ノックをして、三度目にさらに強めにノックをした。一度だけ二階のほうを見上げた顔はこれまでに見せたことのないものだったけれど、わたしには読みとれた。希望を。

一瞬、ほんの一瞬だけ、わたしは彼女に憎しみを抱いた。わたしが作り上げてきたものをあんなふうにたやすく、あっさり壊しておいて、どうして希望なんてものを持てるのか？

悪気がなかったのはわかる。力になろうとしていたつもりだったのだろう。ローズマリーを昔の自分のように見てしまっていたのは、わたし自身の勝手な思い込みだった。あの子もまたほかの人々の善意によって定められた人生に縛られず、自分の選択でコミュニティを探し、現状を打破しようとしているのだと。実際は彼女がどこまで考えていて、わたしはどれほど自分の境遇と重ね合わせてしまっていたのか、いまとなってはわからない。

これまで人を嫌いになったことはあまりない。家族から逃げだしたのも、嫌いになったからではなく、あのままあそこにいたら、自分を見失ってしまいそうで恐ろしかったからだ。それからたとえ連絡をとりあうのを家族に拒まれていても、感じるのは憎しみではなく、痛みだ。

憎しみを向けるのはもっぱら新聞の第一面に載るような悪人たち。具体的に顔かたちが見えるものではない。水疱病(ボックス)、爆弾テロリスト、爆弾、銃撃犯、銃、それらのせいで生じた混乱状態、自由と安全を守ることを大義名分に規制を振りかざした政治家たち、それを止められなかった人々、そんなものは一時的だと高を括(くく)っていた人々。ステージ・ホロや、ほかにもそうした規制を都合よく利用して儲ける企業も憎しみの対象になる。すでに自分たちのコミュニティにも侵食してきているのではないかと薄々感じてはいたけれど、今回そのやり口を目の当たりにして、吐き気すらこみあげていた。

最後のノックを終えると、ローズマリーの表情が変化した。そこにはもう希望はなかった。

当惑しているように見えた。それでわたしは思い直した。希望を抱いたのも当然だ。わたしたちは関わり合った。ローズマリーからすれば真剣に精いっぱいの提案を持ちかけたのだ。自分がしてしまったことを知りつつも、あの子は少しでも繕えないかと希望を抱いていた。わたしは身をひそめて、その機会を与えることを拒もうとしている。それはじゅうぶん理解していながら、呼びかけには応じられなかった。あの子が許されずともかまわず事を収めようとしているのがわかっていたから。

ローズマリーはもう一度ノックしようと片腕を上げ、自分のこぶしを見て、その手を開き、歩き去っていった。それから何年も、わたしはそのときのことをたびたび思い返した。あえて突き放したことを。数週間後、その思いを『町を出て』という曲にした。あの子と運命の糸で繋がっているのかはわからなかったけれど、その曲を歌うたび、手を開いて見せる彼女をまた突き放した。もう行こう。あの瞬間に、わたしはそこにとどまってはいられないとわかったのだ。

ほかに音楽を生で奏でることのどんなところが好きなのか？　バンドが切れ目なく次の曲に移り、二曲が溶け合って、その類似性がきわだったところで、また離れる瞬間が好きだ。あるバンドが自分たちの代表曲をさしおいて、カバー曲を断片的に入れ込んで、そこに使われたⅠ（C）、Ⅳ（F）、Ⅴ（G）の主要三和音（スリーコード）がこれまで書かれてきた、ほとんどのロックバンドの曲に脈々と受け継がれているのを見せつけるのも好きだ。つまるところ、わたしも派生物で、どれもみんなひとつの曲なんだと誰よりも実感している。どの音を選んでもそれは同じ。使いまわして、またそれを弾いている。

べつの選択もあっただろう。ローズマリーの呼びかけに応えて玄関扉をあけていたら。あの場所を維持することを条件に、ステージ・ホロに身を差しだしていたら。新たなライブ会場を開き、警備を強化して、アリスのような役割を何重にも設定する。そうした選択のほうが去るより理に適っていたのかもしれないけれど、土曜日の晩にがらんとした地下室を見て、自分の失敗を突きつけられることに耐えられなかったし、ただ必死だったあの子を本人にちゃんと説明もせずに利用した企業に自分が身を投じるのは想像すらできなかった。

もし、やり直せるとして、〈2020〉を救えるだろうか？　その場所の閉鎖が、慣れきっていた領域からまた外の世界へ飛びだす後押しになった。わたしは現状に甘んじていた。〈2020〉を開いていれば人の役に立っているようなつもりになって、その陰に身を潜めていた。自分が開いたライブ会場も、そこで演奏していた人々も愛していた。続けられているあいだは、自分のコミュニティにも、自分自身にも、贈り物を与えられるのは嬉しかった。

ローズマリーが音楽を探しにやって来たのは、地元では見つけられなかったからという事実についても考えた。わたしは音楽の媒介者だと自負していて、わたしを探しに来る人々や、招いても安心な人々のために、ひとつの街で音楽の媒介者を務めて満足していた。そのような方法では、どこかで音楽に触れる機会を待っているローズマリーのような若者たちに伝わるまでに時間がかかりすぎる。

そう考えてみるとすぐに、こちらからまわるほうが筋が通っていると気づいた。そろそろわたしもこぶしを開いて、長らく浸かっていたぬるま湯から抜けでる頃合いだ。ただひとつ不変なものは変化だとするなら、抗ってなんになる？　変化を受け入れ、変化を追い越し、自分自身が変化して、配列も、鍵も、錠前も、メロディーとメッセージ以外は何もかも変えよう。

市の差し押さえ資産の競売でディーゼルエンジンのバン〝デイジー〟を見つけたのはアリスだった。十年もので走行距離はたった五千キロ、へこみも錆びもなし。現在のディーゼル燃料の価格からして入札者はほかにいないとわたしは当たりをつけた。第一、このご時世に十五人乗りの車にどんな用途があるというのだろう？　わたしは現金で購入した。わたしたちのライブを観に来てくれていた若者のひとりが、バイオディーゼル車への転換を行なう修理工場で働いていた。ほかにも何人かが、真ん中の座席を取り除いてベッドを入れたり、機材を積み込めるように後部にケージを取りつけたりするのを手伝ってくれた。

わたしが両側に所有していた家屋の片方を〈２０２２〉にして、そこにアリスが越してきた。友人の弁護士――彼のバンドの名称は〈オクトパス・セックス・アーム〉だ――に頼んで、〈2020〉を差し押さえられないよう係争しているが、わたしはそこに居住している必要はないと言うし、じっとしてはいられなかった。

わたしはボルティモアを旅立った。持ち物は、アコースティックとエレキの二本のギター、長年使っているマーシャルアンプ、一週間ぶんの衣類に加えて、革ジャン、セーターが二枚、ステージ用のブーツ、スノーブーツ、スニーカー、ペーパーバック四冊、商品を入れたスーツケース、それぞれのギターの替え弦ケース、聴きたくなりそうな曲がすべて入ったディスクドライブ、紙のノート、自転車、前時代(ビフォー)最後のツアーで買ったランド・マクナリーの昔ながらの注釈付きアメリカ地図。そのほかの楽器や機材は売るか譲るかして、私物は箱詰めして友達のガレージに保管してもらった。持ち運びできるものだけで暮らすのはこれが初めてじゃない。

すべてがひっそり隠れて行なわれている時代に、新たな街で演奏する場所を探すにはどうしたらいいのか？　ローズマリーの場合にはその答えを見つけだす必要はなかった。こちらからご丁寧(ていねい)に差しだしてあげたのだから。探すべき場所さえわかれば、ほかのところでもきっともう見つけられるだろう。手順一は、コーヒー店を隈(くま)なくまわる。場末のバー、貸自転車屋も。そしてひそかに集まっていることを打ち明けてくれそうな若者を見つければ、自分を信用させるのはもう少しむずかしい。時間はかかるけれど、いったん懐に飛び込めれば、しめたもの。

　わたしが最初の目的地に選んだのは、素朴な美しさがボルティモアに似ているピッツバーグだ。フィラデルフィアやワシントンD．C．ほうが近いが、せめて一日で行って帰って来ようとは思えない場所にしたかった。どこかへ出かけるのはほんとうに久しぶりだ。ボルティモアの街なかを州間高速道路（インターステート）70号線へ向かって走り抜けながら、胸のうちで別れを告げた。さよなら〈2020〉、さよなら〈ヒートウェイヴ〉、さよなら第二の故郷。これでどこかを去るのは何度目だろう？　こうしてまた旅立てた。去る場所ではなくて、これから行く場所のほうに頭を切り替えよう。ピッツバーグのバンドやクラブについては昔から人々が気さくに楽しんでいた印象がある。それに、どこもかしこも川だらけ！　最後のツアーでピッツバーグに車で来たときには、橋の上を走っていてライブ会場が進行方向とは反対側に見えたのだけれど、どこで方向転換できるのか見当もつかなかった。エイプリルがわたしの座席の裏をドラム代わりに叩いていて、ヒューイットがスマートフォンから与えられる方向指示を復唱して、何度もルート変更を余儀なくされた。今回は街以外に目的地が決まっているわけではないので、道に迷いようもなかった。

　インターステート70号線を八キロほど走ったところで、サイドミラーに点滅灯が映っているのに気づいた。なんの違反なのかわからず、ため息をついて車を路肩に寄せて停めた。ハンドルを握ったまま、財布とスマホと自動車登録証のある場所を思い返した。

州警察官が、バンが運転手本人のもので、その運転手がわたしで間違いないことを確認して、運転席の窓脇に戻ってきた。

「停車を求められた理由がわかりますか？」警官が訊いた。

わたしは考えられる理由を並べ立てたい気持ちをこらえた。「いいえ、わかりません」

「周りの車について何か気づいた点はありませんか？」

「いいえ、ありません。ほとんど見かけませんし」

「この幹線道路は自動走行車専用です」

「気づきませんでした」わたしは正直に伝えた。

「八年前から規制されてるんですよ」

そうなんだ。「おまわりさん、わたしは十年もどこにも出かけていなかったんです。わたしの自動車登録証の日付を見ていただければわかります」

警官は大きく息を吐いた。「たしかにそのようですが、違反切符は切らなくてはなりません」

違反切符が発行されるまでに何分もかかり、わたしはライブ会場を想像させるような何かが発見されて、さらに面倒なことになるのではないかと心配したが、ようやく警官がまた窓のそばに戻ってきた。わたしは違反切符をダッシュボードの小物入れに突っ込んだ。またすぐにメリーランド州に戻ってくる予定はない。

警官は親切にも次の出口まで先導してくれた。わたしは明るく手を振って別れ、最初に見つけた駐車場に車を入れて、古めかしい地図を確かめた。インターステート70号線にいくつかX印を付けた。代替えの経路を探すには最新のオンライン地図のほうが便利なのだろうが、わたしは頑固者だ。道路は変わっているかもしれないけれど、道のりの地形は変わりはしない。

並行して延びている従来の道路はまだ存在した。わたしには狭い道筋のほうが向いているだろう。小さな町を素通りしてしまうより、そのほうがローズマリーのような人々の暮らしぶりも見られるかもしれない。農場はまだ農場で、田畑がまだそこにあるのもきっとわかる。フレデリックの街に近づいてくると平坦な地に巨大な建物がそびえていた。これほど大きな建物は見たことがなかった。飛行機の格納庫？　ネットのサーバー・センターとか？　違う。スーパーウォリーの配送センターだ。近づくにつれ、それまでムクドリやスズメだと思っていたものがドローンで、連なり、群れて、ひと塊りとなって、どこか知らない場所へ向かって空中を飛んでいるのだとわかった。トラックが自動走行し、荷物はドローンで自宅まで配送される。消費以外に人間の仕事はなく、そのことだけに専念できる。

なんておかしな世界をわたしたちは作りだしてしまったのだろう。次の狭い道路を選びながらフレデリックのがらんとした中心街を走り抜けるうちに、理に適ったことなのだと気づかされた。わたしたちは取引をした。安全と引き換えに企業が利益を得るのは当然のことだ。

作り手としての仕事を手放す代わりに、快適な家で消費する消費者の仕事を得た。わたしたちはみずからそのように作り上げた。

この仕組みに抗って、いまだに自分の居場所を探しているわたしは愚かなのかもしれない。頑固に紙の地図を使い、人がみずから運転するバンを購入したように、意地を張っている。取り残されている。もうこのまま進んで、またどこか新たな場所で取り残されるしか、ほかにできることはない。


ピッツバーグでまずわたしを迎えたのは、カメラに向かって笑ってと呼びかける標示だった。捨ておかれたような教会の裏にバンを停めて眠り、それから数日かけて街なかをめぐった。地図帳に差し込まれている小さな街路図に細かくメモを書き入れた。たとえば、このバーは見た目に比べてなかは狭く、秘密の空間があるかもしれないとか、自転車のチェーンを交換してもらった場所の奥には、さして用途が思い当たらない、床から高くなっているスペースがあるとか。

街に来て三週目に朝のコーヒーを飲んだコーヒー店では〈ザ・ションデス〉の曲を流していたので、誉め言葉をかけた。すると、「今夜、閉店後に来て」と誘ってもらえた。その夜、同じ店の遮光カーテンの前に戻ってくると、通用口の鍵が開けられ、ソロのミュージシャンたちが続々と入っていった。週に一度のライブだった。

観客になって二週目に、音楽をやるのかと訊かれた。その晩の終わりに、翌週にステージに立つ誘いを受けた。気後れした。ニューヨークでエイプリルに付き添ってもらった晩以来、もう何年もソロでは演奏していない。何人かに支えられて歌うほうが昔から好きだった。実際にひとりで旅をするより安全というだけじゃない。バンドなら、誰も観に来てくれなかったとしても楽しいひと時が過ごせる。予定外の練習時間にも活用できるし。合わせられる相手がいる。誰かが失敗しても、ほかの仲間の陰に隠れられる。ひとりきりなら、逆に失敗しても誰にも支障がないことは忘れていた。音を合わせる相手がいなければ不協和音にもなりようがない。Ａメロを飛ばして、いきなりサビに入っても、誰にもけげんな目で見られることもない。

〈２０２０〉を始めたときの自分と同じで、それに毎週同じ仲間と同じ場所で演奏していたときと同じように、ピッツバーグの人々も新たな音楽に飢えているのだと、わたしは自分に言い聞かせた。誤解しないでほしいけれど、わたしはいつだって自分のバンドを愛していた。毎回、新鮮なものを提供しようと駆り立てられて、奮起して、互いに刺激しあうのは大好きだった。観客が聴きに行きたいと思ってくれるように。それでも、大好きなバンドの新しい曲を聴くのと、いままで聴いたことのないバンドに恋に落ちるのとでは、胸のときめきはまた全然違う。前者はいわば、手なずけられた喜びだから。

つまり観客の立場から考えてみた。ほんとうのところ、わたしは〈２０２０〉の観客の前に立つたび、自分の奥深くを探って、何週間、何カ月、何年ものあいだにまだ使っていなかった言葉を見いだそうとあがいていた。新たな観客に一曲か、せいぜい二曲を披露して、時間を費やして聴く価値のあるミュージシャンだとわかってもらうのは、また違ったむずかしさがある。向こうはわたしを知らない。初めてピッツバーグのステージに立ったとき、わたしは杓子定規の挨拶をした。

鼓動が激しく打ち鳴らされて、脚が震えた。ボルティモアではフルバンドで演奏していた曲の簡素版を披露すると、いくらか気分が落ち着き、前時代（ビフォー）の曲から唯一残した『そんなこと考えるなよ』でどうにか持ちこたえた。誰からもブーイングは出なかった。

わたしはその晩、アルバムデータ・コードを十五枚分とTシャツを五枚売り上げた。三人の若者たちから、持って来なかったレコードについても尋ねられた。この数週間に飲んだコーヒー代ぶんの報酬は得られた。

「来週もやってくれる？」この店のバリスタからそう訊かれた。

わたしは首を横に振った。「ほかの街でもどんなものをやってるのか観たいから」

「いつでも戻ってきて。もしよければ、クリーヴランドの家の地下でコンサートをやってる友人に、あなたのことを伝えておくけど」

まだどこへ行くか決めていなかった。

「助かる」

26
ローズマリー
橋

エレベーターやＡＴＭでもないのに、その橋には〝故障中〟と表示されていた。〝通行不可〟とか〝関係者以外立ち入り禁止〟とか、わかりやすく〝危険〟とか〝入るな〟のほうが、まだ的を射ている。〝故障中〟では、まるで強制力がない。その下に誰かがフランス語で〝橋じゃない〟と落書きしていた。

ローズマリーは、前回フェンスを乗り越えたときのことを思い起こし、その橋の金網フェンスに慎重に足をかけて登った。今回は頭が足より低くなることもなく乗り越えられた。反対側は石段が砕けて、ずれた敷石のあいだのモルタルが砂利になっていた。ＳＨＬの敷地内でこの区域が立ち入りできないようになっている理由は容易に見てとれた。故障中で、期限切れ。もう水の上に架けられているわけではない。この橋はここでＳＨＬが創業されるよりずっと前から、参集規制法が施行され、前時代（ビフォー）から後時代（アフター）に移り変わるずっと前からあった。

誰にも行き先を伝えずに知らない領域を散策するのが賢い行動ではないのはローズマリー

もわかっていたが、向かうとは誰にも想像できないようなところにでも挑む以外に、目的地を思いつけなかった。いまはもう非接続(ノンコム)や半非接続(セミ・ノンコム)で一生を送る人たちがいて、もう二度と自分とは口を利いてはもらえないかもしれない人々がいることもわかっている。ルース、ジョニ。ふたりと過ごしたのは一生のなかでほんの数週間だけれど、どちらも失ったことは自分の一部を取り除かれたかのようにいまだローズマリーの胸にこたえていた。

それについては業務報告には含めなかった。〈２０２０〉の玄関扉をノックしたとき、ふと二階の窓で何かが動いたような気がして、カーテンの陰にルースが隠れたのをちらりと目にし、自分がすべてをぶち壊してしまったのだと思ったことも。壊してしまった。いまはすべて自分のせいなのだとわかっていた。

ローズマリーはＳＨＬのキャンパスに呼び戻され、研修時に滞在したのとそっくりの部屋をあてがわれたが、今回は敷地内の片隅にある〈保養センター〉と呼ばれる小さな建物のなかだった。居住者はローズマリーだけで、食事は敷地内の反対端からドローンで運ばれてくる。刑務所ではないけれど、いまの気分にはちょうど合っていた。どこにも属さず、ここならどこに触れても危害を及ぼさずにすむ。

人材発掘管理部とは、フーディを着装して、キャンパスの向こうにある建物内のオフィスをその窓から見える牧草地や森まで完璧に再現した仮想空間で対面した。重厚なオーク材の机を挟んで革張りの椅子に腰かけたアバターと向き合った。家具やアバターがやけに大きく、こちらに身が縮む思いをさせようという意図がなんとなくながらも感じとれた。

「どうしてあんなことをするんですか？」ローズマリーは管理部の一般男性社員（5-1）に問いかけた。「わたしはこちらに帰ってきているのに、どうしてフードスペースで会わなくてはいけないのですか？　あなたもこちらにおられるんですよね？　外は気持ちのいいお天気ですよ」

「私はべつの施設にいる。ワシントン州だ」

そうなんだ。「それならそもそも、どうしてわたしをここに呼び戻したんです？　このような形式ならどこからでも可能です」

偽物の窓から吹き込む偽物の風がアバターの髪をそよがせた。「初めて人材の採用に成功した発掘担当者を息抜きのために呼び戻すのは、最良の支援策と明示されている。希望するなら帰宅も可能だが、感情を整えづらいだろう」

「良心の呵責（かしゃく）を鎮めるためのささやかな休暇ですか？　復帰するのはどれくらいの割合なんでしょう？」

「六〇パーセント」

この会社のばかげた方策を正当化するにはじゅうぶんな割合だ。同時に、研修に無駄な時間をかけられないとの判断に至るのも当然の離職率。完璧なシステム。「だとしたら、この仕事をどうして続けられるのか疑問に感じます」

「ほとんどは最初の職務でライブ会場が閉鎖されるのを実際に目にするわけではない。本来ならそこを離れてから起こることだからだ。離れてから聞かされれば、衝撃もさほどではない。いずれにしても、良い仕事で、きみもそれはわかっているはずだ。報酬、旅、経費、興奮、音楽。きみにはぜひとどまってほしい。期待を裏切らない働きだった」

「裏切れるはずがありませんよね？」ローズマリーはこぶしを握りしめた。自分のアバターも同じ動きをしているが、安物なので血は滲まない。「わたしは音楽が好きで、あなたたちにそそのかされてライブ会場を閉鎖に追い込めるくらい無知だからという理由だけで雇われた」

「われわれがきみを雇ったのは、きみが前職を優秀にこなしていて、たいていそうした能力はこちらの仕事でも生かされるからだ。それが証明された。きみのおかげで有望な新たな演者が二組採用され、こちらの手違いがなければ、さらに多く獲得できていただろう」

行為そのものではなく、時機についてのみの弁明とはいえ、少なくとも自分たちの失敗は認めているようだ。そしてローズマリーが〈ザ・ハンサム・モスキートーズ〉と〈カーツ〉をどちらも本人たちの意思も確認してＳＨＬと結びつけた。「どちらもオーディションを通ったんですね？」

「ああ。〈カーツ〉とジョシュ・ディスーザと契約の手続きに入っている。どちらにもすさまじいスター性がある」

ローズマリーの爪が手のひらの皮膚を破った。「ジョシュ・ディスーザー――〈ザ・ハンサム・モスキートーズ〉ではなく？」

「彼はすべてを備えている。ルックス、声、存在感。映像配信用には少々背が高すぎるが、補正は利く」

「でも、曲はバンドで書いてます。あのバンドがすばらしいんです」

「彼に書けないのなら、書ける人間をあてがう。音は切れがいいのに、見た目がよくない」

管理部の男性は両手の親指と人差し指で箱を形作り、それを細く狭めた目で見つめた。「彼は掘り出し物だ」

「反発しませんでしたか？」

「ちょっとはな。だが、われわれがほかのメンバーがいなくてもきみは成功すると説得し、本人も納得した。すっかりもうその気になっている」

「この業務報告はまた改めてお時間をいただけないでしょうか」ローズマリーはできるだけ平静な声で言った。

男性はぞんざいに払いのけるように手を振った。「丸一日ここにいる。準備ができたら呼びだしてくれ」

ローズマリーは地図を調べてから、手入れの行き届いた散歩道とは反対方向の、地図には示されていない森へと進み、標識のない古い道に出て、封鎖されている橋を見つけたのだった。

その橋の上に立ち、眺めおろした。幅の広さや高さからすると、かつてはこの下にそこそこ大きな川が流れていたのだろうが、いまはただの干上がった泥地でしかない。大雨が降ればまた川に戻るのだろうか。それとも、ほかの多くのところと同じように、このまま乾ききってしまうのかもしれない。

いずれにしても、これについては自分には関わりのないことだ。ローズマリーの頭に、今回もまたボーカルひとりに契約してもらいたいと言い渡されたときの〈ザ・ハンサム・モスキートーズ〉の面々が思い浮かんだ。あいつのせいだと思われているかもしれない。残りのバンドメンバーはボルティモアに戻って演奏を続けるのだろうか。といっても、もう演奏できる場所もない。ローズマリーは橋を蹴り、さらにもう一度強く蹴ると、爪先が悲鳴を上げた。

スマートフォンが振動し、最後に確かめたときには何も着信は入っていなかったので不意を突かれた。きっと管理部からで、遠くへ離れすぎだと注意され、とどまって求められている役割を受け入れるのか、家に帰って自分が壊してしまったことはすべて忘れる努力をするのか、選択を迫られるのだろうと思った。だが、母からだった。

母と話す心の準備はできていなかったし、自分が加担したことをまだ言葉にできそうにはないので、応答しなかった。片手にスマートフォンを持ったまま橋に両肘をついた。ここから放り投げて砂利の上に落ちて壊れたのを見届けて、森に逃げ込んで植物の根茎や果実類を食べて生きるのはどうだろうと想像した。ＳＨＬの森の亡霊。

どれよりふさわしい選択肢だし、ともかく、もうこれ以上人に迷惑をかけずにすむ。ＳＨＬは代わりに誰かを雇うだろう。そうしたらローズマリーが晩にその人たちの窓辺に現れ、警告をささやいて、自分たちが何をしようとしているのかがわかるように、わかったうえで最初の職務に向かえるように、もしくは向かう前に辞められるようにする。

もっと現実的なのは、家に帰るという選択肢だ。両親は親身になって話を聞いて、辞めて当然だと言ってくれるだろうし、しっかりと平謝りすれば元の仕事にも戻れるかもしれない。父はなにげないふうを装いながらも、娘が古い広告に書かれていたように〝フードスペースで幸せに暮らす！〟ために戻ってきたことに安堵するだろう。自分もきっと旅に出てよかったことなど何もなかったふりをする。心を開いて受け入れてくれた人々の大切なものを、もうどうにもならないくらい壊してしまったことさえ考えなければ、フードスペースのなかで幸せに暮らしていけるだろう。

つまり、このうえなく快適な現状へと戻る。人混みはなく、傘が銃に見えることもなく、パトカーのサイレンは聞こえてこないし、すれ違いざまに知らない人にくしゃみをされる心配もない。まだ音楽を聴きたくてたまらない気持ちがあるなら、お金を貯めてＳＨＬのショーを訪れればいいし、あの会社を儲けさせているのが気になったとしても、すでにそういうものだったのだから元に戻るだけだ。

でも、元の暮らしに戻ることを想像すると、ほんとうの自分ではなく、アバターが仕事用のフーディを着装し、品質管理部門の抜き打ち検査員の着信を待ち、両親と食事をしているように感じられてしまうのだった。何もかもが小さく単調に思えた。いまはもう、これまでどれほどのものを見逃していて、安全と管理の名のもとに、どれほどのものを奪われていたのかを知っている。そうした知識は家庭を崩壊させかねない。

自分が辞めても、会社はまた新たな誰かを雇う。数週間前のローズマリーのように無知な誰かを。その人もどこかで何かを破壊し、いまの自分と同じ決断を迫られる。誰かがやらなければいけない仕事で、自分がとどまろうが、誰かが代わって雇われようが、同じ仕組みで続けられていく。ほかの誰かにこの辛さと後ろめたさを味わわせるのなら、自分が残るほうがいいのかもしれない。きっと六〇パーセントの人々は「自分がしなくても誰かがやる」のだからと、とどまったのだろう。つまりはこうして自分も専制企業の利益のために、手当たりしだいに壊していく人間になろうとしている。

ローズマリーはアーティストの発掘担当者たちが最近まわった場所の地図を調べた。大都市ばかりに潜入している人々は、大勢に紛れられるので、ライブ会場が閉鎖されても誰の通報なのか結びつけられないからと考えてのことなのだろう。国じゅうを縦横に移動して、旅ができる特権を最大限に活用している人々もいた。その地図は色分けで示されていたが、担当者それぞれについてのさらなる情報は得られなかった。知ることができないようになっているのに違いない。

同じ研修を受けた一団にはほかにメーク、音響などで雇用された人たちがいたが、人材発掘担当者はローズマリーだけだった。あのときは雇用日が同じ人たちが集められて研修を受けているものと思い込んでいたけれど、いまにして考えれば、会社は今回ここで孤立させているように、意図的に自分をほかの人材発掘担当者たちと切り離したのではないかという気がした。同期の社員と話をして、あとで情報交換するようなことはできないように。このまま辞めてしまえば、同じ仕事の人と話す機会は得られずに送り返され、返済できようもない債務の免除と引き換えに、機密保持契約を結ばされるのだろう。現にいまもこうして、自分がしたことを誰かに話す機会は得られないように策が講じられている。おそらく二度目か三度目の職務が終わるまでは、こうした措置がとられるのだろう。それならシステムがうまくいくのも当たり前だ。

そうだとしたら、次の破壊の旅はどこにしたらいい？　第一の選択は、目を閉じて、適当に地図に指をさして決める。第二の選択は、アランに相談することだけれど、その場合には彼の名を出せば歓迎されるどころかドアを閉じられてしまうことをどうして事前に教えてくれなかったのか、それに会社が人材発掘担当者にさせていることを知っていたのかも訊きたい。第三の選択は、ＳＨＬに所属するバンドのインタビューを検索して、類は友を呼ぶ原則を前提に、その出身地に行く。そこがすでにすっかり刈り取られていなければだけれど。かつてよい音楽が生みだされたが、しばらく放置されていた場所を探すのは良い手かもしれない。

いったいどうしてこんなふうに、また新たな街に行こうなどと、いい解決策でも見つかったように自分は考えているのだろう？　そのパズルのピースはひとまず棚上げしておくことにした。会社から貸しだされているフーディをいじるのは気が引けるので、ささいな違法行為にどきどきしながら、自分のスマホから不正アクセスを試みた。これでジョニから教えてもらったアンダーグラウンドの音楽サイトも閲覧が解除され、たどり着けた。〈ザ・コーヒー・ケーキ・シチュエーション〉もスーパーウォリーのバンドと同じようなページを持っていたが、もちろんスーパーウォリーからではアクセスできない。三曲売られていて、バンドのぎこちない写真がそこに載っていた。録音された曲はライブとはまるで違った。ローズマリーはジョニに謝罪の言葉を書きだして、やはり削除した。こんな言葉を読みたくはないだろう。

〈ザ・ハンサム・モスキートーズ〉のページも見つけたが、ジョシュ・ディスーザの名前はバンドメンバーのなかに見当たらなかった。彼らにも謝りたいけれど、ジョニ以上に自分からの連絡が疎ましく思われるのはローズマリーも承知していた。ルースのバンド〈ハリエット〉のページもそのサイトに載っていたので、わずかながらの罪滅ぼしにアルバムをダウンロードで購入した。ルースのバンドにありったけのお金を注ぎ込んだとしても、自分のしたことの埋め合わせにはならない。〝知らなかったのは言いわけにならない〟ローズマリーはルース宛てにそう書きだしたものの、このページを誰に監視されているかわからないことを思い起こした。それにもしルースが返信してきたら、あんなことをしたのにまだSHLに属している理由を説明できるだろうか？　ローズマリーは書きかけのメッセージをまたも削除した。謝罪の言葉なんて送信してもしなくても意味がない。自分はその人たちに言われたとおりの人間だったのだと、ただ認めるようなものなのだから。

だけど償える方法は見つけられるかもしれない。ローズマリーはそう自分に言い聞かせ、あらためて地図にあたり、新たな街を選んで、何があっても自分が選んだことならば、どんなしくじりをしてしまっても受け入れる覚悟を決めた。

27

ルース
十六小節のソロ

クリーヴランドの地下でのライブには入場料が定められていた。五十三人の観客が一人頭十ドルを払い、その五百三十ドルを三組の出演者たちで分ける。家主は手数料を取らず、地元のふたつのバンドは気前よく分け前を差しだしてくれたが、わたしは受けとらなかった。ピッツバーグのバリスタが教えてくれなければ、その場所を見つけられなかったし、そこの家主はわたしがコロンバスに行くならと、ドアを開けてもらうための心得を授けてくれた。入場を認めてもらうための注意点とパスワードと名前。〈２０２０〉で起こったことを考えれば、そのわけは身に染みてわかった。

昔わたしが車を走らせていた頃とは道路事情は一変していた。ほとんどの幹線道路には自動走行車専用車線が設けられている。すでに体験したように、車線すべてがディーゼル車のデイジーでは走行不可の道路もある。安く購入できたのには、そういった理由も含まれていたのだろう。よそ者には寛容ではないいくつかの町では、ありがた迷惑な警察による誘導を受けた。ほかに店が見つからなければチェーン展開しているレストランの隔離板に囲われた席で夕食をとり、モーテルが見当たらないときには駐車場に停めたバンのなかで眠った。参集規制法の施行で閉鎖を免れたのはごく小さなモーテルのみで、そうしたところと、必要な改装を施せた大手チェーンの部屋しか選択肢はない。わたしは前時代（ビフォー）にツアーに出たときに買った道路地図をつねに傍らに置き、そこに新たにメモを書き入れていった。安全に過ごせた町の名や、まともな食事をとれる場所。ライブ会場があったところには丸印を付けて、また訪れるときまでＳＨＬに抹殺されないことを祈った。

　ずっと昔にツアーで訪れた都市に入って、その変わりようを見ては、妙な既視感を覚えた。記憶どおりの骨組みだけが残っていて、看板は色褪（いろあ）せて垂れさがり、駐車場は草で覆われている場所も何度か目にした。スーパーウォリーの店舗や、そのほかの大規模な量販店に再生された店を見てもなんとも思わなかったが、そうした小規模の店の跡地には胸が痛んだ。それでも、ボルティモアと同じようにそうした都市にもなじめれば、朽ちかけた外観の地下でのひそやかな営みも目にできるかもしれないと自分に言い聞かせた。

　次のライブまでに長く日が空けば、残りの貯蓄を使い込まずにすむように皿洗いや、バーの店員など、いろいろな仕事をした。バンに補給する植物性燃料がいちばんの金食い虫だった。ほかのものでは代用が利かない。やむなく車中泊をしたり、家を飛びだしたときのようにソファで一夜を過ごしたりした。ゆっくりと確実に友人を増やし、またそこに呼んでもらえるように最善を尽くした。

セントルイスでは一度ライブを終えてからも、バンで寝てバーで働いて二週間を過ごし、友人の友人が、晩にアコースティックライブを行なっているメンフィスの小さなダンス・スタジオで演奏する話をつけてくれたので、そこへ向かった。わたしはダンス講師がカメラを切って休憩に入るまで待っていたが、ようやくそのときが来ると、講師の女性から残念な知らせを伝えられた。「ごめんなさい。二日前の晩に警察が来たの。しばらくはおとなしくしていないと」

講師はその警察の手入れはステージ・ホロがそそのかしたものだとは言わなかったし、知らなかったのかもしれないけれど、わたしにはわかった。

まだ昼間で、ほかにすることもなかったので、エルヴィス・プレスリーの旧邸宅グレイスランドへ車を走らせ、がら空きの道路のがらんとした路肩に停めた。有刺鉄線で囲われ、閉じた門の向こうをドローンが飛びまわり、ステージ・ホロの子会社か何かの仕掛けによってフーディでエルヴィスを偲べるようになっていた。ビフォーにわざわざここまで足を運んでいた人々よりも優れた映像を目にできる。観光ツアーはエルヴィスが最後にライブに費やした十年をホログラムで再現したショーで締めくくられる。どんなふうに新たなものを古いものに融合させているのかは興味深い。

エルヴィスはわたしが生まれる前に死んでいて、わたしが何か言える立場ではない。憤慨してボルティモアを出て、憤ってバンを走らせ、憤りながら演奏していても、この怒りの持っていき場がなかった。こうした昔からある巡礼地にもローズマリーのような人たちを手先として派遣しては、まだ生き残っているものを閉鎖させている破壊者、ステージ・ホロへの怒り。みずから築いたものを守る術を見つけられない自分への怒り。歌に変換できるはずのものをこうやってただ抱えたまま、街から街へ車を走らせている自分自身への怒り。

わたしはギターを手にバンを降りて、あらためてグレイスランドの門の前に立った。唯一歌えるエルヴィスの曲『サスピシャス・マインド』の最初の二フレーズを弾いたのは、わたしたちが逃れられない罠(わな)についてうまく表現されているからだ。恐怖が愛に置き換えられているだけの違い。

二機のドローンが音に引き寄せられて飛んできた。わたしはエルヴィスのファンに腹を立てているわけではなく、八つ当りも同然だったが、中指を突き立ててみせた。さらに数機が近づいてきた。

「わたしたちはまだここにいる」わたしはやつらに叫んだ。「現実の世界で音楽をまだやってる。見つけてみな。音楽は生き物なんだ。くそったれ、ステージ・ホロ」

気分が晴れた。「くそったれ、ステージ・ホロ。あんなものを儲けさせちゃだめ。やり方を学んで。本物のバンドの演奏を観に行って。ここをまた再開して、実際に歩きまわらせて。みんな怖がってる。怖いときこそ、どうするかが肝心。世界はまだ終わってない」〝みんな怖がってる〟というのは歌になりそうな気がした。いいえ、もうなっていた。ずっと前に、ホテルの鏡台付き簞笥の後ろの壁にこっそり書き残していた歌詞の断片だ。曲はだいたいそんなふうに生まれる。形になるまでに何年もかかったとしても、言葉の断片やリズムがじゅうぶんに熟せば、納得のいくものとなって現れる。わたしはエルヴィス邸のドローン機の一団を前にして、まさにいまその瞬間を迎えていた。

「世界はまだ終わってない。古いものをぜんぶ抱えつづけている必要はないし、新たなものは必要。ギターを借りて、弾き方を学んで。それがあなたらしいものでなければ、ほかの何かを探してみてほしい。あなただけのジャンルを見つけるんだ。何かにあなたのイニシャルを刻みつけて。好きな名前を付けて、好きな色に塗り、ぶちまけて、置き換えて、一変させて、新たな材料で自分自身を創りだす。楽器と道具は呼び名が違うだけ。わたしたちは自分らしく進む道をまだ築ける。わたしたちの歌は制作中」

エルヴィスのファンに届けようとしたわけではなかったのだけれど、おかげで声に出して伝えなければと思えた。わたしはギターのネックをつかんで、この瞬間に自分が満足できるコードとメロディーを探して弾きだした。

遠くからサイレンが聞こえてきた。見上げると、ドローンが増えていた。わたしの次の出方を待つドローンの大群。このなかの一機か、もしくは定点監視カメラから警察に通報されたのだろう。わたしは不法侵入はしていないが、治安妨害や駐車違反か何かで逮捕される可能性はある。

「よい晩を、メンフィス！」わたしは飛行隊に手を振ってから、ギターをケースに戻し、何か罪をこじつけられて逮捕される前にその場をあとにした。行き先の当てもなく、たまたま通りかかったミシシッピ川の土手に車を停めた。

　欄干に寄りかかる人々の小さな群れが出来ていた。遠くからでは何をしているのか見分けられなかったけれど、近づいてみると耳なじみのあるざわめきが聞こえて、誰かが何かを水面に投げ入れるのが見えた。今年の祝祭の正確な日付は定かではないものの、ユダヤ教の新年祭、ローシュ・ハッシャナの時季なのは確かだ。その人々は罪を川に流すタシュリフという習慣のためにここに来ていた。わたしはバックパックからグラノーラバーを探りだし、ほとんど食べてしまってから、彼らに倣って、残り屑を欄干越しに流すことにした。手のひらを開いて、屑を放った。

　そのとき口にするべき祈りの言葉は思いだせなかった。子供の頃にイースト・リヴァーで同じことをした思い出はおぼろげにしか残っていない。それでも、よくできた儀式だ。川辺に立っていると恨みごとを抱きつづけるのはむずかしい。川は進め、進め、進めと迫ってくる。そのうち土手にあふれだし、境界線すら変えてしまいかねない。ローズマリーへの怒りと自分自身への憤りを放り捨てても、ステージ・ホロへの腹立たしさは消えなかった。わたしにとっては正義の戦いだ。

その午後はそれからずっとそこに坐って、太陽が青みと金色を帯び、さらにピンクと紫色に染まって沈むまで眺めていた。ローズマリーが開いたこぶし、わたしが両手を広げて放ったものを考えながら、ミシシッピ川のほとりに坐って『町を出て』を書いた。それから、グレイスランドの門の前で叫んだことを取り入れて『独立声明』を書きだした。

翌朝、わたしはナッシュヴィルへ向かった。

28
ローズマリー もっとロックを、もっと話を

たとえフーディに〝見渡すかぎり山ばかり〟の背景画面の選択肢があったとしても、ローズマリーはこれまで一度も探そうと思ったことはなかった。急カーブだらけの曲がりくねった道、夏場にうっそうと生い茂る木々、州の境界線を越えて遠くまで広がる眺望。ローズマリーは次々に画面を映し替えて、景色を取り込み、地図を重ね合わせて山や谷の名称を表示させた。ファンシー・ギャップ、メドーズ・オブ・ダン、ロッキー・ノブ、フェアリー・ストーン、ウールワイン。名称だけでなく、遠ざかるほど緑から青へ、さらに紫へと変化していく山嶺もすてきだ。曲がり道でたまに胃が浮きあがるような気がして座席の端にしがみつきながらも、ゲーム感覚で楽しもうと努力した。絶景付きのとてつもなく長いジェットコースターのシミュレーションゲームなのだと。目的地はこの二年、人材発掘担当者が訪れていないノースカロライナ、アッシュヴィルの小さな町だった。何分間か山道をバスに揺られると、最初の出張へ向かったときの期待でわくわくする気分がよみがえってきた。人の役に立

つばかりの仕事なのだという幻想は崩れ去っても、新たな場所を目にできるのはやはり楽しい。

後方支援業務部が新人の人材発掘担当者の宿泊を最高級ホテルに手配するのは、そもそも会社に負い目を感じさせるためだったのだとローズマリーは読み解いていた。今回は溶け込みやすいような宿泊場所をと希望すると、後方支援業務部は「どうしてもそうしたいのなら……」と返答し、まさにその町に転入してきた人が手っ取り早く選びそうなコンビニエンスストアの上にある小さなアパートメントを探しだしてきた。いかにもヴェニアが重宝しそうなところだ。染み付きの絨毯、底が黒く焦げたポット、ホットプレート、調理の失敗の痕跡がくっきり残った電子レンジ、饐えた匂いのする小型冷蔵庫、窓辺の箱型送風機。会社は良心の呵責が過剰だとでも思い知らせようとしたのかもしれないが、ローズマリーにはちょうどよく感じられた。自分のやったことを考えれば、恵まれた環境などとても望めない。

下の店におりて、実物とそう変わらない〈ミッキーズ〉の〝レンジで二分のマカロニ・アンド・チーズ〟を買って戻り、弾力のないベッドに腰を沈めた。バスの揺れがまだ身体に残っていた。ようやく眠りに落ちると、ルースが先にアッシュヴィルに乗り込んでいて、バスの屋根の上で山並みに向かってギターを掻き鳴らし、もう誰も隠れる必要はないとこちらに向かって叫んでいる夢を見た。

目覚めると、陽射しと音楽がブラインドをさげていない窓から流れ込んできた。前回のようにまだ仕事に意気込んでいれば、どこから聴こえてくるのか突きとめようと駆けだしていただろうが、ローズマリーは慌てずに身支度を整えた。二軒先の玄関前で、背が高くドレッドヘアを長く伸ばした黒人男性がヴァイオリンを演奏し、楽器のケースを足もとに広げていた。路上演奏が合法であるかのように。通りかかった人々はそのケースに小銭を入れたり、フードスペースでするように蓋に貼りつけられた仮想決済コードに認証させたりしていた。

ローズマリーが壁に寄りかかって聴いていると、ヴァイオリン奏者はこちらを睨みつけて、演奏の合間に弓で指し示してきた。ほんの数秒もそこに足をとめる人はほかに誰もいない。人が集まらないのを条件に演奏を見逃すのが地元の暗黙の了解事項となっているのだろう。ローズマリーは小さくまとまった商業地区へのんびりと歩いていき、ヴァイオリン奏者の休憩時間にちょうど重なるのを期待して、借りたアパートメントのほうまで戻ってまた引き返してきた。ほとんどの店はまだ開いていなかったが、次に来るときのためにどこに何があるのかを頭に入れた。紙の本を売る店、楽器店、大人の玩具を売る店まであった。名前を聞いたこともない小さないくつものレストランがタイ料理からテキサス風メキシコ料理まで、あらゆる料理を提供していた。四度目にその角を通ったときにはヴァイオリン奏者が消えてしまっていたけれど、少なくともこの辺りにはミュージシャンがいることがわかった。夜にベッドに入ってから、ひょっとして何度も行き来していたせいでヴァイオリン奏者に気味悪がられてしまったのかもしれないと気づいた。路上のミュージシャンをしつこく追いまわしても心を開いてもらえるわけがない。それならどうすればいい？　見当もつかない。

　ローズマリーは生活にルーティンを取り入れた。毎朝、紙の本も売っている店でコーヒーを飲み、フーディを起動させて仕事をしているそぶりで、ほかの六人程度の客を観察し、自宅ではなくそのコーヒー店で仕事をするのはどのような職業の人たちなのか読み解こうとした。たとえひそやかなおしゃべりを顎の骨から伝導させる装置を埋め込んでいたとしても、スーパーウォリーの顧客サービス係ではここで仕事はできない。制服の着用と専用スペースの確保が定められているからだ。そうだとしたら、物書き、学生、技術者なのかもしれない。快適な自宅ではなく、わざわざほかに十九人もの客が入るところで働くのはなぜなのだろう。

　けれど日が経つにつれて、だんだんわかりかけてきた。通い始めて一週間もすると、カウンターに立つ女性セイディが名前を呼びかけて挨拶してくれるようになったのが、心地よかった。セイディのこしらえるラテアートも、最初の疑問符から、綿毛に包まれたような木の枝に変わった。たぶんローズマリーの名と同じハーブを描いてくれているのだろう。仕切りもなく、ほかの人々がいて、自分の場合にはしているふりだけとはいえ、みんなで同じ空間にほかの客と少ししか隙間のない席に坐るのはまだやっと慣れてきたところだけれど、同じように真剣に作業しているというのも悪くない。

　その時間を利用してフーディのプログラムのコードを覗くようになった。それと並行して不正に解除した自分のスマートフォンで検索した音楽を聴き、地元のバンドについて自分宛てにメモを送信した。万が一ＳＨＬの誰かに送信履歴を調べられた場合に備えて、覚え書きではバンドの名前を変えていた。接続を切らなくても追跡アプリをフリーズさせる方法も見つけたので、家に着いてからも〈フレンチ・ブローズ・コーヒー＆ブックス〉にまだいるように見せかけられる。とても便利だ。自分のフーディが自動的に集めた情報が〈２０２０〉の閉鎖に利用されたかと思うと、いまだに身がすくんだが。

ローズマリーは人々を観察し、探索して、学んだことにもやもやと気持ちをいらだたせた。どこにも何かを一緒に行なっている人たちはいないのだという、でたらめを幼い頃から自分は信じ込まされていた。自宅の安全で居心地のよい場所でしか何もすることはできないのだと。仕事、デート、ゲーム、おしゃべり、バンドの演奏を聴くのも、スポーツやテレビや映画を観るのも。セックスですら〝お得なスーパーウォリーの刺激アクセサリーセットがあれば、なんでもお好みどおり〟を使用し、そのあとでおそらくパートナーのところを訪れてフードスペースでと同じように実際の肉体の相性もよいのかを確かめるのだろう。指先で接続するだけですべてが叶うなら、誰が現実の世界をわざわざ求めるだろうか？

だからローズマリーは何もかもをそこで買ってきた。両親から都市は暴力と病気の危険な温床なのだと教えられて育てば、そんなことはないと疑いを持てるだろうか？　家族と農場を営み、なんであれスーパーウォリーから仕事を得て、そのことに感謝して生きる以外に道はないのだと教えられていたなら、どうして反発できるだろう？

家に電話をしたとき、ローズマリーはつい不機嫌になった。作り話を聞かされていたことに腹が立った。父はその程度の作り話では足りなかったと憤慨していた。それが道理に合わないことはもうわかっている。フードスペース自体が、そのように人々を怖がらせ、現状に甘んじる従順な消費者にさせることで、利益が得られるように作り上げられていた。たぶん両親がまんまと騙され、娘にもそう信じさせていたことが、自分にとって腹立たしくてたまらない理由なのかもしれない。

午後と晩には、音楽を聴くために商業地区を歩きまわった。路上ミュージシャンたちは気安く受け入れてくれた。二週間かかって、追いまわさなくても、コーヒーをご馳走（ちそう）できる関係になった。名前を教えてもらい、ＳＨＬの人材発掘管理部に〝見込みなし〟と〝見込みあり〟に分けて報告し、仕事に励んでいる姿勢を示した。その町に入った日に見つけたヴァイオリン弾きはノーラン・ジェイムズで、フードスペースでのほかに、地元の子供たちにも音楽を教えている。ほかにもアニカという女性は、誰に何をリクエストされてもキーボードを弾いて応じられるのだが、リクエストした人も必ず一緒に歌うよう求められた。ローリアンという名の年配の女性は足もとに巨大な犬を寝かせ、バンジョーで見事なアパラチア民謡を弾き語りして聴かせる。マーキュリー・レトログレイドはダブル・エスプレッソを飲みながらざっくばらんに精神疾患を抱えていることを明かし、みずから考案したスーパーヒーローの衣裳でウクレレを弾く。その町の路上ミュージシャンたちは法を破ってはいない。これはだ。

と思う人材を見つけて、契約にこぎつけたとしても、ライブ会場を破壊せずにすむのが救い

　そのうち今度は路上ミュージシャン越しに、シャッターの向こうで何か動きが見えないか、閉じた店から音楽が洩れ聴こえてこないかと気になりだした。ローズマリーはぶらりと商業地区を出て、川を渡り、倉庫や公園を通りすぎ、歩きまわる円の広さと輻の長さを徐々に延ばして、どこかに潜んでいる人の群れをむなしく探し、地下からベースの音が低く響いてこないかと耳を澄ました。

29

ルース
落ち着け

ピッツバーグ、クリーヴランド、コロンバス、トリード、デトロイト、アナーバー、シカゴ、ミルウォーキー、マディソン、ミネアポリス、デモイン、カンザスシティ、ローレンス、コロンビア、セントルイス、ナッシュヴィル。五カ月間、十六回のソロライブ。のんびりとめぐる旅。〈２０２０〉を閉めたあとのその五カ月で十六回のソロライブは、わたしにとってなくてはならないものだった。当然ながら愛着の残る経験となった。寝泊まりしたソファ、新たな友人たち、次の行き先となる知り合いを快く紹介してくれた人々。バンドでまわっていたなら、こうはいかなかっただろう。十六回のライブをやるなかで、心の奥底でビートが足りなくてうずうずしていなかったと言えば嘘になる。

きっかけは、〈ピーチ〉での最後のライブで音響を担当していたシルヴァとたまたま再会したことだった。もしかしたら向こうがわたしを見つけてくれたのかもしれないけれど。ナッシュヴィルで演奏した晩は土砂降りの雨で、骨董品店の古着に囲まれて、イームズチェアにびしょ濡れで坐った人たちに演奏を聴かせてから、まともなロードケースを持ってきてよかったと思いながら機材を運びだした。そのとき、どこで会ったのか、はっきりとは思いだせなかったものの、見覚えのある男性を目にした。

「手伝おうか?」

「助かる」わたしはアンプのほうに頭を傾けて答えた。「どこかで会ってる?」

問いかけてすぐに、わたしは思いだした。「いや、会ってた。名前だけ改めて教えて。あのライブを忘れられるわけがない」

「シルヴァだ」男性は名乗り、わたしのマーシャルアンプを持ち上げて、キャスター付きのロードケースに入れた。「どうしてたんだ? 〈ザ・ボウマンズ〉からきみが来ると聞いて、飛びあがったよ。またツアーをやろうなんて度胸のあるやつは、きみ以外に思いつかないが」

わたしは雨を避けて、バンにシルヴァを招き入れた。どちらもベッドの上にあぐらをかいて坐り、シルヴァがシャツのポケットから取りだしたマリファナをふたりで吸った。

「ナッシュユヴィルは新世界の秩序とどうやって折り合いをつけてるの?」わたしは訊いた。

「演奏するところを見つけるのは想像以上に大変だった。ほかに比べてもここは……」

「ステージ・ホロのソングライターの供給所。この街は這いつくばってる。おれも何度か彼らのセッションを引き受けた」

わたしの顔に一瞬表れた嫌悪をシルヴァは読みとったらしく、付け加えた。「あれが音楽を進化させている」

「くそったれ、ステージ・ホロ」

「ああ、たしかに彼らには問題があるが、おかげでまだ音楽で食えている人々がいる。だからおれはぜんぶを否定するつもりはないが……ライブは恋しい。じつを言うと、きみを観に来たのは、その、つまりひょっとしてベーシストを探してるんじゃないかという期待もあった」

「ふうん。ドラムもいないのにベースを入れろって?」

シルヴァがにんまりした。「そう言うと思ったんだ。しばらくこの街から出たがってるドラマーを知ってる」

「トリオも悪くないけど……」わたしの頭の奥ではすでに、余計なものをそぎ落としてトリオ用にアレンジした曲が鳴りはじめていた。


骨董品店でのライブの二日後、シルヴァの友人のマーシャ・ジャニュアリーが住む小さなコッテージへ車を走らせた。マーシャは短パンとタンクトップ姿で玄関先に現れた。「なかが暑いのは最初に謝っとく。エアコンが壊れてて、それをもう、つけないでいいうちにここを出ようと思ってた。秋でもこんなに蒸し暑くなるとはね」

握手を交わし、ふっと、これから起こりそうなことの断片が頭にちらついた。新たな音楽の共同制作への逸る熱い思いは、新たな愛への逸る熱情でかすんでしまった。とはいえ、しばらくはうまくいっても、衝突すればそうはいかなくなる。未知の場所への地図はない。ツアーに喜んで参加するドラマーはそもそもごく少ないし、関係が悪くなればバンドも終わりだとしたら、ふたつのことを合わせて考えるのは恐ろしい。でも、この先に恐ろしくないことなんて何もないし、一度の握手でこんなにも感じとれたのなら、試してみるだけの価値はある。相手もこちらと同じように感じているのはあきらかで、つまり互いに一瞬にして惹かれ合う稀有（けう）な状態に陥った。わたしにとっては久しぶりの感覚だ。

一分後にシルヴァが現れ、わたしたちはすでに部屋の大部分を占めていたドラムセットを緩く取り巻くように機材を設置した。マーシャがあらかじめ警告していたように、部屋はむっとする暑さだった。

「窓を開けないか？」シルヴァが問いかけた。

マーシャが首を振った。「演奏を始めるまでなら。できるだけほかの家と離れたところを見つけたのに、苦情が来るから。窓を閉めていれば、ほとんど音は洩れないようにしてある。いい？　扇風機で我慢して」

「それでも夏場のわたしがやってたクラブよりはまし。わたしは大丈夫」ほんとうはちょっと暑かったけれど、彼女の頼みならいまはなんでも許せそうだ。

　三人でカバー曲をいくつかやってから、わたしの曲もひとつ演奏した。あの頃からシルヴァは上手なベーシストだったが、いまではさらに腕を上げ、セカンド・ギターがあったらと思いそうなところをうまく埋め合わせてくれた。マーシャのドラムはコンパクトで無駄がなく、完璧に〝ポケット〟に入っていた。三曲やっただけでうまくいくとわたしは感じ、四曲目で確信した。

　演奏を終えて、窓を全開にして、ピザを注文し、バーボンウイスキーをオンザロックで注ぎ、バンド名の候補を出しあって、大まかな練習予定と、互いとバンドへの期待を話し合った。シルヴァがまたふたりを残してその場を離れる際、マーシャにウインクして出ていったのをわたしは見逃さなかった。

　マーシャがふたりぶんの二杯目を持ってソファに戻ってきた。グラスが汗をかいていた。

「それで」と口を開いた。「わたしの思い違いじゃないよね？」

　わたしは昔から率直な女性が好みだった。

　わたしのバンはマーシャの家の前に五日間停めたままだった。セックスと音楽と互いを知り合うおしゃべりを順不同で繰り返した五日間。そしてようやくコッテージから重い腰を上げ、マーシャがナッシュヴィルの変わりようを見せるために街を案内してくれた。シルヴァから話は聞いていても、自分の目で確かめたかった。壁に囲まれた家々、ステージ・ホロの巨大な建造物。ライマン公会堂はドローンが飛び交う巡礼地と成り果て、クラブは国じゅうのほかのクラブと同じ運命をたどっていた。ここだけがほかと違うはずもない。ただし、ここに集っていたソングライターたちの仕事はさほど変わったわけではない。受注先が前時代(ビフォー)とはまた別種の音楽出版会社になっただけのことだ。

そのように考えれば理に適ってはいるけれど、それでもやはりわたしは腹立たしかった。その晩、練習中に停電になり、わたしはいつどこへ行くのかを話し合うのにちょうどいい機会だと提案した。

「バンド名が要る」シルヴァが言った。

わたしはまた思いつきの言葉を投げかけあうだけで一時間が過ぎるのを想像した。「なんて呼ばれても、わたしはかまわない」

「〈ルース・キャノン〉は？　うまくいったわけだし」

「〈ルース・キャノン〉はだめ。わたしがこれまでに使ったバンド名も。新しく始めるものなんだし、まったく別個のものにしたいじゃない」

マーシャが立ち上がり、ドラムの後ろ側に手を伸ばした。「誰か、アイスクリームはいかが？　前回の停電と同じなら、また冷蔵庫のなかのものがみんなだめになっちゃうから、いま食べといたほうがよさそう」

シルヴァとわたしはギターとベースを置いて、電気が戻ったときに急激に電流が流れないようにアンプの電源を切った。三人で月明かりが少し射し込むキッチンのカウンターに寄りかかった。わたしは差しだされたスプーンを手にしたが、シルヴァはアイスクリームはやめて、バーボンを注いだ。

「〈デザート・スプーン〉」わたしは提案した。「〈ザ・カウンタートップス〉」

「そうやってバンド名を決めてきたの？　頭に浮かんだものを次々に挙げて？」暗がりでもマーシャの非難がましい表情は読みとれた。

「みんなに気づいてもらわなければ、どんな名前でも意味がない。たしかに、とんでもない名称もあるけど、その音楽が好きだからこそ、とんでもなく感じるんだよ」

「でも、その逆のことも言える」シルヴァはもう一パイント近く飲んでいた。「どうしようもない名前のいかしたバンドもある」

　わたしはピスタチオのアイスクリームを手に、部屋のなかを歩きながら思いつく名前を挙げた。「〈ザ・フェスティヴァル・アウル（祝祭の梟）〉〈ザ・シソーライ（言葉の宝典）〉〈カーペット・クリーナーズ（絨毯洗濯屋）〉——どう」

　マーシャが笑い声をあげた。「とんでもないものばっかり。それならまずはみんなで適当な造語を挙げていくほうがいいかも。〈ランチポケット〉〈パワーサック〉〈カシスファイア〉」

　わたしはクラッシュシンバルの内側に踏み込んで、ほかのまで鳴らしてしまわないようにシンバルをとっさにつかんだ。ドラムセットから抜け出てから訊いた。「最後のはどういうこと？」

「カシスファイア。カシスと炎（ファイア）の組み合わせ。あなたがピスタチオを選んだから、残りのふたつのフレーバー」

「カシスってなんだ？」シルヴァが訊いた。

「ベリーの果実。ファイアのほうはシナモンとチョコレートとチリが入ってる。どっちもおいしいのに」

　わたしはその名称を小声で何度か繰り返してみた。「一語じゃなくて、二語。カシス・ファイア。停戦（シース・ファイア）みたいに聞こえる。悪くないんじゃない」

「これまで出てたのからすれば、どれよりましだ」シルヴァが同意した。

「文句なし」マーシャが言った。「ピスタチオもちょっとくれない？」

　結局、電気は復旧しなかったけれど、その晩が終わるまでには三パイントを飲み干して、様子見のミニツアーの計画をまとめた。ふたりとも興味を示しながらもまだ準備をしようという程度のかまえだったが、わたしが強く推し進めた。同じ街にステージ・ホロも存在していることを考えると、近くにいればそのうち害を及ぼされそうな気がして、また旅立ちたい衝動に駆られていた。十六回のソロライブで、ツアーとバンドのどちらかいっぽうではなく、どちらも恋しいことを思い知らされた。そのふたつは切り離せないもので、さらに新たな繋がり、再会、観客、親切な人々との出会いがあり、ほんの数日でもう見知らぬ相手ではなくなった人々が年月をかけてどんどん増えていく。それこそが、わたしの胸に家があるべきところにぽっかり空いた穴を埋めてくれたものだった。なによりもわたしを取り戻させてくれたもの。

30

ローズマリーしるし(バッジ)

ローズマリーがとうとう路上ミュージシャンに率直に尋ねてみるしかないと心を決めたのと時を同じくして、バリスタのセイディから彼女のバンドのライブに誘われた。散々探しまわった末に、ずっと話には聞かされていたとおり、あっさり招待されるという幸運に恵まれた。そこに溶け込んで、人々と知り合えば、そこで起こっていることがわかると教えられていた。セイディには気を惹こうという下心もあったのかもしれない。現実世界ではフードスペースでのような目印が使われていないのが、ローズマリーにはいまだにもどかしかった。とはいえ、今回は深入りするつもりはない。

ボルティモアでおかした失敗を仔細(しさい)に振り返り、繰り返さずにすむ方法を考え抜いた。なにしろ前回はたまたま見つけたライブ会場を意図せずして上司の手に委ねていた。つまり招待客として入り込み、トロイの木馬となってしまった。今回はじゅうぶんに用心して乗り込むつもりだ。その晩、ローズマリーはフーディを着装し、ＧＰＳ機能がベッド脇のテーブルに置いたスマートフォンの位置情報を読み取るように設定を変えた。自分の行動を追跡されずにすむように現金と運転免許証だけを抜きだして財布もそこに残した。これで会社には今夜はここで休んでいるように見せかけられる。

教えられた住所は川べりの倉庫だった。暗がりを歩くうちにふと、もしやセイディは連続殺人犯で、人けのない場所に自分を誘(おび)きだしたのではないかという考えがよぎった。それから、そういえば〈２０２０〉を初めて訪ねようとしたときにも、アランに対して同じような疑いを抱いたのだと呼び起こした。受け入れてくれたルースを思いだして胸が痛んだ。恥ずかしさを感じずに思い返せる日がいつか来るだろうか。

「こんなに汚い色があるのかと思うくらいに黄ばんだ茶色の大きな建物だから、すぐわかる」セイディはカウンター越しに身を乗りだして、プラスチック製のコインをローズマリーの手に押しつけた。「ちゃんとわかったたか、いまの指示を繰り返してみてくれない？　大勢に住所を調べられないように用心してるんだ」

日が暮れて、駐車場の防犯灯が白味がかった黄色い光を投げかけている程度では、教えられたとおりの色なのか見分けられなかったものの、ここに間違いないとローズマリーは確信した。あちらこちらからほとんどが二人連れか三人組で、自転車や徒歩で人々が集まってきていた。駐車場には雑草が生い茂り、金網フェンスには鍵を掛けて繋いだ自転車がぎっしり並んでいる。ローズマリーは防犯カメラの下を通りしなに、そのカメラが正常に作動しているのだとすれば、入口ではなく上空を警戒し撮影していることに気づいた。

ほかの人々のあとについて、建物の片端にあるドアへと進み、天井の低い事務所に入った。ここで門番アリス役を務める潑溂(はつらつ)とした十代後半のポックス痕が目立つ青年に、招待状代わりのコインを渡した。青年はけげんな目を向けた。

「セイディに招待してもらって」ローズマリーは青年の返事を待ち受けた。「どこから来たか知らないが帰ってくれ」なのか「そんな人は知りませんが、おまわりさん」という言葉を。

「ようこそ、ぼくのおんぼろ倉庫へ」青年はそう言った。

「あなたの倉庫?」

「そうとも。あれ、そんなに驚かないでくれよ。褐色人種だって倉庫ぐらいは持てるんだぜ」

「ごめんなさい! 褐色とかじゃなくて、あなたはまだとても若く見えるから……」ローズマリーは説明しようとしたが、青年はもう後ろの客の相手に移っていた。味方につけておきたい門番の気分をまたも害してしまうとは、これで記録は二戦二敗だ。

その先のドアを抜けると、事務所から倉庫に入った。どこかで分割されているらしく、どう見ても建物全体の床面積ほど広くはないが、SHLの格納庫を除けば、これほど大きなところは見たことがなかった。入口とは反対側の壁にオレンジ色の出口表示がふたつ確認できた。ほかにも避難経路があるとわかって安心した。人々は広い空間に散らばっていて、混み合っていた〈２０２０〉より、いまいる人数も少ないかもしれない。それでもローズマリーはやはり片端にいるほうが心地よく感じられたし、奥の壁ぎわにある低いステージのほうまで進むべき特別な理由もなかった。

〈パテント・メディシン〉を観たフードスペースのクラブ〈ブルーム・バー〉にどことなく似ている。側面には、古めかしいベルト・コンベヤにピクニック用の保冷ボックスが十個程度並べられ、いわゆるバー・カウンターになっていた。人々は氷のなかに手を突っ込んで飲み物を取りだし、保冷ボックスの隙間に置いてある金魚鉢のような器に代金を落とす。自主申告制というわけだ。ローズマリーもいちばん近くにある金魚鉢のなかを覗いて、五ドルを入れ、ビールやソフトドリンクのなかから冷えたシードルを選びだした。

ちょうどセイディを見つけると、向こうもこちらを見ていた。「来てくれたんだ！　ハグしていい？」

ローズマリーは今回も無理をして、うなずいた。セイディは大柄な女性で、コーヒー・カウンター越しではないとよけいに大きく感じられた。力強くしっかりとした抱擁ながらも、息苦しくなるほど長くはなかった。飲み物を持っていないほうの腕でどうにかハグを返した。

「道に迷わなかった？」

「建物の色はあなたの言うとおりだった」

「でしょう！」セイディがいくらすてきなえくぼの持ち主でも、ローズマリーは深入りしないと決めていた。「そうなんだよね。だけど、あんまりわかりやすい目印じゃないから」

「あなたの道案内は完璧だった。ありがとう。それで、順番は？」

「わたしたちが一番手、次がシャーロットから来た二人組で、そのあとが〈ザ・シムラッツ〉。きっと気に入る」

「そうなんだ？　その人たちの曲で気に入ってるのがある！　どのバンドも聴くのが待ちきれない」ローズマリーは心からそう言った。どんなものが聴けるのか楽しみだ。〈ザ・シムラッツ〉はジョニのバンドのページを見つけたのと同じアンダーグラウンドのサイトで目にしていた。頭がくらくらする曲調で、これまで聴いてきた音楽のなかでもかなり完成度が高かった。どこかで演奏していて、想像どおりのライブを観られれば、見込みありのリストに入れられると考えていたのだが、ようやくその機会に恵まれた。

ほかにも気になる点があった。「ほかの街のバンドも、よくここで演奏するんだ？」

「めったにない。ルシアンは愛のためにシャーロットへ越す前にここに住んでたから」セイディは愛のためにと間延びした声で言い、両手で顎を包み込み、うっとりとしてみせた。

「だから彼が望んだときには舞台を用意してあげてるわけ」

セイディは準備があるからと去り、ローズマリーはまたひとりになった。周りではみな誰かとおしゃべりしていた。こうした場で気楽に過ごせている人々がいまだにうらやましかった。自分のように落ち着かない気分の人はほかにいないのだろうか？　ローズマリーが部屋の四隅に目を走らせると、意外にも壁には張りついている人たちも見つけられた。事務用椅子がたくさん野放しにされている一角がある。その椅子の背に三人が騎手のようにまたがって部屋の向こう端まで滑らせて競争し、それを仲間たちが囃(はや)し立てていた。

セイディのバンドの演奏が始まった。騎手たちはそのまま椅子にまたがっているし、保冷ボックスのそばでおしゃべりを続けている人たちもいる。ローズマリーはステージとふたつの非常口を結んで出来る三角形の片隅に立っていた。

セイディにバンドの名前も音楽のジャンルも尋ねなかったので、いま初めて耳にした音楽がどんなものに分類されるのかわからなかった。セイディはベース、ノーラン・ジェイムズがヴァイオリンを弾き、ギターは見たことのない男性で、コーヒー店でフーディを着装して仕事をしていた女性がドラムを担当していた。楽器はアコースティックなのに、ループがかかっていて、ファンクっぽいグルーヴで、ハーモニーはポップやフォークやロックよりもR&Bに近い気がする。惹き込まれる音で、ステージ上でうまく作用しあっていて、観客もほとんどがノッて身体を揺らしている。ローズマリーはこのようにバンドから直接感じられるものは抑え込んで、静かに分析しようと自分に言い聞かせていたのだけれど、音楽に合わせて動かずにはいられなかった。分析なんてしていられない。それくらい楽しい。

二組目はシャーロットからやって来た、同性婚をしているハンサムなカウボーイの二人組だった。どちらもアコースティックギターを弾き、曲は巧みで耳に心地よく残る。この二人組も、頭のなかの見込みあり枠に加えた。たまに自分が気に入る間口が広すぎるのではないかとも思うけれど、自分の好みとSHLの人材として有望かどうかの違いは心得ていた。自分の見方を改めさせられたいまとなっては、ぜひ推したいと言えるかという点からすればなおさらに。

最後のバンドはこれまでのバンドより準備に少し時間がかかっていた。この場所の持ち主の青年がドア口から観ていたので、ローズマリーは話そうと近づいていった。見知らぬ人とのおしゃべりを練習するなら、質問したいことのある相手は賢明な選択肢だ。「ねえ、ええと、ここがあなたのものとは思えないと言いたかったわけじゃないから。持ち主も働いているのが意外だっただけで。入口に立つのは雇われた人がすることで、ここは放置されている建物なのかなと思ってて」

青年は笑って答えた。「ここは放置されてはいない。母が空家をいくつも持っていて、電気が通っているのはここだけなんだ。スーパーウォリーに配送センターとして買い取ってもらおうとしていたんだけど、広さが足りないし、通信設備を整えるのに費用がかかりすぎると言われた。それからもう何年も経ってる。母にスケートボードにでも乗るのに使ってと言われたから、ここで〝ノらせて〟もらってる。きみはセイディの友達かい？」

「ええ」友達になったばかりとは言わないほうがいい。「ローズマリー。知り合えてよかった。こういうの、よくやってるの？」

「トマスだ。月に二回」

「ほかにやってるところはある？」

「防音室があれば、そうだな、ふつうの家のリビングでも。ただし、ぼくの知るかぎり、バンドがやれるくらい大きいのはここだけだ。せっかくこんな場所があるんだから、生かさないと」

「捜索が入らないか心配じゃない？」

「そりゃ、捜索されるんじゃないかとひやひやしてる。でも、やつらの思うとおりに、怯えながらみんなと離れて生きてたら、誰も〈ザ・シムラッツ〉みたいなバンドを聴けないんだぜ」トマスはステージのほうに顎をしゃくり、ちょうど演奏が始まるとわかってにっこりした。

「友人たち、ローマ人たち、田舎の鼠ども」リードボーカルが語りかけた。「ちょっと耳を貸してくれ」

照明が落とされると同時に演奏が始まった。バンドの衣裳がブラックライトで光っている。楽器も、顔も、光るように蛍光塗料で彩られていた。ローズマリーは水族館の動画で観た燐光（りんこう）を発する深海生物の生息地を思い起こした。このバンドのメンバーは十人以上はいる。手脚や楽器がたくさん光り輝いていて、正確な人数が把握できない。ドラム、ギターがふたり、サンプリング、ホーンセクション。全員が奏でる音が、この空間を隅々まで満たしていた。

ボーカルの声もなめらかで、かつ力強く、楽器にけっして遅れることなく絡み合い、上回って、ローズマリーがこれまで聴いたことのないくらい耳に心地よく響いていた。

勘が働いて、フーディを引きだしてみた。予想どおり、地域限定のヴェニアが無料で提供されていた。それを取り込むと、なおさら野生的な空間に様変わりした。光り輝く奇妙な動物の雲が頭上を漂い、潜っては飛び込んで、追いかけっこをしている。ローズマリーはすぐにフードスペースから抜けでた。このバンドの音楽にほかの気晴らしは必要ない。

ディスクドライブで聴いていた音楽にはこのようなものはなかった。これほど幻想的な生の音楽は、惹きつけられるのがせいぜいだった録音音楽とは比べものにならない。ここで身体を揺らしている人々だけでなく、もっと大勢の観衆に聴いてもらうのにふさわしい。ローズマリーは録画しようかとも考えたが、メタデータの接続を切ったつもりでも切れていなかった場合に備えて、差し控えた。最上のものをできるだけ多く集めてから報告したほうがいいだろう。

三曲目には聴き覚えがあった。一分ほどかかって、ルース・キャノンの『血とダイヤモンド』にホーンセクションによって想像もできなかったふくらみを持たせた曲だと気づいた。ローズマリーは仕事に必要な自制も忘れて、ほかの人々と一緒になって声をあげた。その曲、そのバンド、その瞬間の一部になった。その瞬間だけではない。『血とダイヤモンド』を初めて聴いたあのとき、すべてを壊してしまう一カ月前にアイスクリームを買いにいく母の車のなかでこの曲が流れていたとき、それにずっと前に病院のナース・ステーションのラジオからも一時間に一度は聴こえてきて、あなたは自分が思うより強い、だからまたすぐに出歩けるようになると語りかけてくれた。これがルースの原曲ではなくてもかまわなかった。新たなローズマリーへの新たな曲。どちらも自分の人生に欠かせないものだ。

だからこそ人々は逮捕される危険を冒しても、こうしたライブに足を運ぶのだろう。SHLのショーでも同じようなことは体験できるし、こうした場所に来たことがなければ、違いはわからないままだろうが、あきらかに両者の体験は違う。

ライブ後、ローズマリーは借りている部屋に歩いて帰る道すがら、自分の高揚感を分析しようとした。仕事だからとここにやって来たはずなのに、夜にはすばらしいバンドを聴けるという役得で、純粋な喜びも味わえた。音楽を愛しているからなのはもちろん、最終目標も持てず懸命に努力しているミュージシャンたちに機会をもたらせるとしたら、心から嬉しい。誰も自分のような仕事をしている人がそこに来ると期待して音楽をやってはいない。いずれにしても、お金のためじゃない。音楽を奏でるのが好きだから、自分たちの曲を信じているからといった理由で演奏せずにはいられないわけで、そうだとしたら、そこに飛び込むローズマリーはその人たちの世界を変えることになる。彼らには提示されたことを承諾しなくてはいけない義務はない。今度は、正しくできるようにしよう。ルースにしてしまったことは取り返しがつかないけれど、こうしたバンドを何も壊さずに売りだす方法はきっとある。考えれば必ず解決方法は見つかるはずだ。

前方の暗がりのほうから「やあ！」と大きな声がした。そばの街灯は壊されて、その下のアスファルトにガラスが散らばっていた。セイディの声のような気もしてローズマリーは目を上げた。人違いだったと気づくと同時に、背後から誰かに押しやられた。

さほど強く押されたわけではなかったが、ローズマリーは不意を突かれ、その場にくずおれた。とっさに両手をついて、左手の小指をコンクリートの地面に強く打ちつけてしまい、痛みで一瞬目の前が真っ白になった。片手を押さえてすぐに立ち上がったが、誰かに頭を押されて、坐り込んだ。

「じっとしてろ」新たな男の顔は見えなかった。着古したデニムのジャケットのポケットに右手を入れている。黄色でないとすればたぶん白い革の袖が付いているのだろう。壊れた街灯の下の暗がりではあまりよく見えない。胸のところにはよくわからない文字が組み合わされたロゴが入っている。銃を持っているかといったことは考えたくもなかったので、そのロゴを読み解くほうに考えを振り向けた。

「現金、フーディ、スマホ」店で注文でもするように男が言った。

「面倒に巻き込まれるのはいや」ローズマリーは両親が観ていた映画の登場人物みたいに言い返した。

ライブの入場料が必要な場合に備えてポケットに入れていた現金を取りだして、差しだした。男は右手をポケットに突っこんだまま左手で受けとった。男の手は白く、爪は短くて汚れている。フーディの線のもつれもほどいて手渡した。「スマホは置いてきたから。ごめんなさい」

ごめんなさい？　強盗に謝ってどうする。自分で言いながら、ばからしく聞こえて、謝ったことを訂正したい気持ちを我慢した。

ひょっとして信じてもらえていないのだろうかと思ったとき、またも舗道にぐいと押しやられ、男はローズマリーが向かっていた方向に走り去っていった。その姿が見えなくなってからもローズマリーはさらにしばらく坐っていた。どれくらいのあいだの出来事だったのか、わからない。最初に声をかけてきた男の姿も、もうどこにも見当たらなかった。

強盗に遭ったらまずはどうするものなのだろう？　見まわしてもほかに誰もいないということは、誰も通らない道なのだろう。今回のライブを訪れるのにあたっては犯罪マップを確かめもしていなかったので、帰りも適当に歩きだしていた。慢心していたのか不用心だったのか、思い上がっていたのか。幸運だったと思うことにした。撃たれず、鍵や財布は盗られずにすんだ。正確には、財布は部屋に置いてきたので、男からすれば盗りようがなかったのだけれど。強盗は履歴を消去して使ったり売ったりできるものだけを要求した。フーディも新たな持ち主によってリセットされるとしたら、あの男に追跡される心配はない。最良の強盗と言える。

このまま行けば借りている部屋にたどり着けるとはいえ、強盗たちと同じ道を歩くのはもう気が進まなかったので、次の角を右に曲がり、さらに左に折れて、先ほどの道と並行している通りに出た。上着を持ってくればよかったと悔やんだ。なぜか歯ががたがたと震えてとまらない。

いまだけは非接続者(ノンコム)だ。ともかく部屋に戻るために正しい方角へ向かって一歩ずつ進んでいるこの何分間かは、ほんとうにひとりぼっちだ。誰かに連絡しようにもできない。安全マップを確かめることも、車を呼ぶことも、警察に通報することもできない。緊急用のスマホだけを持っているというジョニのやり方は理に適っているけれど、それも強盗に盗られてしまうかもしれないわけだ。

次の交差点の角に煌々(こうこう)と灯りのついたダイナーがあり、遅い時間だというのに十人か十二人くらいの客の姿が外から見えた。ローズマリーはドアを開いて店内に入り、あの強盗らしき顔か、せめて男が身に着けていたジャケットを探したがいなかったので、いちばん手前の空いている隔離席に滑り込んで、ドアを施錠した。

メニューはテーブルに埋め込まれていた。〈ヒートウェイヴ〉で出されていたようなものなのかと思ったら、だいたい〈ミッキーズ〉と同じようなものが揃っていた。ローズマリーはグリルドチーズ・サンドとトマトスープとホットチョコレートを注文してから、非常ボタンを押した。

応答はすばやかった。「四番テーブル、緊急のご用件で？」

緊急と言えるのだろうか？「強盗に遭ったみたいで。いえ、強盗に襲われたんです」

「お席で？」

「いいえ。すみません」また謝ってしまった。「すぐ近くの通りで。ここに入る前に。フーディを盗られました」

「それでまずは、スープとサンドイッチをご注文に？」

名案に思えたから、とは言えなかった。

声の主は遠ざかり、少しおいて戻ってきた。「警察に通報しました。五分程度で来るそうです。何かご要りようのものは？　その、つまり、スープとサンドイッチとホットチョコレート以外で」

「いまのところは何も。ありがとう」

ローズマリーは自分を抱きしめるようにして温めて、メニューをあらためて眺めた。スマホもフーディもなしで、こうしているのは心もとない。ノンコムの人々はどんなふうに過ごしているのだろう？　ジョニは本を持ち歩いていた。まずは本を持ち歩くようにしてみるのもいいかもしれない。

テーブルに到着するまでに先端が折れてしまうほどホイップクリームがたっぷり盛られた

ホットチョコレートが運ばれてきた。給仕係は必要以上にのんびりとしていた。たぶん、これが周囲に注意を払わずに強盗に襲われた愚かな女性なのかと、しみじみ眺めていたのだろう。

ほとんど同時に警察も到着し――代名詞ピンバッジと階級章から〝ノンバイナリー〟の〝セルサー巡査〟だと読みとれた――向かいの座席に窮屈に身を押し込んで気まずい空気を生みだしてから、まだじっと見ていた給仕係のほうに顔を向けてホットチョコレートを取り上げ、ローズマリーの前のテーブルに置いた。巡査は中肉中背、どんぐり色の肌で、頭を剃り上げ、肌とまったく同じ色のやさしそうな瞳をしていた。

「強盗に遭ったとか？」巡査はフーディを着装していたが起動させずに、旧式のタブレットをテーブルに置いてメモを取りはじめた。怯えさせないようにとの配慮なのだろう。柔らかな南部訛りがある。

「そうです」

「それはそいつらにやられたのかな？」巡査はローズマリーの左手を指さした。

小指がソーセージみたいにふくらんで、皮膚はぴんと張って赤らんでいた。あらためて指摘されると急に痛みが押し寄せた。ローズマリーはうなずいた。

巡査が隔離板の囲いを叩いた。「氷嚢（ひょうのう）とタオルを持ってきて」

テーブルのそばにまだ立っていた給仕係が厨房（ちゅうぼう）のほうへ消え、すぐに戻ってきた。ローズマリーは氷とタオルを巡査を介して受けとり、左手の小指に押し当てた。

セルサー巡査は基本情報から尋ねた。ローズマリーはこの町に来た理由を尋ねられずにすむことを祈って滞在先の住所を伝えた。

「了解。では、起こったことを説明してもらえますか？」

ローズマリーは順を追って説明した。いまとなっては役に立たないようなことばかりだ。襲ってきた若い白人男性の顔はほとんど見ておらず、服装と左手についてしか証言できることはなかった。

「逃げていくときはどうだった？　だいたいの身長はわからないかな？　髪の感じとかは？」

ローズマリーは首を振った。「たぶん、赤い野球帽をかぶってました。よく見えなかったので、短髪なんじゃないかと。ジャケットは厚みのあるものだったので体形はわかりません。目の前に立って見下ろされていたので、背の高さもよくわからないんです。百七十五センチくらい？」

「それでべつの男は？　何か特徴は？」

「よく見えませんでした。助けようとしてくれたのか、あとから来た男の仲間なのかもわからなくて」

「仲間なんだ」セルサー巡査は断言した。「この二週間で同じような被害に遭った人々から話を聞いている。こんなに遅くに、何をしていたんです？　もうすぐ夜間外出禁止時刻なのに」

「もうすぐでも、夜間外出禁止時刻はまだ過ぎてません。外出しても法律違反ではないでしょう」

「もちろん。ただ、通りでいったい何をしていたのかなと思ってね」

警官に秘密にしなければいけないようなやましいことはしていないと思ったものの、そう尋ねられると、〈２０２０〉では警察に全員が追い立てられていたのを呼び起こさずにはいられなかった。「散歩です。夜に歩くのが好きなので」

セルサー巡査は口を開けたが、閉めて、次の質問を決めかねているかのようにしばし押し黙った。「指の手当てのために病院まで送ろう」

「いいえ、けっこうです。冷やすだけで」話題が変わってローズマリーはほっとした。

「そうかな、捻挫だけならまだしも、骨が折れているかもしれない。ともかくなるべく早く治すのに越したことはないから」巡査は左手を持ち上げた。中指が妙な角度に曲がっていて、ほかの指も曲げてまたすべて伸ばすまでにはなおさら時間がかかった。

「病院へは行きません。そんなに重傷ではないので。腫れが引かなければ、あす診療所に行きます」

巡査は肩をすくめた。「好きにすればいい。アパートメントまで送ろうか？」

ローズマリーはそのダイナーから部屋までの距離を考えた。「はい、お願いします。それと、あの、現金を盗られたのを考えずに注文してしまいました。どうすればいいんでしょう？」

「支配人に話してみよう。一度帰ってから支払うということで、きっと了承してくれる」

巡査は隔離席を出ていき、テイクアウト用の箱を持って戻ってきた。「店の奢り。支配人が、都合のよいときに戻ってきてサンドイッチを買ってもらえればいいと言ってくれた」

ローズマリーがダイナーを出るときには、まだ残っていた数人の客がこちらを見ていた。セルサー巡査のあとについてパトカーまで歩いていくと、後部座席のドアが開かれた。「申し訳ないけれど、決まりで、前の席には乗せられない」

べつにかまわない。ローズマリーは人々の姿を探して窓の外の暗がりを眺めた。借りているアパートメントの通りは暗く、静かだった。ドアハンドルを手探りして、付いていないことに気づいた。容疑者用の座席だからだ。セルサー巡査が車を降りて、こちらのドアを開けてくれた。

「大丈夫かな？　誰かに連絡して来てもらおうか？」

「いいえ、おまわりさん。お手数をおかけしてすみませんでした」

鍵は盗られなかった。ほんとうに、強盗に遭ったにしては最小限の被害ですんだ。新しい身分証明書を申請したり、鍵の紛失を大家に申告したりする必要はないし、あとをつけられたり、住まいを知られたりする心配もない。

ローズマリーはグラスに水を注いで飲み干し、もう一杯飲んでから、ベッドにばったりと倒れ込んだ。気力を使い果たしたうえに、まだ指はずきずき痛む。フーディを盗られたことをＳＨＬに報告しようとスマートフォンをつかんでから、人材発掘管理部が位置情報を確かめれば、今夜はここから出ていないことになっているのだと思い起こした。まずい。

とにかく眠りたい。それでも、鞄のなかからペンと紙を探りだし、スマートフォンのなかに記録されたＳＨＬの緊急連絡先、後方支援業務部、人材発掘管理部の電話番号を控えた。時間を確かめる。午前零時四十分。ここアッシュヴィルの夜間外出禁止時刻はボルティモアより一時間遅く、あと二十分ある。ローズマリーはポットに水を入れ、ティッシュペーパーを一枚取って、また一階におりた。左右を見まわしても、通りは閑散としていた。水を入れたポットをソーセージのような指で持って歩いていたら、どんなに奇妙に見えることだろう。お願いだから誰かが現れてスマホを奪ってほしいと願っているときにかぎって、誰も通りかからない。ふしぎと気分は落ち着いた。何も感じない。

三ブロック歩いて、三日前にタコスを食べたレストランにたどり着き、こっそりと裏のごみ箱にまわった。まずＩＣチップを抜いてポットに落としてから、取りだし、ふたつに割った。ティッシュでスマホから自分の指紋を拭きとった。

地面に叩きつけると、画面が蜘蛛の巣のようにひび割れた。踵で舗道にぐりぐりと踏みつけてだめ押ししてみたら、ふしぎとすっきりした。完全に壊れたと確信してティッシュで包んで拾い上げ、ごみ箱に放り込んだ。

これでほんとうに、少なくとも今夜だけはノンコムだ。この地域の夜間外出禁止時刻の一分前に部屋に戻った。痛めた指を氷で冷やし、抗炎症薬を二錠飲んで、ぱたりと眠りに落ちた。

31
ローズマリー
仕事の自己破壊

いつものようにヴァイオリンの音色と陽射しの相乗効果でローズマリーは目覚めた。枕を顔の上に引っぱり寄せるなり指が痛烈な悲鳴をあげ、前夜の出来事がいっきによみがえった。顔の前に手を持ち上げる。まだ腫れてはいるけれど、少しはましになった？　たぶん。

指を氷で冷やしながらキッチンの抽斗を探り、マスキングテープを見つけだした。小指を隣の指に固定しておける程度の粘着力はまだありそうだ。これでじゅうぶん。

コーヒー店の前で開くのを待っているとドアが開いた。

「昨夜はありがとう！　疲れた顔してる」セイディが言った。「それにいつもはこんなに早く来ないのに。どうしちゃったの？」

ローズマリーは路上で強盗に襲われた経緯を話した。「仕事先と両親に心配させないように連絡したいんだけど、あなたのスマホを借りてもいい？」

「もちろん。だけど、わたしのライブに来てくれた帰りにそんなことがあったなんて、なんだか気が咎める。ひとりで帰すんじゃなかった」

「あなたもひとりで帰ったんでしょう？」

「うん」

「だったら、あなたが襲われていてもおかしくなかった。不慮の事故」間が悪く不適切な道を歩いてしまったのだろう。あれほど銃を携帯している人や病原菌を持っている人がいないかと恐れていたのに、ほかの人々はその場所の安全性にも気を配っているのをローズマリーは考えもしなかった。たしかに、ジョリーを離れなければ起こるはずのなかったことでも、今後はもう家を出ないでいることなど想像できない。

ローズマリーは家へ電話をして、母にスマートフォンを壊してしまった（これはほんとうのこと！）ので、〈フレンチ・ブローズ・コーヒー〉に一台ドローン配送してもらえないかと頼んだ。部屋に帰ってから代金は送金するし、もちろん、元気でやっていて、長いあいだ連絡しなかったのは反省しているけれど、新しいスマホが届いたらすぐにかけ直してちゃんとゆっくり話すからと伝えた。ＳＨＬの人材発掘管理部にはまた異なる説明をした。夜遅くのライブを聴きに行く途中で強盗に襲われ、警察に通報して事情を聞かれたと報告した。指をけがしたけれど、たいしたことはないし、よくならないようなら、診療所に行くつもりだと。ただちに事故報告書の提出を求められたが、ローズマリーはそのための機器がいまは手元にないことをあらためて伝えた。ＳＨＬは即座に新しいフーディを発送すると請け合った。

ローズマリーにとってスマホもフーディもなしで過ごすのは初めてのことで、さらにあと一、二時間はこの状態が続く。カフェラテを注文し、店内にぽつぽつと入ってくる客を眺めた。緊張しているし、手持ち無沙汰で、孤立していて、疲れている。妙な取り合わせだ。でも、退屈はしなかった。頭はボルティモアでの一件以来考えつづけていた問題を解きほどき、さらに突然「やあ」と声をかけられ、気を取られた隙に倒されて強盗に遭ったこと、ＧＰＳの追跡装置にも考えが及んだ。

一時間後にスーパーウォリーからどちらの機器もまとめて到着した。さすが〝目指すは、スピードと効率〟だ。ローズマリーはさっそくフードスペースに保存していた情報を取り込んで、両方の機器を好みの仕様に設定してから、母には短い感謝のメールを送り、ＳＨＬの人材発掘管理部には〝仕事への復帰〟を速やかに伝えた。

〈フレンチ・ブローズ〉で仕事をしている人々の大半が周囲にも目を配れるように、フーディの視界の何パーセントかは視界開放（クリアヴュー）にしていた。ローズマリーは数分ですべてが修復され、ほっとした。ステージ・ホロ・ライブのアーカイブをめくり、何カ月も前に目にした〈ザ・パテント・メディシン〉の映像を探した。

その録画映像は、真正面から完璧に捉えられたものだったが、ローズマリーの記憶にあるものとは違っていた。今回はそのバンドの後ろに現れてみた。彼らではなく、自分のほうが幻影だ。『クラッシュ』の演奏が始まり、三人の声と二本のギターの大音量が十秒くらい先行してから、ドラムが加わった。その響きはまたも波のように押し寄せてきたけれど、ほかの人々はどう感じているのかと見まわして、自分が大勢のアバターに囲まれているのに気づいた。みな音楽に合わせて頭を揺らしているが、誰もこちらを見て視線を交わすわけではない。

曲が終わり、アラン・ランドルの幻影が言った。「みんなに会えて嬉しいよ。……来られてよかった」

〈ブルーム・バー〉にという部分が編集で削られていた。アランはSHLのショーの会場リストにある名称をすべて録音したのに違いない。あのときと同じで額にかかった髪を払いのけた。「ではまたこれから何曲か聴いてくれ、いいかい？」

とてもすてきなベーシストが目を開けたけれど、今回はローズマリーにウインクしてはくれなかった。そもそも特定の誰かに向けられたものではなかったのだから。二曲目のベースのグルーヴが始まり、ローズマリーはコンサート会場を出た。

あの晩、〈2020〉で自分で録画したルースのバンドの映像を呼びだした。〈ザ・パテント・メディシン〉の没入型映像とは違って平板なのに、観ているだけでそこにいたときの体感がよみがえってきた。電撃のような痺れ、臨場感、興奮、熱気。そのすべてが記憶としてそこに存在した。

ローズマリーはほかのバンドのほかの曲を検索した。〈ザ・アイリス・ブランチズ・バンド〉の『本気でわたしに会いに来て』。ダイナーのトイレに聴こえてきたのと同じ音声のみだ。どんな容姿の人々なのかは気にならなかった。クリアヴューに戻して目を閉じた。その曲を聴くとこれまではいつも高校時代を思いだしていたのだけれど、今回は〈ヒートウェイヴ〉のトイレにいるような、鼓動がどんどん速まって、ジョニと唇を触れ合わせているような気分になった。

気持ちはほぼ固まった。目を閉じると、求めていた解答が見えた。前の仕事でいつも不具合を見つけるより先に完璧なコードを思い描けていたように。ライブ会場を閉鎖させることでルースからの親切をあだで返してしまい、自分がボルティモアでしたことは取り返しがつかないとジョニに言われたけれど、変化を起こす方法がわかったような気がした。今回はセイディに打ち明ける。自分ひとりで成し遂げられることではないし、許しを得ずにはやりたくないから。それに、おとりが必要だ。

一週間後、ローズマリーは人材発掘管理部と対面した。慌ただしい一週間で、後方支援業務部の存在意義を思い知らされた。段どりをつけるのは大変な仕事だ。

今回管理部を代表して現れた人物はまたべつの背景を選択していた。そよ風に吹かれる牧草地も、ローズマリーを圧倒して縮こまらせる偽物の執務室もない。大きな窓から爽やかな青空が見えて、殺風景だけれどこぢんまりとして落ち着く部屋で、小さな机を挟んでまったく同じ椅子に向き合って坐った。威嚇して従わせなければと思われていた段階は越えたのだろうとローズマリーは読みとった。晴れて社員同士の打ち合わせになったわけだ。

この上司の人物情報は、これまで対面してきた管理部一般男性社員（5－1）と同列に位置する一般女性社員（5－2）となっている。細身で、栗色の髪にはあえて少し白いものが加えられていて、髪型も服装も裕福そうな、いかにも白人らしい容貌だ。そういえば、ほかの三人のアバターもやはり白人なのだろうかとローズマリーは思いめぐらせた。キャンパスで目にした同僚たちはほとんどが白人ではなかったのに、これまでに現れた管理部のアバターは全員が細身でいたって健康そうな白人だ。ローズマリーの知るかぎり、スーパーウォリーは年齢以外は実物どおりにしていた。それについてはまたあとでゆっくり考えようと頭に入れた。

「あら、ローズマリー。調子はどう、そちらの——」女性は言葉に詰まった。「——アッシュヴィルでは。お天気は？」

同僚同士の世間話もできる地位に格上げされたらしい。「ええ、お天気にはずっと恵まれています。なかなかすてきな街です。音楽にあふれていて」

「そう、それはよかった」

「この辺りに来られたことはありますか？」

「ううん、ないわね」

もっと尋ねて、この管理部の女性もかつては人材発掘担当者で、ライブ会場を破壊して昇進したのかをローズマリーは知りたかったが、そんなことをすればせっかく模範的な従業員を装っている努力が台無しになる。「いつかぜひご覧になってみてください。美しいところです。本物の滝などもあるのですが、仕事で忙しくて観に行けてません」

「よさそう。成果の報告をお願いできる？」

正体不明の上司が子供時代の寝室を仕事場に設えた部屋に坐っている光景が思い浮かび、ローズマリーの頭のなかもお楽しみの時間から仕事へ完全に切り替わった。

「演者を二組」ＳＨＬ用語を使って答えた。「ここではたくさんのミュージシャンを目にしましたが、ＳＨＬの人材となりうるのは、その二組だとわたしは考えます。ひと組目は〈ウェイ・ウェイ・ダウン〉。民族楽器でＲ＆Ｂのグルーヴを奏でます。耳に残る楽曲ですものすごくいいとは言いきれないまでも、ぜひ推したい音楽だ。

「興味深いわね。動画は録った？」

「はい。練習風景ですが。あんなことがあって、新しいフーディをライブに持っていくのは不安で……」言葉を途切らせた。

管理部のアバターは巧みにいかにも思いやるような笑みを浮かべた。「ええ、何があったかは聞いてる。無事でよかった」

「ありがとうございます。もうひと組は〈ザ・シムラッツ〉。きっと気に入ってもらえるはずです。最新のライブ映像を手に入れたので送ります。十二人組で、どれほど大きな会場でもいっぱいにできる音楽です。ボーカルの声がすばらしくて、メンバーたちが夜光塗料を施しているのがまたそれを引き立てています。観客が列を成すのは間違いなしです」このバンドのメタデータを加工する方法を習得できたのは誇らしい気分だったが、それも自分以外に誰にも褒めてはもらえない技能が役立てられた多くのことのひとつに過ぎない。称えられるべきコードの調整能力をフードスペースのボット開発に生かす手もありそうだ。

「十二人組とは驚いた。そんな大人数のロックバンドを見つけてきた人はこれまであまりいなかったはず」

「でも大丈夫なんですよね？」

「もちろん、条件さえ揃えば。費用はかかるけど、あなたが言うとおり、すばらしいバンドならそれだけの価値はある」

「すばらしいです」

「よくやったわ、ローズマリー。連絡先はわかる？　厄介な非接続者(ノンコム)？」

ローズマリーは自分のアバターの顔に皺ひとつ寄せさせずに、連絡先を送信した。「全員に連絡がつきます。誰か観に来られるのなら、来週の土曜日にも大きなライブに出演しますが」

「必要なし。あなたの報告と動画があればじゅうぶんでしょう」管理部の決まり文句だ。

「ねえ、ルース・キャノンとは連絡をとれてないの？」

「すみません」

「残念。大きな魚を逃した。あとは、後方支援業務部と連絡をとって、いつでも好きなときにそこを発ちなさい」

「あと何日かいてもいいでしょうか？　先ほどお話しした滝も観てみたいので。借りた部屋は今月末までの契約ですし」

管理部の担当者はあまりに完璧な肩をすくめた。「とめる理由はない」

それからあらためてローズマリーの労をねぎらい、動画を観るのが楽しみだと言って、接続を切った。何もない空間に一変した。ローズマリーは画面をクリアヴューにして、コーヒー・カウンターの向こう側を見やった。

セイディが頬杖をついてこちらを見ていた。「どうだった？」

「うまくいった、かな。あなたを気に入れば、二、三日中に連絡してくる」

「それで、承諾する必要はないんだよね？」

「もちろん。オーディションか契約を持ちかけてくるでしょうけど、どちらにしても、承諾する必要はない。いずれにしても、助けてくれてありがとう」

「どういたしまして。交渉を進めながら、たくらみをくじく。乗った」

ローズマリーはにっこり笑った。セイディに計画を説明するのは、ジョニやルースのような反応をされるのではないかと心配で恐ろしかったのだが、ふたりにも最初から正直に伝えていれば、あんなことにはならなかったのかもしれない。たぶん。

ローズマリーは距離を置こうと努力しているものの、セイディを友人だと思わないようにするのはむずかしかった。計画によってふたりの距離は近づいたけれど、セイディに気を惹こうとしているそぶりはもうまるでない。こちらが何者で、もうすぐここを去ることも知られているからだ。互いに友達のような共謀者の関係に納得している。「どんなふうに招待するつもり？」

「すごいから」とセイディ。「今年最大の倉庫コンサートとバンド演奏。噂を広める」

32

ルース
人生の軌道修正

シルヴァが古い友人たちと連絡をとり、アトランタ、アセンズ、ダロネガでわたしたちのバンドとしての初ライブを連続して叶えられる目途をつけてくれた。シルヴァ曰く〝常軌を逸した〟ジョージア州内ツアーだ。

「あんまり期待しないでくれよ」シルヴァは出発前に荷物を積み込む際にそう言って、バンの後ろに自分のアンプをわたしのアンプと並べて押し入れた。

マーシャも重いドラムのハードウェアバッグを少しよろけながら運んできた。まるで似ていないはずなのに、いつも巨大なダッフルバッグを自分で運ぶと言い張っていたエイプリルの姿となぜか妙に重なって見えた。

マーシャはもどかしげな目を向けた。「ちょっと手伝ってもらえる？」

「ごめん！」わたしは片方の把手をつかんで、マーシャと一緒にバッグを持ち上げた。

「一応言っておくが」シルヴァも手を貸しながら口を開いた。「期待はほどほどにしといてくれ。これから行くのは、きみが前に出てたようなところじゃない」

「わたしだってもう前に出てたようなところじゃ落ち着かない。わたしがあの骨董品店でノリまくってたのはあなたも観てたでしょ。ボリュームを抑えてくれって言われたから、棚からなんにも落とさずにやり遂げたんだから」

「わたしなんて、カントリーウェスタンのバーで金網の裏からライブ・カラオケの演奏をしたんだよ」マーシャはわたしの腰に片手をまわした。

シルヴァはにやりと笑って、その競い合いに参戦した。「おれは空港の手荷物受取所で演奏を頼まれたことがある。荷物を待つあいだにみんなが生の音楽を聴きたがってるなんて誰がどうして考えたのか、おれにはさっぱりわからない」

前時代（ビフォー）の思い出話になったので、わたしも振り返った。「マンハッタンの街頭で、八月の、ごみの収集日に」

「ああもう、あなたの圧勝」マーシャが鼻をつまんだ。「来て。まだ機材があるし、わたしひとりでぜんぶ運ぶのは無理」

わたしはコッテージのほうへ戻っていくふたりの姿を見つめて、いつまでになるかわからない旅へ出る前のこの時を胸に焼きつけた。またあの場所に戻れると思うと心が安らいだ。今回は簡略版とはいえ同じひと時を分かちあう、お気に入りの場所。自分の役割を果たしていないなんて叱られないように、すぐにふたりを追いかけた。

昔は幹線道路を使ってアトランタまで四時間程度で着いたのに、制限速度を守って、勤勉このうえない警官たちの目をかいくぐり、曲がりくねった裏道を使うと七時間近くかかった。

「そんなにわたしたちを停めてどうしたいわけ？」三度目に路肩に誘導されたとき、わたしはいらだって問いかけた。一度目は、シートベルトを着けていないように見えたからという理由だった。二度目は、ふらついているのではないかと指摘されたのだが、検査は受けさせられなかった。三度目は、疑わしいバンが走っているとの通報を受けたという。

四人目の警官は下手な言いわけはしなかった。「メリーランドのナンバープレートが付いているバンがこれほど遠くまで来ているのでは、事情を訊く必要がある」そう言って、わたしの運転免許証と自動車登録証の提示を求めた。確認を済ませても、後ろからついて来て、その町で二度目のナンバープレート読み取り機を通過したところでようやく離れていった。わたしは昼食にありつきたかったけれど、あの警官の様子からすると、この町にとどまるのが賢明でないのはあきらかだった。仕方なく、数キロ先にあったガソリンスタンドの自動販売機でサンドイッチを買って食べた。

「どこの町にも寄り道できないんだ？」またも州警察官が後方に現れるとマーシャが問いかけた。

わたしは制限速度を守って、できるかぎりまっすぐバンを走らせることに集中した。

「ライブが始まる時間までに到着したければな」シルヴァが言った。「それにしたってもう、古臭いやり方だよな。北のほうもこんなだったか、ルース？」

「ここまでひどくはない。最低」またも後方に光の点滅が見えた。わたしはため息をついてバンを路肩に寄せた。まただ。

アトランタでは、リトル・ファイヴ・ポインツ地区にある弦楽器職人の工房の窓がない隠し部屋がライブ会場となった。作業台の脇を抜けて入っていくと、整然と並んだハードウェアの容器や、名札付きのギターでぎっしりの収納棚があり、どれもあきらかに各地から送られてきて修理後にまた返されるものなのが見てとれて、わたしは垂涎（すいぜん）の思いで眺めずにはいられなかった。ギター店に入ったのは十年以上ぶりだ。仲間内で売り買いし合って満足のいくものが手に入っていたので、そうして売り買いするのが当り前になっていた。ここはギター店ではないけれど、似たようなもので、店主が修理だけでなく特別注文も請け負っているのは間違いない。わたしが持っているギターにも職人の手心をぜひ加えてもらいたいところだけれど、そのためには預けてここにしばらくとどまって待つか、送り返してもらう住所を伝えておかなければいけない。きっといつか頼もう。

地元のふたつのバンドとの共演で、片方のバンドにはシルヴァがだいぶ昔に一緒に演奏したドラマーが含まれていた。ふたつのバンドのファンたちに知らないバンドを避けて遅れてきたり早めに帰られたりされずにすむよう、親切にも出番を真ん中に設定してもらった。サウンドチェックをしてから、配送を監視している誰かに大人数ぶんの注文だと見咎められないように、三つの店に分けてピザのデリバリーを頼んだ。ツアーに出ることなど自分たち以外には誰も考えていないとはいえ、ほかのバンドと話せる機会は貴重だった。みなここで演奏できるのを喜んでいて、わたしが〈２０２０〉で楽しくやっていたときのように、さらに一、二組のバンドとともにほぼ定期的に出演しているのだという。危険の回避。わたしが家を飛びだしてから経験してきたような予想外のこととはここでは無縁だ。

これまで成功例を学んだり誰かに相談したりもせずに自前の安全対策をとってきただけに、ここにやって来る観客を興味津々で見つめた。わたしの場合にはアリスに門番を任せていた。アリスの驚くべき人の顔の識別能力と鋭い洞察力がなければ、ローズマリーが来るよりずっと前に警察の手入れを受けていただろう。ここはもっとはるかに統制されているように見えた。わたしは入ってくる人々を観察して、システムを読み解こうとした。電子キー、スキャナー、それに質問をしているようだ。もう我慢しきれなくなって、具体策を尋ねた。

弦楽器職人の妻がにっこり笑って応じた。「ライブのない日は、ここのウェブサイトのホーム画面はメアリーのカスタム・ギターになってる。ライブのある日の朝には、昔のベーコンのマンドリンの画像を投稿して、昼間にも年代物の楽器をいくつかアップする。それがスプラッシュページになっていて、製造者と年代が表示されるんだけど、その楽器がここにあるわけじゃない。それを見たら、ここに来て、そこに出ていた年代物の楽器について尋ねなくてはいけない。顔見知りになれば、そうした面倒な手順を踏まずに入れるようにキーホルダーを購入できる」

「きょうの楽器は？」

「一九五九年製ギブソン・エクスプローラー」

わたしはあんぐりと口をあけた。「ここにあるんですか？　五十万ドルもの値打ちのあるものが？」

「あるわけないじゃない！　一度、修理に出されてきたことがあって、写真を撮っておいた。だけど、うちは販売店ではなくて修理店だから、ほんとうに探している人はわざわざ来る前に、電話で問い合わせてくる。販売ページには載せてないし、売るのはほとんどメアリーの仕立てたもので、ヴィンテージではない」

ずいぶんと手の込んだ仕組みに思えるけれど、現にここはまだ存在していて、わたしはライブ会場を閉鎖されたのだから、批評できる立場ではない。もうひとつ訊きたいことがあった。「新たな観客はどうやってここを見つけてくるんですか？」

「見つけてなんて来ない」店主の妻は肩をすくめて、ちょっと考えた。「つまり、ここで演奏しているバンドが新たに招待したい人がいる場合には、紹介ということで身元を調べさせてもらうんだけど、最小限に絞ってる。すべてを失う危険は冒せない」

アリスからもそれくらいの用心が必要だと忠告されていた。気安く客を拾ってくるわたしに渋い顔をしていたものだ。それに対してわたしはコミュニティには新たな血が必要で、そうでなければ停滞してしまうし、知り合いだろうとなかろうと、音楽を必要としている人々の逃げ場になれなければ、その場所を維持する意味がないと反論した。同情より安全が大事だとアリスは言い、当然ながら、アリスが正しかった。わたしはたやすく人を信用しすぎた。

隠し部屋は三バンドと家主と妻のほかに三十人も入ればいっぱいになる広さで、すでに十二人が訪れていた。ライブ開始予定時刻を二十分過ぎて、観客は少ないままながらも、扉は閉められ、店の照明が消された。〈2020〉よりもいい香りのする会場だ。木とかすかに盤陀（はんだ）も混じる油の匂い。観客は小さな踏み段三つぶんくらいの高さに設えられた中古のソファや長椅子に腰をおろした。天井のファンが軋む音を立てて空気を循環させている。

わたしは後ろの壁に寄りかかって、最初のバンドの演奏を待った。二十歳前後の若いバンドで、メンバーのひとりがシルヴァの友人のドラマーをピザ越しに〝父さん〟と呼ぶのを聞いていなかったなら、どうやってここを見つけたのか愉快な想像をめぐらせていただろう。それでも曲は、ありきたりなようでなかなか聴かせてくれる。この若者たちはここにいて、がんばっていて、わたしはそれを知ることができただけでじゅうぶんだった。わが子に法を破らせても音楽をやらせている親たちがいるという事実が、わたしに未来への希望を与えてくれた。最初の二曲を聴いてから、静かにその場を離れて小さな楽屋に入った。

最後に出演するバンドはおそらく若者たちの演奏を観に出ていたたし、シルヴァも旧友と最前列に坐っていたので、楽屋にはマーシャがひとりきりで、フーディを着装し、ヴァーチャルドラムを叩いていた。その動きからでは、どの曲を叩いているのかわからなかった。わたしがキスをすると、マーシャはソファから足をおろした。

「そんなことをしてると、誰かに忍び寄られてもわからないでしょ」わたしはフーディをはずしたマーシャに言った。「どうしてみんな人前でそんなものを使えるのか理解できない」

「あなたは古いってこと」マーシャは不満げだったが、それほどでもなさそうだ。

「あなたのほうがわたしよりふたつ年上なのに」

「信じられない。あなたは化石だね」

「そんなことない！　そういうものの良さがわからないだけ」

「ルース、ものすごい技術なんだから。やっぱりあなたもそのうち試してみるべきだと思う。ほら、わたしのをちょっと使ってみて。カナダの女性代表チームのゴール」

フーディを差しだされたけれど、わたしはマーシャの手を胸の前でつかんで、そっと押し戻した。「カメラに向かってサッカーゲームのふりをしてる人たちなんて見たくない。だけど、それも演奏の準備になるのなら、あなたは楽しんで」

「カメラに向かってサッカーしてるからって、やらせなわけじゃない。誰もいない部屋で演奏してても、演奏のふりじゃないのと同じ。とにかく、わたしは自分がやる前にほかのバンドの演奏は聴きたくない。すごいのを観せられてやりづらくなるのはやだから」

わたしは自分のギターをケースから取りだして、向かいのソファに腰かけてチューニングを始めた。「そう。わたしは観たいと思うし、必要なら腕を上げればいい。戦いじゃないんだから」

「あのね、すべては戦いなの」

マーシャはフーディのなかのサッカー観戦に戻り、わたしは演奏中のバンドの音を耳にしながらギターを軽く弾いた。前のバンドの演奏が終わり、いかにも身内らしい歓声があがっていた。わたしはマーシャを軽く突いて出番を知らせた。

「今夜は特別なお楽しみがあります」弦楽器職人のメアリーがそう伝えたのを合図に、わたしたちはステージに出ていった。「バンド名は〈カシス・ファイア〉、町の外から来てくれました」

最上待遇の紹介ではなかった。シルヴァは曲を送っていないのだとわたしは察した。シルヴァの友人はおそらく出演を許可するのに必要な程度のことしか伝えていなかったのだろう。かまいはしない。昔から聴衆をどれだけ惹き込めるかに喜びを感じてきた。

これがわたしたちにとって最初のライブだという点はさほど意識していなかったのだけれど、ギターを持ち上げて、軽く試し弾きをしたとたん、ついにこのときが来たと感じた。この数週間、輪になって練習していたものをまたほかの人々の前で披露する。内輪で作り上げたものがこの場でも通用するのかが判明する。シルヴァとマーシャにとってはまだ新鮮な曲ばかりだし、アレンジが加えられたことで、前から演奏していた曲とはいえ、わたしにとっても新鮮なものになった。うまく生かせばエネルギーに変換できる類いの緊張感で、少しぞくぞくしてきた。まだ荒削りのところがあったとしても、きっと魔法のように奏でられる。新たなバンド、新たなツアー、これから魅了できるはずの新たな観客が十二人。わたしの大好きな挑戦だ。また挑めるのなら、どんな法律も破るだろう。

「いくよ」わたしは言って、マイクの前に進みでた。

次に奏でるのは、本物のコード。

33

ローズマリー
因果応報

ローズマリーは興奮と不安の入り混じった気持ちでコンサートの日を待った。失うものがあるとしてもいまの仕事くらいのもので、たいしたことじゃない。セイディと〈ザ・シムラッツ〉とはまめに連絡をとりあい、どちらもSHLから電話を受けたことを聞いてまず安堵した。〈ザ・シムラッツ〉は即座に契約に至り、ローズマリーは給与に加えてボーナスを与えられた。セイディのバンドはオーディションを持ちかけられ、まだ検討段階にある。すでに時計の針は動きはじめていた。

「きょうは緊張してるなんてもんじゃない」倉庫まで同乗したタクシーのなかでセイディが言った。「ライブ前はだいたい不安になるけど、わたしの胸のなかでひらひら飛んでる蝶が、ひらひらした蝶の帽子をかぶってる感じ」

ローズマリーも同じ心境だった。「わたしも。自分が演奏するわけでもないのに。ライブをやるってこういう感じなんだね？　みんながちゃんと開始時刻に正しい会場に来てくれるのか、誰も来なかったらどうしたらいいか心配になる」

「だいたいそんなものだよ」セイディに手をつかまれて、ローズマリーも握り返した。団結の思いを込めて。

タクシーが倉庫に到着したとき、雷雨になりそうなくらいに空が低く暗かった。セイディがベースを持ち、ローズマリーはベースヘッドと呼ばれる箱を運ぶのを引き受けた。そうした用語もそのうちにすべて憶えておかなくてはいけない。

「警官を引き寄せてしまう心配もしないでライブ会場にタクシーを乗りつけるなんて、ふしぎな気分」セイディが言った。「一度かぎりのことだよね？」

「一度かぎり」ローズマリーはおうむ返しに応じて、またみんなの大切なものを台無しにしてしまわないようにと祈った。

正面玄関を入っていくとき、セイディが独り言のようにつぶやいた。「これもほんとに変な気分」

足を踏み入れるなり、腐ったゴムのような匂いが鼻をついた。玄関広間の天井は二階ぶんの高さがあり、天窓から陽が射し込み、その床の大部分は、踏まれたようなへこみのある土台から高く立ち上がっているピンクと青色の物体に占拠されていた。小塔がいくつか付いている。空気で膨らませた巨大なお城。迂回して裏側にまわり込むと、天井が一階の高さに下がっていた。

「なんのためにこんなものを作ったんだろう？」セイディが訊いた。

「トマスによると、〝パーティ用品の賃貸業（レンタル）〟なんだとか」ローズマリーはこの一週間、今回のライブを仕立ててもらうトマスとかなりの時間をともにしていた。

「あれもそういうことか」セイディはそれぞれに装飾の異なる大きなテーブルが三つ設置されたガラス張りのショールームを指さした。一台は赤と金色、またべつのは銀色とガラス、残りの一台は貝殻や砂を鏤（ちりば）めた浜辺風。さらに近づいてみると、どれも厚い埃（ほこり）に覆われていた。「あなたのパーティのテーマ選びをお手伝いしましょうか？」

ローズマリーは頭を掻いた。「〝ロックコンサート〟がどうしてこうなるかな？」

「ご案内しましょう！　こちらへどうぞ」

ふたりはさらにいくつかのショールームを通りすぎて、〝従業員専用〟と記されたドアに行き着いた。ローズマリーがそこを押し開くと、暗闇の向こう端に明るい光が見えた――ドアが開いている。

「ようこそ！　明るいほうに来てくれ！」トマスがそちらのほうから呼びかけた。ふたりはスマートフォンを懐中電灯代わりにがらんとした空間をゆっくりと進んだ。

「大丈夫だったか？」トマスが近づいてきたふたりに問いかけた。

「問題なし」セイディが答えた。「これはどんな仕掛け？」

トマスは積み上げられたケーブルや、スピーカーや、照明や、マイクスタンドの隙間を動きまわっているふたりの人物のほうを身ぶりで示した。開け放したドア口から太い線が延びている。「見てくれ。もう我慢の限界に達したら、こういうこともあるかと思って、ごみたいな音響機器を拾い集めておいたんだ。ほかにも必要なものはぜんぶ揃ってる。予備の発電機に、トイレで流す水も」

「すごい」ローズマリーはセイディ以外の人々の前では緊張を気取られたくなかった。自分がトマスの立場なら、この計画がうまくいく自信を見せてもらいたいはずなのだから。それにトマスは頭が切れる。ただでさえ危険を冒すのに、よけいな警戒心を引き起こしたくない。

ローズマリーは早めに到着したつもりだったのに、こうしてすべてが整っているのをじっくりと見せられて、なおさら緊張してきた。スマホでバスの乗車券の予約を確かめた。

「あなたがあす、いなくなるなんて信じられない」セイディがベースを手にして肩越しから覗き込んでいた。

「ここでのわたしの仕事は終わったから」

「ほとんどは、でしょ。まだ、壊していなくなるという部分は終わってない」

ローズマリーは胸が悪くなったが、無理やり笑みをこしらえた。「ああ、そうか、忘れてた」

七時までに準備はすべて整った。どちらのバンドもサウンドチェックをすませた。なんとなく弱々しく単調な音に感じられ、まだ誰もいないからだと信じたかった。この計画がうまくいかなくても、ひどい出来になってしまっても、ライブの機会は与えられたのだからとローズマリーは自分に言い聞かせた。ふたつのバンドが演奏して、家に帰る。

問題は自分が持ち込んだ不発弾がいつ爆発するのだろうかと毎晩不安に苛(さいな)まれないようにすること。そのためには今夜、爆発させなければいけない。ローズマリーは〈ザ・シムラッツ〉の動画のメタデータをGPSの追跡状況が表示されるように細工してSHLに送信した。今回のライブについても報告してある。これでじゅうぶん。あとは待つだけ。

トマスの友人のひとりが保冷ボックスを持って到着した。ソーダと水だけなので、たとえ捕まっても、アルコールの提供罪は問われない。

「もし誰も来なかったら？」七時半にローズマリーは尋ねた。

「まあ、見ててくれ」トマスが言う。「八時と伝えてあるから、九時には着く。来るさ。音楽が聴けなかったとしても、城のトランポリンがあるしな」

「あなたがあれを膨らませたの？」ローズマリーは人々がわれ先に逃げだそうとして青とピンク色の巨大な障害物に突進していく光景を思い浮かべた。

トマスが笑った。「あの城はたぶんタイタニック号より穴だらけだ。それともタイタニック号は大きな穴がひとつだけ開いていたのかな？　どっちにしても、ぼくは膨らませてはいない。いまのところは」

ローズマリーは誰も自分ほど今回のことを重く考えてはいないのかもという気がしてきた。

今後差しさわりが出るとしたら自分ではなく、ここに残った人々のほうなのに、どこか他人事のような態度だ。トマスなりの緊張をごまかすための冗談であることをローズマリーは祈った。緊張しているほうがまだ安心できる。

八時十五分、人々がぽつぽつと入ってきて、ローズマリーは頭のなかの心配事リストから〝観客なし〟を×印で消した。次の項目に考えを切り替えて、壁ぎわを歩いてすべてのドアが開錠されているのを確かめた。観客には——全員がバンドメンバーの友人たちだ——南側のスタッフ専用口から入るように、そしてぜんぶで十二カ所の非常口があると伝えてある。ローズマリーがひとめぐり終えたときには、観客でいっぱいになっていた。五十人ほどがステージ前に寄り集まり、人影の映り具合からすると、さらに暗がりの隅にも何人かいるようだ。ライブとして成立するにはじゅうぶんだし、必要なときには安全に逃げだせる程度のほどよい人数でもある。観客はみな、これから何が起こるかを知っていて、それでも危険を覚悟で来てくれた。

九時までには六十人ほどに達していた。ローズマリーは照明の当たらない奥の壁に背をもたせかけた。期待どおり、セイディのバンド〈ウェイ・ウェイ・ダウン〉はサウンドチェックのときよりも良い音を奏でた。聴衆はその音楽に浸りながらも、飛び跳ねはしなかった。リズムに合わせて身体を動かし、揺らしている。ローズマリーは招かれざる客が来るのではないかと心配していた。そのような人々は来ていない。

バンドの演奏が終わり、セイディが機材を片づけて、ギグバッグと重いベースヘッドを引きずるようにしてローズマリーのところまでやって来た。「気配なし?」

「気配なし」

「これから来るのかも」

ローズマリーはうなずいた。「いまのところ、いちばんの想定外」

「聞いて」セイディが言った。「わたしのいちばん上の姉が森林警備員でね。働いている自然保護区ではたまにわざと山火事を起こす。繁らせ放題にして山火事が起こってから対処するより、安全な火事を起こしておいたほうが被害が少なくてすむ。わたしは今回のことをこの安全な火事と同じだと考えてる」

「安全な火事か」その喩えがローズマリーの気分を少し楽にした。

ステージ上の照明がブラックライトに切り替えられた。

「友人たち、ローマ人たち、田舎の鼠ども」顔に鮮やかな渦巻き模様を付けたリードボーカルが言った。「ちょっと耳を貸してくれ」

ドラマーがスティックで四つカウントを取り、バンドがいっせいに音を奏でだした。ローズマリーの両親もレコードを持っていた曲のカバーだ。『アイ・フォウト・ザ・ロウ』。

「信じられない」つぶやいた。ほんとうはこの曲をもっと楽しみたかった。

二曲目、三曲目、四曲目と演奏は続いた。どれも知らない曲だったが、法規制がテーマになっているのは聴きとれた。こんなに政治的なメッセージのあるバンドという印象はなかったけれど、きょうは特別な日だ。ローズマリーはいまでもＳＨＬのために優れたバンドを見つけられたという皮肉な自負と、ＳＨＬのバンドに求められる万人向けの曲調に従う気が彼らになければ、世に出る機会は与えられなかったのだという心苦しさも感じていた。いや、自分の直感は正しかった。これはこの特別な場にふさわしい壮行ライブだ。

そしてついに建物の外から甲高い音が聞こえた――ローズマリーの脳裏に一瞬、〈２０２０〉に警察の捜索が入ったときのことがよみがえった。時をおかずにいちばん遠くのドアが開き、閃光が流れ込んできた。拡声器かスピーカーがキーンという音を響かせた。「演奏をやめろ。これは違法な集会だ」とたんに全員がどれも鍵の掛かっていない非常口へ駆けだした。みなステージ近くにいたので、警官たちに先んじて突進できた。誰かが照明をめぐらせて、入ってきた警官たちの目をしばし眩ませた。

身体にも楽器にもブラックライトで光る塗料を施した〈ザ・シムラッツ〉は、タイタニック号とともに海に沈んでいったバンドのように演奏を続けた。ホーンセクションの音が警察の手入れを出迎えた。心配することは何もない。ＳＨＬが保釈手続きを取ってくれるはずなのだから。ローズマリーの読みどおりなら、誰も傷つかず、誰も捕まらず、ライブ会場が閉鎖されることもない。トマスの母親が所有する倉庫のひとつに若者たちが不法侵入していたというだけのことだ。母親はこのライブとは無関係なので、ここを失うこともない。ほかの街でもこれほど順調にいくとはかぎらないにしても、今夜の計画が成功すれば、さらなる手立てを見つけられるかもしれない。あの強盗たちと同じで、このライブはいわば大きな声の呼びかけで、本物のライブ会場から気をそらすためのものだった。いわばセイディが話していた〝安全な火事〟だ。

誰かが音響装置の電源を落とした。バンドは歌わずに自分たちのアンプだけで演奏しつづけ、発電機も止められると、照明とメロディーはぱたりと消えて、ドラムの響きだけになった。観客はちりぢりに去っていく。ぞくぞくする動揺の波がローズマリーの胸に押し寄せてきて、それを払いのけるよりむしろうまく生かそうと思った。セイディのほうを見ると、不安げな笑みを返してきた。

ローズマリーはベースヘッドに手を伸ばしたが、セイディはその手をとめて、自分でつかんだ。「ここでお別れなら、自分のものはぜんぶ持ってたほうがいいから」

めぐらされていた光がこちらにも向けられ、ローズマリーはまた心臓がびくりとした。いちばん近くの出口は入ってきたときに通ったところで、いくつものショールームの脇を抜けると天井が二階ぶんの吹き抜けになっている玄関広間に出られる。

「知り合えてよかった、ローズマリー」その出口に歩きだしながらセイディが言った。「また連絡して」

ドアを開いた。もともと天窓から射す陽の光だけが唯一の明かりで、電気も発電機も切られたいまは真っ暗だった。月の出ていない晩の電気を切られた倉庫がどれほど暗くなるのかまでは考えに入れていなかった。前方の真っ暗闇の端々に赤と青の光が反射し、唸るような音が響きわたった。

「えっ、やだ、正面口にいる」セイディが足をとめた。

「十一番出口がその廊下の先にある」ローズマリーはセイディの肘に触れて導いた。「そっち側には駐車場がないから、パトカーも停まってないはず」

「ありがと！　あなたは来ないの？」

「すぐ行く。あなたは先に出て」ローズマリーはセイディを軽く抱擁した。「助けてくれて、ありがとう。幸運を祈ってる！」

セイディは暗い廊下の先へ消えた。ローズマリーが家族以外で自分からハグをしたのはこれが初めてだったことなど知るはずもない。特別な晩はふしぎな力を与えてくれるらしく、安全な領域の外へ踏みださなければできない様々なことをローズマリーに挑ませようとする。怯えて、興奮し、不安になり、アドレナリンが刺激されているあいだは力が倍増しているかのように。ここを発ったあとでなければこの作戦が成功したとは断言できないけれど、いまのところはうまく混乱を引き起こして、すべて順調に進んでいるように思える。こんなにうまくいくのが申し訳ないくらいに。

正面玄関のほうへ向き直ると、膨らんだ巨大な城のせいで玄関口がとても狭く見えた。ふたつの小塔が垂れてしまっている以外はよい状態で保たれているようだ。ああいったものは古い映画や、学校の祝祭や誕生日パーティの画面で見ていたけれど、実物を見たことはなかった。子供の頃と、成長してからの暮らしはべつもので、ローズマリーがいま生きている後時代(アフター)より以前には、たくさんの人々が実際に同じ空間のなかで互いにやりとりをしていた。

一度だけ、あの城で飛び跳ねてみてから、逃げるとしよう。

34
ローズマリー
自由意志占星術（フリー・ウィル）

今回ばかりはローズマリーも病院行きを免れなかった。城のトランポリンの下で待ちかまえていた警官に言い渡されてしまったからで、けがをしたのが逮捕される前なのかあとだったのかもわからない。その警官は自己防衛のため、すべてのやりとりを記録すると言ったが、仲間の警官たちはローズマリーが足を踏み外したのを見て笑っていたのに違いなかった。

しかもみずから運転して病院に連れていくのではなく、救急車を待つという。ほかの人々は逃げ散って、取り残されたのはローズマリーと、警官たちが入ってきたドアのすぐ近くにいた数人だけだった。そのなかで知った顔は〈ザ・シムラッツ〉のボーカルだけで、ローズマリーに手を上げて挨拶をしてから、警察のバンに連行されていった。もっと大勢を捕まえるつもりだったらしく、そのバンのなかはがらがらだった。これが通常のライブで、〝安全な火事〟でなければ、実際に大勢がそこに乗せられていたはずだ。その点を警察に勘繰られなければいいのだけれど。

救急車がようやく到着し、警官はローズマリーがそのなかに運び込まれるのを見届けてから、自分が運転する車で病院までついてきた。

一緒に乗り込んでくれた救急救命士は親切で好奇心旺盛だった。「どうしてこんなことに？」

「足首を捻ったんです」

「ああ、そうだね、それは見ればわかる。だがどうして？」

「お城のトランポリンを見たことあります？」

救急救命士は笑った。「かなり長いこと見てないな」

「わたしもそうだったんです。我慢できなくて」

「きみが逮捕された理由はそれなのか？」

ローズマリーはもう毎晩やり慣れたことであるかのように、なにげないそぶりを装った。「まさか。不法侵入と参集規制法違反です。あ、それと逮捕妨害。飛び跳ねるのをやめなかったのも問題だと言われたので」

「ほう。ずいぶんと楽しい晩だったようだ」

「そうなんです！　あなたがわたしをこっそりどこかで降ろしてくれれば、もっと楽しめるのに」

なごやかなやりとりはそれで打ち切られた。「無理だな」

「ごめんなさい。冗談です。今夜逮捕される計画ではなかったもので」それならどうして飛び跳ねるのをやめなかったのだろう。そうしたかったからだ。それに心のどこかで、自分がボルティモアでしたことを思えば、捕まって罰せられたいと望んでもいたのかもしれない。

「いずれにしても、その足では遠くへは行けないだろうしな」

靴を脱がされて氷をあてがわれたとき、ちらりと目にした自分の足首は赤紫色に腫れあがっていて、見事な痛めっぷりだった。ひと目見ればもうじゅうぶん。もう一度見たら、いま向かっている場所を思い浮かべてしまうし、それはなにより考えたくないことだった。医者は嫌いだ。病院も。たぶん好きな人はいないだろうけど、救急車のなかで心が嫌悪と恐怖を混ぜ合わせてこしらえたカクテルは、けがよりもローズマリーに吐き気をもよおさせた。足を手当てしてもらうだけなんだからと自分をなぐさめた。そんなに時間はかからない。

病院は遠くなかった。ともかく壮大な逃亡計画をくわだてられるほどには。救急車から搬送ストレッチャーで救急搬入口のなかへと運ばれた。あっという間に検査室に搬送されたので、優遇措置がとられたのに違いなかった。看護師に病歴を問われ、氷嚢を取り替えて鎮痛剤を与えられてから、密閉された診察室に案内され、レントゲン写真を撮るので待つよう言われた。ローズマリーは待った。さらに待った。

特別に静かな晩なのか、最近の病院はいつもこうなのだろうか？　おそらく病原菌のみならず音も遮断するために、カーテンでただ仕切るのではなくドアで閉ざされている。ローズマリーが最後に病院を訪れた記憶と言えば、十数年以上も前のことだ。廊下には、皮膚にどんどん穴が開いているのではないかと思うほどに焼けつくような水泡病（ボックス）の神経痛に悲鳴をあげる人々が連なっていた。ローズマリーもそのうちのひとりだった。医師たちができるかぎりのことをしているのはわかっていても、痛みは変わらず、燃えているようだと言っても伝わらず、身体がそうせずにはいられないから、みな悲鳴をあげた。思いだすなり、ローズマリーは逃げだしたくなったが、警官がベッド脇の椅子に腰かけている。

ほかのことに気を向けるのは悪い考えではない。いま聴きたいのは『血とダイヤモンド』。ローズマリーは注意されないか警官のほうに目をやりつつ、フーディを取りだして視界解放（クリアヴュー）にした。その曲を聴くと病院を思いだす――そういえばここに入ってからもずっと口ずさんでいた――けれど、悪い意味でではない。恩着せがましさなどみじんも感じさせず、手当てを受ける子供たちを励まそうとしていた看護師や、そのほかの大人たちを思いだすからだ。安心、回復、強さ。

ローズマリーは二回続けて聴いた。この曲はあのときと同じように魔法のような力を宿しているが、いまはルースの最近の曲も聴きたくなってしまう。不正に制御設定を解除したスマートフォンに旧式のアルバムを入れてあるのだけれど、警官の前で聴くわけにはいかない。少しでもあやしまれる行動は慎まないと。だからふつうにアクセスできるサイトにルースのライブ映像がアップロードされていないか検索してみたが、見つけられたのは前時代（ビフォー）のものばかりだった。いまとは別人のルース。

ルースは誰にもフードスペースにアップロードされない場所で演奏している。そんなことをしてなんになるのだろう？　もう一度探してみよう。でも、待って――ルースはバンドで演奏している。ローズマリーはルース・キャノンという名で検索していた。今度は〝ハリエット〟と〝音楽〟で探してみた。

「ハリエット、ライブ、何かしよう！」「ハリエットが真実を語る！」といった見出しの付いた、どれも同じ没入型動画の様々なヴァージョンが出てきた。

警官は膝の上で動かしている手つきからすると文書業務でもしているのか、自分のフーディに入り込んでいるし、レントゲン検査の用意ができたら誰かが呼びに来てくれるだろう。

ローズマリーはその動画に入った。

ドローンが撮影したものだ。そうでなければ、これほどすばやく安定して移り変わる映像は撮れない。緑豊かな敷地のなかを音符に彩られた門へ向かう。同じ場所を撮影する数機のほかのドローンも映り込んでいた。

誰かが尋ねる声がした。「どうしたんだ？」ほかの誰かが答えた。「さあ。門の外でおかしなことをしてるやつがいるらしい。グリッターファンから見に行くよう指示された」

そうしてドローンの一群は門の前に到着し、唸るような飛行音で反対側の人物の声を掻き消した。映像を捉えているドローンが門に触れそうなほど近づくと、単一指向のマイクロホンらしく、そのほかの音は遠ざかった。

門の外側に立っているのはルースで、べとついた髪は乱れ、中指を門のほうに突き立てていた。「くそったれ、ステージ・ホロ。あんなものを儲けさせちゃだめ。やり方を学んで。本物のバンド演奏を観に行って。ここをまた再開して、実際に歩きまわらせて。みんな怖がってる。怖いときこそ、どうするかが肝心。世界はまだ終わってない」

「あの女はいかれてる」ドローンの操縦者が言った。

「いや、実際にここに来るなんてすごいんじゃないか？」

「しっ」もうひとりの誰かが黙らせた。

ルースは続けた。「世界はまだ終わってない。古いものをぜんぶ抱えつづけている必要はないし、新たなものは必要。ギターを借りて、弾き方を学んで。それがあなたらしいものでなければ、ほかの何かを探してみてほしい。あなただけのジャンルを見つけるんだ。何かにあなたのイニシャルを刻みつけて。好きな名前を付けて、好きな色に塗り、ぶちまけて、置き換えて、一変させて、新たな材料で自分自身を創りだす。楽器と道具は呼び名が違うだけ。わたしたちは自分らしく進む道をまだ築ける。わたしたちの歌は制作中」

ルースはローズマリーがまだ聴いたことのない曲を奏ではじめた。憤った陰鬱な調べ。一分後、呼びかけられでもしたかのように顔を上げた。すぐにサイレンの音がローズマリーにも聞こえてきた。

「よい晩を、メンフィス！」ルースは呼びかけて、ローズマリーのほうに手を振り、路上に停めていた特徴のないバンに乗って走り去った。

メンフィス。ルースはメンフィスにいた。その都市のあるテネシー州をローズマリーは調べずにはいられなかった。アッシュヴィルから遠くはないが、旅をしているのだとすれば、メンフィスへ追いかけても到着したときにはルースはもういない可能性もある。旅をしているのなら、自分はルースの人生を台無しにしたわけではなかったのかもしれない。それとも、台無しにしてしまった結果がこの映像なのだろうか。打ちひしがれているようには見えなかった。完全に冷静とは言えないにしても、真摯に思いの丈を伝えていた。

いずれにしても、重要なのは居場所じゃない。この映像からどこで何をしているかが読みとれたとしても、伝わってくるのはその程度のものではなかった。ルースは人々にメッセージを届けようとした。動画の再生数は四十万回で、さらに増えつづけている。

ローズマリーはもう一度再生して注意深く聴いてから、フーディをはずして考えた。新しいことが必要。もっとよいものを生みだそう。自分らしく進む道を築く。そのメッセージがローズマリーの胸にまっすぐ届いた。自分だけに向けられたものでないことはもちろんわかっている。ともかく、このメッセージを受けとめたのは自分だけではないはずだ。今夜のコンサートは正しい方向へ進むための一歩ではあったけれど、ほんの一歩に過ぎない。次はどうすればいい？　ローズマリーはもどかしさから低い唸り声を洩らした。

警官が目を向けた。「足首が痛むのか?」

「ええまあ」そのせいで唸ったわけではないが、痛いのは嘘じゃない。

ローズマリーはさらに考えつづけた。レントゲン検査に呼ばれ、撮影しやすいように足をぐいと固定されているあいだも。そのあと医師が現れて、重傷の捻挫だが骨は折れていないと説明した。ローズマリーは足首に包帯をきっちり巻かれ、冷やして高くして、なるべく休めておくようにと言われた。医師が痛み止めの処方箋を書きはじめると、警官が、我慢できる程度の痛みなら薬の使用は控えたほうがいいだろうと口出しをした。

「わたしのけがの処置をどうしてあなたに指示されなくてはいけないの?」ローズマリーは自分の意思で病院に来たかのように抗議の声をあげた。

「いや、指示するつもりはない。ただそのほうが書類が少なくてすむし、痛み止めは飲まないほうがぼんやりせずに、事情聴取をさっさと終えて帰れるんじゃないかと言いたかったんだ。そういうわけで、もう準備はいいかな?」

よくはなかったけれど、そう言っても何も変わらないのはローズマリーも承知していた。

拘留されるのはローズマリーが出張でぜひ経験してみたいことのリストにはそもそもなかったし、こうして拘留されてみると、二度と経験したくないことのリストに加わった。拘置所は参集規制法の適用外らしく、ローズマリーもほかの三十人の女性たちと、その人数では坐ったり眠ったりしようとするどころか立っているのもやっとの同房で一夜を明かした。倉庫でのコンサートに来て捕まったのはほかに三人だけのようだ。ローズマリーを連行した警官によれば、さいわいにもノースカロライナ州では少し前に保釈金制度は撤廃されていたので、その人たちに持合せがあるのか心配せずにすむのはせめてもの救いだった。三人がここに入ったのは自分のせいなのだから。ボルティモアで警察が捜索に入ったときにＳＨＬの管理部が法務部を介入させる必要はないかと尋ねたのは、ローズマリーとルースのためで、同じ網に掛かってしまったほかの人々については何も考慮されていなかった。いままでそんなことにも考えが及ばなかった。

ローズマリーはコンクリートなのかも疑わしい床にほんのわずかな自分の領域を確保して、待った。それだけでもちょっとした鍛錬だ。フーディもスマホも仕事も音楽も雑用もなく、何に気持ちを振り向ければいいのか想像もつかない。足首が疼いて、氷を持ってきてもらえないかと頼んでも、断わられた。ただその場でじっと今後の人生に考えをめぐらせて待つ以外にどうしようもなかった。

はなから眠るつもりはなくても、起きていると頭が混乱してきた。立ち上がろうとすると、足の痛みにもう少しじっとしているべきだと思い知らされた。朝食は四角い白パンに四角い卵のパティもどきを載せたもので、ローズマリーは自分よりも空腹そうな女性にそれをゆずった。

保釈金制度は撤廃されていても、誓約手続きが煩雑だった。地方裁判所の管理官はローズマリーがノースカロライナ州に個人的な繋がりがないことを問題視した。法廷審理の日まで市内にとどまるよう求められたので、出張が必要な仕事のため、それでは日程変更をしなければならないと異議を唱えると、州を出なければよいとのことでどうにか許しを得られた。前科はなく、逮捕妨害についてはどうやら警官が怖がらせてしまったせいだと擁護してくれたらしく、今回の逮捕理由が参集規制法と不法侵入のどちらもレベル3の軽犯罪だったこともさいわいした。法務部が介入すれば速やかに解放されたのだろうが、ローズマリーはまだここにとどまっていたことを会社に知られたくなかった。休暇中も会社支給のフーディが追跡されているのなら、すでに知られている可能性もある。そこまではされていないと思いたい。

そんなわけでローズマリーはまだしばらくノースカロライナにとどまることとなった。自分がしたことの余波をまだ測りかねていたので、会社には休暇中となっているのは都合がいい。けがをした人がいないか、もっと重い罪に問われた人がいないか、トマスが面倒に巻き込まれていないか——なにしろまだ十七歳だ——、トマスの母親が建物を失っていないかを知る手立てがなかった。トマスはローズマリーの企てを気に入り、人を集めると約束してくれた。これでよかったとまだ納得できてはいないものの、やらないよりはましだったのは確かだ。ルースの人生と彼女が慎重に築き上げたライブ会場を犠牲にさせてしまったときよりは。

　ローズマリーは足を引きずるようにして借りている部屋に帰った。痛み止めはドローン配送で届けられることになっていた。小さな冷蔵庫のさらに小さな冷凍室には氷がなかったので、製剤の氷嚢をさらにスーパーウォリーに注文した。まずはセイディが働けているのかを確かめに行きたくても、そのためには歩かなければならない。ローズマリーはベッドに倒れ込み、心に引っ掛かっていた謎解きにかかった。どうしてあの動画に〝ハリエット〟と見出しが付いていたのか？

　ローズマリーが最初に見つけて再生したものからはわからなかったが、ほかの動画が解答を示唆していた。そのドローンの撮影映像では、ルースのギターケースに〝ハリエット〟と記された大きなステッカーが貼られていて、散々議論がなされたのち、アップロードした人々はそれがルースの名前だと結論づけていた。誰もあの大ヒット曲を歌っていたルース・キャノンとは結びつけられなかったし、ボルティモアで誰かがその映像を観ていたとしても口外するはずもない。新たな謎のひとつとなったわけだ。同じ場面の様々な動画を合算すると、延べ三百万回も視聴されていた。三百万人が面白がって観て、あるいは心に受けとめ、そのなかには自分と同じように何度も再生して観た人々もいるのだろうかとローズマリーは想像した。答えは知りようもない。確かなのは、行動を起こせというこの呼びかけに応じて、自分も何か協力しなくてはいけないということだ。

自分にはほんのひと粒程度の力しかない。ＳＨＬによいバンドを推薦すること。ここではその会社を出し抜いたのも数え入れてよいのなら、ふた粒になる。何かルースからの指示を得られる手段はないのだろうか？　この気持ちを燃焼させられることは？　なによりも、ルースがメッセージを屋根の上から叫んでみんなに届けられるようにするための橋渡し役を務めたい。きっと、たぶん、手立てはある。


まずは平謝りをすることから始めた。

「ボルティモア・ホームレス防止対策事業所のジョニです」

「切らないで。仕事中に電話してごめんなさい」

「ごめんなさい？　どなたですか？」

「ジョニ、わたし、ローズマリー。お願いだから切らないで」

受話器の向こうからため息が洩れたが、電話は切られなかった。よい兆しだとローズマリーは受けとめた。

「わたしの怒りに時効があるとでも思ってるなら、誤解もいいとこ」

それを言うなら、早とちりしかけたというほうが当たっている。「聞いて、許してくれなくてもかまわない。あんなことをして許してもらえるとも思ってない。電話したのは、ルースのためにしたいことがあるからなんだけど、そのためには彼女の居所を知りたい」

「居所は知らない。あんたが彼女の大事な場所を破壊してすぐに街を出た」

「知ってる。あなたなら連絡をとれるんじゃないかと思って。誰かとは連絡をとってるんだよね？〈2020〉に何かあった場合に、連絡できるようになってるんでしょう？」

「弁護士がいる」ジョニは明かした。

「それなら、その弁護士に伝言をお願いできない？」

「できないことはないけど、どうしてそんなことをしてあげなきゃいけないのかな。まさか、ルースがもう断ったことをまた蒸し返そうとしてるわけじゃないよね？」

「売りださなくても、同じことができる方法がある。プラットフォーム。グレイスランドでのルースの映像は観た？」

「なんのこと？」

「リンクを送る。フーディを借りて、観てみて。それで取り次いでもいいと思ったら連絡して。それとあらためて、自分がしたことについては言葉では言い尽くせないほど申し訳なく思ってる。あなたに言われたとおり、取り返しがつかないことをしてしまったけど、わたしにまたべつにできることがきっとあるはず。映像を観て、わたしにその機会を与えてくれる気になったら連絡して」

　ローズマリーは電話を切った。いまでもジョニには好かれたいし、許してもらいたいけれど、いまは折り返しの電話をもらえたらそれだけでもいいと思わなければ。

35

ルース
荒野で叫ぶ

アセンズのライブ会場を訪ねても応答がなく、シルヴァもそこでライブ出演を取りつけてくれた友人を見つけられなかった。奮発してモーテルに泊まろうとしたのだけれど、どこも身元確認のため事前に予約が必要だと断られた。結局はバンで夜を明かすことになり、これからもこういったことは増えるだろうから、いまのうちに慣れておこうと話した。ダロネガでの演奏場所は寒くてがらんとしたキャンプ場だったものの、そこの所有者一家は熱意にあふれていて、食事を用意し、無料で泊めてくれた。

それからいったんナッシュヴィルに戻って二週間滞在し、そのあいだにシルヴァがテネシー州でのライブ出演をいくつか取りつけた。ノックスヴィルの邸宅でのライブは成功したが、音響装置が警察無線を拾ってしまい、曲のあいだに静かになるとその無線通話が会場に流れた。会場の持ち主によれば、不具合なのだが便利な機能でもあり、たとえうるさくても、警察がこちらに向かっていればすぐに知らせてくれるわけだからと言った。ただし、そう心配しているようにも思えない。その程度の面倒はお金で解決できるくらい裕福なのはあきらかだったからだ。

　ノックスヴィルを出るときに大雨に降られ、山間部に入ってからもやまなかった。おかげでむやみやたらに警官に出くわすこともなく進めた。きっと警官たちもびしょ濡れになってまで、どうでもいいようなことを尋ねる気にはなれないのだろう。バンの替えのタイヤは買ってあったし、グリップも申しぶんないはずとはいえ、冬はどこで越すことになるのかと考えずにはいられなかった。こんな山中は無理だ。これより北は。

　隠し部屋や地下室といった、この国のなかでも最悪のライブ会場を経験してきたつもりだった。でも、今回案内されたような納屋で演奏したことはなかったし、空けてからまだ日が浅いらしく牛の匂いがするばかりか、その牛たちの置き土産まで残されていた。いくつものポンプや、雨と糞尿(ふんにょう)が流れる排水路が完備された近代的な乳牛舎だ。客を呼ぶにあたって洗い流しておこうという配慮がどうして働かなかったのだろう？　わたしもこの匂いを嗅ぎながら演奏するのはごめんだし、それよりも聴衆にそこに坐って音楽を聴いてもらえるとはとても思えなかった。いいところはただひとつ、雨をしのげる屋根だ。

「本気？」わたしはシルヴァに問いかけた。

「ライブ会場ではあるだろ？」

　わたしはふうと息を吐いて、足の置き場を慎重に選びながらシルヴァを追った。納屋を通り抜け、亜鉛めっきのパイプの手摺りが付いていても滑りやすい急坂に嵌め込まれた石灰石の踏み段をおりていく。わたしはシルヴァの後ろをそろそろと進み、そのあとにマーシャが続いた。わたしのギターケースもアンプケースも防水加工されているとはいえ、このように重い荷物を引きずって進むには長い道のりで、ケースに入っていないアンプを運ぶシルヴァにはなおさらだった。それに雨がこのまま降りつづけば、帰りもよけいに長く感じられるのは言うまでもない。そんなことを考えながら、雨が顔にかからないようにフードをかぶって下を向いていると、急にとまったシルヴァの背中にぶつかった。

「じゃーん」シルヴァが言った。

わたしは足もとばかり気にしていて、新たな建物に行き着いたことに気づかなかった。うつむいていると、ぬかるむほどに草がまとわりついてくる地面がなおも続いているようにしか見えなかったからだ。わたしたちは古い納屋に入った。いや、牛の匂いはしないので、古いように見せかけた新しい納屋なのかもしれない。トタン屋根は打ちつける雨音を耳をつんざくほどに増幅させていたけれど、雨漏りはしていない。降り注ぐ水の湿気が充満し、もはや雨の匂いしかしないが、整然と並べられている金属製の折りたたみ椅子は乾ききっている。建物の向こう端にしっかりと高く設置された正真正銘のステージも。どの支柱の梁からもライトがぶらさがり、観客席のほうに向けて高品質のスピーカーが対で置かれていた。

「本物のライブ会場じゃない」わたしはつくづく眺めた。「わたしをからかってたんだ？」

シルヴァがにやりと笑った。

「牛の牧場に本物のライブ会場」マーシャが口を開いた。「わたしのドラムをどうやってここに運べと？　あなたのアンプも」

シルヴァはまだにやにやしている。「通用口側には車道があるんだ。こっちから来たほうが楽しんでもらえると思ってさ」

マーシャが柱に寄りかかって、ブーツに付いた泥を眺めおろした。「つまり、ほんとうは、最後の審判への階段をおりなくてもよかったってこと？　こんなに濡れたのに？」

「あなたがわたしたちに牛の宮殿で演奏するんだと思わせようとしたことに、わたしはまだ納得がいかない。こんなふうに引きずりだされても許されるほどの関係が築けてるとは思えないし。バンはあなたがこっちにまわしてよね。もうこんな大雨のなかに出る気はないから」わたしは車のキーを放り、シルヴァがそれを空中でつかんだ。

「わかった、わかったよ。それだけの価値はあったんだ」シルヴァは雨のなかへ姿を消した。

わたしはまた首を振った。本気で腹を立てていたわけではない。本音では、どちらかといえば安堵していた。びしょ濡れになってモーモー鳴くだけの観客に演奏するわけではないとわかって。二時間も牛の匂いを嗅がずにすんで。心の奥底では、わたしに悪ふざけを仕掛けられるくらい気を許せる人々がまた人生に戻ってきたのだという嬉しさもちょっぴりあった。気にもかけない相手に誰もそんな手の込んだことはしない。

「エリック・シルヴァの新しいバンドの方々ですね」部屋の向こうから呼びかけられた。ジーンズとアロハシャツ姿の六十代くらいの男性だ。

「ええ」わたしは返事をした。

「ようこそ、音楽の街へ。この街で演奏したことは？」

「何年も前に、べつのバンドで」

「それなら、戻ってきてくれて嬉しいよ。デイヴだ」

「あなたがここの持ち主？」

「ああ。親類の酪農場なんだが、そこにこれを建てさせてもらった。頭上をドローンが通っても納屋にしか見えないし、これだけ田舎にあれば騒音の苦情を入れられる心配もない」

この数カ月の旅で、人々が創造性をかぎりなく働かせて音楽をやれる場所を作りだしているのを目にしてきた。わたしが〈２０２０〉に起こったことを話すと、デイヴは気の毒そうに眉をひそめた。

シルヴァが通用口にバンをまわしてきたので、わたしたちは機材の搬入にかかった。サウンドチェックは速やかに進み、デイヴが優秀なエンジニアであるのがわかった。あとはこの雨のなかをやって来てくれる人々がいるのかを待つしか何もすることがない。

どんな観客が来るのか、わたしは興味津々だった。人目を忍ばなければならないこの時代に、果たして誰が現れるのか想像しづらい。ライブ会場はそれぞれに開催を知らせる手段、独自の地元の通信網を持っている。ひと握りの聴衆に演奏しなければならない会場もあったけれど、わたしは気にならなかった。音楽を聴きたい人がいるのなら、どんなところででも演奏したい。

　徐々に人が入ってきた。骨董品店でライブをしたときと同じで、観客の年齢層は高めだ。明るく照らされたステージで楽器を手にしたときに見えたのは二十人くらいだった。音楽をやっている人々が来るとシルヴァが予想していたので、それを前提にリハーサルをしていた。

　わたしはまた演奏できる喜びで舞い上がり、数曲終えてから観客がさほどノッてきていないことに気づいた。拍手はまばらで、それもおざなりな感じだった。社交辞令。落ち込まないよう奮い立った。雨が洒落た雰囲気を生みだしているし、納屋のなかは湿気もなく居心地がいい。演奏の調子も上々だ。悪く受けとめる必要はない。

　デイヴから一時間くらいでと言われていたが、三十分でもう飽きられている気がしてきた。観客が落ち着かなげに動けば、金属の折りたたみ椅子が楽器さながらの音を鳴らす。どうしてつまらなそうにされているのか、わたしは呑み込めなかった。

「短く切り上げたほうがいい？」曲の合間にシルヴァにささやいた。「ノッてもらえてないみたい」

「最後までやろう。代金を払って観に来てくれてるんだから、演奏すべきだ。それにデイヴは楽しんでるし、彼の場所だからな。彼のためにやろう」

ふしぎな気分だった。いつものように音楽だけに集中しようとしたけれど、心のどこかにステージ上の自分たちを冷ややかに眺めているようなところもあった。わたしたちは何も間違ったことはしていない。わたしたちの晩ではないというだけのこと。終わり近くになって、ここにもわたしたちを気に入ってくれる人がいるに決まっていると思えるようになった。ステージの照明が明るすぎて客席はよく見通せないものの、残り三曲になったところで、ほかの人々のぶんまで補えるくらい熱くノッている観客を見つけた。わたしは気分が上がり、最後まで精いっぱい気持ちを注いで駆け抜けられた。

今夜の出演はわたしたちのバンドだけだったので、急いで片づける必要はなかった。わたしはステージからひょいと降りて、片隅にぽつんと取り残されているような商品の陳列台へのんびり向かった。誰もついて来ない。代わりに観客たちは椅子を輪になるように並べ替えはじめた。おしゃべりをして、坐り直し、座席の下からケースを取りだしている。それで、はっと、わたしは合点がいった。

シルヴァと話しているデイヴのところへ戻った。「いつもはここでどんな音楽を?」

「昔の曲とブルース」

そういうことだ。みな礼儀をわきまえて聴いていたけれど、わたしたちはジャムセッションに集まった人々にとっての前座に過ぎなかった。この人々はここに音楽を聴くためではなく、演奏しにやって来た。わたしたちが演奏したジャンルの音楽はそもそも入り込めないものだったのかもしれない。それなら、よかった。人前での練習は悪いことじゃない。ヴァイオリンの音色が聴こえてきて、わたしは耳を傾ける側にまわった。

みな巧みなミュージシャンで、ごく自然なことのようにたちまち部屋は楽器から奏でる音に満たされた。

わたしは誰もを魅了しなければと思っていたけれど、必ずしも成功するわけではないことを思い知らされた。

わたしたちは邪魔にならないように静かに機材をバンに運び戻したが、地元のミュージシャンたちは何があっても気をそらされることはなさそうだった。片づけを終えて、持ち寄られた料理をつまみにテーブルへ戻った。わたしは皿に自分のぶんを取り分けて、支柱に寄りかかって食べながら流れてくる音楽を聴いた。

演奏者たちのほうから誰かが近づいてきた。

「こんにちは」ローズマリーが言った。「ここを探し当てるまで、あなたの曲はどれも聴きたくて仕方なかったけど、ほんとうにすばらしかった。ここの人たちがノれてなかったのがふしぎ」

「よくあることだから」

ローズマリーが肩をすくめて笑いかけた。「わたしのこと、ものすごく不愉快に思ってる？」

「いいえ。というか、わたしたちの曲を楽しんでくれた人がいたのはよかったと思ってる。それで、ここで何してるの？」

「もう何カ月も、連絡をとろうと、あなたを探してた。当然なんだろうけど、誰もわたしにあなたの携帯の番号を教えてくれなくて、それでもどうにかジョニを口説き落として、あなたの弁護士でもある友人の連絡先を聞きだした。その人からもあなたへの連絡は取り次げないと言われたけど、機器は持ち込まずに観に行くだけならという条件で、あなたが演奏してる場所を教えてくれた。だから、今夜のわたしは非接続（ノンコム）」

その物言いに、わたしは思わず唇をゆがめた。フーディで録画してわたしのライブ会場を壊しておきながら、あまりに軽々しい。ローズマリーはわたしのいらだちの理由を取り違えて、慌てて付け加えた。「ごめんなさい。ノンコムは信条で、わたしはそもそも相対する側にいるのはわかってる。そういうことを言いたいわけじゃなかった。とにかくフーディとスマホは置いてきたということ。だから、一緒に来た人たち以外は誰もここには引き寄せられない。故意にではなくても、ほんとうに恐ろしいことをしてしまったと思ってる」

〈２０２０〉の話をするのはまだつらすぎた。「どうやってここに？　この頃じゃ、ほとんどの車を動かすにも機器が必要なんでしょ？」　マーシャの小型自動走行車、運転手（ショウファー）でナッシュヴィルをまわったおかげで、ようやく最近学んだことだ。

ローズマリーは地元のミュージシャンたちのほうを手ぶりで示した。「友達のノーランとセイディに連れてきてもらった。ノーランが車を持ってて、ジャムセッションしてるところがあると伝えたら、あっさり運転手を引き受けてくれた」

わたしたちは黙って演奏者たちを見つめて次の曲をおしまいまで聴いた。

「つまり、ローズマリー、あなたはまだあの連中のために働いてるわけ？」このすてきな場所に自分のせいで引き寄せてしまうようなことがあってはたまらないので、あの企業名すら口にしたくない。

「ええ、でも、じつはそのことで話が――」

「あんな人でなしたちのために、わたしに演奏しろと言いに、はるばるここまで来たんじゃないよね。違うと言って」

「そういうことじゃない」

わたしは手元の皿に取り分けていた蒸し焼き料理に目を戻した。「まだ夕食をとってるとこだから。来てくれてありがと。気をつけて帰って」

「会社のために演奏してもらおうと思ってここに来たわけじゃない」

「会社じゃなくて、わたしたちのためにとでも？　あんなことをしておいて、まだあそこで働いてるなら、離れられないってことでしょ」

ローズマリーはひと息ついた。「それなら、わたしたちのために。でも、そういうことじゃなくて。上手なやり方を見つけた。ライブ会場を発見したら、わたしは才能ある人々に話を持ちかけて、それから、ステージ・ホロには偽のライブ会場を通報させる。もうアッシュヴィルとシャーロットでうまくやれた。全員が得をする。バンドは売りだすチャンスをつかめるし、ライブ会場はそのまま残って、ステージ・ホロはとうぶんそこには手を出さない」

わたしはちょっとだけ感心したけれど、顔には出さなかった。「誰もけがはしなかった？ 逮捕された人は？」

ローズマリーが左の足首に視線を落とした。「わたしが。どっちも。自業自得でけがをして、微罪で逮捕された」

「あなたからすれば微罪でも、罰金を払えない人や、前に面倒に巻き込まれたことのある人にはそうじゃない。それに呼びだされてきた警官がろくでなしなら、大けがをする人だって出かねない。上手なおとり商法みたいに思えるけど、いつまでも続けられるはずもない。ちょっとぼろを出しでもすれば、すぐに気づかれる」

「ええそう、わかってる。ほんとうの解決策ではない。わたしもまだ考えつづけてる。だからここに来た」

ローズマリーが両脇に垂らして握りしめた手の指関節は白ばんでいた。わたしは声の調子をやわらげた。「ここに何をしに来た？」

「新たに思いついたことをあなたに話しに。もっと大掛かりなこと。まず訊きたいのは〝ハリエットが真実を語る〟は観た？」

「何それ？」

「あなたにどうしても観てもらいたい映像がある」ローズマリーは首に手をやろうとして、戻した。「あ、ばかみたい」

何をしようとしたのかは見てとれた。機器を持ち込まない約束を破ることになるのでローズマリーがめずらしく置いてきたフーディに、わたしに観せたいものが入っていたわけだ。

「ちょっと待って」ローズマリーは地元のミュージシャンたちが演奏していた曲が終わるのを待って、その輪のなかにいる友人ノーランのところへ向かった。そのあいだにわたしはやっと夕食を終えた。

ローズマリーはノーランのフーディを着装し、支柱に寄りかかっていたわたしのところに戻ってくると、それを戦利品のように差しだした。じつは一度も使ったことがなかった。取り皿を料理が並んだテーブルに戻し、汚れたものでもあるかのようにフーディを受けとった。実際にも雨とノーランの汗でなんとなく湿っていた。返すのか、そのまま着装してローズマリーの観せたいものを確かめるのか選択はふたつにひとつで、わたしは興味をそそられた。マーシャとシルヴァにはいまなら見られていないし、一度使うくらいなら害はない。ふたりに見られたら、いい人ぶってといつまでもからかわれるに決まっている。

唯一の問題は、まったく扱い方がわからないことだ。わたしの手つきがローズマリーにはもどかしくて見ていられなかったらしく、手を伸ばしてきてさっさとフーディを取りつけられてしまった。「なんにもしなくていい。もう設定してあるから」

たちまち納屋は遠ざかっていった。ほんの少しして、わたしは真っ暗闇のなかに立っていた。それからすぐに地上すれすれをすばやく飛び抜け、音が聴こえてくるほうへ進むドローンを追った。何これ。わたしはドローンで、もう一機のドローンを追って、芝地の上を壁があるほうへ向かって飛んでいる。とまどいと爽快さが一度に押し寄せてきた。フーディを着けた若者たちがこんなふうに飛行する感覚を味わっていたことをこれまで知らずにいたなんて。

そして、あの門を目にして、そこがどこでいつなのかをわたしは悟った。あの騒ぎを起こしているのは、わたし。ここはグレイスランド。だけどもう何カ月も前のこと。この映像は門の内側から、冷静さを失ったわたしを見て飛行していたドローン群の一機から撮られたものだ。「わたしたちはまだここにいる。現実の世界で音楽をまだやってる。見つけてみな」

あの日のわたしは饒舌（じょうぜつ）だった。怒れる詩人。その後、振り返ることはなかったけれど、いまこうして自分を目にして、記憶と記録されたものが組み合わさって、忘れていたものが形を成した。思っていたのにけっして口にはしなかったこと、曲作りのための覚え書きからあふれでたもの。なによりも、ずいぶんと長いあいだ、あの歌を完成させずに放っておいたことを思い起こした。

とたんに頭が混乱してきて、わたしはフーディをぞんざいにはずした。そちらの空間のほうがまるで現実であるかのように錯覚しかけていた。こうしたものをたくさんの人々が手放せなくなっているのも納得がいった。

「だから何？　この映像がウイルスみたいに広がってるとか？」最近の言葉でどう言うのかわからなかったけれど、ローズマリーには伝わるだろう。

「至るところに。何百万回も再生されてる。でも、それだけじゃない。これ、わたしが観せたかったのは――」

ローズマリーが手を伸ばすなり、わたしはフーディを取られないようにつかんだ。「観せてくれなくていいから話して。それでじゅうぶん」

「あなたにはフォロワーがいるってこと。これについて投稿している人たちは、あなたが指示したら、そのとおりに行動する。『何かにあなたのイニシャルを刻みつけて。好きな名前を付けて、好きな色に塗り、ぶちまけて、置き換えて、一変させて、新たな材料で自分自身を創りだす』」

嘘でしょ。いまのいままで、わたしはまったく理解できていなかったけれど、ローズマリーはその言葉を暗記していた。

「それで、その人たちはわたしが誰だか知ってるの？　それとも、鍵が掛かってる門にただわめいてるどこかの女？」

「最初は誰も知らなかったんでしょうけど、誰かがあなたはボルティモアのミュージシャンだと言いだして、あなたのバンド名についてあれこれ議論されたあげく、あなたの名前がハリエットだということで落ち着いたみたい。どの映像にも〝ハリエットが真実を語る〟とか〝ハリエットは正しい〟とか〝ハリエットみたいになろう〟とか付けられてる。たしかに、〝グレイスランド前で正気を無くしたお嬢様〟というのもあったけど」

いずれにしても、つまりはわたしの名前や『血とダイヤモンド』とは結びつけられていないということだ。昔懐かしく思い起こされているわけではない。あの場所でわたしが言っていることに共感して視聴されている。もしくは、壊れた女を面白がって観ているだけかもしれない。そちらの人々には何もできないけれど、それ以外の人たちは……わたしと同じ側に立っている。

ローズマリーはわたしの表情を読みとった。「どうすればこの人たちに届けられるかを考えてる？」

「ええまあ」わたしは認めた。

「だから、あなたと話しに来た。考えがある。ＳＨＬを通して同じことをあらためて言ってほしい」

また同じ議論を蒸し返されるとは信じられなかった。「そのために来たんじゃないと言ったよね」

「あの会社のために歌うんじゃなくて、つまり、わたしたちのためでもない。一度かぎりのライブならやれるんじゃない」

「Aじゃだめだから Bだなんて、そういったものは時間どおりに演出されていると言ってなかった？　それを五分だけぶち壊す時間を与えてくれとわたしに頼めとでも？」わたしはフーディを返し、また取り皿を手にして、テーブルに並んだ料理をのんびりと見てまわりはじめた。もう空腹ではないけれど、そうしている理由づけのためにシュガークッキーを皿に取った。

「あなたが『Dで五分の即興伴奏（ヴァンプ）』とか『十六小節のイントロ』とか言えば、みんなどこでもとに戻るのかわかる」ひとめぐりしてきたわたしにローズマリーが言った。「時間さえ予定どおりなら、中身がどうなっても気づかれない」

「ばかげてる。どうしてわたしがそんなことをしなきゃならないわけ？」

「あなたが利用できる最大のプラットフォームだから。それを覆すことができる」

わたしはクッキーを載せた皿をまたテーブルに戻した。「覆すことにはならない。あなたはなかから変えられるつもりになって、その仕組みのなかで働きつづけてる。そっちの連中にとって都合がいいだけ。持ちだしゼロで、自分たちのビジネス手法を変えられるんだから」

「何も挑まないよりはましでしょ！」ローズマリーはノーランのフーディを地元のミュージ

シャンたちのほうに向けて振り動かした。「あの人たちはいくら上手でも、ここだけで演奏してたら、何も変わらないでしょう？」

わたしたちは袋小路に陥っている。「ローズマリー、あなたはわたしの言葉を聞いてない。そんなに大事なことをわたしが言ってると思うのなら、どうして、ほんとうのメッセージに耳を傾けようとしない？　わたしが、くそったれ、ステージ・ホロと言ったのは本気。これから百年でも納屋や隠し部屋で演奏してるほうがまし」

「あなたこそ、わたしの話を聞いてくれないじゃない。あなたは頑固者。火を燃やしたがるけど、マッチで火をつける前に、なかにいる人たちを救うことには興味がないんでしょ？　わたしたちも一緒に連れてって！　どこに行けばいいのか教えて」ローズマリーは涙をこぼし、その顔を手の甲でぬぐった。「あなたにたった一度、ライブをやってもらうにはどうしたらいいのか教えて。一度のライブで、あなたが彼らについて考えていることをみんなに伝えられるように、わたしがなんとかしてみせると約束する」

「それでもわたしは彼らから報酬を得る。彼らを認めたことになる」

「報酬を受けとる必要はない。たとえ受けとっても、どこかに寄付すればいい。ああもう。わたしはあなたと議論するためにここに来たんじゃない。どうしてそんなに頑固なわけ？」

「それを言うなら、どうしてそんなにあなたはおめでたいわけ？」数人のミュージシャンがじろりとこちらに目を向けた。大声をあげるつもりはなかった。

「ルース、あなたは九九パーセントの人たちを切り捨てた。自分をわかってくれる人だけに演奏してる。あなたはわたしをまったくわかってなかった。いいえ、わたしがあなたを買いかぶっていたのかもしれない。どっちなのかもわからない。そんなことはどうだっていい。この計画で、あなたは自分自身を裏切るわけではないことをわかってもらえないなら、もうどう説明したらいいのか、わたしもわからない」

ローズマリーはこぶしを開いて、歩き去っていった。そういえば〈２０２０〉の二階の窓からわたしが覗いていたときも、同じしぐさを見たのだったと思い起こした。そうしてまたわたしを旅立たせようとしている。

その晩はもうローズマリーの姿は見かけなかった。友人だと言っていたふたりはジャムセッションにまだ加わっていたので、ローズマリーもどこかに残っていたのだろうが、もうわたしのそばには来なかった。

今夜はバンで寝て、夜明けに旅立つ予定だった。ここまで一日がかりでやって来たのとライブの疲れもあって、午前一時にわたしはその場を抜けでた。納屋からバンのドアまでの地面もぬかるんでいて、ブーツを座席の下に蹴り込んでから、ほかのふたりも同じようにしてくれるのを祈って、後部座席の寝台にもぐり込んだ。ほどなくマーシャも戻ってきたので少し戯れていたところにシルヴァも助手席に乗り込んできて、めいっぱい背もたれを倒した。地元の楽器弾きたちはまだ演奏を続けていたけれど、遠くから聴こえてくるといった程度の音で、ちょうどいい子守唄（こもりうた）だった。ただひとつ確かなのは、あの人々のほうがわたしよりもスタミナがあるということだ。わたしならもう何時間も前に指がへたばっていただろう。わたしはあらゆる種類のミュージシャンに心のなかで乾杯し、眠りに落ちた。

わたしはふたりより先に目覚めた。といってもマーシャを乗り越えなければ車を降りられない。だから膀胱（ぼうこう）をすっきりさせるのはまだ我慢しようとしたのだけれど、そうもいかなかった。

「ごめん……」片脚をまたがせて、ブーツを探りあててから、ドアハンドルをつかんだ。後ろ向きに足から出て、十センチは深みのあるぬかるみに降りた。地面は沈み、短いブーツにさらに泥が入り込んだ。踏みだそうとして、左のブーツから足が抜けた。

「げっ」足の持っていき場がないうえ、すでに泥だらけだ。爪先でブーツを探りあてようとしてもうまくいかなかった。未舗装の車道を覆っているのはどうやら泥だけで、糞尿ではないのはせめてもの救いだ。わたしはあきらめて泥のなかに素足をついた。

助手席側のドアが開いた。「出てこないで」わたしは言ったが遅かった。

「なんだよ、こりゃ愉快だ」シルヴァはぴちゃぴちゃと音を立てて泥だらけの両足を交互に上げた。履いているスニーカーの汚れはわたしのブーツよりはましだ。

「ここから抜けだすには、面白がってる場合じゃなさそう」バンのホイールキャップは沈み込んでいる。昨夜からこんなにぬかるんでいただろうか？　そんなことはなかったはずだ。わたしは坂道を見上げた。「この道の汚れがぜんぶ洗い流されてきちゃったみたいだね」

納屋の通用口を開くと、こちらにも泥がじわじわと滲出(しんしゅつ)した。すでにドアの下の隙間から流れ込んでいたものが一メートルほどの筋道をこしらえている。わたしはトイレに行ってから、昨夜の持ち寄り料理の残りを確かめた。チップス、リンゴやオレンジ、チョコレートチップクッキー。その辺りならポテトサラダよりは安全そうだ。リンゴとハンバーガー用の丸パンをつまんだ。

「なかなかいい眺め」マーシャがわたしの足を指さした。泥まみれなのはお互いさまだけれど、マーシャのほうは靴を履いている。

「誰もが批評家」わたしはつぶやいた。

マーシャも一緒につまみ食いをしてから、さっそくバンを泥沼から救いだすための道具探しに取りかかった。マーシャがステージ裏から木材を探りだしてきた。わたしはスコップを見つけた。シルヴァがどこへ消えたのかわからなかったので、先にブーツを失ったところの掘り返しから作業を開始した。数分でブーツは発掘できたものの、泥の掻きだしは切りがないように思えてきた。掬(すく)いだしたぶんだけ、また泥が流れ込む。雨がやんでいないのだから仕方がない。

「自分で選んだ人生」わたしはまたつぶやいた。呪文を。「これもわたしの選んだ道」

マーシャも熊手で掻きだしに加わっていた。どちらも成果が出ているようには見えない。木材はタイヤの下に入れれば役立ちそうだけれど、車を動かすのはシルヴァが戻ってからにしたい。

二十分後、シルヴァが納屋の向こう側から戻ってきて、すぐにトラクターも入ってきた。運転手は映画スタジオの農場のセットから抜け出てきたようなブロンドの長髪の若者だ。その青年が目を大きく見開いた。「観ましたよ！」そう言われ、聖書の一場面のような雨に降られたあとのこの状況では、わたしの亡霊が丘の上でうろついてでもいたのだろうかと想像してしまった。

「あなたは有名人だ」青年はさらに言い、まじまじとこちらを見ている。トラクターのエンジンを切った。

「あの歌はもうずいぶん前のものだから」

そう返すと、青年はかぶりを振って、わたしの言いぶんを退けた。

「もうどこでも知られてますよ」青年が自分のフーディを示した。あの映像のことだ。「父に今回はおまえの好きそうな音楽だと言われてたんだけど、ここまで来る気になれなかったんだ。父はいつもここでジャムセッションをやってるんです。昨夜演奏したのは、あなただったんですか？」

「そうだけど……」わたしは謝りかけて、何を謝るつもりなのかと自問した。彼が来なかったのはそっちの都合で、わたしのせいじゃない。

「あの動画で言ってたことをまたここで言ってくれたら録画したいんですけど、どうです？そうすれば、みんなにあなたがここに来たと言えるから」

おかしな感じだ。やらせを指図されている。「それが賢明なことなのか、ちょっと考えさせて。ここを面倒に巻き込みたくないから」

「たとえば、うちの農場の直売所に卵を買いに寄ってくれたとしても、ぼくはあなただと気づいたはずですよね？」

それくらいなら問題はなさそうだ。「わかった。でも、バンをぬかるみから出してから」

青年はトラクターで泥沼に嵌り込んだわたしたちのバンを難なく救いだした。わたしたちはトラクターの後ろからゆっくりと坂を上がっていった。

「それで、つまりこれから何をするわけ？」マーシャが訊いた。

わたしはブーツに付いた泥を擦り落とした。「わたしもそれについてはまだよくわからない」

坂の上で青年が売っているのは昔ながらの色合いが一様ではない卵だった。卵が入った箱を手渡され、録画を始めた青年の前で、何を言えばいいのかとわたしは卵を見つめた。あの映像でわたしが言ったことをここで繰り返すなんてどうかしている。頼まれて心の叫びを明かすのは、わたしの得意分野じゃない。卵を置いて、ギターに持ち替えた。

「作りかけの曲だけど」そう言うと、ミシシッピ川の土手で書きだしてまだ完成していない『独立声明』を歌いだした。終わりをどうするかもまだ決めていない。

青年は礼を言い、動画の投稿はわたしたちがここを離れてから、翌日にすると約束した。

「とうとう預言者商売に進出か？」バンに乗り込むとシルヴァが運転席から問いかけた。

「どんな風の吹きまわしだ？」

「預言者なんかじゃない。プラットフォームを利用させてもらうだけ。昔ながらのやり方でしょ」

「好きにしてくれ。あのおにいちゃんはどこまでも追いかけてくる勢いだったからな」

わたしも同じように感じていた。冗談めかそうと、架空のマイクを向けられる真似をした。

「『キャノンさん、流行とまでは言わないまでも、現代の若者たちのあいだで、あなたがばかな真似をしている動画が話題になっています。ご感想は？』『訊いてくれてありがとう、ボブ』」

「冗談もいいが、ほんとうのところどうなんだ？　いい方向に転がるかもしれない」

「ねえ、この曲が仕上がったら、早めにレコーディングできないかな？」わたしは尋ねて話題を変えた。

シルヴァとマーシャは大乗り気で応じ、帰路ではまた閃光を点滅されてはバンを路肩に寄せて停め、たまに軽食を流し込むのを繰り返しつつ、アルバムのコンセプトを話し合った。

36

ローズマリー
あなたが誰なのか忘れないで

ローズマリーは納屋を出て、はたと自分の過ちに気づいた。ここを去る必要はなかった。せっかくミュージシャンたちと一緒にいられたのに。ノーランに車のキーを借りるか、帰らないかと声をかけてもよかったのだけれど、あれほど楽しそうにしているのに邪魔をするのは気が引けた。さりげなく料理のテーブルに近づいて、取り皿にたっぷり盛ってくる手もあった。でも結局、ローズマリーは土砂降りのなかへ飛びだしていくほうを選んだ。

意地があるので引き返せなかったし、そうは言っても意地は水を通さないわけでもない。たちまちびしょ濡れになった。横殴りの雨には庇も役に立たなかった。それどころか、納屋の外の投光照明灯は滝のように坂道を流れ落ちてくる泥水をあらわにしていた。おまけにこの雨は冷たい。

パイプ式の手摺り伝いに空っぽの乳牛舎へ上りはじめると、治りかけの足首が疼きだした。さほど好きではなかったのに、いまでは懐かしい匂いがした。ローズマリーは三頭の乳牛とともに育った。一頭で家族には有り余るくらいの乳を搾れたものの——余分に搾れたぶんは近隣の人々と物々交換をしたり、チーズやバターに加工したりした——牛は群れで生きる動物なので多頭飼いしなくてはいけないのだと両親は信じていた。わが子にはその論理を当てはめなかったのがなんだかふしぎだ。

ローズマリーは雨に濡れない戸口から、坂の下の納屋で人影とともに揺らめいている明かりを見つめた。音楽はここまで届いてこない。またもこうして、離れたところから、自分は加われないコミュニティを眺めている。楽器は演奏できない。そんなことは関係ないとみんなが口を揃える。「誰もが演奏できる必要はない。聴衆だって必要じゃないか!」などと言う。でもそれならどうやって、ルースの何かを創りだせ、つまりは演奏して語れという呼びかけに応じられる? 音楽だからこそ長々と語れるのであって、ほかのことでどうやって同じようにできるのか? 自分はまだどこか思い違いをしていて、だからルースは話に耳を傾けてくれないのだろうか。

赤茶色の毛の大きな猫が納屋の奥のほうから近づいてきて、ローズマリーに背を撫でさせてから、尻尾(しっぽ)をぴんと立てて悠然と歩き去っていった。しばらくぶりに農場が恋しくなった。その恋しさでかえって気持ちが奮い立った。人生をどうするのかは、自分で見いださなければいけない。大好きなことをうまく組み合わせていくようなものなのだろう。

坂の下でヘッドライトが点灯し、その数が増えて、ジャムセッションがお開きになったのが見てとれた。何時なのだろう？　時刻を確かめる機器がない。どのみち深夜だ。

ノーランの車によれば、午前三時だった。ナビゲーション・システムがエラー・メッセージを表示し、検知できる道に出ろとうるさいので、最初の十五分はノーランが手動で運転しなければならなかった。おかげでノーランとセイディにルースとのやりとりについてたっぷりぶちまけることができた。

「だいたい、その仕組みのなかで働くのがそんなに悪いこと？　そういうシステムによって給料も支払われているし、車の衝突事故も防げるし、自宅を離れなくても食料品を配送してもらえる。たしかに、いろいろ少し変えていかなければいけないところもあるけど、それでシステムは改良される。あの人はわたしにどうしろというの？　会社を辞めたら、わたしに手伝えることはなくなる。この仕事をしているからこそ、わたしにもできることがあるんだし」

「そもそも、どうしてそんなにあの人に好かれたいんだ？　特別な感情があるとか？」

そのノーランの問いかけへの返答をセイディがいつになく聞きたそうにしていた。「違う！　わたしは……あの人を助けたくて、わたしもあの人の力を借りたい。力を合わせれば、大きな変化を起こせると思う。それにだいたい、あの人がわたしにもっといい人間になりたいと思わせてくれたんだから。あの人が、ほんとうにわたしの思ってたとおりのすごい人なのかも、もうわからなくなっちゃったけど、あの人の歌を聴いてると、あの人が壊れていると言ってるものを直さなきゃっていう気持ちになる」

「なるほど、誰かにそんなふうに思わせることができるなんて、とんでもない才能だ」

「あなたも彼女の曲を聴いてたよね。そう感じなかった？」

「そうだな、少しは。ちょっと調和してない感じがしたんだけど、あのバンドを組んでまだ間もないからだったんだな。でも、きみが言うように、彼女にカリスマ性があるのはわかる。よかった、ちゃんと走行地点が表示された！」

自動走行に切り替わると、ノーランがこちらを向いた。「それでどうするんだ？」

「わからない。わたしの計画は、あの人に演奏してもらえるかどうかにかかってる。やってもらえなければ、いままでどおりのことを続ける以外になんにもできない」

セイディが口を開いた。「でも、そんなに悪くないんじゃない。音楽を聴きに行って、楽しいライブを企画して、そこの人々が面倒に巻き込まれないようにする。なんにもできなくはない」

「同じやり方はいつまでも通用しない」

「何もかも自分ひとりでやろうとすることはない。助けてくれる人たちを見つければ」

「あなたたちのように」

「そうだし、もっと見つかる。議員に働きかけようとする人たち、選挙に立候補する人たち、それに記事を書いてくれる人たちもいれば――」

「そんなこと言ってたら、永遠に時間がかかる！」

「そうかもしれないし、そうじゃないかもしれない。だけど、ひょっとしたら、もう動きだしている人がほかにいて、あなたの行動が後押しになることだって考えられる」

ローズマリーにはとてもそうとは思えなかった。


寝床にもぐり込んだのが遅かったので、セイディがどうにか起きてコーヒー店に出勤したあと、ローズマリーは日中のほとんどをセイディのソファに寝転んで過ごした。夕方に起き上がると、スマートフォンに知らない番号からテキスト・メッセージが入っていた。

〝あれから考えてみた。一回かぎりのライブだと言ったよね。一回かぎりならやれるかも、わたしなりに〟

送り主はルースしか考えられない。受信時刻は二時間前だった。ローズマリーは即座に返信を入れた。〝興味あり、詳しく聞かせて！〟

〝ルースに伝えるね〟バンドメンバーのスマホから送信されたものだったらしい。

「ずいぶん嬉しそうじゃない」セイディが帰ってくるなり言った。

「まだわからないんだけど」

「わからないのに喜んでるの？」

「期待しすぎないようにしないと」

翌日は電話を待ちながら次の目的地を検討して過ごした。もうノースカロライナにいる必要はない――警官はあれ以来現れず、逮捕容疑は取り下げられた――とはいえ、これだけ広い国のなかで次にどこへ行けばいいのか決めようがなかった。いつまでもセイディのソファに泊まってもいられないのに。


ローズマリーは一日の大半をバスのなかで過ごし、その間にウィルミントンのバンドの曲をあれこれ聴きつづけた。後方支援業務部は希望どおりの旅程を迅速に手配してくれた。ローズマリーは地図を眺めて、〝ビーチ〟という響きが気に入ってカロライナ・ビーチという町を選び、海の見える部屋を希望した。

「ただし、ウィルミントンから二十五キロ近く離れてしまいます」と忠告された。「該当する宿泊施設が少ないので」

「それくらいなら、わたしの故郷の町なんてどこからも遠すぎることになってしまう。気になる手掛かりがあるんです」なかったけれど、そこは重要なところではない。

「ハリケーンの季節なのはご存じですか？」

「もちろん」知らなかった。ローズマリーは天気図を表示させた。「長居するつもりはありませんし、いま近づいているハリケーンはなさそうですし」

バスの降車場で自動走行タクシーを呼び、後方支援業務部が予約してくれたモーテルへ向かった。車を降りると、何週間かぶりの明るく暖かい陽射しを感じ、塩気を含んだ空気を味わった。

〈シルバー・ベル・モーテル〉は二階建てで、地上から三メートルほど高く造られた一階の部屋から直接屋外の歩道へ出られるようになっていて、ボルティモアの要塞(ようさい)のようなホテルとはまるで趣きが違った。駐車場に車は停まっていないし、見渡すかぎり人けもないので、宿泊客が自分ひとりだけということも考えられる。

通りを挟んでビーチと小さな砂丘も見えた。そこで見つけた。失われていなかったもの。海が失われることはない。ローズマリーはその砂丘を上り、息を呑んだ。これほど広いなんて、どうして想像できただろう？

フーディを引きだし、表示させたことのある海の背景を一応確かめてみようと探し、すぐにやはり消した。比べる意味がない。たしかにフーディのなかでも、地平線や色彩や空は同じように眺められた。架空のビーチを歩けば、きれいな貝殻や潮流に洗われた宝物が見つかりもしたし、岸に打ち寄せる波の音も聞こえた。

でも、そこにはなかったものもここにはある。飛び立っては舞い降りてくる鷗(かもめ)たちが止まって見えるほどに強く吹きつけている風、その音、ほんの三歩で靴に入ってしまい、靴下まで脱いで取り除かなければならなかった砂。結局は靴下を靴に詰め込んで手に持って歩いた。ひんやりとした海水。まるで不揃いな貝殻や、そのほかの海の屑。ローズマリーがいつも想像していたのはどれも完璧な形のものだった。波が打ち寄せては引いていき、波ぎわに立っていれば足が湿った砂に埋まる。砂の感触も様々だ。乾いた砂丘、たぶん高潮に揉まれてざらついた海の堆積物、足が濡れるのもかまわずに近づけば感じられる波打ちぎわの柔らかく湿った砂。海の重み。遠くのほうに朽ち果てた高床式の廃屋が見える。人間が汚した痕跡、見方によってはそうとも言いきれない。この場所から見渡すかぎり、勝者は海だ。

ここでどうすればいいのだろう？　この一時間、頭を悩ませていた疑問だった。ローズマリーは新たなバンドを見つけて、その活動場所を、ほんとうにではなくふりだけだとしても、破壊するためにやって来た。そんなみじめな定めがある？　わざわざこのような場所まで来たというのに。

ポケットに入れていたスマートフォンが振動し、取りだしてみると、またあの知らない番号からのメッセージで、スーパーウォリーとステージ・ホロ以外からしかアクセスできないサイトのダウンロード・コードが添付されていた。ローズマリーは画面をまぶしい陽射しから手で遮り、そのコードを入力した。

〝カシス・ファイア――『独立声明』〟と出てきた。浜辺には誰もいなかったので、音量を上げ、海を前にしてその曲を再生した。

最後のコードが鳴りやむと、再生し直した。もう一度。さらにもう一度、もう一度と繰り返すうちに、バッテリー残量が少ないことが表示された。そんなことはどうでもいい。その曲はもうローズマリーの一部となった。これからこの曲を耳にしたら必ず、浜辺と鷗、それに歌が完璧にこの瞬間と結びついて、胸にあふれて全身をも満たした、純粋な無限の喜びを思いださずにはいられないだろう。

歌詞はルースがグレイスランドの門の前で語っていたことから作られていた。いや、ルースは先に書きだしていた歌詞をあそこで歌ったと話していた。まわりくどいところはなく、説得力がある。惹き込み、突きつけ、呼びかけている。

スマホのバッテリーが切れた。まだ返信もしていない。ルースに不愉快に思われなければいいけれど。ローズマリーはすぐに充電をしに戻って返信するべきなのはわかっていたものの、まだ海から離れる気になれなかった。上着のファスナーを首まで上げて、砂浜に腰をおろした。

翌朝、ローズマリーは人材発掘管理部に打ち合わせをすぐにもしたいと求めた。今回は一般の社員より上級の管理者を引っぱりだせないかと考えて、重要な案件だと伝えた。そんな役職の人物が実在すればだが。いなかったらしい。ともかく、きょうのところは。管理部の一般男性社員（5－1）が、威厳のかけらもない平凡な会議室空間でローズマリーを迎えた。

「仕事が早いな！　まだそこに――」間があき、あらためて口を開いた。「ウィルミントンに入って一日だ」

「ここでの話ではありません」ローズマリーは言った。

「そうなのか？　何か見つけたというような連絡だったが。われわれはてっきり——」

「ルース・キャノンです」

「また見つけたのか？　ウィルミントンで？」

「ですから、ここでの話ではありません。居場所がわかったんです」

「それで、契約する気はあるのか？」

「一回かぎりの大きなショーをやって、またやめると」

男性はあきらかに方針転換を図っていた。「ルース・キャノン。ひと晩かぎり。あの大ヒット曲を目玉に特別なショーを開く。科学捜査のようなものにより居所が判明し、今回のショーを開くまでに至った軌跡を伝えて……あの有名な記事はなんという見出しになっていたかな？〝最後のパワーコード〟だったか？　われわれのコンサートは〝最後の最後のパワーコード〟か〝次のパワーコード〟といったところかな。一度かぎりの復帰と銘打って……」

「どれでも了承してくれるでしょう」ローズマリーはすでにルースと話し合い、そのようなことになるだろうと予想していた。今回かぎりの〝復帰〟という打ちだし方をルースは歓迎してはいなかったが、そうしておけばその企画のほうに会社の関心をそむけられる。「ただし演奏を披露するにあたっては、独自の指針があるそうで」

「つまり、金か？　契約部から好条件を提示させよう」

「いえ。特定の条件下でなら承諾するそうです」

「法務部に相談してみる」

ローズマリーは続けた。「本物の観客を入れてくれと――」

人材発掘管理部の一般男性社員は深々と息を吐いた。「そういうことか。法律違反になったらどうする？」

「――それから、場所も指定したいと」

「どこのキャンパスを使うかということか？　それについては問題ない」

「キャンパスではやりたくないそうです。実在する会場を希望しています」実在する会場というのはルースの言葉だった。「そこは譲れないと」

「それはできない」

「できますよね。どれも可能なことです。〈パテント・メディシン〉はキャンパスに聴衆を迎えて〝音楽祭(フェス)〟を開きました。配信設備をべつのところに移動させるのは不可能ではないのでは」

「そのようなことをするには、州と連邦政府に申請して許可を得なければならない。簡単ではないのだ」

「簡単なことだなんて誰が言いました？　この計画の実現には大変な手間がかかりますし、われわれにとって多額の利益を得られるコンサートなのですから、実現させなければ」あなたたちではなく、われわれにと忘れずに言い換えた。ローズマリー・ローズは模範的な従業員でいなくてはならない。

「ほかには？」

「コンサート映像はわれわれのものとなりますが、彼女のサイトへリンクさせること」

「法務部がけっして同意しない」

「ともかく検討していただいてから、彼女の意向を確かめますが、こちらがそれだけ条件をのめば、物品販売は委託してもらえるでしょう」

男性はまたふうと息を吐いた。「きみはまだこちら側にいるのだよな？　どうも彼女のために働いているように聞こえる」

「彼女のために働いてなどいません。検討の結果が出ましたら、お知らせください」

ローズマリーは接続を切り、フーディをはずした。海が唸りを上げて迎えてくれた。

37

ルース
独立声明

前時代（ビフォー）の最後の晩に演奏した会場の庇看板には、わたしの名がまだ残っていた。変化や不調和、それに現在に重なり合う過去の出来事のなかでも、その点についてはいままで一度も思い返さなかった。しごく当然のことだ。ここでのライブのあと、わたしたちはいっせいに、あっという間に、互いを信頼して触れ合うのもやめてしまった。これはいわば、かつてのわたしたちの生活習慣の記念碑だ。

「そうか、こうなったか」シルヴァが言った。わたしがいまここに来てどのような感情を抱いているとしても、ここで働いていたシルヴァからすれば、やはり部外者でしかないのだろう。あの忌まわしい大混乱のあいだも、この看板を掛け替える許可を毎日待っていた当事者であったのだろうから。

〈ピーチ〉のCとHは取れてしまったのか盗まれて、桃ではなくエンドウ豆、つまり〈ピー〉となってしまっていた。残った部分にムクドリが巣をこしらえ、看板を囲む電球はほとんどが撃ち落されてしまったかのように見える。可動式の文字盤はふしぎと誰にも盗まれず、〝今夜の出演者：ルース・キャノン〟と表示されていた。

さらに近づいて見ると、玄関口に突きだした庇に掛けられた看板は新しそうな二本のジャッキで支えられているのがわかった。ポスターはなく、ガラス張りのチケット売り場は板でふさがれ、歩道はひび割れている。時は最良の日々を容赦なく蝕む。

「彼女がこんなになっちまうとはな」脇道に入って進みながらシルヴァが首を振った。

マーシャはわたしたちを興味深そうに見ている。「どうして必ず〝彼女〟になるのかな？建物にそう呼びかけるのは初めて聞いた気がするけど、船やギターは必ず……」

シルヴァが肩をすくめた。「どうしてだろうな。でも、外側がもうこれでは、なかがちょっと心配だ」

「ここで演奏できないようなら、彼らは何がなんでもわたしたちを自分たちのキャンパスに連れて行こうとしたでしょ」わたしはそう言いながらも、建物のなかが心配なのは同じだった。思い描いていたのは、時がとまったようにあのままそっくり保存されている状態だった。ばかみたい。保存は状態ではなく、行動によってなされるものだ。

さらに角を曲がり、寂れた正面側とは打って変わって裏側が騒々しくなっていることに驚かされた。搬入口に十数台のトラックやバンが集まっている。そのうちの一台を待たせてわたしたちが押し入ることとなったが、わたしたちが入らなければ始まらないのだから仕方がない。

わたしはギターを担いで、ふたりを見つめた。「引き返すなら、これが最後のチャンス」

「あなたが言いだしたことで、わたしたちじゃない」マーシャが言った。「すべてはあなたが決めること」

「シルヴァは？」

「なかがどんな具合なのか見ておきたい」

ステージ裏も人々が忙しく動きまわっていた。誰もちらりともこちらに目をくれない。ここに来たのなら、ここがわたしたちの場所。カメラ装置を組み立てている人たち、新しい舞台幕に掛け替えている人、ほかの機材も通用口から次々に運び込まれてくる。わたしたちはそうした人々の脇を抜けて舞台に上がった。

「そうか、こうなったたか」シルヴァがまた言った。

座席は取り払われていた。壁は塗料が細長い筋状に垂れていて、何かが匂った――水？ごみ？　バルコニー席の上の天井にはオーストラリアの地形のように染みが広がっていた。ふたりの作業員が舞台からケーブルを壁伝いに引いて、奥の片隅に急ごしらえした調整ブースへ繋ごうとしている。

それでもやはり美しい。壁付き燭台、舞台、優美な装飾が施されたバルコニー席、シャンデリア。わたしはふと、もしここが秘密のライブ会場に使われているとしたら、どこでもよかったのに自分が今回の演奏場所に選んだことで、すべてを台無しにしてしまうのではという不安がよぎった。〈2020〉で録画させることもできたのに。どうしてここを選んでしまったのだろう？　過去のものにならざるをえなかったこの場所を、そしてそうしたものがあることを、あの人たちに見せたかったからだよね、と自分にあらためて言い聞かせた。

「やったよね！　それにあなたの言うとおりだった。ここは美しい！　こんなところはいままで見たことがなかった」

振り返ると、舞台袖のほうからローズマリーがやって来た。どういうわけか、この子が姿を現わす前には必ず声が先に聞こえてくる。自分がどうしても伝えたかったものに、ローズマリーがいま目を輝かせていた。こんなところはいままで見たことがなかったという言葉が気の毒に感じられて、わたしは胸が痛んだ。もともと美しい場所だったけれど、当時は似たようなところはいくらでもあった。

「すべて順調にいってる？」わたしは訊いた。

「ええ。すばらしくうまくいってる。市が所有する建物だから、点検費用を会社が持てば、電気を通すのもまったく問題なかった。ほぼ全面的な清掃が必要だったけど。椅子を取り払ったのは会社の意向。そのほうが録画しやすいらしくて。音響機器はだいぶ前にすべて売り払われていたんだけど、どうせ自前のものを持ち込むつもりだったし。それにあの入口の看板にあなたの名前が残っているのを知って、あの人たちがどんなに興奮していたか見せてあげたかった。完全な姿の恐竜の化石を見つけたような騒ぎだったんだから。いえ、あの、あなたが化石だという意味じゃなくて。

わたしはため息をついた。またも昔懐かしの歌手。この場所とこの方式を選んだ自分が招いたことなのだろうけれど。

「それに、ええと、今回のライブで、出演アーティストとの連絡調整係をわたしに任せてもらえるように会社に交渉してくれて、ありがとう。わたしの通常業務とは違うから、求められていることがよくわからないんだけど、必要なことがあれば言ってくれればなんでもする」

これまで連絡調整係を頼むようなことはしてこなかった。いわば敵からあてがわれた、もてなし役だ。何を頼めばいいのか正直なところわからなかったが、自分が役立っているとローズマリーに感じてもらえることを慌てて考えた。「わたしたちの機材を運び入れる人手を掻き集めてもらえる？　そうすれば早くすむから」

ローズマリーは敬礼をして去り、たくましい男性ふたりと、それに輪をかけてたくましい女性をひとり連れてきた。

「従者たち！　いざ！」マーシャが三人を引き連れて通用口の外へ向かった。わたしもあとに続いたけれど、途中でさらにふたり加わったので、運ぶものがなくなってしまった。一往復でわたしたちが必要なものはすべて運び込まれた。

「もっと前のほうに」ドラムが動かないようにするためのラグを広げていたマーシャに言った。「カメラに向かって演奏するなら、ぎゅっと固まっていたほうがいい」

マーシャも敬礼して、ラグをわたしのほうに引き寄せた。音響技術者たちがわたしたちを取り囲み、板張りの床にしるしのテープを貼りはじめた。

「こんにちは、ルースです」わたしのアンプにマイクを繋いでいた男性に声をかけた。

「やあ」男性は名乗らずに応じた。

スピーカーが耳をつんざくようなひび割れた音や、飼い馴らされるのを拒んでいる動物の悲鳴のようなものを発し、音響の調整にだいぶ時間がかかった。録音用とライブ用の両方をうまく兼ね合わせられるようにするのがむずかしかったのだろう。わたしが気になるのはもっぱらライブ用のほうだった。

「ローズマリー、チケットはどれくらい売りだした?」わたしがマイクを通して問いかけると、ローズマリーがすぐさま目の前に現れた。

ローズマリーはまだがらんとしている空間を身ぶりで示した。「ここまでの運賃付きで十組のチケットがコンテストで提供された」

十組。「どんなコンテスト?」

「『血とダイヤモンド』を最初に聴いた場面を答えさせた。あなたの意にそぐわないことなのはわかってるけど、それがいちばん効果的な方法だと宣伝部が押し進めた。念のために言っておくと、ものすごい数のエントリーがあった」

初耳の話だけれど、コンテストだなんて、よけいなことを。「わたしが言いたかったのは、座席も観客も、音を受けとめてくれるものがないんじゃ、とんでもなく反響しちゃうんじゃないかってこと。この大きさの会場で二十人ならいないのも同じ」

「きっとなんとかなる」ローズマリーはまた目をそらした。

「わたしが本物の観客を入れてとあなたに言ったとき、二十人になるなんて思いもしなかった」

「わかってるけど、了承を得るためにはこれが精いっぱいだった。誰もいないよりはいいでしょう？」

「そう思うしかないよね。うまく生かさないと」選択の余地はない。

ライブ用の音はどうにかわたしが満足できるところまで達し、名前もわからない音響担当者にこれ以上いじくりまわしてもらう必要はなさそうだった。それから今度は録音用の装置と照明の調整に入った。そうするなかで、機器を設定し直していた技術者たちの愚痴が洩れ聞こえてきた。「なんでここでやらなきゃならないんだ？」誰かがほかの誰かにつぶやいたのは、まさにわたしがいま思っていたことだった。観客を入れないのなら、ここでやることを希望した意味がないでしょう？　いいえ、二十人でも意味がないわけじゃない。聴きに来てくれた人たちがいれば、わたしは十人でも五人でもふたりだけのためでも演奏する。今回のコンテストの勝者たちに、最近の曲が昔聴いてもらった曲に劣らないものだということを知ってもらわなければ。

　技術者たちが作業を完了すると、わたしはマイクに向かって、少しだけ演奏してもいいかと尋ねた。

「悪いが」最初にわたしが挨拶をした男性の声が返ってきた。名乗りもしなかったのはどうやらディレクターだからだったのだといまさらながら察した。「時間がない」

　世界が変わる直前に、ほかの誰でもなく自分のためにこのステージに立って演奏したときのことがよみがえった。こんなふうに記憶を作り替えようとするのはよくない。上書きすれば当然ながらその記憶は消される。

　ディレクターが調整ブースから出て、楽曲の演奏時間を入れて印刷したセットリストと歌詞の紙の束を手に近づいてきた。どれもわたしが二週間前に提出しておいたものだ。「すべてこのままでいけるかな？　変更はないか？」

「『血とダイヤモンド』を取りやめにさせてくれないのなら、変更はなし」わたしは答えた。最後の曲に指定するなんて人をばかにしている。ＳＨＬはその点だけは譲らなかった。その曲で締めくくらなければ、ライブは開けないと。

　ディレクターがぽかんと口をあけた。

「冗談」とうにわかっていることを言われる前に言い足した。「お待ちかねのフィナーレを歌わないなんてことは夢にも思ってない」

たぶんわたしの冗談のせいで不安になったのか、ディレクターは曲順をきっちり確認するよう求めた。それが終わる頃には開場時間が目前に迫っていた。二十人の観客のための開場。

楽屋にはすてきな光景が待ち受けていた。わたしがいつも会場に提出していた必要品目のすべてが揃えられていた。ローズマリーが手配したのに違いなかった。部屋は写真が貼られていないこと以外はまったく変わっていなかった。わたしはその空間を見まわして、そこにいたほかの人々と、ビフォーの最後の数分を思い起こした。ソファに坐ると、埃が舞い上がった。「どうしてここにいるのか、もう一度聞かせて」

「おいおい」シルヴァが言った。「まるで他人事みたいにまたその質問か。おれはまったく問題なしだし、おまえさんが計画したとおりにいくよう願ってるが、いずれにしても、そろそろ腹を括っていい頃だろう」

「わかってる。わかってんの。やるだけの価値はある。身売りはしない」

「身売りのようなもんだよ」マーシャが言った。「ただし、その言葉の定義には修正が必要なわけだけど。これは正当な理由による一時的な身売り。常態化するわけじゃない」

「為になる」わたしは舌を突きだした。「ねえ、シルヴァ、八×十（エイト・バイ・テン）フィルム写真はどうなった？」

シルヴァは壁から突きだしている釘をまじまじと眺めてから振り返り、ウインクした。

「なんのことを言ってるのかさっぱりだ。ここで働いてた連中がまさか大事に持ち帰って保管してるわけじゃないだろう」

ドアがノックされ、わたしはびくりとした。これは奇術などではないと自分に言い聞かせた。あの時が繰り返されはしない。

マーシャがノックに「どうぞ」と応えると、ローズマリーが入ってきた。気遣わしげな顔だが、動揺してるわけではない。わたしはニュースを見るように言われるのではないかと固唾を呑んだ。「何か必要なものはある?」

わたしはほっと胸をなでおろした。「観客」

「コンテストを勝ち抜いた二十人が意気揚々とこちらに向かってるところ」

「そういう意味で言ったんじゃないのはわかってるでしょ」

「ルース、わたしはできることをしてる。それに、もう成果は出してる! 〝ハリエット〟の動画を視聴した人たちはみんな、あれがいまのあなただと知ってる。この数週間、わたしはその人たちを扇動してきた。このショーを最後まで観てくれたら、がっかりさせないからって」

わたしは見えない観客については考えないようにしていた。

「じつを言えば、SHLはあの数字にとまどってるみたい」ローズマリーはわたしの考えを読んだかのように言った。「新規の視聴者数が予想をはるかに上回っていて、視聴者層もとても幅広い」

だから、なに。

ローズマリーが楽屋から出ていったので、わたしは着替えるためにトイレに入った。何年も掃除されていないようだ。

「ちょっとやりすぎじゃない？」マーシャが訊いて、トイレから出てきたわたしのシャツを指さした。シャツの前には〝これは現実？〟、背中側には〝これは現実じゃない〟と刷り込んである。

「惜しくも採用できなかったものも見せたかった」作ったけれど、どうせ映像でぼかしを入れられてしまうだろうと考えて捨てたのは〝くそったれ、ステージ・ホロ〟〝おまえのフーディを燃やせ〟〝わたしが働く専制企業について聞いて〟〝おまえは百パーセント支配されている〟

またもドアがノックされた。またもわたしは悪いニュースを伝えられるのかと身がまえたけれど、音響スタッフが五分前だと知らせに来ただけだった。シルヴァが楽屋を先に出てベースとわたしのギターもあらためてチューニングしてくれていたので、あとはステージに向かうだけだ。わたしとマーシャも楽屋を出た。

前回ここに来たときには、この同じ舞台袖から覗いて、こんな打ちひしがれた晩にどんな演奏をすればいいのかと考えていた。どんなふうに人々に曲を届ければいいのかわからなかった。あの晩演奏した曲はすべて、自分が口にした言葉も完璧に憶えている。あのときの聴衆とわたしは互いを必要としていた。

あの晩も座席はほとんど埋まらず、がらんとして見えた。だからそこにいた全員に前へ来るよう呼びかけた。今回はあのとき以上に人がまばらだ。会場の中央付近で金属の折りたたみ椅子に坐っている観客がふたり。あとは——残りはつまり十八人——ふたりずつ、それぞれの組がじゅうぶん距離を空けて衝立の向こう側に散らばっていた。衝立とステージのあいだにはカメラがぎっしり連なっている。

「あれでどうやって演奏しろって？」わたしは問いかけた。「みんな前のほうに来る気もないんじゃない」

「ルース、みんなファンなんだよ」マーシャが言った。「あの曲しか知らないかもしれないとしても。ライブを観たことすらないかもしれないけど。決めつけちゃだめ」

マーシャの言うとおりだ。

「始めようか」わたしのイヤホンにディレクターの声が入った。

会場の照明が絞られた。カメラにぐるりと取り囲まれて、三つのスポットライトがわたしたちを待ち受けていた。わたしたちが出ていくと、三つのライトがそれぞれの進行方向を照らし、その道筋を消して背後に収まった。

まばらな観客からのまばらな拍手に迎えられた。

イヤホンを通してディレクターが言った。「心配いらない。配信用には聴衆の音を増幅させてあるから」

こんなふうにライブ中もずっと指示の声を聞かずにすむことをわたしは祈った。

「マイクのほうに踏みだしてすぐに開始だ」ディレクターが言った。すでに同じことを二度聞かされていた。もう黙って勝手にやらせてと言いたいのを我慢した。

わたしはライトの下へなかなか踏みだそうとしなかった。がらんとした会場は見通せないけれど、しんとしているのは間違いない。満席なら、なりえない静けさ。思い込むしかない。ここは〈２０２０〉、そうでなければ、ひとりで、もしくは新たなバンドで演奏してきた数々の小さなライブ会場のどこかなのだと。そうした場所でも、がらんとしていることはあった。欠けているのはわたしを高ぶらせてくれる聴衆ではなく、反応だ。演奏の始まりとともに、わたしたちの姿と音楽は、じかに聴いているつもりになれることを期待している何百万人ものフーディの視聴者たちに配信される。その人たちを感じたくても、そんなことは叶いようがない。

ステージ上で移動する時間は細かく設定されていて、それ以外の立ち位置はテープで四角に囲われていた。セットリストも貼りつけてある。マーシャとシルヴァとあらかじめ決められたとおりに身を寄せ合って音を鳴らす際の移動経路まで。わたしにとっては経験のないことでも、多くのショーは演出されているものなのだと自分を納得させようとした。今回はわたしもその手順のすべてに同意した。どうして？

　カメラが作動しはじめる前に、わたしはマイクを使わずに呼びかけた。「こっちに来て。お願い」

　誰も動かない。わたしはシルヴァとマーシャに肩越しに困惑の目を向けたが、ふたりは動じなかった。

「練習どおりにいこう」シルヴァが言った。「おれたちが楽しめればいいだろ」

「ルーーーーース！」すぐ近くからかすれがかった大きな声がした。わたしは目の上に手をかざして、前方の中央付近に立っているローズマリーを見つけた。この子のために演奏しよう。そこにいるのはもう昔の自分の幻影などではなく、ここでただひとり、わたしの歌を聴こうとしている人。ローズマリーに聴かせよう。演奏しよう。

　わたしは踏みだした。

　一曲目は新たな三人編成のバンドのために書き下ろした『百七十二通りの方法』。頭がまたべつの逃げ道を考えだしてしまう前に、わたしは初めのリフを弾きだした。ふたりも四反復が終わったところから加わり、シルヴァはわたしのギターに二オクターブ下げて合わせた。曲が走りだし、わたしは少し気が楽になった。会場に音が反響しているけれど、耳障りな感じじゃない。ローズマリーのために弾こう。まだ聴いたことのなかった曲を聴いて、きっとわくわくしてくれているはずだから。

最後のコードを響かせつつ、予定どおりマーシャがそのままドラムを鳴らしつづけて、継ぎ目なく次のビートに移行する。意外性なし。マーシャがカウントを取って、『百七十二通りの方法』を終えて『そんなこと考えるなよ』が始まった。〈２０２０〉でなら歓声があがるところだけれど、誰からも、ローズマリーの声すら聞こえなかった。曲の変わり目の拍手もなし。生のライブなら、盛り上げるためにここで何小節かよけいに遊ばせるところだが、そういったことはしない約束になっていた。予定どおりにと。

わたしはこの瞬間に無理やり入り込もうとした。肝心なのはいつだって二曲目だ。最初に演奏する曲はまだちゃんと耳を傾けてくれていない人もいて、こちらもまだその場になじめていないので、だんだんとやわらいでいく。二曲目が観客の引き込みどころ。

会場の後方に光が見えて、暗闇にひとつだけ明るいところが生みだされた。わたしは気をそそられながらも、引き込む演奏には集中力が必要なので、そのことは頭の外へ追いやった。今度はわたしから見て左側の中程の暗闇が変化した。わたしたちは演奏を続けた。サビの繰り返しのところで初めて、合わせて歌うふたりの声が聴こえてきた。たぶん、ひとりはローズマリーで、もうひとりは前にわたしの歌を実際に聴きに来たことのある今回のコンテストの勝者なのかもしれない。この歌はだいぶ前に作ったものなので、考えられることだ。

会場の両端の暗さが変わった。わたしには見えないところで何かが起こっている。どんなことなのかを知りたくても、確かめようがなかった。人々が近づいてきている。それでいい。

衝立の向こう側の空間が人で埋まっていた。

　その曲は盛り上がったところでがくんと落ちて、Ⅳ度のサブドミナントコードで協和せずにふわりと終わった。今回の拍手は登場したときよりはるかに力強かった。二十人にしてはだいぶ大きい気もするけれど、人が少ないぶん、かえってそう聴こえるのかもしれない。反響作用がちょうどよい具合に効果をあげているのだろう。

　そうでなければ、観客がずっと沸き立っていて、実際の人数以上の大きな音を生みだしているのか。

「次の曲を始めてくれ」イヤホンにそう指示が入った。

　次の曲は四つ打ちでディスコ調の『もらい物のあら探し』。イントロが長めなので、わたしはそのあいだに周りを見まわし、シルヴァのほうに近づいていった。ほんとうはスポットライトの下にとどまることになっていて、動くときにもライトがついて来られるようにゆっくりという指示を受けていたのだが、わざとジグザグに進んで向きを変え、会場を見やった。

「軌道をはずれてる」イヤホンに声がした。

　軌道に戻って、ステージ上をシルヴァのほうに歩いた。前のめりにギターとベースを寄せ合いながら、ささやいた。「人が来てる」

　それもたくさん。ステージの端まで移動して演奏することが許されるなら、その姿が見えるだろう。ふたつのドア、会場後方と片側が開いていて、続々と人が流れ込んでいた。

わたしはぞくぞくしながら、自分のマイクのあるところまで戻った。何が起こってる？ディレクターはもう何も言ってこないが、おそらくこの劇場ではなく、モニターを見ているのだろう。彼が創りだしている虚構の世界にわたしたちはいて、そこに現実の出来事が入り込む余地はない。

入ってきた人々が誰であれ、わたしはその存在を感じた。音の響きが変わり、熱気が上がっていた。つまり、数分前には感じられなかった熱気がたしかにいまはそこにある。人々の身体がしなり、向きを変え、踊っている。シルヴァとマーシャもそのことに気づいたのか、そうでなければわたしの変化を感じとり、呼応した。始まりがどれほど冴えないものだったのか、いまになって気づかされた。

このライブを、納得しきれていないのに引き受けてしまった義務のように考えていた。計画的に行動を引き起こすには計画的なコンサートが必要なのだと、心ではなく身体に信じ込ませた。わたしがこれまで少人数の前で、観客がごくわずかな晩でも演奏していた本物のライブのようには、今回のことを一度たりとも考えることができなかった。この会場を自分であえて選んでおきながら。

奇術みたいな再現なんてごめんだと自分に嘘をついていた。どこにいようと、フーディのなかでも、たくさんの人たちが観て、聴いている。目当てはステージ・ホロ・ライブや、『血とダイヤモンド』や、ばかげた昔懐かしい歌手の復帰劇だとしても、あの動画を観て、わたしが何か価値あることを言うかもしれないと期待している人たちもいる。それなのにどうして、イヤホンに入る言葉を聞き逃さないように耳を傾けていなければいけないのだろう？

それで、わたしは頭を切り替えた。ステージのどこにいるべきだとか、次に何を言い、何を歌うのか、ここに誰がいて、離れたところで誰が聴いているのかなんてことをあれこれ考えるのはやめにした。全員のために演奏する。ただひとりにでも届かせるために。ただ演奏する。

その曲が終わると、始まったときとは比べようのないくらい大きな歓声があがった。いまだにどれくらいの人がそこにいるのかわからなかったが、このなかにいるのは確かだ。歓迎したくても、最後の曲の前までは話さない約束になっていた。わたしたちは『跳ね返り』を歌いだし、それから『ノイズ・オン・ノイズ』、さらに『わたしの心に火をつけて』を演奏した。そのまま『町を出て』に流れ込んだ。もうローズマリーの姿は見当たらなかったけれど、この曲のなかに彼女はいた。そして『マイナー・セカンド』はみんなを思い浮かべて、エイプリル、家族、アリス、〈２０２０〉、わたしの人生を通りすぎていった人たち、わたしが通りすぎてきた人たちへ歌った。よけいな繋ぎは入れずに、ぶっ続けで予定の曲順どおりに、わたしがほんとうに待ち望んでいた瞬間まで駆け抜けて、その時が来た。

その曲の前に、わたしたちは〝十六小節ぶんのバンド紹介〟の時間を取っていた。ここまでくれば『血とダイヤモンド』を歌うまで、打ち切られる心配はない。

わたしはマーシャとシルヴァのほうを向いた。「たまにはこっちを見て」じつは打ち合わせどおりなので、言うまでもないことだった。ふたりはあらかじめ決めていたグルーヴを鳴らしはじめて準備した。わたしの意図をぼやかして、あとでオン・デマンドで配信される映像でこの部分を編集でカットしづらくするための芝居だ。

わたしは目の上に手をかざしてスポットライトを遮った。いつものライブなら、観客席の照明をつけてくれるように頼むところだけれど、このように分割された空間でそんなことが許されないのはわかっていた。それでも、そこに聴衆がいるのは確かだ。

「どうも」わたしは呼びかけた。「みんなきっと、どうしてきょう、ここに集められたのかと思ってるよね」

何をばかなことを言ってるんだろう。持ち時間は十六小節ぶん。言うべきことはわかっているはずなのに。

わたしは観客に、ここで最後に開いたライブのことと、その晩どうして演奏したのかについて話した。あのライブの前日の晩にホテルの駐車場で起こったことについても。それから、ツアーの再開の知らせを待った日々。病気にかかってしまったエイプリルについて、恐怖、抵抗、共同住宅の壁に書きつけた、わたしたちが失ったものの数々。

イヤホンにディレクターの声が入った。「十六小節終了だ。曲を始めて」

わたしはイヤホンをはずし、話しつづけた。「わたしは〈2020〉というクラブを持ってた。ビフォーのことじゃなくて、つい最近まで。わたしはそこをフードスペースの外でコミュニティを求めてる音楽好きすべての拠点にしようと精いっぱいのことをして、そこですばらしい音楽を生みだせた。法を破る勇気さえあれば、そういった場所を作りだすのはそんなにむずかしいことじゃないけど、法律で禁じなくてはいけない理由がほんとうにまだあるのかな。わたしたちはコミュニティを自分たちの手で取り戻さなくちゃいけない――誰も与えてくれるわけではないんだから」

わたしは〈2020〉について話し、そしてたとえ得意なものが音楽ではないとしても、芸術でも朗読でも芝居でも、同じことや似たようなことができるはずだと語りかけた。この部分があとで編集されないことを祈りつつ、ステージ・ホロがライブ会場に対して行なっていること、そして大小のあらゆる行動が必要なのだと説いた。

「もうじゅうぶんに時は過ぎたんじゃないかな。恐れるのはかまわないけど、恐れに支配されてはだめでしょう。怖いのはみんな同じ。恐れているときに大事なのは、何をするか。みんなでなら、思いきってやってみる価値はある。一緒に新たなものを生みだそう」

それを合図に、シルヴァとマーシャとわたしはようやくほんとうに最後から二番目の曲に入った。イヤホンをはずしてしまったので、自分たちがまだ配信されているのか、ディレクターが叫んでいるのか、とうに見限られていたのかわからなかったけれど、わたしはまったく気にならなかった。

『独立声明』。まさにこの町のホテルで、鏡台付き箪笥の後ろの壁に蛍光塗料で書きつけた歌詞。何年も経って、グレイスランドの前でドローンの一群に向かって、弾き語りしたのがその第二稿。手直しをして、とりとめのない走り書きから曲になり、さらに手直しをして、わたしが伝えなくてはいけないことがすべて詰め込まれた。指示書き、手引き、行動への呼びかけ。

　イヤホンをはずしてから自分のギターの音も歌声も聴こえなくなったが、後ろでドラムがビートを刻んでいたし、シルヴァのベースが拠りどころを与えてくれた。わたしはギターを掻き鳴らした。爪の甘皮が裂けて血が滲んだ。声は満ちて、ギター演奏は力強くみなぎった。わたしたちはみんなひとつの生命体だ。『独立声明』は震動する揺らめきで、ドラムとギターとベースがともに音を響かせる壁。その音は躍動し、形を成して、息づいていた。感謝の祈り。どんなに時間がかかっても、ともに追い求める新しい時代、新たなより良いいまへのわたしの希望。この瞬間に大切にしなければいけないすべてのこと。

　ギターの弦が一本切れて、さらにもう一本切れた。三本目は邪魔にならないように引きはずした。シルヴァとマーシャもそこにいて、わたしが残った弦と声と精いっぱいの気力でサビを繰り返し、轟かせるのに合わせた。終わらせたくなかった。ついに盛大な音を響かせて弾き終えたけれど、会場がわたしたちの最後のコードの音と同じくらい大きな歓声に満たされていて、実感はなかった。この聴衆がどこから来たのか、自分の頭が創りだしてしまったものなのかどうかもわからなかったが、この人たちがわたしを信じて、わたしたちの歌に呼応して、みんな一緒にここにいて、この瞬間を作り上げたのだということをそれぞれ誰かに伝えて、良い影響を広めてもらえることをいまは信じようと思った。

『血とダイヤモンド』は付け足しだった。エレキは弦がはずれてしまったのでアコースティックギターに持ち替え、イヤホンを耳に戻した。ステージ・ホロ・ライブのバンドは厳密に進行時間が決められているのに、弦が壊れてしまったときにはいったいどうしているのだろう？　それはまたあとで考えるとしよう。

「次はコンテストの勝者たちに贈ります」妥協点だという思いはできるだけ隠して告げた。コンテストの勝者たちにいやな感情は何もない。それどころか、あとから入ってきた謎の観客たちが実在するのなら、そのことで気を悪くしていなければいいのだけれど。

『血とダイヤモンド』も嫌いになったわけじゃない。あえて選んで弾くことがなかっただけ。この曲のおかげでここに来られたこともわかってる。いまのわたしにはもう必要がないものだけれど、この曲を歌うことで人々にとって大切な場所や時間を思いだしてもらえるのならそれでいい。わたしは十九歳で作ったときの思いを呼び起こし、あの頃と同じように心を込めて弾いた。

歌い終わると拍手が長々と続いた。わたしは汗ばんだ顔を同じくらい汗ばんだ腕でぬぐった。「ありがとう」心からそう言った。

「そのままで、三……二……一」ディレクターが秒読みをした。「これで、消去（クリア）」

会場の照明がついた。大勢の人がいて、出口へ進みながらもまだ歓声をあげている。

「どうなってるんだ？」ディレクターが訊いた。その声が聞こえたかのように、人々は会場をあとにした。慌てるわけでなく、押し合いもせず、ただ着々と速やかに流れでていく。あっという間にまたがらんとした会場に、二十人のコンテストの勝者たちだけが散らばって困惑顔で取り残されていた。

38
ローズマリー 最終楽章(コーダ)

招いた人々へのローズマリーの指示は明快だった。これまでおとりライブを仕立てて学んだことはこれに尽きる――安全に出入りできる経路を確保し、情報は包み隠さず提供する。なかにはすでに二度もともにやり通して仕組みを承知している人々もいた。さらに、今回呼びかけに応じてボルティモアから来てくれた人たちのほかにも、実際に警察の手入れを受けたことのある観客もいる。最も危惧(きぐ)していたのは、グレイスランドの門の前で撮られた動画に熱狂していて、実物を観てみないかとフードスペースでローズマリーから誘いを受けてやって来た人々だ。

思惑どおりに事は進んだ。ローズマリーはライブが始まる前にすべての扉を開錠しておき、聴衆は一曲目が流れだしてからこっそり入っていくよう待機していた。ステージ・ホロはたった二十人のコンテストの勝者たちの安全面には注意を払っていなかった。視聴を予定していた担当責任者や幹部の人々は離れたところにいたし、カメラは観客ではなくステージに向けられている。撮影技師や音響エンジニアはみな、やらなければいけない仕事に集中していた。ＳＨＬの視聴者の面前で警察に通報してショーを中断させることは会社も躊躇するだろうとローズマリーは踏んでいた。皮肉にも、なにより安全なライブだと言えたかもしれない。

会場が人で埋まるとルースの意気込みが変わった。あの聴衆が必要だったのだ。同じ空間に大勢の人々がいるとわかって、ルースは〈２０２０〉のステージに立っていたときと同じようにリラックスして演奏しはじめた。まさにそこにいなければ完全には体験できないライブだ。

〈２０２０〉の常連だった人々は相変わらず密集してライブを観ていた。ローズマリーの誘いに応じて初めて思いきってフードスペースの外へ観に来た人々も同じようにしていた。かつていわば自分にとってのビフォー世界にいたローズマリーと同じで、これまでは実在する秘密のライブ会場に行こうとは考えたこともなく、そもそもそんなものがあることすら知らなかった人々だ。観客たちのしぐさをローズマリーは面白がって眺めずにはいられなかった。こんな状況はおそらくあまりに久しぶりで、どのようにしていればいいのか遠い記憶を引っぱりだそうとしている人もいれば、どう見ても、ほかの人々とのあいだに架空の泡を創りだして接近に耐えようとしている人もいた。ローズマリーはそんな人たちに、大丈夫、これは最初の一歩で、だんだん楽になるからと言ってあげたかった。フーディを着装している人たちもちらほらいた。録画してくれるのならありがたかった。会社に編集されることなく、大勢の観客も収められたべつの動画が残る。

ローズマリーはライブの途中で自分でもフードスペースに入って、ＳＨＬの視聴者たちが目にしている映像を観てみた。自分のアバターを直接ショーの会場に出現させることもできたが、あえて外から入った。玄関口の庇の看板は文字の抜けもなく照らしだされていた。会場内は広々として人々で混雑していて〈ピーチ〉と似たような造りだったけれど、もっと無機質だった。ステージのほうへ延びる通路を見つけた。ステージ上のルースは目を開いて、見えるはずもない観客に視線をさまよわせている。仮想空間ではローズマリーがもう信用できなくなっていたアーティストの誠実なしぐさ。疲れは見えても幸せそうだ。思っていた以上にルースの顔立ちは鋭く、腕が筋張っていて身体は引き締まり、骨格は華奢だった。

ライブ会場をそのまま背景にしてそこを離れ、スタッフ・チャットを開くと、大慌てで混乱している技師たちの会話が覗けた。膨大なアクセス数に対応するため予定の何十倍もの複製サイト作りを強いられていた。ローズマリーも本来はそこに入る許可を得ていなかったが、たやすくアクセスすることができた。

得意とするプログラムの微調整と同じくらい簡単に、ＳＨＬのサイトのバックエンドに侵入し、このショーの無料ゲスト・コードを作成した。そのコードは匿名のアカウントを通じて広く流出させた。ＳＨＬは銀行業務にも乗りだしている。数千人がたまたま特典コードを手にしたとしても、誰の落ち度にもならない。システムの不具合として片づけられてしまう。

フードスペースから出ると一瞬、方向感覚を失った。実際には、仮想空間で立っていた場所から三メートルほど左にいた。フーディで観たときよりもステージ上のルースは小さくなったけれど、先ほどまでとはまた違う音楽の迫力に圧倒された。アンプから流れでて、スピーカーから脈打ち、上からも床からも響きわたり、身体を揺らして声を合わせる人々とともに生みだされる音楽に包み込まれた。ローズマリーもその人々に加わった。

ルースは最後から二番目の曲の前に、聴衆がどこにいても、そしてまたいつでも聴けるように、みんなに語りかけると話していたので、ローズマリーも耳を傾けた。聴衆の一人になった。ルースならできるはずだと信じていたことがすべてそこに詰まっていた。いますぐにできることと、時間をかけて成し遂げることのために行動しようという呼びかけ。ほかの人たちの耳にも自分と同じように聞こえているのなら、きっとうまくいくとローズマリーは信じた。

「一緒に新たなものを生みだそう」ルースが呼びかけ、やがて何かきっと暗黙の合図によって、その背後でだんだん高まってきていた音楽が炸裂（さくれつ）した。これから一生、毎晩のようにライブへ出かけられたとしても、ステージ上でミュージシャンたちが言葉を介さずに通じ合えることへの驚きはきっとなくならないだろうとローズマリーは思った。一メートルほど右側に立っていたセイディとノーランににっこり笑いかけると、ふたりからも笑みが返ってきた。

ローズマリーがふたりに約束していたことだった。演奏するのは納屋でライブをしたのと同じバンドだけれど、同じ曲は歌わないし、まるで違うライブだからと。

それはグレイスランドの門前で演奏され、ローズマリーが浜辺で受信した曲でもあったが、さらに大きく豊かに聴こえた。あの海と同じくらいに大きく。会社、仕事、ここに招いた人々、心配事、この空間、自分の身体、周りの人々の身体、何もかもが頭から遠のいた。ルースはとてつもなく大きく見えて、ギターを掻き鳴らす音で会場を満たしていたけれど、もうそのルースですらローズマリーにはどうでもよかった。大事なのは、その歌、その瞬間、この曲、この瞬間、自分がいるこの瞬間だ。いまこの時とすでに通り過ぎてきた時、過去を顧みて、わたしはここに、いまここにいて、これからもずっとこんなふうにしているし、ここにいるすべての人たちが同じことを胸に刻んでいるのだと、ただ考えていた。

その曲が終わった。ステージにはルースがいて、もうふつうの人の大きさになっていて、観客はよく見えないけれどそこにいるのはわかっているとでもいうようにこちらを見ていた。ギターの弦はばらばらに垂れさがっている。そのうちの一本が切れたときに額に撥ね上がったらしく、ルースはうっすら血を滴らせていて、それを汗と同じように腕でぬぐった。

ローズマリーはあらかじめ観客たちに『血とダイヤモンド』が歌われているあいだか終わると同時に、ＳＨＬに対処させる隙を与えず会場を去るよう指示していた。退場を誘導しなければばと思いつつ、『血とダイヤモンド』を聴きはじめたら抜けだせなくなってしまった。

今後何度ルースと会うことがあっても、もう二度とその曲を弾いてはもらえないことを予感していた。

新たな三人編成のバンドで、何年かぶりにルースが歌うその曲は以前とはべつのものだった。前よりよくないというのではなく、温かで親しみやすい感じに変化していた。ローズマリーももう病院に運び込まれたときの子供ではない。あの記憶はもう呼び戻さずに、いまこうして安心して聴いていられるこの歌を胸にとどめておけるだろう。ローズマリーはすでに退場しはじめている観客のぶんまで精いっぱい拍手をして歓声をあげた。

会場の照明がついて、ルースとバンドメンバーたちは当惑しているようだった。ルースはベーシストから何か耳打ちされ、ギターを預けると、同じようにとまどいぎみながらも満足げなコンテストの勝者たちと話すためにステージを降りてきた。

ローズマリーはその間に、いまのライブについて視聴者がどのような話をしているのか確かめにフードスペースのなかに戻った。ディスカッション・フォーラムに飛び込んでみると、ルースの呼びかけに応えるには何をすればいいかを話し合う人々であふれていた。ある法学部の学生は参集規制法に異議申し立てを行なうグループを立ち上げようと提案し、ほかにも地下でライブを開きたいとする投稿、参集規制法の是正を政策に掲げて選挙に立候補するといった提言も見られた。これでいい。

ルースはコンテストの勝者のひとりと話していた。アーティストとの連絡調整係としてミュージシャンがいま何を必要としているかを確かめるべきなのだろうが、ローズマリーはとたんに近づくことに気後れした。じゅうぶんに仕事を果たせたのか、それとも逆に出過ぎたことをしてしまったのではないか、そもそもまだ許してもらえていないかもしれないしと怖くなった。少ししてルースがこちらに目を留め、笑みを浮かべたので、ローズマリーは過去にしでかしたことは消せないとしても、挽回の機会はまだあると信じられた。

大勢の観客を目にしたSHLの社員たちに自分との関わりを疑われないよう、目を引く行動は慎まなくてはいけない。説明のつかないことなので、いまは誰も何もなかったかのようなそぶりをしている。数少ないコンテストの勝者たちはなお興奮が冷めやらない様子で生きいきと語り合っていた。ライブが終わって機材もすべて運びだされたあとだというのに、まだ立ち去ろうとしない。スピーカーから流れる録音された音楽に合わせて、出口近くで女性ふたりが踊りだした。

「ありがと」ローズマリーのそばにルースがやって来て、両腕を広げた。背中は汗でびっしょりで、額には血が滲んでいるけれど、そんなことはかまわなかった。抱きあうと、気持ちが通じ合ったように感じられた。「少し歩きたくない？　わたしはそんな気分」

ライブのあとはいつもみんなに囲まれていたルースの気持ちをローズマリーは汲みとって、うなずいた。ふたりはまだ開錠されたままだった正面口から出た。通りを渡り、路上に停められている車の列の脇を抜け、枝が折れた並木のあいだの草に覆われた細い道を小さな公園まで歩いた。さらに進むと可愛らしい橋に行き着き、ふたりとも欄干に両肘をついて、浅いけれど流れの速い小川を見下ろした。

「とてもうまくいったよね」ローズマリーは言った。

「最高だった、ほんとうに。演奏はもっとうまくやれたのかもしれないけど、これ以上完璧な晩は望めないでしょう」ルースの目はローズマリーが以前ライブ後に見たときと同じように輝いていた。高揚するのはほかのミュージシャンも同じだけれど、ルースのように生の演奏を味わえる人は少ない。

「あなたたちはすばらしかった」

「ありがと。それと、わたしの幻覚だったのかな、人が増えたように思えたのも演出の一部だったの？　それとも、あれもステージ・ホロ体験というやつ？　でもたしかに……」

「わたしがちょっとだけ招いた人たちのことかな。あなたは観客が欲しいと言ってたから」

「あなたもなかなかやるじゃない。会社から承諾を得て？」

ローズマリーは得意になりたい気持ちを抑えて首を振った。「承諾は得てない。問題視されるのか、あなたにライブをさせたというだけで評価してもらえるのか、これからわかる」

「それなら、これからも彼らのために働きつづけるわけ？」

「もう、どうしたらいいのかわからなくなっちゃった。あなたの言うとおり、わたしはあの人たちのシステムを変えるのではなくて、続けさせる片棒を担いでるわけだけど、わたしがそこで働きつづけるうちにいつか、ばかげたやり方だと気づかせることもできるんじゃないかという気もしてる」

「そうなのかもね」ルースが言った。「たしかに、わたしたちが存在する場所を見せつけるためにできることもあるのかもしれない」

ふたりは押し黙り、橋の下を流れる小川を見つめた。木々のあいだで何かが動いたと思うと、暗がりから梟が出てきて水面をかすめた。梟は身をくねらせる小さな銀白色の魚を鉤爪でつかんで飛び立ち、また林のなかへ姿を消した。

「すごい」ルースはほんとうに驚いている顔つきだ。

ローズマリーも呆気にとられていた。「鷹が配送ドローンを襲うところなら見たことがある。原っぱの鼠が持ち去られるのも。梟の狩りを見たのはたぶん初めて」

「わたしはブルックリンで育った。いたのは鳩とオウムくらい」

ルースがブルックリンや子供時代について語るのは、ローズマリーにとって聞くのも見るのも初めてだった。詳しく尋ねるのは差し控えた。「ねえ、ルース、ジョニはいま、どこかで演奏してるか知ってる？　一度は話せたんだけど、それ以来連絡がつかなくなってしまって」

「倉庫での催し物に関わってるはず。アウトサイダー・アート、音楽、演劇、いろんなものが織りまぜられてる。お願いだから、あなたのとこの衛兵さんたちを出動させないでよね」

「そんなことするはずがないでしょう！　わたしはほんとうに、ああいうことはやめさせようとしてるんだから。まだ時間はかかるでしょうけど」このまま仕事を辞めなければ、自分にとって大切な人たちにずっとこんなふうに言われつづけるのだろう。決めるのは自分だ。とどまって、会社のなかから変える努力をするのか、べつの道を探すのか。これまでよりは、ほかにも道はあると信じられるようになってきた。

ルースが肩をすくめた。「そろそろ戻ったほうがいいね。今夜発つから」

「あなたはいまもわたしの大好きなミュージシャン」声に出そうとは思っていなかった言葉がローズマリーの口をついて宙に漂った。

「あなたはもっと外に出るべき」

「またそれ。ともかく、安全運転で。またどこかで会えますように」

「またすぐにどこかの町で会うでしょう。それにもし、その気があるなら、わたしたちのツアー・マネージャーをちょっとやってみる手もあるよ。それか出演交渉係。両方でも。誰かもうひとり……わたしたちのチームに……加わってくれるとライブの手配がずっと楽になる。報酬はちょっぴりだし、窮屈なところで寝るのに慣れてもらわなきゃならないけど、そういう選択肢もあるってこと」

「本気？」

「本気。準備ができたら、わたしを見つけて」ルースは背を返して、歩きだした。

いかけた。
「つまり、小さなライブをこれからも続けるってことだよね？」ローズマリーは後ろから問
ルースが足をとめて振り返った。「生きつづけるための妥当な手段」
ローズマリーはそれが『取り掛かろう』の歌詞だと気づいたけれど、ルースが本気で望んでいることなら、実現できるのは間違いなかった。ルースには物事をひっくり返す手段がある。〈ピーチ〉へ歩いて戻っていくルースの背中は小さく、両肩は左右対称ではないし、ボートの上でバランスを取ろうとしているかのように足どりも頼りない。並木道の角を曲がると、その姿は見えなくなった。

ローズマリーにはルースに話したかったことがまだまだあった。教えられたように人混みのなかでもしっかりと立っていられるようになったこと、人混みがもうだんだんと恐ろしいものではなくなったこと。ＳＨＬを少しずつでも本来あるべきものに近づけるために、仕事を利用して会場破壊を阻止する秘密工作をどのようにして自分ひとりで考えだしたのか。自分のしでかした最大の過ちを正すためにも仕事を続けるのは必要ではないかと考えたこと、それでほんとうによいのか、まだ迷っていること。

ルースは前に、たったひとつの音をしっかりものにして、気に入ったらそれを弾きつづけて、それからまた新たな音を選べばいいと話していた。そして言葉で聞かされたわけではないけれど、ローズマリーがのちにルースから学んだのは、どんなときであれ、間違った音な

んてものはないということだった。どの音も何かコードを奏で、どのコードもひとつひとつの音から奏でられる。つまり、その曲があなたの耳に聴こえてくる直前に、思いがけず突如ぴたりとあるコードに嵌った音もあるかもしれないということだ。

謝辞

初めての短篇集に続いて長篇第一作も上梓できた幸運には半年前に一生ものの感謝を捧げたし、それがこの混沌とした年となっためぐり合わせにはまた生涯を通じて思いを馳せていくはずだけれど、わたしはいまそのどちらにも落ち着けない状態でこれを書いている。とはいえ、わたしが誰も忘れずにいられるわけがない。あらかじめお詫びしておくとともに、本書を送りだすために関わった人々の名前をすべて挙げることはとうてい不可能なので、ここに謝意を記します。というわけで、ページの許すかぎりで。

なによりもまず、どうしてもこの本を書かずにはいられないことを理解し、わたしを助けてくれた、わたしの知る誰より最良の人であるズーに感謝します。

エージェントのキム＝メイ・カートランドは優秀かつ賢明な人で、わたしのどんなばかげた質問にも快く答えてくれます。彼女とミーガン・ジェレメント、さらにＨＭＬＡの全員に最大の感謝を。

この本を信じ、より良いものにするために明確な方向性を示してくれた編集者、レベッカ・ブリューワーにも感謝申し上げます。そしてまたクールな装丁を手掛けてくれた、メガ・ジェイン、アレクシス・ニクソン、タラ・オコナー、ジェシカ・プラマー、シーラ・

ムーディ、ミランダ・ヒル、ジェイソン・ブーハー、さらにエースとバークリーの同じチームの全員にも深謝を。

　草稿を読んで、すばらしい助言を与え、その後も改稿を読んで、あれこれ悩んだときには質問に応じてくれたLJ・コーエン、ドナ・バックルズ、ケリー・ロブソン、アミラ・ピンスカー、エリー・ピンスカー、マーリー・ピンスカー、そして何度となく、あらゆる章を読んでくれたレプ・ピカードとシェリー・オーデット・モロー、ありがとう。作家仲間で、つねに連絡をとりあい、少なくとも二度は草稿を読んで、わたしの頭を整理させてくれたケラン・スペアラにも感謝を。

　ルースの人生のべつの時点に焦点を当てた中篇〝Our Lady of the Open Road〟を編集、掲載してくれたアシモフス誌のシーラ・ウィリアムズに（とエミリー・ホッカデイにも！）感謝します。本書はあの物語がなければ存在していなかったでしょうし、あの物語はアシモフス誌に載るために生まれたものだったのです。

　食卓で草稿を書き上げさせてくれた〈レッド・カヌー〉の人々（ジョシー、ティナ、マット、そのほかのみんな）に感謝します。じつは原案の物語もそこで書いていたのです。

　父、エスター、ミルトン、タドホープ家、ヴァースキン家、母、姉妹、いとこ、おば、おじ、義理の兄弟（きょうだい）、姪（めい）、甥（おい）たちに、揺るぎない力添えと励ましをありがとう。みんなを心から愛しています。

批評してくれる同志たち、ワークショップの仲間たち、隠れ家を与えてくれる人たち、スラック、アメリカSF&ファンタジー作家協会、このすばらしいコミュニティの宣伝者たちとそのほかの人々にもあらためて感謝します。地元ボルティモアや世界じゅうでこれまでに見つけた創作コミュニティをわたしは愛してやみません。みなさんの個人での、そしてグループとしての友情と力添えに感謝申し上げます。みなさんから刺激を与えられています。

最後に、物語と音楽は同じようにふしぎな力を発揮します。音楽と音楽のコミュニティがなければ、この本は生みだせませんでした。音楽活動については、このところおろそかになっているのですが。最初にわたしをツアーに連れだして、音楽に信念を持った生き方を見せてくれたSONiAと、ツアーでつねに清潔なタオルを携帯できる方法をわたしに教えてくれた彼女のバンド〈ディサピアー・フィア〉に感謝を。ジョン・セイと、わたしのバンド〈ストーキング・ホーシーズ〉のメンバーたち、ジェス・ウェルター、クリス・プラマー、トニー・カラートに、いつもすばらしいショーをありがとう。わたしがいままでステージをともにしたり交流したりしたすべてのバンド、ステージでわたしを魅了したすべてのミュージシャンに感謝します。そのうちの何人かには本書に賛辞を忍ばせてあります(ラーン・アレクサンダーとそのバンド〈ザ・ディジェネレッツ〉には『ボルティモア』から章の見出しを引用したことをお詫びしなくてはなりません。そのような意図があるとは気づいてすらいないでしょうが)。小説の謝辞というよりアルバムのライナー・ノートのように思われるかもしれませんが、ここに挙げた人々すべて、そしてその人々がこの世に送りだした楽曲なしには、本書は一語たりとも書けなかったに違いありません。

訳者あとがき

わたしも昭和の東京近郊生まれのご多分に洩れず、音楽のライブ演奏はジャンルに関わらず、わりあい身近に感じられる街で育った。中学生になれば、たまたま習っていたクラシックギターをエレキに持ち替えて友人とド下手な音を響かせて親を呆れさせ、憧れの先輩のライブもどきを公民館の（なぜか）地下にドキドキしながら聴きに行き、地元のライブハウスで演奏していたバンドがメジャーデビューしたと聞けば色めきだった。けれど結局、ふつうに働く大人となり、足を運んだ小さなスタジオ付きの楽器店はいつの間にか消え、あの公民館は文学館のようなものに姿を変えて、ライブハウスも元の場所からは移転した。

それでも、正しい音楽好きの大人として、ふだんはサブスク配信で聴いていても、好きなアーティストのCDはいまだほぼ買うし、昔から聴いているアーティストが来日すれば、どうにかチケットを入手してライブに駆けつけていた。世界がいわゆるコロナ禍に見舞われるまでは。わたしの場合、現時点でリアルの〝最後のライブ〟を楽しんだのは二〇二〇年一月十八日。この状況がずっと続くわけではないと思うからこそまだ我慢もできるわけで……。

本書の主人公のひとりは、そんなわたしたちと同じように音楽を当たり前に生で聴ける時代にニューヨークで育ち、しかもシンガーソングライターとしての才能に恵まれて若くしてヒット曲を出し、その時代〝最後のライブ〟を行なったとされる伝説のアーティスト、ルース。そしてもうひとりの主人公が、それよりのち、すべてが仮想空間で行なわれるのが当然で、生の音楽を聴くことなど想像もできない時代に育ち、ふつうにオンラインでの仕事に就いていたものの、あるきっかけで音楽業界の仕事に転職することとなる田舎の農場の一人娘、ローズマリーだ。ローズマリーが生きる現代には、前者の時代が前時代（ビフォー）、後者の時代は後時代（アフター）と呼ばれている。ふたつの時代を分けたのは、生命に関わる謎の感染病ポックスのパンデミックとアメリカ全土にわたる爆破テロの同時発生だった。

どちらも数年のうちに鎮静化したが、その間に社会はすっかり変貌していた。密集と集会を禁じる参集規制法が施行され、州や町ごとに夜間外出禁止時刻が定められ、学校、仕事、公共施設、買い物はすべてオンラインで行なわれるものとなった。当然ながらライブ会場ももはや存在せず、みなステージ・ホロ・ライブと呼ばれる没入型の仮想（ヴァーチャル）ライブを楽しんでいる。そのステージ・ホロも含め、日常のすべてを配信やドローン配送や仮想決済に依存しているため、あらゆる業種を傘下に収めてそれらを一手に担うスーパーウォリーなる巨大企業に牛耳られた世界だ。だが、ローズマリーは、アフターへの転換期に都会の脅威から田舎へ逃れた機械化反対者（ラッダイト）の両親に最新機器を持たせてもらえず、音楽が好きで聴いてはいても、没入型ライブを体験したことすらなかった。

本書は三部構成で展開する。

第一部は、ルースが高校卒業後たいして経たずにレコード会社との契約にこぎつけ、ヒット曲も生まれてバックバンドを従えてツアーに出ていたときに大規模な爆破テロが発生し、感染病の流行も始まって、人生の針路変更を余儀なくされるまでと、ローズマリーが思わぬきっかけから音楽業界へ足を踏み入れ、その仕組みを学ぶことになるまでの過程が、章ごとに時代と場面を変えて描かれる。つまり、この段階では、ビフォーとアフターの物語が並行して進んでいく。

第二部で、そのふたりが生きる時代がアフターの同じ時点に達し、ボルティモアの地で交差する。ビフォーの頃とはまた違う手法で音楽活動を再開していたルースと、ステージ・ホロの新米スカウトとしてやって来たローズマリーがついに出会う。そこで奏でられる音楽と〝シーン〟を共有しながらも、生きてきた時代と環境の異なるふたりはある出来事をきっかけに、それぞれがまた新たな道への模索を強いられる。

第三部では、ボルティモアからさらに広く物語の舞台が展開し、ふたりの迷いと試行錯誤のうちに選んだ歩み、そのなかでの新たな出会いなどが描かれ、しばしの時をおいて、またも両者の運命が愛する音楽によって結びつけられる瞬間を迎える。

本作では全篇を通じて、その背景で、人々の頭のなかで、路上で、ステージで、または機器を介して、つねに音楽が流れている。生みだし、奏でられ、届けられ、聴かれる方法は様々でも、どれもけっして〝間違い〟ではなく、それぞれに求めるものが違うだけではないのかという著者の問いが幾度となく投げかけられる。では、当のふたりは新しい時代に音楽とともに自分らしく生きるために、どのような解答を見いだすのか。それをぜひとも感じとっていただけたらと思う。

わたしが本書の翻訳に取りかかったときにはむろんコロナ禍に入っていたが、本国アメリカではすでに二〇一九年に出版され、二〇二〇年のネビュラ賞を受賞した作品でもあるので、著者が執筆した当時はほとんど誰もこのようなことが起こるとは想像もしていなかっただろう。当然ながら、予言の書ではないかとの声も多く、それに対してどう思うかとインタビューで問われ、著者サラ・ピンスカーは次のように答えている。

「本書は警鐘を鳴らすつもりで書いていた。現実になることを望んでなどいなかった。ヴァーチャルコンサートやアクリル板を立てたレストランが実際にはこういうふうになるんだと目にできたことにいくらか感慨はあっても、やはりこんなことにはなってほしくなかった。昨年の春にこのようになりはじめたときにはまだ『わたしにはこれからどうなるかがわかってる』なんて言っていたのだから、いまとなってはそれが史上最悪の冗談になってしまった。パンデミックが起こってからずっと、ミュージシャン仲間たちを心配している。ツアーに出てる人ばかりではなくて、老人ホームやレストランで演奏してる人たち、それにもちろん、ライブスタッフや音響の人たちのことも。もっと問題なのは、わたしたちが戻れる会場が生き残れるのかということ。まだほんとうの被害の大きさがわかっているとは思えない――どれくらい多くの中小の会場が失われているのか。こうなって、お気に入りのアコースティックミュージシャンをオンラインで観られたり、バンドキャンプ（音楽配信サービス）の手数料が月に一度の金曜日に免除されたりといった小さい利点はあっても、音楽業界を果たして元のように建て直せるのかが心配」

サラ・ピンスカーの著書の邦訳は本書が第一作となるので、公表されている略歴をご紹介しておく。

前述のインタビューへの返答からもわかるとおり、インディーズレーベルから三枚のアルバムをリリースしているシンガーソングライターでもある。ギターを初めて手にしたのは十三歳のとき。現在は〝ストーキング・ホーシーズ〟というロックバンドの一員として四枚目のアルバムを制作中で、故郷と呼ぶボルティモア在住。これまでアメリカの四十八州を訪れ、二十州をツアーでまわり、五つの州とカナダに住んだことがある。

六、七歳のとき、まだインターネットが存在しない時代にテキサス州に住んでいて初めてコンピュータを手にし、文章を書きはじめた。これまでに、五十以上の短篇、二作の長篇、短篇集を一冊、上梓している。そのうちネビュラ賞を受賞したのが三作で、本書（原題：*A Song For A New Day*）が長篇部門賞、"Our Lady of the Open Road"と"Two Truths And A Lie"がそれぞれ二〇一五年と二〇二〇年の中篇部門賞を受賞している。前者は著者が謝辞で触れているとおり、本書の主人公ルースの人生のべつの時点を描いたもので、その物語から今回の長篇の執筆へと繋がった。ほかにも、フィリップ・K・ディック賞、シオドア・スタージョン記念賞、ヒューゴー賞、ローカス賞、世界幻想文学賞にもう常連と言ってよいくらい、すでにたびたびノミネートされ、受賞もしている。最新作は二〇二一年五月に刊行された長篇 *We Are Satellites*。

現在最も期待されている旬な作家であるのは間違いない。二〇二〇年のフィリップ・K・ディック賞を受賞した短篇集 *Sooner or Later Everything Falls Into the Sea* は、竹書房から邦訳の刊行が決まっている。

著者が謝辞で本書のアメリカでの刊行がコロナ禍の混沌とした年となっためぐり合わせに感慨を述べているが、日本での邦訳刊行も、いまだ苦境は治まらず、奇しくも緊急事態宣言下の東京で、一年延期されたオリンピックが開催されている月と重なることとなった。わたしもマスク姿の選手団が行進するという、想像もしなかった開会式を横目にこれを書いている。本書は音楽小説であるのはもちろん、ＬＧＢＴ、信仰コミュニティ、人種の多様性、さらにはテクノロジーの進歩が引き起こす志向統制など、あらゆる社会問題も浮かび上がらせている。読み手の現在の立場や境遇によっても、本書はきっと様々な受けとめられ方をすることだろう。

最後に、章タイトルに使用された曲名について、著者が引用したと公表し、かつ邦題がすでに付いているものはそれに倣(なら)った。

本書の翻訳の機会を与えてくださった竹書房の水上志郎氏、使用された楽曲の内容照会を含め、綿密にチェックし的確な助言をくださった校正担当者の上池利文氏に深く感謝します。

著者がミュージシャンとして願う気持ちと同じように、訳者もいまは音楽を聴く一読者として、今後いかなる新たな形態が生みだされようと、生のライブ（この呼び方も妙だけれど）もずっと共存できる世界が続くことを祈りたい。

二〇二一年七月
村山美雪

〈シグマフォース〉シリーズ⑩
イヴの迷宮 上下
ジェームズ・ロリンズ／桑田 健［訳］

〈聖なる母の遺骨〉が示す、人類の叡智の根源とその未来――なぜ人類の知能は急速に発達したのか？ Σ VS中国軍科学技術集団！

〈シグマフォース〉外伝
タッカー&ケイン 黙示録の種子 上下
ジェームズ・ロリンズ／桑田 健［訳］

〝人〟と〝犬〟の種を超えた深い絆で結ばれた元米軍大尉と軍用犬――タッカー&ケイン。〈Σフォース〉の秘密兵器、遂に始動！

〈シグマフォース〉シリーズⓍ
Σ FILES〈シグマフォース〉機密ファイル
ジェームズ・ロリンズ／桑田 健［訳］

セイチャン、タッカー&ケイン、コワルスキのこれまで明かされなかった物語＋Σをより理解できる〈分析ファイル〉を収録！

THE HUNTERS ルーマニアの財宝列車を奪還せよ 上下
クリス・カズネスキ／桑田 健［訳］

ハンターズ――各分野のエキスパートたち。彼らに下されたミッションは、歴史の闇に消えた財宝列車を手に入れること。

THE HUNTERS アレクサンダー大王の墓を発掘せよ 上下
クリス・カズネスキ／桑田 健［訳］

その墓に近づく者に禍あれ――今回の財宝探しは最高難易度。地下遺跡で未知なる敵が待ち受ける！ 歴史ミステリ×アクション!!

タイラー・ロックの冒険①
THE ARK 失われたノアの方舟 上下
ボイド・モリソン／阿部清美［訳］

旧約聖書の偉大なミステリー〈ノアの方舟〉伝説に隠された謎を、大胆かつ戦慄する解釈で描く謎と冒険とスリル！

タイラー・ロックの冒険②
THE MIDAS CODE 呪われた黄金の手 上下
ボイド・モリソン／阿部清美［訳］

触ったもの全てを黄金に変える能力を持つとされていた〈ミダス王〉。果たして、それは事実か、単なる伝説か？

タイラー・ロックの冒険③
THE ROSWELL 封印された異星人の遺言 上下
ボイド・モリソン／阿部清美［訳］

人類の未来を脅かすUFO墜落事件！ 全米を襲うテロの危機！ その背後にあったのは、1947年のUFO墜落事件――。

タイラー・ロックの冒険④
THE NESSIE 湖底に眠る伝説の巨獣 上下
ボイド・モリソン／阿部清美［訳］

湖底に眠る伝説の生物。その謎が解き明かされる時、ナチスの遺した〈古の武器〉が発動する……。それは、終末の始まりか――。

13番目の石板 上下
アレックス・ミッチェル／森野そら［訳］

『ギルガメシュ叙事詩』には、隠された〈13番目の書板〉があった。そこに書かれていたのは――〝未来を予知する方程式〟。

新しい時代への歌

2021年9月22日　初版第一刷発行

著者 …………………………… サラ・ピンスカー

訳者 ……………………………… 村山美雪（むらやまみゆき）

イラスト …………………………… 赤（あか）

デザイン ………………… 坂野公一（さかのこういち）(welle design)

発行人 …………………………… 後藤明信

発行所 ……………………… 株式会社竹書房

〒102-0075 東京都千代田区三番町8-1

三番町東急ビル6F

email : info@takeshobo.co.jp

http://www.takeshobo.co.jp

印刷所 ……………………… 凸版印刷株式会社

定価はカバーに表示してあります。

■落丁・乱丁があった場合は furyo@takeshobo.co.jp までメールにてお問い合わせください。

Printed in Japan